ZHOUSI TUILI

周四推理

JULEBU

俱乐部

XIAOSHI DE

消失的

ZIDAN

子弹

[英]
理查德·奥斯曼
著

姚向辉
译

The Thursday MURDER Club

接力出版社
Publishing House

献给英格丽。我一直在等你。

贝萨妮·韦茨知道她已经没法回头了。现在她只能咬牙坚持，看看这一切到底会有个什么样的结局。

她掂量着手里的子弹。

人生的关键在于能看到机会，也在于明白机会是多么难得，然后在机会出现时奋力一搏。

“来见我，我只想谈谈。”电子邮件里是这么写的。自从收到电子邮件，她就在反复思考里面写的话。她应该去吗?

在做决定之前，她还有一件事要做：发短信给迈克。

迈克知道她正在做什么报道。身为一名记者，她必须保守秘密，因此迈克不知道细节，但他知道做这个报道是有风险的。假如她需要他，他一定会赶来帮忙，然而有些事情，你必须独自去做。

无论今晚会发生什么，撇下迈克·韦格霍恩都会让她心里不好受。他是个很好的友人，不仅热心，而且风趣。这也是观众喜爱他的原因。

但贝萨妮的梦想战胜了不安，她也许终于等到了属于她的好机会。风险固然存在，可机会就是机会。

她写完短信，按下发送按钮。时间已经很晚了，他今

晚不会回复她。这样也许更好。她几乎能听见他在说：“谁会在晚上十点发短信？只有千禧一代[1]*和变态，对，就是他们。”*

好了，就这样吧。现在轮到贝萨妮转动起她的“幸运大轮盘”了。她会活下来，还是会死？

她给自己倒了一杯酒，最后看了一眼那颗子弹。说真的，她别无选择。

敬机会。

---

① 千禧一代（Millennials）：指出生于20世纪且在2000年时尚未成年的一代人。这代人的青春期恰是互联网/计算机科学形成与高速发展的时期。——本书脚注若无特别说明，均为译者注

contents

目录

第一部分

人生何处不相逢

PART ONE

Around Every Corner,
A Familiar Face

1

“我不需要化妆。”罗恩说。他坐在一把直背椅上，因为易卜拉欣告诉他，上电视可不能瘫坐在座位里。

“真的吗？”他的化妆师保利娜·詹金斯答道，从包里取出粉刷和彩妆盘。她在养老村拼图室的一张桌子上架起镜子，镜子四周镶着小灯泡，灯光照得她那前后摆动的樱桃红耳环闪闪发亮。

罗恩感觉到身体开始分泌肾上腺素。兴奋感来得真不是时候，他马上要上电视了。但其他人在哪儿？他对他们说的是“感兴趣就过来坐坐，没什么大不了的”，然而倘若他们不出现，他会非常伤心。

“他们爱看不看，”罗恩说，“我这张脸是与生俱来的，它能讲一个好故事。”

“一个恐怖故事，不介意我这么说吧？”保利娜说。她看看彩妆盘，然后再看看罗恩的脸，最后给了他一个飞吻。

“不是每张脸都必须光彩照人。”罗恩说。他的朋友们知道采访四点开始，他们肯定很快就会来了，对吧？

“这一点咱们倒是有共识，我亲爱的，”保利娜说，“我没法创造奇迹，不过我记得你以前的模样。一个英俊的小浑蛋，你就是喜欢那种事对吧？”

罗恩哼了一声。

“说句实话吧，我也挺喜欢那种事的，最好就发生在我住的那条街上。永远为工人阶级战斗，可劲儿折腾，对吧？”保利娜打开一个小粉盒，“你还相信那一套吗？工人万岁？”

罗恩的肩膀拱了起来，就好像公牛准备冲进斗牛场。“什么叫‘还相信那一套吗’？我还相信人人平等吗？还相信劳动人民的力量吗？你叫什么？”

“保利娜。”保利娜答道。

“保利娜，你问我还相信‘用一天工作换一天公平报酬的尊严’吗，我告诉你，我从没这么相信过！”

保利娜点点头，继续说道：“好极了。现在请闭上嘴，安静五分钟，让我做他们花钱请我来做的工作——提醒《东南今晚秀》（*South East Tonight*）的观众，记住你是个多么好看的小伙子。”

罗恩张开嘴，但难得地没话说了。保利娜开始给他打粉底，妆化得不算过分。“尊严个鬼！瞧瞧你这双炯炯有神的眼睛，活像在码头干活儿的切·格瓦拉[①]。”

罗恩在镜子里看见拼图室的门开了。乔伊丝走进房间。他知道她不会让他失望的，尤其是当她知道迈克·韦格霍恩会来后。实话实说，整件事就是她的主意。选择打开尘封档案袋的是她。

罗恩注意到乔伊丝穿了一件新的开襟羊毛衫，看来她没忍住，还是打扮了一下。

“罗恩，你说过你不会化妆的。”乔伊丝说。

“胳膊拗不过大腿，”罗恩说，“这位是保利娜。”

“你好，保利娜，”乔伊丝说，“你这个活儿真的很辛苦。”

“我见过更糟糕的，”保利娜说，“我在急诊室干过。”

门被再次打开。一名摄像师走进来，然后是录音师，再然后是昂贵西装面料摩擦时发出的沙沙声，还有充满阳刚气息但不张扬的完美香水味——有一头帅气白发的迈克·韦格霍恩来了。罗恩看见乔伊丝的脸红了。要不是保利娜正在给他上遮瑕膏，他肯定会翻个白眼。

“好极了，看来人都到齐了。”迈克说，他微笑时露出

---

① 切·格瓦拉（Ernesto Che Guevara，1928—1967）：古巴革命领导人，生于阿根廷。1956 年参加反对古巴独裁政权的斗争。1959 年古巴革命胜利后成为古巴公民，并任国家银行行长、工业部长等职。次年提出“游击中心”理论。1965 年辞去在古巴所任职务，放弃古巴国籍。先至非洲，后入玻利维亚，建立“游击中心”，进行武装斗争。

的牙齿和头发一样白，“我叫迈克·韦格霍恩。独此一家，别无分号。”

“罗恩·里奇。”罗恩说。

“老样子，还是老样子，”迈克说，紧紧握住罗恩的手，“一点儿都没变嘛。里奇先生，你给我的感觉很像是去非洲探险时近距离见到的一头狮子。他这个人就是一头雄狮，对吧，保利娜？”

“他当然是一号人物了。”保利娜附和道，给罗恩的面颊扑了扑粉。

罗恩看着迈克缓缓地扭头去看乔伊丝，用目光剥掉她的新羊毛衫。“恕我冒昧，请问您是谁？”

“我是乔伊丝·梅多克罗夫特。”她真的行了个屈膝礼。

“我该问您是什么人才对。”迈克说，“那么，乔伊丝，你和了不起的里奇先生是一对儿吗？”

“哦，天哪！不，我的老天，这是什么想法嘛！老天在上，不是的，绝对不是。”乔伊丝答道，“我们只是朋友。罗恩，别往心里去。”

“有朋友就是好，”迈克说，“罗恩，运气不错嘛。”

“别甜言蜜语了，迈克，”保利娜说，“没人感兴趣。”

“不，乔伊丝会感兴趣的。”罗恩说。

“当然。”乔伊丝说。她是在自言自语，但声音响得足以被所有人听见。

门又一次被打开，易卜拉欣把脑袋探了进来。好兄弟！现在只缺伊丽莎白了。

“我没迟到吧？”易卜拉欣问。

“来得正好。”乔伊丝说。

录音师把麦克风固定在罗恩的衣领上。在乔伊丝的再三坚持下，罗恩在西汉姆联球队 T 恤外面套了件夹克衫。他觉得没这个必要。事实上，这么做是在亵渎偶像。

易卜拉欣在乔伊丝旁边坐下，打量起迈克·韦格霍恩来。

“您非常英俊，韦格霍恩先生，是那种传统的英俊。”

“谢谢，”迈克点头表示赞同，“我打壁球，注意皮肤保湿，剩下的就交给老天爷了。”

“还有每周一千英镑的化妆费。”保利娜说，在罗恩脸上做最后的小修小补。

“我也挺英俊的，人们经常这么说。”易卜拉欣说，“我觉得吧，要是我走了另一条人生道路，说不定也会成为播音员呢。”

“我不是播音员，”迈克说，“我是记者，只是碰巧也播音。”

易卜拉欣点点头。“脑子很好使，而且有个能闻到新闻的好鼻子。”

“对，所以我才会来这里。”迈克说，“看到电子邮件的第一眼，我就觉得这里面有文章可做。一种全新的生活方式，退休社群，更何况中间还有罗恩·里奇这么一位著名人物。我心想，哇，观众肯定会想要了解一下的。”

连环案件告破后，他们过了几周太平日子，但罗恩很高兴见到周四推理俱乐部的四人小分队再次行动起来。采访就是个幌子，由乔伊丝策划，目的是把迈克·韦格霍恩引到养老村库珀斯·切斯来，看他能不能帮他们破新的案子。乔伊丝发了封电子邮件给节目的一名制作人。尽管只是个幌子，但这意味着罗恩又能上电视了，对此他感到格外欣喜。

“韦格霍恩先生，结束后愿意和我们一起吃个饭吗？”乔伊丝说，“我们在库珀斯·切斯的餐厅订了一张桌子，刚好在晚高峰过后的五点半开席。”

“请叫我迈克，”迈克说，“但非常抱歉，不行。我尽量不和人群混在一起。你懂的，因为隐私啊，细菌啊，这些有的没的。相信你一定能理解。”

“哦。”乔伊丝说。

罗恩看得出她很失望。要是肯特郡或苏塞克斯还有比乔伊丝更铁杆的迈克·韦格霍恩粉丝，那他倒是很想见识一下。不对，事实上，仔细想来，这样的人还是不见为妙。

“我们的饭桌上永远有喝不完的好酒。”易卜拉欣对迈克说，“另外，我估计在我们那儿不太可能见到你的粉丝。”

迈克停了下来，开始斟酌。

“另外，我们可以和你说说周四推理俱乐部的事。”乔伊丝说。

“周四推理俱乐部？”迈克说，“听上去像是编出来的。”

“要是追根究底，没有什么不是编出来的。”易卜拉欣说，“比如，养老村的酒水有政府补贴。他们试过砍掉补贴，但我们开了个会，双方交流了一下看法，他们想了想就作罢了。还有，我们七点半之前一定放你走。”

迈克看看手表，然后望向保利娜。“咱们应该有时间吃个便饭吧？”

保利娜望向罗恩。“你会去吗？”

罗恩望着乔伊丝，乔伊丝坚定地点点头。“听上去我是非去不可了。”罗恩答道。

“那我们就留下吧。”保利娜说。

“好，很好。”易卜拉欣说，“迈克，我们有件事想和你谈一谈。”

“什么事？”迈克问。

“到时候再说，”易卜拉欣答道，“我不想抢罗恩的风头。”

迈克坐进罗恩对面的扶手椅，开始对着麦克风从一数到十。

易卜拉欣凑近乔伊丝。“他在测试麦克风的电平。”

“我看出来了。”乔伊丝答道。

易卜拉欣点点头。

“谢谢你说服他留下来吃饭，谁知道会发生什么呢，对吧？”乔伊丝继续说。

“你说得对，乔伊丝，没人知道会发生什么。也许今年还没过完，你俩就结婚了。另外，就算你俩没好上——咱们有必要为这个结果做好准备——我相信他肯定知道很多贝萨妮·韦茨的事情。”易卜拉欣说。

房门再次被打开，伊丽莎白来了。这伙人全都到了。罗恩假装不为所动。上次有这么一伙朋友陪在身旁还是沃平[①]印刷工人罢工的时候，那次警察用防爆盾牌把他们送进了医院。真是快乐的好时光啊！

“别管我。”伊丽莎白说，“罗恩，你看上去不一样了，怎么说呢？你看上去……很健康。”

罗恩哼了一声，但保利娜笑了。说句公道话，她笑起来很好看。他配得上保利娜吗？她看上去六十几岁的样子，对他来说是不是太年轻了？现如今他还配得上谁？罗恩很久没想过这种问题了。无论如何，多好看的一个笑容啊！

---

① 沃平（Wapping）：在伦敦金融城（The City of London）附近。

2

康妮·约翰逊发现，在监狱的牢房里管理一个年营收以百万英镑计的贩毒组织固然困难，但也并非完全不可能。

监狱的大部分员工都站在她这一边——他们凭什么不支持她呢？她在他们身上挥洒了大把金钱。然而还是有几个看守不肯配合，光是这周，康妮就已经不得不把两张非法夹带的 SIM 卡吞到肚子里了。

钻石、杀人、一袋毒品……陷害她的诡计不可谓不巧妙[①]，她的审判日期被定在了两个月后。在此之前，她希望能维持贩毒组织的正常运转。

也许法庭会判她有罪，也许她能逃过一劫。康妮喜欢在所有事情上保持乐观态度。她母亲曾经说过，要为成功做好准备，可惜说完没多久就被一辆没上过保险的大货车撞死了。

对康妮来说，首先是不能让自己闲下来。在监狱里，保持一种稳定的生活节奏是非常重要的。另外，给自己一

① 关于康妮·约翰逊的故事，可参考《周四推理俱乐部：活了两次的男人》。

个盼头也非常重要。康妮盼望着能干掉波格丹。她之所以会进监狱，都是拜他所赐。无论他是不是有一双仿佛山中泉眼般好看的眼睛，他都必须从人间消失。

还有那个老家伙，帮助波格丹陷害她的那个老家伙，她四处打听过，发现他叫罗恩·里奇。他也必须从人间消失。康妮会让他们活到自己受审以后，毕竟陪审团不喜欢证人被杀害，但等审判结束，她会送他们两个人去见上帝。

康妮低头看手机，她发现监狱里的一名管理人员在Tinder[1]上登录了。从照片上看，这位老兄是个秃头，身边那辆车怎么看都像沃尔沃，但她还是往右扫了一下，因为你永远也猜不到某些人在什么时候会派上用场。Tinder立刻告诉她，他们俩配对成功了。真是个惊喜啊！

康妮研究过罗恩·里奇这个人。他在二十世纪七八十年代似乎有点名声。她通过手机找到了罗恩·里奇过去的照片，照片中的他正在朝电喇叭吼叫，整张脸看上去像个没混出头的拳手。他显然是个喜欢聚光灯的家伙。

*算你走运，罗恩·里奇，*康妮心想，*等我做掉你，你就又能出名了。*

有一点是确定的，康妮会尽一切努力缩短她在监狱里

① Tinder：一款国外的手机交友软件，根据个人喜好推荐可能感兴趣的人，可以对推荐者表示“喜欢”（右滑某人页面），也可以选择“跳过”（左滑某人页面）。如果两个人都对彼此“右滑”，则配对成功。

逗留的时间。等她出去，你们就等着天下大乱吧。

在生活中，有时候你必须保持耐心。隔着铁窗，康妮望向监狱的操场和高墙外的山丘，然后打开了胶囊咖啡机[1]的电源。

---

① 胶囊咖啡机（nespresso machine）：近年出现的新型咖啡机，打开机器后，将咖啡胶囊放入胶囊仓中，即可一键萃取咖啡，比以往的咖啡机操作更加简单、方便。

3

迈克和保利娜与他们一起吃饭。

易卜拉欣就喜欢看见周四推理俱乐部四人小分队聚在一起，要是有个共同的使命就更好了，所以当乔伊丝坚持要调查贝萨妮·韦茨案件时，易卜拉欣立刻同意了。首先，当然是因为这个未决的悬案很有意思，不过更重要的是易卜拉欣喜欢上了乔伊丝新领养的狗——阿兰。他担心万一惹得乔伊丝不高兴，她会禁止他和阿兰来往。

“迈克，要一点儿红酒吗？”罗恩举着酒瓶问。

“是什么？”迈克问。

“什么是什么？”

“什么牌子？”

罗恩耸耸肩。“反正是红酒，我不知道来自哪个酒庄。”

“好吧，生活总要冒点险，咱们下不为例。”迈克说，让罗恩为他斟酒。

他们非常想和迈克·韦格霍恩聊一聊贝萨妮·韦茨的凶案。他应该掌握了一些警方公开档案里没提到过的情报。

当然了，迈克还不知道他们在打这个主意。他只是在四个和善的退休老人的陪伴下享用免费红酒。

易卜拉欣很有耐心，没有马上打听案件的事情，因为他知道见到迈克会让乔伊丝心潮澎湃，她有很多其他的问题要先问他。为了防止忘记，她甚至把这些问题写在了记事本上，而记事本就在她的手包里。

这会儿宾主尽欢，一杯厂牌不明的红酒摆在迈克面前，乔伊丝显然觉得她可以开始了。“迈克，播报新闻的时候，你是完全照着稿子念，还是用自己的话来描述？”

“真是个好问题，”迈克说，“非常有洞察力，直击核心本质。确实有稿子，但我不是每次都照着念。”

“这么多年下来，你凭本事赢得了不照稿子念的权利。”乔伊丝说。迈克点头赞同。

“但偶尔也会给我惹麻烦，”迈克说，“他们逼我去萨尼特上‘无偏见学习班’。”

“算你走运。”伊丽莎白说。

易卜拉欣看见乔伊丝偷偷看了一眼手包里的记事本。

“你播新闻的时候有什么专用行头吗？”乔伊丝问，“比如幸运袜，或者其他什么的？”

“没有。”迈克说。乔伊丝点点头，似乎有点失望，然后又看了一眼记事本。

“录节目的时候你忽然想上厕所怎么办？”

“我的天，乔伊丝。”伊丽莎白说。

“我会在节目开始前去一趟厕所。”迈克说。

好玩归好玩，但易卜拉欣觉得他似乎应该起个头，开始谈正事了。“是这样的，迈克，我们有个……”

乔伊丝抬起手，按住他的胳膊。“易卜拉欣，不好意思，让我再说几句。安珀这个人怎么样？”

“安珀是谁？”罗恩问。

“迈克的播音搭档，”乔伊丝说，“说真的，罗恩，你这是在丢自己的脸。”

“那还用说？”罗恩是看着保利娜回答的。

要是易卜拉欣没看错，保利娜在晚餐开始时特地坐到了罗恩的身旁。平时坐在罗恩旁边的永远是易卜拉欣，不过他不介意。

“她才来了三年，但我已经对她有好感了。”乔伊丝说。

“她很不错，”迈克说，“尽管总是泡在健身房里，但真的很不错。”

“她的头发也很漂亮。”乔伊丝说。

“乔伊丝，你更应该从职业素养的角度来评判新闻播音员，”迈克说，“而不是外貌。尤其是女性播音员，她们在这方面承受了巨大的不公。”

乔伊丝点点头，一口喝掉半杯白葡萄酒，然后又点点头。“迈克，我完全同意你的看法。我只是认为一个人可以既才华出众，又有一头漂亮的头发。你说我浅薄就浅薄吧，但这两者对我来说都很重要。克劳迪娅·温科曼就是个很好的例子。另外，你的头发也很漂亮。”

他们开始点餐，迈克对侍者说：“我要牛排，三到五分熟里往三分靠，但要是往五分靠了，我也能接受。”

“我好像在哪里读到过你信佛，对吧，迈克？”易卜拉欣花了一个上午研究他们的客人。

“是的，”迈克说，“三十多年了。”

“哦，”易卜拉欣说，“是不是信佛就要吃素？”

“我也信英国国教，”迈克说，“所以我有选择的余地。”

“受教了。”易卜拉欣说。

迈克的红酒已经喝到了第二杯，似乎可以让他打开话匣子了。非常好，一切顺利。

“那么，跟我说说你们的周四推理俱乐部吧。”他说。

“我们非常低调，”易卜拉欣说，“大体而言，我们四个人每周碰头一次，研究警方的旧案卷，看我们能不能解决他们没能解决的案件。”

“听上去是个很有意思的消遣，”迈克说，“研究以前的凶案。这肯定能让你们忙起来，对吧？免得灰色的脑细胞生锈。罗恩，咱们再来一瓶这种红酒如何？”

“最近以新发生的杀人案为主。”伊丽莎白说，继续给他下诱饵。

迈克放声大笑。他显然觉得伊丽莎白在开玩笑。这样反而更好，他们可不想现在就把他吓跑了。

“听起来你们并不介意到处招惹点麻烦。”迈克说。

“我天生就容易吸引麻烦。”罗恩说。

保利娜斟满罗恩的酒杯。“那你可要当心了，罗恩，因为我天生就是一个麻烦。”

易卜拉欣看见乔伊丝为此窃笑。他决定了，在他们把话题慢慢转向贝萨妮·韦茨之前，他也有一个问题要确认一下。他转向保利娜。

“保利娜，你结过婚吗？”他问。

“我男人去世了。”保利娜说。

“哇，太好了！”乔伊丝说。易卜拉欣注意到，在美酒和名人的双重作用下，她今晚变得相当轻佻。

“你一个人多久了？”伊丽莎白问。

“六个月。”保利娜说。

“六个月？那就等于是昨天。”乔伊丝说，拍了拍保利娜的手背，“我丈夫去世六个月的时候，我每天还要往吐司炉里放两片面包呢。”

是时候了吗？是时候了，易卜拉欣心想。现在可以小小地调整一下话题的方向，方便他们谈一谈贝萨妮·韦茨了。这是一场微妙的舞蹈，由易卜拉欣担任编舞师。他已经盘算好了他的第一个动作。“那么，迈克，不知道你……”

“我就开门见山好了，”迈克没有理会易卜拉欣的话头，他举着酒杯在半空中画圈，“要是你们想研究杀人案，我倒是可以提供一个名字。”

“你说。”乔伊丝说。

“贝萨妮·韦茨。”迈克说。

迈克上钩了。周四推理俱乐部永远能心想事成。易卜拉欣不是第一次注意到了，人们总会欣然走进为他们设下的陷阱。

迈克讲了一遍事情的经过，尽管四个人早就读过警方档案，但还是一路跟着点头，假装什么都不知道。

贝萨妮·韦茨，才华横溢的年轻记者，在调查一桩大新闻——金额巨大的增值税欺诈案时，死得不明不白。她的车在深夜冲下了莎士比亚悬崖。和警方档案比，没什么新细节。

迈克还给他们看了贝萨妮死前那天夜里发给他的最后一条短信：*“我很少说这句话，但真的谢谢你。”*

非常感人，然而没什么线索是他们原先不知道的。也许今晚他们能知道的最重要的内幕是迈克·韦格霍恩会在播音前上厕所。易卜拉欣决定换个方向进攻。

“她出事前那几周发给你的其他短信呢？有没有什么不寻常的内容是警察没看到过的？”

迈克往前翻短信，读了几条他觉得重要的。“我要不要喝一杯？我有没有看《重任在肩》？哦，这条说的是她在做的一个报道，不过是两周前的事情了，感兴趣吗？”

“没人能猜到什么会突然派上用场。”伊丽莎白说着，又给迈克倒了一杯酒。

迈克看着手机，念给他们听。

“*船长*——她喜欢这么叫我。”

“还有其他叫法呢。”保利娜说。

“有新情报了。没法告诉你具体的信息，但绝对是爆炸性的。我正在接近这件事的核心。”

伊丽莎白点点头。“她有没有说过这个新情报是什么？”

“没有，”迈克说，“不过我必须说，这红酒相当不赖。”

4

警员唐娜·德·弗雷塔斯感觉像是有人一拳打散了漫天乌云。

温暖和热烈的情绪淹没了她，一种既熟悉又陌生的喜悦充满了她的心灵。她高兴得想哭，生活中最简单直接的快乐又让她想笑。她有过比现在更快乐的时刻吗？就算有，她也想不起来了。假如天使此时此刻要来带走她（如果她的心率继续升高，是有这个可能的），她会欣然地跟他们离开，同时感谢上帝赐给她这段美好的人生。

“如何？”波格丹问，他在爱抚她的头发。

“挺好，”唐娜答道，“就第一次而言。”

波格丹点点头。“我也许还能发挥得再好一点儿。”

唐娜把脸埋在波格丹的胸口。

“你在哭？”波格丹问。

唐娜摇摇头，没有扬起脸。会有什么问题呢？也许只是露水姻缘。万一这就是波格丹的风格怎么办？他是个独行侠，没错吧，万一他这个人从不动真感情怎么办？万一明晚躺在这张床上的是另一个姑娘怎么办？而且还有可能是一个二十二岁金发碧眼的白雪公主。

他在想什么呢？唐娜知道这是不能向男人问出的那种问题。男人们几乎什么都不会想，突然听见这个问题，他们只会觉得必须编造出一个答案来。然而她还是想知道：藏在他那双蓝眼睛背后的是什么念头呢？他的眼睛是那种纯粹的蓝色，能用目光把你钉在墙上……不对，等一等，他在哭？

唐娜坐起来，关切地问："你在哭？"

波格丹点点头。

"你哭什么？怎么了？"

波格丹透过泪花望着她。"你在我身边，我太高兴了。"

唐娜吻掉他脸上的一滴泪水。"有其他人见过你掉眼泪吗？"

"牙医见过，"波格丹答道，"还有我老妈。咱们能再约一次吗？"

"嗯，我觉得可以，你呢？"唐娜说。

"我也觉得可以。"波格丹赞同道。

唐娜把脑袋躺回他的胸口，面颊舒舒服服地贴着那个文身——一把缠在铁丝网中的匕首。"也许咱们下次可以换一个地方约会，不去南多世[1]和激光靶场了。”

“同意，”波格丹说，“下次我来挑地方，怎么样？”

“我觉得这样比较好，”唐娜说，“找地方不是我的强项。不过你玩得很开心，对吧？”

“当然，我最喜欢激光靶场了。”

“我看出来了，”唐娜说，“那伙为庆祝生日来玩的孩子，根本不知道败在了谁的手上。”

“算是给他们一个教训，”波格丹说，“战斗的要点在于躲藏。这个道理越早学到越好。”

唐娜望向波格丹的床头柜，那里摆着健身用的握力器、一听 Lilt[2] 汽水和他在激光靶场赢的塑料包金奖章。看她找到了什么，一个同道中人吗？

“波格丹，你有没有过‘自己和其他人都不一样’的感觉？就好像你是一个外来者，正从外面往里面看？”

“嗯，英语是我的第二语言，”波格丹答道，“而且我也一直搞不懂板球。你呢，觉得自己不一样？”

“对，”唐娜说，“见到其他人，我就觉得自己不一样。”

“但有时候你也喜欢‘和别人不一样’这种感觉，对吧？有时候‘和别人不一样’反而是件好事。”

---

① 南多世（Nando's）：英国连锁快餐店。

② Lilt：可口可乐公司旗下的软饮料品牌，只在英国、爱尔兰、直布罗陀和塞舌尔销售。

“当然有这种时候了，但我希望自己能选择什么时候‘和别人不一样’。大多数时候，我只想混在人群里，然而在费尔黑文，我就不可能有这个机会。”

“人人都想变得很特别，但没人想一直‘和别人不一样’。”波格丹说。

看看他那结实的肩膀。唐娜忽然还想到了两个问题：波兰人的婚礼和英国人的一样吗？要是我翻过身睡觉，会不会太失礼？

“唐娜，能问你一个问题吗？”波格丹的语气突然变得很严肃。

糟糕。

“当然，”唐娜说，“你随便问吧。”只要合理，随便你问。

“要是你必须杀人，你会怎么杀？”

“只是假设吗？”唐娜问。

“不，我说真的，”波格丹说，“咱们不是小孩。你是警察。为了不被抓住，你会怎么杀人？”

嗯，这是波格丹的阴暗面吗？他是连环杀人狂？这个缺点恐怕很难放着不管。不过考虑到那双肩膀，听之任之也绝非不可能。

“这是要干什么？”唐娜问，“为什么要问这个？”

“伊丽莎白给我的家庭作业，她想知道我的想法。”

好吧，这就说得通了。真是松了一口气呢——波格丹不是杀人狂，伊丽莎白才是。“毒药，我觉得我会下毒，”唐娜说，“某种查不出来的毒药。”

“对，伪装成自然死亡，”波格丹附和道，“弄得看上去不像是谋杀。”

“或者深更半夜开车撞人，”唐娜说，“总之不需要接触尸体就行，否则肯定会被鉴证人员找到线索。或者用枪，简单直接，砰的一枪，然后迅速离开现场，从头到尾都必须躲过安保监控探头。另外，必须事先想好逃跑路径，这也是最起码的。不给鉴证人员留下证据，没有目击者，没有尸体需要处理，这会是我的手法。关掉手机，或者把手机放在出租车上，这样当你犯罪的时候，手机信号会在几英里[①]外。买通一个护士，或者从陌生人身上抽一管血，洒在尸体上。又或者……”

波格丹瞪着她。她是不是说得太多了？算了，换个话题吧。

“伊丽莎白想干什么？”

“她说有人被谋杀了。”

“她当然会这么说了。”唐娜说。

“受害者死在一辆车里，车被推下了悬崖。我肯定不会

① 1英里约合1.6公里。

这么杀人。”

“车从悬崖上掉下去了？好的，我能想象，”唐娜说，“伊丽莎白为什么在调查这个案子？”

波格丹耸耸肩。“好像是因为乔伊丝想认识一个电视节目里的什么人。我也不太清楚。”

唐娜点点头，听上去倒是合情合理。“尸体上有什么痕迹吗？比方说车从悬崖上掉下去之前，受害者是不是已经死了？”

“没有尸体，只找到了几件衣服和一些血迹。在汽车下坠的过程中，尸体从车里摔了出去。”

“这也太方便凶手了。”唐娜不习惯这样的聊天。通常你必须听男人说他们的摩托车，或者突然意识到他们还爱着某个前任，又或者好言好语地宽慰加鼓励。“但这种手法非常引人注意。也许凶手是想给某人送个信。这种事情很难视而不见，对吧？”

“我觉得过于复杂了，”波格丹说，“杀个人而已。要有车，还要有悬崖，太费劲了。”

“怎么，你忽然变成杀人专家了？”

“我读过很多书。”波格丹说。

“你最喜欢的是什么书？”

“《绒布小兔子》，”波格丹说，“还有阿加西[①]的自传。”

---

① 安德烈·阿加西（Andre Agassi）：前美国职业网球运动员。

也许波格丹可以帮她干掉她的前男友卡尔？干掉卡尔这件事，她幻想过几次。波格丹能把卡尔那辆愚蠢的马自达推下悬崖吗？她像猫找到了一片阳光似的伸了个懒腰，杀人的念头在心中一闪而过时，她意识到，自己已经不在乎卡尔了。做个大度的人吧，唐娜，放卡尔一马。

"她可以请我和克里斯帮忙的，"唐娜说，"我们可以帮她查一查。还记得受害者叫什么吗？"

波格丹耸耸肩。"贝萨妮，不记得姓什么了。但他们就喜欢自己做这些事情。"

"这倒是。"唐娜附和道，把一条胳膊放在他宽阔得无边无际的胸膛上。她很少能感觉到自己渺小得这么惊心动魄。"波格丹，我喜欢和你聊谋杀。"

"唐娜，我也喜欢和你聊谋杀，但我并不认为这是谋杀。怎么说呢？太方便了。"

唐娜再次抬起头，望着他那双好看的眼睛。"波格丹，你能保证这不是咱们最后一次约会吗？因为我现在想睡觉了，然后明早和你一起醒来。"

"我保证。"波格丹说，继续爱抚她的头发。

你就该这么睡过去，唐娜心想。她以前怎么没在生活里发现过安全、快乐而满足，还有谋杀和伊丽莎白，还有文身，还有格格不入和随波逐流，还有汽车、悬崖和衣物，还有明天和下一个明天？

5

乔伊丝的日记

我必须承认，选贝萨妮·韦茨谋杀案是我的主意。

我们几个翻阅悬案档案，为周四推理俱乐部物色下一个案件。这里面有一个发生在二十世纪八十年代初的案子，有个老处女住在拉伊[①]，她死后警方在她家的地窖里发现了三具无法查证身份的骷髅，以及一个装着五万英镑的手提箱。伊丽莎白一看就喜欢上了这个案件，我不得不承认，侦破这个案件的过程肯定会妙趣横生；但是，当我在另一份案卷里看见了“贝萨妮·韦茨”这个名字时，就立刻下了决心。我很少会站出来拿主意，但只要我拿定了主意，就无论如何也不会改变了。伊丽莎白不太高兴，但其他人知道争论无济于事。我来这儿可不是为了喝茶、吃点心的，明白吗？

我当然记得贝萨妮·韦茨，我在《肯特信使报》上读过迈克·韦格霍恩写的关于她的命案的文章，因此我心想：喂，乔伊丝，这事情看上去很可疑哟，另外，这下你有机

① 拉伊（Rye）：英国东埃塞克斯的小镇名。

会认识迈克·韦格霍恩了。

有什么不对的吗?

自从我有记忆开始，我就在看迈克·韦格霍恩的《东南今晚秀》。只要东南地区有人被杀或搞什么盛大活动，迈克永远会带着他特有的灿烂笑容赶到现场。当然了，他不会笑着播报杀人案。播报杀人案的时候他总是一脸严肃——这同样是他非常擅长的表情。事实上，我更喜欢他严肃的表情，因此假如发生了杀人案，能在电视上见到他，也算是乌云的一道金边[①]吧。他看上去像是长到我这个年纪的麦可·布雷[②]。

迈克主持《东南今晚秀》已经三十五年了，每隔五年左右，电视台就会物色一位新的女播音员当他的搭档。贝萨妮·韦茨便是其中之一。

贝萨妮·韦茨是个金发碧眼的北方人，死于驾车冲出多佛附近的莎士比亚悬崖（那地方就在A20公路旁边，我查过地图，因为我猜我们迟早会去现场看看）。事情发生到现在十年了。你多半会认为她是自杀的，因为悬崖啊，车啊……有的没的。

其实，还有很多被忽视的细节。比如，有人在案发前

---

① 英文谚语 every cloud has a silver lining，意为乌云的一道金边，引申义为黑暗中总有一线光明。

② 麦可·布雷（Michael Bublé）：加拿大著名流行爵士乐歌手和影视演员。

见到车里不止她一个人，她在手机里存有几条模棱两可的短信。总而言之，水很深。因此，翻阅警方的案卷之后，我们倾向于赞同他们的结论——贝萨妮·韦茨死于谋杀。

肯特郡平时总是风平浪静的，所以可想而知，这件事在当时掀起了何等程度的轩然大波。电视台做了一期纪念特辑，我记得迈克在节目里哭了，菲奥娜·克莱门斯不得不在节目里搂着他——菲奥娜当时是他的新搭档。

菲奥娜·克莱门斯现在非常出名，很多人不知道她是从《东南今晚秀》起步的。我问迈克看不看她的猜谜节目《停止计时》，他说他不看。全国上下大概只有他一个人不看吧。保利娜（她是化妆师，后面还会提到她的）说迈克只是嫉妒，但他非说自己不看电视。

实话实说，我本来计划今晚能和迈克打情骂俏的——他说他多么喜欢我的项链，我红着脸咯咯傻笑，而伊丽莎白会在旁边翻白眼。

然而非常抱歉，事情没朝这个方向发展。

按照罗恩的说法就是“只有韦格，没有霍恩”[①]。迈克亲了一下我的面颊，聊天时他的手扫过我的手背，我像被电流打了一下，然而我觉得这是餐厅外的厚地毯和我的新羊毛衫联合起来在作怪。

---

① 韦格霍恩的英文是 Waghorn，可以拆成 wag 和 horn，这里有光打雷不下雨的意思。

今天下午他采访了罗恩，《东南今日》（*South East Today*）节目在做一个关于退休生活的报道。这完全是伊丽莎白的主意，她让我写电子邮件发给节目的一名制作人。要是你想勾搭什么人，就去向伊丽莎白求教吧。

我必须承认，罗恩发挥得相当好。他知道该在什么时候说什么话。他谈到孤独、友情和安全感，我为他的坦诚感到骄傲。能看得出来，易卜拉欣给他上过课。谈到一半，他偏离正题，聊起了西汉姆联球队，但迈克把话题引了回去。

我们策划了这么多，其实是想更深入地了解贝萨妮·韦茨，好在迈克很愿意和我们分享。他喝醉了，兴致很高，说了很多我们已经在案卷里读到过的东西。

基本事实如下：贝萨妮在调查一起巨大的增值税欺诈案，事情与手机的进口和出口有关，案值以百万英镑计算。

案件背后有个叫希瑟·加伯特的女人。她的老板叫杰克·梅森，是本地的一名恶棍。人们普遍认为希瑟在为杰克·梅森管理日常运营之类的工作，她后来因为骗税进了监狱，但杰克·梅森没有。算他走运。

十年前，三月的一天晚上，贝萨妮给迈克发了一条短信。迈克以为第二天早晨会见到她满面春风的模样，但贝萨妮没能见到第二天的太阳。

那天夜里十点左右，有人看见贝萨妮离开她住的公寓楼（英国人管这种楼叫 block of flats，能明白吗？）。接下来的几个小时，她行踪不明，没人知道她去了哪儿。等她再次出现在监控探头里，时间已经接近凌晨三点，地点在莎士比亚悬崖附近，车上有一名身份不明的乘客。

下一次再有人见到这辆车，它已经躺在了莎士比亚悬崖的最底下，摔得稀烂。警方在车里找到了贝萨妮的血迹和衣物，但没有尸体。我对此有所怀疑，但考虑到当地的潮汐，似乎也算正常。一年后，警方没有查到她的任何踪迹，她的银行账户也一直在休眠，于是法院签发了推定死亡证明书。

一切完全合理合规，然而你还是不得不问自己一句：尸体在哪儿？我没有当着迈克的面这么说，因为你看得出贝萨妮·韦茨在他心中占据了一个很重要的位置。

他给了我们一点儿新情报——贝萨妮发给他的一条短信。她发现了某些新证据，而且是非常重要的证据，但迈克一直没能查到她究竟发现了什么。

显而易见，希瑟·加伯特是首要嫌疑人，毕竟贝萨妮搜集到了大量不利于她的证据，但警方无法以任何方式把她和贝萨妮的命案联系起来。当然，警方也尝试过调查杰克·梅森涉案的可能性，但同样毫无线索。没过多久，希瑟·加伯特就因为税务欺诈进了监狱，而其他人都去忙别的事情了。

但迈克一直没有放弃。在迈克看来，有几个关键问题：

贝萨妮在短信里提到的新证据是什么？它们没有出现在欺诈案的庭审记录里，但贝萨妮会不会在某处藏了一份自己做的案卷？新证据能把杰克·梅森和犯罪联系起来吗？他直到今天还是自由之身，而且还非常有钱。

贝萨妮为什么在晚上十点离开公寓呢？她要去见什么人？去和什么人对质？她为什么过了四个多小时才出现在莎士比亚悬崖？她肯定去了某个地方，但那个地方是哪儿呢？她有没有见到她要见的人？

最后一个问题：她车上的乘客是谁？

我们掌握了足够的线索，可以开始调查了。看得出来，伊丽莎白也产生了兴趣。

谈完这些，我们又一起喝了几杯酒。保利娜和罗恩分食了同一份甜点，你肯定觉得这没什么稀奇的，但我从没见过罗恩主动和别人分享食物，更别说还是个香蕉太妃派了，所以你就等着看好戏吧。

不知不觉间，已经快晚上八点了！我进门的时候，阿兰的表现很不正常。我所谓的“很不正常”是这样的——它蜷成一团趴在沙发上，挑起眉毛看着我，像是在说：“满脑子肮脏念头的愚蠢人类啊，请问现在几点钟了，我的晚餐在哪儿？”你知道狗会怎么发小脾气。还好我给它打包了吃剩的牛排，所以它很快就回心转意了。它狼吞虎咽，甚至懒得回头瞪我。阿兰有各种各样的习惯，但显然它不吃素。

我用BBC世界频道当背景音乐，上网搜索希瑟·加伯特。她的信息很难搜索到，因为还有一个澳大利亚曲棍球运动员也叫希瑟·加伯特，大多数搜索结果都指向那个运动员。搜着搜着，我对这位运动员产生了兴趣，在Instagram[①]上关注了她的账号。她有三个非常漂亮的孩子。

希瑟·加伯特还在监狱里（不是曲棍球运动员，你当然明白）。事实上，我发现她就在达威尔监狱里，这倒是便宜了我们。因为，显而易见，我们在达威尔监狱里已经有个老熟人了。我发短信给易卜拉欣，说了一个他会非常喜欢的点子。

世界频道这会儿正在聊加密货币，回头我也要研究一下。现在最火的是比特币，按照节目里的说法，这种加密货币有很高的风险，但买账的人也不少。节目访问了一个人，他还不到十六周岁就在炒买炒卖加密货币，因此他百分之百支持。

格里去世前，我们以夫妻的名义买过一些溢价债券，我和金钱只打过这么多交道。也许我该多体验一下生活？做些不一样的事情？当个不一样的人？然而，与什么相比

---

① Instagram：一款社交应用程序，主要以分享照片的方式交友。有时缩写为Ins或Insta。

的不一样呢？我是谁？

我是谁？我是乔伊丝·梅多克罗夫特，本性难移，我也只能这么活了。

没有答案的问题总会在夜晚纠缠你，而我没时间理会找不到答案的问题。那是易卜拉欣的专长，我喜欢能回答的问题。

是谁杀死了贝萨妮·韦茨？这就是个值得思考的好问题。

6

库珀斯·切斯迎来了一个崭新的早晨。从伊丽莎白公寓的窗口望出去，你能看见人们在遛狗，还有几个人在赶去学尊巴（二十世纪八十年代很流行的舞），他们恐怕要迟到了。清风带来了一声声友好的问候，还有鸟儿的歌声和亚马逊[1]送货卡车的声音。

“你为什么一直在看手机？”波格丹问。他和伊丽莎白的丈夫斯蒂芬面对面地坐在国际象棋棋盘前，但伊丽莎白分散了他的注意力。

“有人给我发短信，亲爱的，”伊丽莎白答道，“我有朋友的。”

“只有乔伊丝会给你发短信，”波格丹说，“还有我。而我们俩现在都在这儿。”

斯蒂芬走了一步。“该你了，小伙子。”

“他说得对。”乔伊丝拿起马克杯喝了一口，“这是约克

① 亚马逊（Amazon）：电商平台。

郡茶[1]吗？”

伊丽莎白用耸肩表示“我怎么知道”，然后继续看她面前的案卷，里面有希瑟·加伯特庭审时检方出具的证据。假如愿意等三个月，任何公众都可以调阅这些资料；但假如是伊丽莎白，就只需要等一两个小时。

她不能再看手机了，最新一条短信是这么说的：

伊丽莎白，你不能永远不理我。咱们有很多事要谈一谈。

从昨天开始，一直有一个匿名号码给她发来威胁短信，第一条是这么说的：

伊丽莎白，我知道你干了什么。

她当时心想，好的，这就能缩小嫌疑人的范围了。后来她又陆续收到了其他几条短信。是谁在威胁她？另外，更重要的是，为什么？但这会儿没必要太操心。毫无疑问，一切迟早会水落石出。另一方面，还有贝萨妮·韦茨的命案等待她去解决。

“我真的觉得是约克郡哟，”乔伊丝又开口了，“几乎可以确定。你肯定知道的，对吧？”

伊丽莎白继续翻看希瑟·加伯特因税务欺诈受审时的案卷。财务记录非常详尽，无所不包。纸面追踪记录表明，

① 约克郡茶（Yorkshire Tea）：英国著名茶叶品牌。

有几部不存在的手机在多佛离港，然后几部不存在的手机在数周后回港；一沓又一沓的增值税申报单；总金额高达数百万的银行对账单；钱从境内流向离岸账户，然后消失得无影无踪。贝萨妮·韦茨挖出了这么多证据，你不得不敬佩她。

“当我没说，”乔伊丝说，“你很忙。我自己去看橱柜。”

伊丽莎白点点头。这些证据足以让法院判希瑟·加伯特犯有欺诈罪，但其中是不是还隐藏着贝萨妮·韦茨之死的线索呢？就算真的有，反正现在还没被发现。伊丽莎白并不认为她会有什么机会，毕竟这不是她擅长的领域。那么，接下来该怎么办呢？她有个想法。

“对，就是约克郡，”厨房里传来乔伊丝的喊声，“我就知道。”

乔伊丝坚持要来看他们。无论你曾经在军情五处或六处身居何等高位，无论你被狙击枪瞄准过多少次，无论你觐见过多少次伊丽莎白二世女王，一旦乔伊丝在一件事情上下定决心，你就不可能阻止她。伊丽莎白迅速采取了对应的行动。

斯蒂芬的老年痴呆症越来越严重了，伊丽莎白知道这一点。然而他越是要从她的指尖溜走，她就越是想抓紧他。只要她每时每刻都盯着他，他就不可能消失，对吧？

波格丹来下国际象棋的时候，斯蒂芬的状态总是特别好，因此伊丽莎白邀请波格丹过来，并冒着被乔伊丝发现的风险，邀请她也过来。也许斯蒂芬会表现得很正常呢，也许这样就能让这出戏再多演几周呢。她帮斯蒂芬刮了脸，还给他洗了个头。他已经不再觉得这样做有什么不寻常的了。伊丽莎白望向国际象棋棋盘。

波格丹用双手捧着下巴，思考下一步该怎么走。他今天似乎有点不太一样。

“波格丹，你换沐浴露了吗？”伊丽莎白问。

“别害得小伙子分心，”斯蒂芬说，“我正杀得他进退不得呢。”

“我换了一种无香精的身体磨砂膏，”波格丹说，“是新产品。”

“哦，”伊丽莎白说，“不是因为这个。”

“非常有女人味，”乔伊丝说，“并不是无香精。”

“我在下棋，”波格丹说，“别害我分神，谢谢。”

“我觉得你心里有秘密，”伊丽莎白说，“斯蒂芬，波格丹是不是心里有秘密？”

“那叫守口如瓶。”斯蒂芬说。

伊丽莎白继续看案卷，里面的某些东西害死了贝萨妮·韦茨。是希瑟·加伯特吗？伊丽莎白认为可能性不大。希瑟·加伯特的老板杰克·梅森表面上是个废旧金属交易商，但背地里是整个南海岸最神通广大的犯罪分子。希瑟·加伯特似乎只是士兵，而不是将军。那么，杰克·梅森是将军吗？他的名字出现在这些案卷里了吗？现在该实施B计划了。

“乔伊丝，乔安娜怎么样？”伊丽莎白问。乔安娜是乔伊丝的女儿。

“她在参加为癌症患者筹款的跳伞活动。”乔伊丝说。

“要是能和她叙叙旧就好了。”伊丽莎白说。

乔伊丝看穿了她的企图。“你的意思是能请她来看看这些案卷就好了，对吧？因为你完全看不懂。”

“总之不会有任何坏处，你说呢？”伊丽莎白敢打包票，乔安娜和她的同事们用不了多久就能看完这堆文件。说不定还能找出来一两个名字呢。

“我会问问她有没有时间的，”乔伊丝说，“我上了她的黑名单，因为我说我搞不懂寿司有什么好吃的。话说，你为什么总在看手机？”

“别费劲了，乔伊丝，”伊丽莎白答道，“你又不是马普尔小姐[①]。”

就像是约好的，伊丽莎白的手机响了。她没去看手机。乔伊丝看出了她的不对劲，微微挑起眉毛，扭头望向斯蒂芬，眼神变得温柔。

---

① 马普尔小姐（Miss Marple）：著名推理小说家阿加莎·克里斯蒂（Agatha Christie）笔下的经典侦探角色。

“斯蒂芬，很高兴见到你。”乔伊丝说。

“能认识伊丽莎白的朋友永远是好事，”斯蒂芬说着抬起头，“欢迎随时来做客。很高兴能见到新面孔。”

乔伊丝没有回应，但伊丽莎白知道她听见了。

波格丹走了一步棋，斯蒂芬轻轻鼓掌。

“他闻起来也许不一样了，”斯蒂芬说，“但棋路还是一样的。”

“我闻起来也没有什么不一样的。”波格丹说。

“当然不一样。”乔伊丝说。

伊丽莎白抓住机会，飞快地看了一眼手机。

我有个活儿想交给你。

伊丽莎白感觉到血流在加速。最近过得太平静了——一个退休验光师骑着助动车撞树，有人因为牛奶瓶大吵一架，所谓的刺激只有这么多。简单的生活固然很好，不过此时此刻，有一桩谋杀案可供调查，每天还能收到威胁短信，伊丽莎白发觉她其实挺怀念麻烦缠身的日子的。

7

总督察克里斯·哈德森顶着呼啸的狂风，走在封冻的寒冷海滩上。他在喝一杯温乎乎的大致算是茶的东西。这是他刚刚在一家滨海咖啡馆买的，店员不但拒绝给他找零，还拒绝让他使用员工厕所。

然而没有什么能够影响他的好心情。难得一次，克里斯的日子过得一帆风顺。

犯罪现场，有一辆被烧毁的小客车，车的残骸踞伏于海草与乱石堆之中，就像一只骇人的大螃蟹。

“马上就好。”调查员从小客车里探出脑袋。

克里斯挥挥手，表示“没关系”，他是认真的。

克里斯为什么这么高兴？答案很简单，同时也很复杂。

克里斯爱上了某个人，而这个人也爱上了他。

毫无疑问，美好迟早会在某个时候自行消失，不过毕竟现在还没有嘛。装薯片的包装袋在空中表演杂技，被风吹到了他的脸上。爱情啊，碰到它任谁都会束手无策。

也许这次不会破灭。有这个可能性吗？也许就是这一次了，克里斯和帕特里斯，帕特里斯和克里斯。

小客车旁边的地上扔着不计其数的针头，克里斯险些踩在其中一个针头上。瘾君子喜欢这片海滩。

也许他会和帕特里斯白头偕老？坐在包厢里看戏，一起去逛农夫集市？手拉手，心连心。她刚刚逼着他看了《西区故事》，只要你能忍受唱歌和跳舞，这部电影其实还不赖。他和她能成为一对儿吗？

他望向唐娜·德·弗雷塔斯警员，她在风中几乎蜷成了一团，防水大衣的兜帽差不多遮住了她的整张脸。她是他的搭档（理论上还是他的“跟班”，但他们的关系似乎不该被这么定义），也是帕特里斯的女儿。他对她心有亏欠。

天气恶劣，但唐娜似乎很高兴。她背对着风吹来的方向，用牙齿摘掉一只手套，给她刚刚收到的一条短信回信。唐娜昨晚有个约会，她对整件事都遮遮掩掩的。克里斯不确定她的约会是否顺利，但在来这儿的路上他听见她在哼《一个崭新的世界》，因此他有理由怀疑一下。也许帕特里斯能查到那个神秘的男人是谁。

这辆小客车只剩下一个扭曲熔化的框架，灰色的大海和天空衬托出它漆黑的颜色。小客车属于一所儿童之家，驾驶座上的尸体尚未查明身份。克里斯以前从没思考过大海究竟有多么美丽。他踩到了一个空啤酒瓶，瓶颈被折断了。风更大了，就像有无数冰冷的针尖吹在克里斯的脸上。

何等地壮丽啊，你必须停下来好好欣赏才行，你必须让心灵沉浸其中！

克里斯还减掉了一英石半[①]的体重。他最近买了一件L号的T恤，而不是平时的XL号或偶尔会买的（令人羞耻的）XXL号。他现在以三文鱼和西蓝花为食。他吃西蓝花的次数太多，不需要查也知道这个生僻的词该怎么拼写。他上次吃高热量的三角巧克力是什么时候来着？他都想不起来了。

克里斯的手机响了，并不是只有唐娜才会收到神神秘秘的短信。他先看发信人的名字，是易卜拉欣发给他的。假如是伊丽莎白，你不看内容就知道有麻烦事了。假如是易卜拉欣，可能性就一半一半。短信是这么说的：

下午好，克里斯，我是易卜拉欣。希望我没有在你不方便的时候发短信给你。没有谁的时间安排是可预知的，更不用说是你这样的执法机构人员了，你们的工作时间往好里说也是毫无规律。

屏幕上出现了几个点，代表易卜拉欣正在写第二条短信。克里斯等得起。六个月前，这一切都和他没有关系，没有帕特里斯，没有唐娜，没有周四推理俱乐部。他意识到，所有好事都是他们带来的。他们四个人带有某种魔力。

① 即21磅，约合9.5公斤。

没错，他们不久前在费尔黑文“判了”两个人死刑，还拿走了一笔数额惊人的钱，但尽管如此，他们还是带有某种魔力。

“你在给谁发短信？”他在狂风中大声问唐娜。试一试又不会死人。

“碧昂丝。”唐娜大声回答，继续打她的字。

克里斯的手机响了，是短信来信提示音。还是易卜拉欣。

假如我的请求超出了我们友情允许的范围，那就请你原谅我，但我在想，你有没有可能帮我查一下两个老案子？相信你也会发现它们相当有意思。另外，希望你能理解，假如不是因为迫不得已，我们也不会来求你。

那几个点又出现在屏幕上，说明还有第三条短信。

肯特郡的警察局长最近召见过克里斯和唐娜，这位先生名叫安德鲁·埃弗顿，是一位了不起的好警察，愿意为下属两肋插刀，但要是有人胆敢越线，就会见到他冷酷无情的一面。局长大人在业余时间用笔名写小说，并自费出版，你只能在 Kindle 这类电子书平台上买到这些书。另一名警官告诉克里斯，现如今那是能挣大钱的生意。但安德鲁·埃弗顿还在开一辆沃克斯豪尔[①]的旧威达车，因此这消

① 沃克斯豪尔（VAUXHALL）：英国本土的汽车制造公司，后来被美国通用收购，通用收购欧宝后变成欧宝在英国的制造工厂，威达是欧宝旗下的汽车品牌，于 1988 年开始生产。

息未必是真的。

安德鲁·埃弗顿说，由于他们抓捕了康妮·约翰逊，两个人都将受到表彰——获得肯特郡警察奖。能得到认可当然很好。警察局长在办公室的墙上挂满了警官们自豪的肖像，全都是英雄。克里斯最近从唐娜和帕特里斯那里学会了以女性视角看世界，他注意到这些肖像里除了一个女人和一条警犬，其他全都是男人。警犬的脖子上挂着一枚奖章。生命真是个奇迹。

易卜拉欣的第三条短信到了，希望这次他能切入正题。

我上一条短信说的案件是贝萨妮·韦茨之死和希瑟·加伯特因为欺诈被判决有罪。两起案件都发生在2013年。特别要注意的重点是，贝萨妮·韦茨在事发当晚10时15分到凌晨2时47分的下落，以及当时谁有可能坐在她的车上。欢迎提供任何信息。回头再聊，我亲爱的朋友。替我向帕特里斯问好，你真的找到了一个值得托付的好女人。通常来说，在一段关系里，要诀就是……

克里斯没有继续读下去。他记得贝萨妮·韦茨和希瑟·加伯特这两起案件。他会去查一查吗？开什么玩笑，他当然会去查一查。周四推理俱乐部迟早会害得他丢工作甚至送命，但这个风险还是值得一冒的。他觉得像是有谁特地为他召唤出了这几个人，让他们来拯救他。周四推理俱乐部给了他唐娜，通过唐娜，他又认识了帕特里斯，而帕特里斯介绍他认识了麻婆豆腐。事实证明，这一切加起来给他带来了快乐。

唐娜从手机上收回目光。“你在笑什么？”

克里斯耸耸肩。“你在笑什么？”

唐娜耸耸肩。“收到我老妈的短信了？”

“公共场所不能打开看，”克里斯说，“否则会被扫黄组抓走的。”

唐娜朝他伸伸舌头。

“易卜拉欣请我们查一个案子。”

“你先别说，”唐娜打断他，“是不是一个叫贝萨妮的人开车冲下悬崖的案子？”

“你怎么知道……”

唐娜挥挥手，表示这种细节就别在意了。

克里斯望向大海，唐娜走到他身旁。灰色的阴云变成了狂暴的黑云，狂风裹挟着带海水咸味的水沫吹来，抽打他们的面颊。从小客车的方向飘来金属和塑料燃烧的怪味，其中还混杂着尸体腐烂的恶臭，呛得他们喉咙发疼。两只海鸥在争抢一个塑料购物袋，吵得不可开交。

“多么美丽。”克里斯说。

“动人心魄。”唐娜赞同道。

8

伊丽莎白一直在思考监控探头的问题。假如贝萨妮开车穿过费尔黑文，为什么监控探头没有拍到她呢？出门去散步之前，她给克里斯打电话谈了这个问题，克里斯接起电话就说："哎，就知道你会打给我。"

她问他有没有帮忙查一下，他说他手头有一具尸体，还没抽出时间来，于是伊丽莎白祝贺他得到了警察局长的嘉奖，借此提醒他，她在他抓捕康妮·约翰逊的过程中贡献过一份力量。

于是他只好答应下来，有空就去查一查。

伊丽莎白和斯蒂芬最近每天下午都会在同一个时间出门散步，无论下雨还是出太阳，同样的路线，同样的时间。

他们穿过树林，沿着墓地的西侧围墙走到新建筑物另一侧的开阔地；不久之前，伊丽莎白还在这块墓地里挖过坟，而新建筑物正像雨后春笋似的在山丘顶上冒出来。他们在开阔地停下，掏出口袋里的小酒壶，和吃草的奶牛聊天。

斯蒂芬给每一头牛都起了名字，还给它们编了不同的性格。他每天都会向伊丽莎白讲述奶牛界的最新动态。今天斯蒂芬说黛西和爱德华偷情，给布莱恩戴了绿帽子。爱德华是一头更年轻、更英俊的公牛，来自附近的另一块草地，而黛西和布莱恩正在尝试做奶牛心理咨询。伊丽莎白喝了一口威士忌："对于奶牛来说，黛西这个名字有点缺乏想象力。"

"这一点没有争议，"斯蒂芬赞同道，"要怪就怪她母亲。她母亲同样叫黛西。"

"是吗？"伊丽莎白说，"她父亲叫什么？"

"没人知道，麻烦就麻烦在这儿，"斯蒂芬说，"当时闹出了好大一个丑闻呢。老黛西去西班牙度假，据说是一夜风流。"

"嗯哼。"伊丽莎白说。

"事实上，要是你仔细听，就能听出黛西也有那么一丝西班牙口音。"

黛西像是得到了提示，哞地叫了一声，两人放声大笑。

现在该穿过树林往回走了，这条幽静又私密的路线是伊丽莎白亲自制定的，它只属于他们两个人。让斯蒂芬远离刺探的视线，远离与他精神状态有关的讨厌问题。

散步的时候，他们的手紧紧地握在一起，胳膊轻轻摆动，两颗心以相同的节拍跳动。固定的散步时间迅速成为伊丽莎白一天中最喜爱的一段时光。她英俊而快乐的丈夫啊，她可以继续欺骗自己，假装一切都很好，而她能永远握着他的手。

“天气真好，正适合散步，”斯蒂芬说，阳光照亮了他的脸，“咱们应该多出来走走。”

伊丽莎白心想：只要上帝允许，我会尽我所能和你走完每一段路。

贝萨妮的尸体一直没有找到。伊丽莎白对这一点非常在意。她读过足够多的侦探小说，知道只要没找到尸体，就不能想当然地认为发生了凶案。实话实说，这些年以来，她不止一次地伪造过自己的死亡。

由于分神，伊丽莎白直到最后一瞬间才看见那个男人，但她立刻意识到她犯了错误。

她也会犯错。尽管很少，但也会犯。

她每天的欢乐时光，是与斯蒂芬一起的日常散步，这种日常的乐趣，自然就是伊丽莎白犯下的最大的错误。爱往往会让人做傻事。

习惯是特工的大敌。你不能连续两天走同样的路线；你不能每天在同一个时间下班回家；你不能每周五晚上去同一家餐馆吃饭。习惯就是敌人的机会。

伊丽莎白的习惯给了敌人一个机会，敌人可以预先做好计划——藏起来，然后伺机突袭。

她最后的念头是“求求你，请不要对斯蒂芬下手”。她甚至没有感觉到，那必将到来的一击。

9

“话说七十年代末，我和 UB40 乐队的一个成员约会过，但我觉得那会儿咱们都做过这种事。”保利娜说。

“哪一个？”罗恩问，尽量不失体面地喝他的汤。

保利娜耸耸肩。“他们的成员太多了。我记得我还和疯狂乐队的一个人约会过，至少他说他是那个乐队的。”

罗恩给儿子杰森打了电话，请他推荐一个适合共进午餐的地方——要有格调，但不会因为罗恩搞不清楚该用什么刀而害得他闹笑话；罗恩必须认识店里供应的所有餐食，桌子上要有正式的餐巾，店里还要有干净的厕所；罗恩不需要打领带也能进去，但要是想打领带也可以打（当然，只是一个假设）；另外还要记住罗恩是靠养老金过日子的，所以不能太贵，但怎么说呢？他也存了点小钱，所以不用太担心。

杰森很有礼貌地听完，然后问：“所以她叫什么？”

罗恩问：“谁叫什么？”

杰森说：“你约会的对象。”

罗恩接着问："你凭什么觉得我……"

杰森打断他，说："去黑桥酒吧[①]，老爸，她会喜欢的。"

罗恩坦白："她叫保利娜。"

杰森祝他一切顺利。然后他们聊了聊西汉姆联队，最后罗恩忍不住了，问杰森能不能替他订座，因为他永远搞不懂订座网站该怎么用，而且他不好意思请易卜拉欣帮他订座。

"你的朋友今天真的去达威尔监狱了？"保利娜问。

"我们有个爱管闲事的老毛病。"罗恩说，"那么，你对贝萨妮·韦茨的事情有什么看法？你当时已经在电视台了吗？"

黑桥是一家所谓的美食酒吧。罗恩从头到尾扫了两遍菜单才看见上面有牛排。即便有，菜单上也写的是"bavette"牛排[②]，不过配菜是薯条，他希望这是个安全的选择。

"她就像一条猎犬，这我可以肯定，"保利娜说，"而且是最好的那种猎犬。她死的时候，迈克非常伤心。他们俩互相照应，这在新闻行当里是很不寻常的。"

---

① 黑桥酒吧：原文为 Le Pont Noir，与一家位于斯德哥尔摩的特色酒店同名，该酒店拥有两座历史悠久的建筑，每间客房的装饰都以古典家具和现代艺术品为主，且都有自己的独特风格。因融合了历史和现代感，深受文化艺术爱好者和摄影师们的喜爱。

② bavette：指后腰脊翼板肉，油脂平均，通常做到三分熟。

“而且她还很好看，”罗恩说，“当然了，对喜欢金发女郎的人来说，但我不喜欢。她不是我的类型——倒不是说我有特别喜欢的类型，我没那么挑剔。好吧，我很挑剔，但……”

保利娜用手指封住罗恩的嘴唇，帮他走出这个言语的死胡同。他感激地点点头。

“而且她刚开始和一个新认识的男人约会，”保利娜说，“一个摄像师。和别人一样，电视圈的女人总会和她们的摄像师约会，男人总会和他们的化妆师约会。”

“咦，真的吗？”罗恩挑起眉毛，“所以你和迈克·韦格霍恩？你们曾经……”

保利娜大笑。“你不需要担心他，亲爱的。迈克也和他的摄像师约会。”

“看来乔伊丝没机会了。”罗恩说，他的“bavette”牛排刚好端上来。见到盘子里只是一份普普通通的牛排，而且还有人替他切好了，他不禁松了好大一口气。好极了。

“你觉得是她的报道害死了她吗？”罗恩吃牛排时不忘接着问。

保利娜正在用假装出来的热情眼神欢迎刚刚摆到面前的焖烧花椰菜。

“也许吧，”她说，“咱们换个话题好吗？我听迈克说这些听得太多了，耳朵都磨出茧子了。”

罗恩正在琢磨保利娜长得像谁。也许有点像莉兹·泰勒?《舞动奇迹》[1]的新评委?回想起来,他觉得他恐怕是配不上她的,然而她还是来和他吃饭了。

“你的花椰菜怎么样?”

“你猜,使劲猜。”

罗恩忍不住笑了。

“那么,你昨晚过得开心吗?”保利娜问。昨晚罗恩第一次在她家过夜。要是一个人能把焖烧花椰菜吃出诱惑风情来,那保利娜此刻就正在这么做。

罗恩感觉到自己的脸红了。“我……嗯……那什么……我空窗有段时间了,所以我也许不是你平时遇到的那种交往对象。真的很久了。两个人夜里聊聊天,感觉非常好。希望你不会介意。”

“亲爱的,我也空窗很久了,”保利娜答道,“我也觉得非常好。你是一位绅士,而且还是一位英俊和风趣的绅士。咱们就按自己的节奏来,可以吗?”

罗恩点点头,又吃了几口牛排。没有番茄酱,不过除此之外,他没法挑黑桥酒吧的任何毛病。多谢了,杰森。

“吃完饭愿意去海边走走吗?”保利娜说,“趁太阳还没落山,去栈桥吃个冰激凌?”

---

① *Strictly Come Dancing*,英国电视节目。

罗恩想到了他的膝盖。要是不拄杰森给他买的那根该死的拐杖，他的膝盖会疼得要命，这让他觉得自己真的老了。每一步都很疼，但又不能在保利娜面前表现出来，因此就更疼了。他明天恐怕要在床上躺一整天。

“当然愿意了，”罗恩说，“非常愿意。”也许他在保利娜面前不需要遮遮掩掩的。

“我知道你的膝盖在给你找麻烦，”保利娜说，“所以老天在上，你就去找根拐杖拄上吧。我不需要一个硬汉当拖油瓶，我只想去栈桥吃个冰激凌，顺便和罗恩·里奇当众亲热一下。”

罗恩又笑了。虽然他还是不会拄拐杖，他有他的原则要坚持，但听她这么说还是挺开心的。

保利娜指了指自己的包。“我包里还有两个‘止疼神器’，你懂的，能帮上你的忙。”

10

伊丽莎白昏迷了多久，很难说。

那么，她到目前为止都知道些什么？

这是一辆正在行驶的车，她躺在冰冷的金属地板上，双手被反铐在背后，双脚被捆在一起，眼睛被蒙住了。她戴着耳机，耳机里在以震耳欲聋的音量播放白噪声[①]。熟悉的拷问技巧。

往好处想，她还活着，至少还有的选。

伊丽莎白现在能控制的只有呼吸，因此她选择控制呼吸，慢而深地平稳呼吸。惊慌失措不会有任何好处。按照她的猜测，她最终搞清楚绑架者要带她去哪儿时，需要身体发挥出全部的能量。

他们也对斯蒂芬动手了吗？或者认为没这个必要？他也在车上吗？

伊丽莎白向后蠕动，在车厢的地面上移动着——她现在可以推测出这肯定是一辆大货车——最终碰到了另一具

① 白噪声（white noise）：功率在整个频率范围内均匀分布的噪声。

躯体。他们背对背地躺在地上。她知道那是斯蒂芬，她能感应到。

伊丽莎白用被铐在背后的双手寻找他的手。斯蒂芬也在这么做。两个人的手紧紧地握在了一起，就像一对正在从睡梦中醒来的情人。伊丽莎白捏了捏斯蒂芬的手，随后担心这么做也许会显得他过于柔弱。是不是应该等他来捏一捏她的手呢？在目前的情况下，由她来安慰斯蒂芬也许确实更恰当。斯蒂芬毕竟没有经历过这样的事情。

伊丽莎白把手指搭在他的手腕上，这个动作很容易被误认为在表达爱意，但实际上她是在检查他的脉搏。她想知道他有没有惊慌。

斯蒂芬的脉搏非常稳定：每分钟六十五次。这也是理所当然的。斯蒂芬应该也在控制呼吸，相信他的妻子能在危难之中拯救他。

她能做到吗？伊丽莎白自问，这取决于正在发生什么。肯定是给她发短信的那个人，他终于兑现了对她的威胁。但他到底是谁呢？另外，他对伊丽莎白到底有什么企图？

大货车慢了下来，它似乎离开大路拐进了一条小路。伊丽莎白在心中记下这个细节。

往好里想，库珀斯·切斯的那些人会想到她的。等到晚上，乔伊丝会注意到她家的灯没开。她会注意到的，对吧？还是说她会忙着调查希瑟·加伯特？易卜拉欣会不会满脑子都是康妮·约翰逊？罗恩是不是忙着……好吧，他在忙什么就不用说了。他们会发现她不见了吗？他们会不会报警？

伊丽莎白知道她已经离家太远了。这次不会有骑士从天而降来救她。她害自己陷入了这个困境，也必须靠自己的力量爬出去。

车停下了。伊丽莎白静静地等待，调整呼吸。她感觉到一只手抓住她的肩膀，粗暴地把她拽了起来。

这是谁的手呢？

11

“所以你不是《星期日泰晤士报》的记者？”康妮·约翰逊说，易卜拉欣觉得这是个合情合理的问题。她在嚼口香糖。易卜拉欣同样觉得没什么不能接受的，嚼口香糖对牙齿健康有好处，只要是无蔗糖的就行。

“对，我不是。”易卜拉欣说，跷起一条腿，然后理了理裤腿，“我猜假如你认为我是记者，会更愿意和我聊几句。”

这是达威尔监狱的一间探视室。桌子和桌子之间有一定的距离，但依然靠得很近，要是人们愿意，就能听见其他任何一个人的声音。易卜拉欣一边和康妮交谈，一边偷听每一场谈话。这是他的习惯。

“所以你是谁？”康妮问。她身穿监狱的连体制服，不过对于一个理论上无法接触到高档化妆品的人来说，她的妆化得出奇地好。

“我叫易卜拉欣·阿里夫，一名心理学家。”

“哈，这就好玩了，”康妮说，声音里真的有笑意，“谁派你来的？检察官？看我有没有发疯？”

“康妮，我知道你没有发疯。你是一位非常理智、聪明和有动力的女性。”

康妮点点头。“对，我这人信奉结果导向。我在Facebook[①]上做过测试，得了九十六分呢。你这身衣服相当漂亮，裁缝的手艺很不错。”

“你设立目标，然后就去实现。我没说错吧，康妮？”

“正是如此，”康妮说，然后看了一圈周围，“但我进了监狱。你看，我也并不完美，易卜拉欣·阿里夫。”

“人无完人嘛，”易卜拉欣说，“承认现实对心理健康有好处。康妮，我想知道你愿不愿意接受一项任务。”

“任务？你需要毒品？你看起来不像需要那东西的人。还是你想弄死什么人？你看起来像是花得起这个钱的。”

“绝对不是违法的事情。”易卜拉欣说。不可否认，他非常喜欢和犯罪分子聊天，就像和名流聊天一样，没错，他也喜欢和迈克·韦格霍恩聊天。“刚好相反。”他说。

“和违法的事情刚好相反。嗯，对我有什么好处？”

“对你嘛，没有任何好处，”易卜拉欣说，“我只是觉得你应该非常擅长这种事，因此你会得到巨大的快乐。”

“我的意思是我很忙。”康妮给他一个微笑。

① Facebook：中译名为“脸书”或“脸谱”，一款在线社交网络服务平台，2004年成立，主要创始人为马克·扎克伯格（Mark Zuckerberg）。现更名为Meta。

“我看得出来。”易卜拉欣答道，也给她一个微笑。康妮的笑容似乎很真诚，因此他也笑得很真诚。

“好吧，什么任务？”康妮说，“我喜欢你的脸蛋，也喜欢你这身衣服——咱们来说正经事吧。”

易卜拉欣镇定了一下心神，保持声音平稳，不至于引来怀疑。“这儿有个叫希瑟·加伯特的囚犯。你认识她吗？”

“她是谁？佩文西的连环扼杀犯？”

“应该不是。”易卜拉欣答道。

“D 区有个叫希瑟的，”康妮说，“年纪比较大，模样挺精明，像个抢银行的中学老师。”

“暂时就当是她好了，”易卜拉欣说，“你觉得你能和她交上朋友吗？帮我调查一点儿东西。”

“听上去像是我能做到的事情。”康妮说。易卜拉欣看得出，她的大脑已经开始运转了。“你想调查什么？”康妮问。

“我想知道她有没有在二〇一三年谋杀过一个叫贝萨妮·韦茨的电视记者，把她的车从悬崖上推了下去。”

“酷。”康妮说，一丝坏笑慢慢爬上她的嘴角，“我可以去问问她。嘿，希瑟，今天的茶不错。对于这个季节来说，天气也太温和了一点儿。说起来，你有没有杀过人？”

“具体怎么问就交给你了，”易卜拉欣说，“这是你的专业领域，不是我的。也许她并没有杀人——这个情报同样有价值。”

“但我猜是她干的，”康妮说，“虽说我一直有这种想法，但还没把车从悬崖上推下去过呢。”

易卜拉欣摊摊手。“你还有机会的，我敢肯定。”

“对我真的没什么好处吗？”康妮问，“你能不能夹带个 SIM 卡或者其他什么给我？”

“我恐怕做不到，”易卜拉欣说，“但我可以上网搜一搜，然后试试看。”

“别担心，SIM 卡我多的是。你应该不想知道都是怎么夹带进来的。”

易卜拉欣觉得他还是会上网搜搜看。他确实乐在其中。自从那次被抢劫以来，他就没怎么出过门，但他的信心正在一点儿一点儿地恢复，他能感觉到自己正在一点儿一点儿变回以前的样子。伤疤固然存在，但结疤至少意味着血已经止住了。

能回想起自己非常擅长的事让易卜拉欣非常高兴——他擅长读懂别人的心思，擅长找到麻烦所在和疏导麻烦。他喜欢康妮，康妮也喜欢他。但他必须小心，她是个无情的杀人犯。易卜拉欣再怎么抵抗先入之见的影响，也要自己记住这是个相当大的风险点。不过，他之后会有好消息向他的老伙计们报告了。

易卜拉欣开始琢磨 SIM 卡，他知道这东西非常小。“你能不能……”易卜拉欣突然想起康妮刚刚说了句什么，而他当时漏听了。这可不像他，非常不像。该打起精神来了。

“不好意思，”易卜拉欣说，“你说什么来着？”

“易卜拉欣，你这是神游天外了，”康妮说，“我再问你一遍吧。作为一名心理学家，你认为驱使我做事的动力是什么？”

易如反掌的一个问题。没错，我们每个人都不一样，都是独一无二的小雪花，过着独一无二的生活，然而在外表之下，我们又都是一样的。

“我认为是动能，对于活动和改变的欲望。”易卜拉欣把双手的指尖搭在一起，“有些人希望一切都维持不变——我有点这个趋势。举例来说，要是电台换掉了《航运天气预报》的背景音乐，我就会生闷气，但有些人需要一切都在不停地改变。你就是这类人，需要一切都在不停地改变，这种混乱能让你把自我隐藏起来。”

“嗯，”康妮说，“易卜拉欣·阿里夫先生，多么睿智啊！但你认为对我来说，诚实是个重要的品质吗？”

这是什么意思？易卜拉欣觉得心往下一沉。“我认为是的。说来讽刺，在你那个行当里，诚实是个至关重要的因素。”

“你认为是的，真的吗？”康妮问，“朋友，你从哪儿知道我的名字的？你是怎么听说康妮·约翰逊的？谁派你来的？”

“一位客户。”易卜拉欣说。他不擅长撒谎，因此会尽可能地避免撒谎。然而自从认识伊丽莎白、乔伊丝和罗恩以来，他就不得不越来越频繁地撒谎了。

“我听说过你的名字，”康妮说，“易卜拉欣·阿里夫。你知道我是从哪儿听说的吗？”

易卜拉欣再也编不下去了，康妮凑近他，咬着他的耳朵说:“从你的好朋友罗恩·里奇那儿，我被逮捕的那一天。”

她坐回椅子里。轮到你了，易卜拉欣。

“是他叫你来找我的，对吧？”康妮说，“你为他跑腿？”

“不，我为伊丽莎白·贝斯特做事，她是军情五处的，或者六处。总之是其中之一。”

康妮想了想。“这么说，军情五处或六处希望我去找希瑟·加伯特聊一聊？”

“是的，间接希望。”易卜拉欣说。

“在法庭上能帮我一把吗？比方说一伙戴头套的家伙闯进来，把我从被告席上救出去？”

“恐怕不行。”易卜拉欣说。不过，他觉得也很难说。伊丽莎白肯定知道行不行，但他最好别做出任何承诺。

“易卜拉欣啊，”康妮说，“我不喜欢别人骗我。”

“我明白，”易卜拉欣说，“对不起。”

“另外，”康妮继续道，“有一点你必须知道，等我出去了，首先就会弄死你的朋友罗恩·里奇，因为是他把我送进来的。”

“记住了。”

康妮想了一下。“你认识波格丹吗？”

“认识。”易卜拉欣承认道。

“我也要弄死他，能替我给他俩带个话吗？”

“没问题，我会转告他们的。”

“说起来，波格丹是不是有女朋友了？”

“好像没有吧。”易卜拉欣答道。

康妮点点头。一名监狱看守走向他们的桌子。

“约翰逊，你的二十分钟到了。”

康妮扭头对他说：“再给我五分钟。”

“管监狱的不是你，”看守答道，“是我们。”

“再给我五分钟，我送你儿子一部 iPhone。”康妮说。

看守想了想。“十分钟好了，他想要 iPad。”

“谢谢你，警官。”康妮说完，扭头对易卜拉欣继续道，“我在里面过得太无聊了，所以我答应你。把你掌握的希瑟·加伯特的情况全告诉我。我还是会弄死你的朋友，但在此之前，咱们可以和平相处，一起找点乐子。”

易卜拉欣点点头。“但你也可以选择不弄死我的朋友，对吧，康妮？”

“你是什么意思？”康妮问，显然真的不明白他在说什么。

“你之所以会被送进来，是因为他们智胜了你。你就这么输不起吗？他们利用了你的贪婪。你的自尊心就这么脆弱，没法接受偶尔输上一次吗？”

康妮大笑。“但那是我的工作，易卜拉欣，我就是靠这个挣钱的。你是个聪明人，当然明白，对吧？”

“谢谢，”易卜拉欣说，“我测过智商，结果是……”

“咱们设想一下，”康妮打断他，“假如我不杀罗恩和波格丹，费尔黑文的每一个投机分子都会认为他们可以占我的便宜。知道我的企业口号是什么吗？”

“我都不知道你有个企业。”易卜拉欣说。

“仇不过夜，十倍奉还。”康妮告诉他。

“倒也合理，”易卜拉欣承认道，“难道就不存在道德至上的毒贩吗？”

“布莱顿有个毒贩，他相信互惠交易。因为毒品来自他家族经营的农场，而且不用杀虫剂，他特别在毒品的包装纸上做了声明，还盖了章，等等。”

“好的，听上去是个好的开始。”易卜拉欣说。

“但有人偷他的钱，他还是把那家伙从多层停车场的顶楼扔了下去。”

“不积跬步，无以至千里嘛。”易卜拉欣说，“说起来，也许我可以带罗恩来探视你。要是你真正了解了一个人的为人，说不定就不会那么想弄死他了。”易卜拉欣说完又好好想了想这个主意。实话实说，如果是罗恩，结果很可能适得其反。

康妮也想了想。“你很有意思，想接个活儿吗？”

“我有一份工作了，”易卜拉欣说，“心理学家。”

“你这份工作挣钱吗？”康妮说。

“还是免了，谢谢。”易卜拉欣说。尽管为犯罪组织工作肯定乐趣无穷，他想象着，人们在烟雾缭绕的屋内还戴着墨镜，成天策划这个、策划那个。

“那么，你愿意以心理学家的身份被我雇用吗？”

易卜拉欣思考片刻。这个活儿确实会很有乐趣，而且非常有意义。“康妮，你要心理学家干什么？你认为你需要什么？”

康妮想了想。“学习怎么利用敌人的弱点。举例来说，该怎么操纵陪审团，该怎么发现警方的卧底。”

“呃……”

“还有为什么我总是喜欢上坏男人。”

“这就更符合我的专业了，”易卜拉欣说，“有人来向我寻求帮助，我永远从同一个问题开始：你快乐吗？”

康妮想了想。“喂，我在坐牢呢。”

“除了坐牢呢？你快乐吗？”

“我想一想，我有可能更快乐吗？怎么说呢？可能快乐指数再增加五个百分点吧。这样就挺好的了。”

“我可以帮你。五个百分点，十个、五十个，无论多少。这都是我的工作。我不可能‘修’好你，但能让你在人生之路上跑得更顺畅。”

“你不可能‘修’好我？”

“人是‘修’不好的，”易卜拉欣说，“我们毕竟不是割草机，尽管我也希望我们是。”

“肯定很好玩，你说呢？”康妮说，“说出我的秘密，卸下我的负担。你怎么收费？毕竟你要买那么好的衣服。”

“每小时六十英镑。要是付不起，少一点儿也行。”

“我付你每小时两百英镑。”康妮说。

“不行，我只收六十。”

“既然付不起可以少一点儿，那要是付得起也可以多一点儿。生意的事情钱说了算。咱们多久见一次？”

“刚开始最好每周一次，我的时间表相当有弹性。”

“好的，我会搞定监狱这儿的事。精神健康，他们相当在意这种事情。另外，我也会去查一查希瑟·加伯特，女人之间很容易聊起来。嘿，你是什么星座？你有没有把一辆车从悬崖上推下去过？”

“谢谢，我非常期待下次和你谈话。”易卜拉欣说，“顺便看看能不能说服你放罗恩一马。”

“非常好，”康妮说，“咱们就定在每周四吧。”

“嗯……”易卜拉欣说，“周三行不行？周四我有别的安排了。”

12

伊丽莎白上一次被扯开套头麻袋和眼罩，还是一九七八年的事。

当时她睁开眼睛，看见的是匈牙利一家屠宰场光线刺眼的管理室，即将盘问和拷打她的某国将军胸前戴满了沾血的勋章。不过事出意外，她没有受到拷打，因为将军把拷问用的工具箱忘在了车上，而车开走了，且当天晚上不会再回来。于是她最终逃过一劫，只是多了几块瘀青和一段餐桌上的助兴逸事。

那位将军想知道什么来着？伊丽莎白早就忘记了。在当时肯定是什么生死攸关的重要秘密。她知道有人因为农业机械的设计图而死。

很少有事情重要到值得你冒生命危险去做，然而值得拿别人的生命冒险的事情却比比皆是。

这一次，当她的眼罩被摘掉时没有刺眼的日光灯，也没有狞笑的将军和血迹斑斑的文件柜。她在一间图书室里，坐在一张柔软的皮椅上。照明靠的是蜡烛，就是乔伊丝喜欢买的那种。一个男人为她摘掉眼罩，打开手铐，然后默默地走出房间，离开了她的视野。

伊丽莎白扭头去看斯蒂芬。斯蒂芬对她挑起眉毛，说：“哦，真是好一场折腾。”

“正是如此，”她赞同道，“你还好吧？”

“好得很，我亲爱的，你别担心我，多想想该怎么办吧。我只是离开了舒适的库珀斯·切斯。脑袋上挨了一下，但没造成什么伤害。说不定还帮我开了窍呢。”

“你的腰没事吧？”

“一粒阿司匹林就能搞定。你知道这是在干什么吗？我能帮上你的忙吗？”

伊丽莎白摇摇头。“多半是冲我来的。”

斯蒂芬点点头。“我负责鼓舞士气，一切都听你的。要我说，假如他们打算干掉咱们，就不会让咱们坐在这么舒服的椅子上了，你说呢？你肯定比我懂这些事。”

“我猜他们有事想和我谈一谈。”

“然后根据你的回答来决定要不要干掉我们？”

“很有可能。”

两个人都沉默了一会儿。

“伊丽莎白，我爱你。”

“斯蒂芬，别给我演八点档煽情剧。”

“好吧，总而言之，和你在一起就永远不会无聊。”斯蒂芬说。

图书室的门开了，走进来的是个留大胡子的男人，他非常高大，进门时不得不弯腰低头。

“维京人，对吧？”斯蒂芬对伊丽莎白低声说。

男人坐进伊丽莎白和斯蒂芬对面的一把扶手椅。椅子根本装不下他的身体，他就像老师坐在学生的座位上。

“你就是伊丽莎白·贝斯特？”他问。

“取决于你是谁了，”伊丽莎白说，“咱们见过吗？”

男人从口袋里掏出烟管。“介意我抽电子烟吗？”

伊丽莎白摊摊手，表示“请便”。

“这东西对健康很不好，”斯蒂芬说，“我读过一篇相关的文章。”

男人点点头，深吸一口电子烟，然后转向斯蒂芬。

“你肯定是斯蒂芬，对吧？很抱歉，把你牵扯进来。”

“没什么好抱歉的，和这位在一起总是在所难免。不好意思，请问怎么称呼？”

男人没有理会斯蒂芬的问题，重新转向伊丽莎白。

“对于一位老太太来说，你真的是个大忙人。”

这是什么口音？瑞典？

伊丽莎白发现斯蒂芬在扫视书架，时不时惊讶地瞪大眼睛。

“那么，伊丽莎白，”维京人说，“说正经事。你偷了一批钻石，我没说错吧？”

“我明白了。”伊丽莎白说。至少她知道这是怎么一回事了。不是古老的特工往事死灰复燃，只是周四推理俱乐部不久前那场小小的冒险。她以为她已经给整件事扎上了一个漂亮的蝴蝶结，一切到此为止了，然而事与愿违，好心总是没好报。

“看来钻石的主人不是马丁·洛马克斯，而是你。”伊丽莎白说。

“不，不是我，”维京人答道，“是一位名叫维克托·伊里奇的先生。”

“维克托·伊里奇？”伊丽莎白收回了先前的所有想法。这是最最糟糕的古老往事。人们曾经说他是全苏联最危险的人。不过她必须夸奖一下自己此刻的表现。尽管她听见“维克托·伊里奇”这个名字时，像是有巨大的电流穿过整个身体，但从外表来看，没人能猜到她听说过这个名字。

“而这个维克托·伊里奇是你老板？”

维京人大笑。“老板？不，我不为任何人做事。我是独狼。”

“老弟，我们每个人都为某个人做事。”斯蒂芬说，眼睛继续扫视书架。不管他在打什么主意，上帝保佑他。

“除了我，”维京人说，“我自己说了算。”他扯开嗓子狼嚎，时间长得令人不安。伊丽莎白耐心地等他嚎完。

“所以为什么抓我？”伊丽莎白问，“钻石不是你的，维克托·伊里奇也不是你的老板，根本不关你的事。”

“我不在乎什么钻石，你以为我在乎区区两千万英镑？那点钱什么都不是。”

维京人坐直身体，歪着脑袋，直勾勾地盯着伊丽莎白的眼睛。

“之所以请你来，是因为一段时间以来，我一直在寻找杀死维克托·伊里奇的方法。”

“我明白了。”伊丽莎白说。

“真是不太容易呢。”维京人说。

“那是当然，”伊丽莎白说，“要是杀人那么容易，咱们就没人能活过圣诞节了。”

“因此，”维京人说，“我想请你为我杀死维克托·伊里奇。”

维京人靠回椅背上，他已经摊牌了。伊丽莎白的大脑在飞速运转。她这是掉进了一个什么烂泥沼？今天上午，她还在思考交通监控探头和失踪的尸体，这会儿又有一个维京人当面威胁她，说是向她提出建议也行，反正这两种说法在她的行当里往往是一回事。

是什么暂且不论，至少她和斯蒂芬应该能活着看见明天的太阳了。既然有人要搭台，那她就只好跟着唱戏了。她也靠回椅背上，把双手扣在一起。

“非常抱歉，我不杀人。”

维京人舒舒服服地坐在那儿，微微一笑。“伊丽莎白·贝斯特，咱们都知道这不是真的。”

伊丽莎白承认他说得对。“这就是你的问题了，因为我只杀想杀我的人。”

维京人从旁边的桌子上拿起一台笔记本电脑，对她露出灿烂的笑容。“那咱们可就真是走运了，因为我刚刚发了一封电子邮件给维克托·伊里奇，附件是两张照片。一张照片里，你在开费尔黑文火车站里的一个储物柜；另一张照片是枪战那天，你出现在费尔黑文栈桥。那次事件给维克托·伊里奇造成了极大的不便。”

“他算是拿捏住你了，亲爱的。”斯蒂芬说。

伊丽莎白不知道维克托与马丁·洛马克斯有牵连，更不知道他和钻石的事情有关系，然而这也完全说得通。维克托现在是自由身了。

“所以你看，”维京人说，“维克托·伊里奇一旦收到照片，复仇的怒火就会吞噬他，他一定想要干掉你。非常漂亮对不对？现在你必须抢先杀死他了。”

“你自己为什么不去杀他，小老弟？”斯蒂芬说，“看看你这个体格。”

“有人替我出手，我当然乐得轻松一下。”维京人说，“另外，这位小老太太当过特工，知道该怎么杀人，而且还刚刚完成了世纪级的大劫案，谁能比她更适合呢？斯蒂芬，请问还有比她更适合的人选吗？”

“你这是在给自己的胆小找借口，”斯蒂芬说，“我从没想到瑞典也有胆小鬼。”

伊丽莎白在思考，至少在假装思考。打出第一张牌之前，她要想清楚该怎么排列手里的牌。她这一把牌并不怎么好，但有一张王牌。她必须谨慎机警。

“很抱歉，我还是不愿意，”伊丽莎白对维京人说，“要是我拒绝，最坏的情况就是你杀了我，而杀了我会给你带来不少的麻烦。另外，实话实说，我这辈子过得相当完满，这个房间挺舒适的，当我的葬身之处也不错。”

维京人微笑道：“但你丈夫未必同意，他也许更希望你活着。”

斯蒂芬耸耸肩。“凡人终有一死，我的维京朋友。我当然不希望她死在一个瑞典胆小鬼的手里，但体面地退场也没什么不好。我肯定会想念她的，但很快就会有其他女人出现在我面前。美丽的特工无处不在，会从树上掉进你的怀里。”

伊丽莎白忍俊不禁。可万一她真的死在这里，之后会发生什么？斯蒂芬会发生什么？她想得心都碎了，但表情依然冷静，因为她知道一些维京人不知道的事情。

“这样吧，要是你不介意，”伊丽莎白说，“就让我带我丈夫回家，我们会忘记这件事曾经发生过。你给我们套上麻袋，我不想知道我在哪儿，也没兴趣搞清楚你是谁。我理解你的处境，也明白为什么我是干掉维克托·伊里奇的完美人选，但我不会替你去杀他。因此你有两个选择：第一，杀了我，但你会非常麻烦，要收尾的事很多，等军情六处发现我失踪了，很可能会闹得满城风雨；第二，你放我们走，大家就当什么都没发生过。"

"但是，维克托·伊里奇会来杀你，"维京人说，"他会查到你住在哪儿。我很容易就查到了。"

"我的风险，我自己承担。"伊丽莎白答道。

维克托·伊里奇不会来杀伊丽莎白，她很清楚这一点。这就是她的王牌。维京人在这一点上非常不走运。伊丽莎白和斯蒂芬不到天亮就能回家，而且会安然无恙——当然了，能不能在天亮前到家，还取决于他们现在在哪儿。"要么杀了我，要么放我走。你只有这两个选择。你选哪一个？"

"我看我还有第三个选择，"维京人说，"把完整的照片寄给维克托·伊里奇。"

"'完整'是什么意思？"

"哦，那还用说？照片里有你的朋友乔伊丝·梅多克罗夫特，她就站在你身旁，而且两张照片上都标了你们的名字。"

“这一招够下作。”斯蒂芬说。但伊丽莎白依然觉得没什么大不了的。维克托同样不会对乔伊丝下手，尤其是她和伊丽莎白出现在同一张照片上。伊丽莎白的朋友就是维克托的朋友。

“当然了，维克托未必有兴趣去干掉乔伊丝，”维京人说，“她算是普通老百姓，对吧？好了，我的条件是这样的，就当是个双保险好了。要是两周后维克托·伊里奇还活着，我就杀了你的朋友乔伊丝。”

13

尽管听上去不可能，但第二次约会甚至比第一次还完美。他们去布莱顿看了一部波兰电影。唐娜从来没意识到，这个世界上竟然还有波兰电影。但显然应该是有的，那么大一个国家，肯定有人会隔三岔五地拍个电影。

这是一部艺术电影——当然是了，毕竟在布莱顿嘛，不过这就意味着你搞不到像样的观影零食了。没有巧克力，没有可乐糖块，什么都没有。只有健康零食。

好在电影院居然允许带酒进去，因此唐娜觉得无盐腰果也不是不能忍受了。另外，观众从头到尾都保持安静，唐娜可没体验过这种观影经历。

他们从费尔黑文乘火车去布莱顿。唐娜喝听装的莫吉托，波格丹往他的大瓶能量饮料里倒了一袋蛋白粉。

他们从车站走到电影院，她挽着波格丹的手臂。经过特拉法尔加街的一座屋子时，波格丹说那是个毒窝；经过伦敦路上的一家老铸造厂时，他说那儿埋了一个立陶宛人。对于某类游客来说，波格丹会是一位非常出色的导游。

除了唐娜，布莱顿的街上还有其他非裔。看到他们让唐娜很安心，尽管非裔的数量少得可怜，他们在街上擦肩而过时会互相点头打招呼。唐娜喜欢布莱顿，她觉得自己可以在职业生涯结束前，来这儿扫荡几个毒窝。

他们聊了聊贝萨妮·韦茨和希瑟·加伯特。唐娜曾经为克里斯做过一张地图，标示出费尔黑文的所有监控探头。这个活儿并不轻松。

事实证明，波兰人不但拍电影，而且拍的电影还很好看。唐娜一开始担心，如果这是一部现实主义电影，讲偏远农户几代人爱恨情仇的故事，那她必须时不时地扭头去看波格丹，用点头表示假装看懂了什么。然而事实并非如此。这部电影里有谋杀、打斗，还有一个动不动就撕破衬衫的警察——是的，身材相当不赖。波格丹每隔几分钟就会凑近她一次，她做好了和他接吻的准备，但他只是想指出字幕里的翻译错误。她握着他的手，愉快地喝着红葡萄酒。故事里，姑娘得到了男主角，一架直升机被击落。她会给这部电影打八分，如果满分十分的话。

他们最后一起回到了他家，两个人甚至不需要商量。否则呢？他们应该在哪儿分开？为什么？

这会儿波格丹在卫生间里，唐娜正在疯狂喝水，努力回忆她有没有过更快乐的时光。

他们又聊了聊贝萨妮·韦茨。唐娜查过那个叫杰克·梅森的商人。他的案卷比排在邮局门口的队伍还长。一个有魅力的家伙，但很危险。

说到这儿，波格丹回到卧室，爬上床。她搂住他，觉得很安全，还有点困。

他们有说有笑。我的天，感觉太好了。感觉自然而真诚，不需要演戏。就好像那些关于美好关系的文章，你以为都是骗人的，可它们都在此时变成了现实。

波格丹放在床头柜上的手机响了，他们一起扭头去看。现在是凌晨两点。

好吧，这就是现实，唐娜心想，幻梦顿时破灭。这一切都是谎言。还有其他的女人。那还用说吗？感谢你为爱努力，唐娜，可惜还是白费力气。爱情路上永远有绊脚石。突然之间，她不再那么困了，也失去了安全感。

波格丹看了看来电号码，对唐娜说："对不起，但我必须接听。"

唐娜耸耸肩。她本来打算待到早晨的，但现在她开始用视线寻找自己的衣物。

14

维京人把车开进一大片森林，在一条小路旁放伊丽莎白和斯蒂芬下车。满月高悬，苍白的光芒从头顶上光秃秃的树枝之间照下来。

“他提到维克托·伊里奇的时候，你可是真的吃了一惊。”斯蒂芬说。

“我吃了一惊？我还以为我掩饰得很好呢。什么都逃不过你的眼睛，对吧？”

“懂得装傻是美德。维克托是你的老朋友吗？”

“更像是老敌人。二十世纪八十年代，他主管列宁格勒[1]的克格勃情报站，”伊丽莎白说，在清新的空气中呼出一口雾气，“后来一路高升。”

维京人给她的文件夹里有几张维克托的照片，其中一张中的他正当盛年——其实也盛不到哪里去，他当时已经

① 列宁格勒：始建于1703年，1703年到1914年名叫圣彼得堡，1914年到1924年改称彼得格勒，1924年为纪念列宁更名为列宁格勒，1991年恢复原名圣彼得堡。

开始秃头，卵石纹镜框的厚眼镜对他的脸来说太大了，但至少还算年轻。在近期的一张照片里，能看出他受到了岁月的冲击。他老了，满脸皱纹，所剩无几的花白头发勉强攀附在发际线的边缘。眼镜还是太大。不过去掉所有的表象，照片里的那个人依然是他。维克托，他的眼睛里闪着淘气和智慧的光芒。曾经是对手，后来是朋友。曾经是敌人，后来成了……情人？他们有过一段情吗？伊丽莎白不记得了，但就算有，她也不会太吃惊。

她确定维克托也会怀着同样的心情看她的照片。这个老太太是谁？

伊丽莎白的手机没电了，而斯蒂芬没带手机，因此他们只能走路。

“请允许我斗胆说一句，”斯蒂芬说，“看你的表情，你似乎不怎么想干掉他。”

“是的，我不想。”伊丽莎白说。

“他会想办法来杀你吗？”

“我的天，不会。他看一眼照片，只会笑得直不起腰来。”

他们继续走路，听了一会儿猫头鹰聊天，它们彼此依偎着取暖。“和老情人走新路”的机会能有几次呢？伊丽莎白看看月亮，看看丈夫，心想这会儿感到高兴似乎有点不合时宜。

“但要是你不杀他，”斯蒂芬说，“那位维京朋友会去干掉乔伊丝吗？”

“这就是咱们的难题了。”她的情绪顿时坏了一点点。

“真是个该死的两难选择。另外，你还是没想到维京人是谁吗？”

“是的，还没想到。”伊丽莎白答道，她看见前方的路边有个公共电话亭，“现在更重要的是把你弄回家。你手边不会恰好有二十便士吧？”

斯蒂芬在口袋里摸了摸，掏出一枚硬币递给伊丽莎白。

“这会儿是半夜三更，亲爱的，你没忘记吧？所有人都在睡觉呢。”

伊丽莎白拨出一个她记在心里的电话号码。她把所有的重要号码都记在了心里。这会儿至少是半夜两点，但第一声铃声响起还没结束，对方就接起了电话。

“你好，波格丹。”伊丽莎白说。

“你好，伊丽莎白，”波格丹说，“有何指教？”

“需要你帮个小忙，”伊丽莎白说，“最好是现在。”

“没问题，你在家吗？”

“波格丹，我听见你背后有声音。你身边是不是还有别人？”

“是电视。”

“呵呵，不是电视，不过现在我不想和你争这个。我在一个公共电话亭里，我不知道具体位置，只知道这个电话的号码是 01785 547541。不知道你能不能查一查这个电话亭在哪儿，然后过来接我？”

她听见笔记本电脑被打开的声音。

“斯蒂芬在哪儿？需要我去看看他吗？”

“他在我身边，亲爱的。”伊丽莎白把话筒放在斯蒂芬的嘴边。

“你好，老伙计，”斯蒂芬说，“很抱歉要麻烦你了。一对儿可怜的流浪儿正在等待你的解救。”

“客气什么！”波格丹说，“让伊丽莎白接电话。”

伊丽莎白收回话筒。

“好了，你们在斯塔福德郡，”波格丹说，“听说过斯塔福德郡吗？”

“当然听说过斯塔福德郡了，”伊丽莎白说，“能不能快点来接我们？外面非常冷。”

“已经在穿衣服了。”波格丹说。

“谢谢。你预计需要多久赶到？”

波格丹沉默了几秒钟。“谷歌说全程需要三小时四十五分钟，所以我大概会在两小时三十八分钟后赶到。”

“波格丹，我几乎能肯定我听见你旁边有人哟。”

“是卫星导航，”波格丹说，“你们耐心等着，我会尽快赶到的。需要我带什么东西给你们吗？”

伊丽莎白想了想。维克托·伊里奇，维京人，乔伊丝。一个计划是不是正在逐渐成形？她觉得应该是的。

“那就太谢谢了，亲爱的，”她说，“能把保温壶加满热茶带来吗？再带一把枪。”

15

这是一间黑着灯的剪辑室，迈克·韦格霍恩坐在一把皮革转椅里。他拿着一支笔，动作像是拿着一支烟，他非常想抽烟，但现在不能抽了。人人都有高清电视，他的身体出现任何老化的迹象，都能被高清画面清晰地呈现出来，这东西对年龄太不友好了。

现在，他的面前是一排显示器，显示器前方是控制台，这个控制台放在空客 A380 上也不会显得突兀。不久前，迈克在盖特威克机场主持了达美航空的企业团建活动，他甚至登上模拟器飞了一把空客 A380。为了炫耀，他最后把飞机坠毁在亚得里亚海里了。

此刻，他前方的显示器屏幕上全都是贝萨妮·韦茨的脸。迈克在看他和菲奥娜·克莱门斯一起主持的纪念节目。菲奥娜现在是名人了，有专属的游戏节目，还有广告代言。她登上了杂志封面，最近还推出了自己的健康饮食书。在二〇一三年的画面里，迈克·韦格霍恩是更有名的那个，而菲奥娜·克莱门斯是制作人硬塞给他的。迈克没想到她之后会混得这么好。

菲奥娜不是贝萨妮的粉丝，这一点可以肯定。实话实说，反过来也一样。两个人如果遇到，必定会大吵特吵。迈克这几年考虑过不止一次：有没有可能是菲奥娜杀死了贝萨妮？这个想法很荒唐，但正是贝萨妮的去世给了菲奥娜出人头地的机会，所以谁知道呢？电视圈内部竞争相当激烈。

那天晚上过后，迈克查看了历史更久远的短信记录。贝萨妮在工作中曾收到过几封匿名信。

快滚吧，这儿没人喜欢你。

我们都在嘲笑你。

看起来只是学校里的恶作剧，但假如不是呢？会不会是菲奥娜写的？假如不是，又会是谁呢？

他翻出贝萨妮主持《东南今晚秀》的节目片段。以动态画面为主，放在蒙太奇里会很好看的那种——贝萨妮·韦茨在肯特郡最大的过山车上；汤姆·琼斯在布莱顿中心的后台与贝萨妮·韦茨调情；贝萨妮·韦茨在迪拜的一座摩天大楼楼顶采访一位来自法弗舍姆镇的女性，她靠整容手术赚了大钱；贝萨妮·韦茨被迪尔的一伙小学生推进游泳池。

但真正的回忆永远不是剪辑进精彩集锦的那些，而是一个个他看着贝萨妮工作的安静下午，是她发现和讲述故事的能力，是他们之间的小玩笑和只有两个人能懂的眼神——每晚节目开播前，他们会在“倒数五秒时”轻轻握手；贝萨妮每天都会问“迈克，要我从食堂带什么吗”，他会说“不，谢谢，贝丝，我的身体是一座神庙”，但她依然会给他带回特趣巧克力。

不是过山车，不是摩天大楼，所有微小时刻积累在一起，让他们从“相熟”变成了“好友”。

迈克很难哭出来，因为他之前做医美时，医生还没有完全掌握打肉毒杆菌的技巧，导致他的泪腺堵塞。但他知道自己有眼泪想流，而他也很愿意让它们流出来。泪水之所以存在，仅仅是因为贝萨妮存在过。

他能信任这个所谓的周四推理俱乐部吗？迈克明显感觉到自己受到了操控，但操控他的方式还算令人愉快，因此他也许可以暂时配合一下他们，看看他们到底有什么本事。

他定格正在播放的画面：贝萨妮的脸。她没有微笑或大笑，脸上是一个冷静的决断表情，视线直视他的双眼。他看了看屏幕上显示的信息，发现这是贝萨妮去世前一周拍摄的。

回顾往事的时候，你会觉得发生的一切都是不可避免的。看着她的脸，现在的迈克知道贝萨妮会在一周后死去。他坐起来，望着屏幕上的她的眼睛。这双眼睛知道吗？他敢发誓它们是知道的。她到底给自己惹了一个什么麻烦？

剪辑室的门开了。

“就知道会在这儿找到你。”保利娜说，拿着两杯茶走进来。

“只是想提醒一下自己，”迈克说，“贝萨妮不仅是个报道对象，她曾经还是个大活人。”

保利娜点点头。“我知道你很爱她。”

“她本来是可以获得巨大成就的，对吧？”迈克说，“雄心勃勃，一肚子鬼点子。”

“她会爬上去，把我们甩得远远的吗？”保利娜说。

“应该会的，”迈克说，“你记得她收到的那些字条吧？‘这儿没人喜欢你’，有时候在办公桌上，有时候在挡风玻璃上，全都是这种话。”

保利娜摇摇头。“给你也倒了一杯。”

“谢谢。”迈克说，“你认为当时发生了什么？我是说，究竟发生了什么？”

保利娜把手放在他的手背上。“你知道你可能永远也查不出真相，对吧，迈克？你知道你必须做好这个思想准备，对吧？”

迈克再次望向屏幕上的贝萨妮，看着她的眼睛。不，他一定会查个水落石出。

保利娜打开手包。“咱们一起看一会儿吧，可以吗？”

迈克点点头。

保利娜从包里取出一块特趣巧克力，放在他的茶杯旁边。

16

达威尔监狱的在押犯每天都要在牢房里关二十三个小时。傍晚散步的时候，康妮·约翰逊走过一扇又一扇上锁的牢房门，心里想着这种做法是多么不人道和缺乏建设性。

一名看守向她行脱帽礼，目送她沿着钢格板步道走向希瑟·加伯特的牢房，她的普拉达休闲鞋在步道上踩出叮叮咣咣的节拍，声音在空旷的建筑物之内回荡。

康妮敲敲门，没有等待回应就一把拉开了牢房门。她想象中的希瑟正是眼前这个女人的模样。黑发正在变得斑白，皮肤松弛而苍白，但一针肉毒杆菌就能解决问题。康妮认识一个人，假如有需要的话，可以进监狱来看看她的情况。

希瑟·加伯特坐在金属小桌前的塑料椅上，抬起愠怒的双眼看着康妮。没有惊讶的表情。康妮知道囚犯的生活中充满了不速之客和意外打扰——至少普通囚犯是这样的。康妮的牢房有门铃。

“我没钱，”希瑟说，“也没香烟。你想要的东西我全都没有。”

康妮坐在双层床的下铺上。“你要钱吗？或者香烟？我可以给你。”

希瑟在打量她，康妮知道她并不容易看透。第一次见面的时候，人们往往会觉得康妮和蔼可亲，甚至还很风趣。不过希瑟在监狱里待得够久，能在康妮身上闻到危险的气味。因此她很警惕，康妮一点儿也不怪她。换了康妮是希瑟，她也会提心吊胆。

“谢谢，我什么都不需要。只想安安静静地一个人待着。”

“我坐坐就走。你在写什么？”康妮问，歪着头去看桌上的东西。

“没什么。”希瑟说。

“我是康妮·约翰逊，”康妮说着站起来，走到希瑟背后，开始揉捏她的肩膀，“可爱的朋友，可怕的敌人。不过你运气很好，因为咱们会成为好朋友。说起来，你好像非常紧张。”

“放过我吧，我什么都没有。”假如椅子上的希瑟还能蜷缩得更小，她会当场消失得无影无踪。

康妮停止按摩，回到牢房中央。“每个人都有些什么东西，希瑟。你是因为欺诈进来的，对吧？判了十年。肯定是什么惊天大案。”

“是的。”希瑟说。

“他们有没有要你赔钱？”康妮问，“还钱就能减掉几年刑期,《犯罪收益追缴法》里说的。”

“他们当然提过,”希瑟说,“但没有任何进展。”

“很好,”康妮大笑,“你很快就能出去了,对吧?”

希瑟点点头。

“肯定很高兴,对吧?”

“要是他们能记住晚上锁好牢房的门,我会更高兴的。”希瑟说。

康妮扫视希瑟的牢房。墙上没有家人的照片,桌上有几本从监狱图书室借来的书。有一本叫《小确幸》,封面印着几个橘子。康妮想到了她房间里的平板大电视,还有迷你酒吧。

“你这儿真是够无聊的,”康妮说,“我可以给你的生活增加一点儿乐趣。你喜欢什么?巧克力?男人?酒?无论你想要什么,我都能给你搞到。”

“康妮,我只想要点清净,”希瑟说,“你能给我吗?”

“当然可以,我马上就走。走之前只需要你回答一个问题。”

“我把钱藏在哪儿了?”

“不,不是你把钱藏在哪儿了,”康妮说,“不过既然说到这个——你把钱藏在哪儿了?”

“没有钱,”希瑟答道,“所以我才一直在坐牢。”

康妮点点头。“坚持住,别改口,对你有好处。好了,希瑟，我要问的是另一个问题。”

希瑟低头看脚下。“不。”

“抬起头，咱们是一伙的。看着我。”

希瑟抬起头，看着康妮。

“希瑟，贝萨妮·韦茨是不是你杀的？”

“我不能和你谈这个。”

“意思是你杀了还是没有杀？”

“意思是我不能和你谈这个，你来问这个真是太不要脸了。”

康妮望着希瑟·加伯特，她耷拉着肩膀，眼睛盯着地面。她的魅力为什么征服不了这个女人？每次碰到有人不受她的魅力的影响，康妮就会非常恼火。她不允许这种事情发生。康妮哭了起来，这下希瑟终于抬起了头。

“求你了，别在我的牢房里哭，”希瑟说，“这儿见过的眼泪已经够多了。”

“对不起，”康妮说，手忙脚乱地擦掉眼泪，“只是你让我想到了我母亲。她去年离开了我们。”

希瑟看着她，微微摇头，耸了耸肩膀。“康妮，你别在这种事上骗人。”

康妮立刻止住眼泪，叹了口气。“好吧，咱们不需要当朋友，但有人给了我一个任务，我想完成它。你回答我的问题，咱们就此别过。贝萨妮·韦茨是个记者，她当时在调查你的勾当，你靠那些事情挣的几百万英镑舒舒服服地待在没人知道的某个小房间里。她正要公开报道的时候，却突然连人带车一起被推下了悬崖。你自己说吧，这看上去像什么？”

希瑟微不可查地耸耸肩膀。

“行了，”康妮说，“是你杀了她……”

“不。”

“那么，你知道是谁干的吗？”

康妮注意到这次希瑟没有回答“不”。

“所以你知道是谁杀了贝萨妮。你在包庇什么人？”

“求求你，”希瑟轻声说，“这样太危险了。”

“小公主，和我在一起，你就是安全的。”康妮说，“你为什么要包庇犯人呢？他们掌握了你的把柄？说起来，我可以帮你做掉他们，明白吗？”

希瑟沉吟良久，然后站起来，走过去打开了牢房门。她朝走廊里的看守喊道：“爱德华兹先生，我的牢房里有人，我受到了威胁。”

康妮听见金属楼梯上响起了脚步声，希瑟慢吞吞地走回牢房里，重新坐下。

“对不起，”希瑟说，“我必须请你离开了。”

脚步声来到门口，一名看守走进牢房。“好了，我送你回……呃，康妮，是你。”

“你好，乔纳森。只是来看看我的朋友希瑟。”

“你看你的，”乔纳森说，“我这就把门关好，给你们一点儿清净。”

他出去了，关上门。康妮转身看着希瑟。“你看，试一试总是没坏处的嘛。你就告诉我吧，希瑟。看上去是你干的，但你不像一个杀人犯，而且也没有证据，所以到底是怎么一回事？是你老板干的？杰克·梅森？我和他打过一个照面，有人企图在停车场捅死他。”

希瑟开始了再一次的长时间思考。

“希瑟，这儿只有你和我，”康妮说，把一只手放在希瑟的肩膀上，“不会有其他人知道。你到底在包庇谁？杰克·梅森？你害怕他？”

“你说有人给了你一个任务？”

康妮点点头。

“谁？”

“这个就不需要你操心了。”

“用不着你说我需不需要操心谁。”希瑟说。康妮喜欢这样，希瑟终于表现出了一点儿个人情绪。

“你说得对，很有道理。但你要知道，希瑟，我是个非常难搞的人。”

希瑟点点头。

“只要你的刑期没结束，我就会每天来找你，直到你开口。是谁杀了贝萨妮·韦茨？”

“你每天都会得到同样的答案。”

“我的耐心很好。下次我会带点礼物给你。奇巧巧克力？零度可乐？枪？”

希瑟总算露出了一丝微笑。这就对了嘛，康妮心想。

“我喜欢织毛衣，”希瑟说，“我的一个孙辈刚生了小孩。我想织点什么送给他，但……”

“但看守不放心你拿着毛衣针？不能怪他们。男孩还是女孩？”

“男孩，”希瑟说，“而且不叫别的，就叫梅森。”

“我这就给你搞一包毛线来，蓝色羊毛，什么都有，”康妮说，“明天咱们再来看看你的情况。”

“谢谢，”希瑟说，“我这人很难信任别人。需要时间。”

“嗯，你最好永远别信任我，但有一样东西咱们都不缺，那就是时间，”康妮说，“我会一直回来找你的。我做事喜欢有始有终。”

康妮起身准备离开。她伸出手，希瑟和她握手。

“康妮，我会期待再次见到你的，”希瑟说，“但我还是不会回答你的问题。”

“走着瞧吧，美人儿。”康妮说，向她投去一个告别的小眼神。

17

周四。拼图室。

“你们的灯一整夜都没开。”乔伊丝说。

“别大惊小怪的。”伊丽莎白说。她想等自己策划好对付维京人的计划，再把绑架的事情告诉乔伊丝。这段时间，她很高兴能用贝萨妮·韦茨的案件分散一下大家的注意力。

“我没在大惊小怪，”乔伊丝说，“因为很不正常。斯蒂芬没事吧？”

“我们在家过了个浪漫之夜，”伊丽莎白说，“浴室里点蜡烛，早早上床什么的。”

乔伊丝并不买账，但伊丽莎白觉得自己暂时搪塞了过去。她迟早会不得不把一切都告诉乔伊丝。现在先说正经事吧。

“所以，韦格霍恩先生，你有什么可以告诉我们的？”

迈克·韦格霍恩和保利娜也来到了拼图室，保利娜正在倒满迈克的酒杯。

“只是我想起来的一些小事，”迈克说，“有人给贝萨妮塞字条。只是类似在更衣室会出现的那种威胁，很可能并不重要。”

“霸凌。”

“我最厌恶霸凌了。”罗恩说。

“你们查到是谁干的了吗？”易卜拉欣问。

“没有。贝萨妮只是一笑置之，”迈克说，“她给我发过的几条短信里说起过那些字条，但我们一直没去深究。”

“她的短信还在吗？”伊丽莎白问。

“当然了，”迈克说，“我永远也不会删掉她的短信。”

“我也这么想，”乔伊丝说，“《广播时报》刊登过我丈夫格里写的一封信，我一直保留到现在。”

迈克在翻他的手机。

“那封信写的是《卡格尼和莱西》，”乔伊丝说，“一点儿也不像他。”

迈克找到了贝萨妮发来的短信。“*船长，我今天又收到了一张字条。有人把它直接塞进了我的包里。‘要是你再不离开，我会让你离开的。’*永远是这种话。‘*快滚。每个人都讨厌你。*’看起来像操场霸凌之类的东西，但也很难说。总之，当时我没想到要告诉警察。”

“有可能是菲奥娜·克莱门斯塞的吗？”乔伊丝说，“我可不希望是她。”

“保利娜，你有什么想法吗？”伊丽莎白问。

"我都不记得那些字条的事了。"保利娜说。

乔伊丝把一只手放在迈克的胳膊上。"迈克，再来一杯葡萄酒？"

"好的，谢谢。"迈克答道，乔伊丝又给他倒了一杯。

"迈克小兄弟，今晚你不需要播新闻吗？"

"区区三杯葡萄酒可拦不住迈克去播新闻，"保利娜说，"迈克，表演一个。"

迈克坐起来，挺直腰杆，看着罗恩的眼睛。"另一方面，波黑的军事演习还在进行，而塞族的发言人正在接触他们感兴趣的媒体。"

罗恩举起酒杯。"小伙子酒量不错。"

"谢谢夸奖，罗纳德。"迈克说。

"我把他训练得很好。"保利娜说。

"哈，咱们一个个都很出色，"伊丽莎白说，"还是继续说正事吧。咱们来捋一捋能确认的情况。"

拼图室最近重新粉刷过。好吧，重新粉刷了一面墙。他们称之为"签名墙"，刷成了鸭蛋壳的蓝色。这是乔伊丝的点子，她在电视上看见别人这么做，于是向库珀斯·切斯的环境美化委员会提出了申请。当然也有人反对，理由从成本到审美不一而足，但伊丽莎白很想说你们就别白费力气了。乔伊丝想要一面签名墙，她就一定会得到一面签名墙。

这面墙（事实上呈现效果相当不赖）现在贴满了照片和文件。照片里有贝萨妮·韦茨，也有莎士比亚悬崖底下的车辆残骸，还有颗粒感很重的监控视频截图。环绕照片的是财务文件，打印件按照时间顺序依次排列，由易卜拉欣精心制作。他们以前总是把这些东西铺在拼图桌上，但乔伊丝最近买了一包可以粘在墙上的无痕挂钩。伊丽莎白更喜欢这样，让她想到了要案作战室，她在这种地方度过了许多个小时的快乐时光。

“出于只有她自己或凶手知道的理由，”伊丽莎白说，“贝萨妮决定离开公寓。晚间十点十五分，贝萨妮所住公寓楼大堂的监控探头拍到了她，几分钟后，我们看见她的车从大楼门前经过。”

“然后她的车似乎就失踪了，”易卜拉欣说，“它有几个小时下落不明，直到凌晨两点四十七分才再次被监控探头拍到，地点距离莎士比亚悬崖大约一英里。”

“这段路开车只需要四十五分钟，但她开了四个多小时。”伊丽莎白说。

“这说明，”易卜拉欣说，“她肯定去了某个地方，见了什么人，做了什么事，也极有可能在这段时间里遇害。监控探头在悬崖附近再次拍到她的车时，车里有两个人，而不是一个。”

“但不得不说，画面非常模糊。”保利娜说。

“第二天上午，”伊丽莎白说，在心里记住了保利娜的插嘴，“有人在悬崖底下发现了贝萨妮的车。她的尸体不在车里，但这也没什么好奇怪的。有一次我不得不把一辆吉普车推进采石场的水坑，车的驾驶座上有一具尸体。车掉进水坑后，尸体几乎立刻就浮了上来。”

“你为什么要把一辆……”迈克说。

“对不起，韦格霍恩先生，现在不是说这个的时候，”伊丽莎白说，“要是咱们晚一分钟离开这个房间，法语会话课的那伙人就会大吵大闹。车辆残骸里发现了贝萨妮的血迹和她最后一次出现时所穿衣物的碎片——人字呢夹克和黄裤子。”

“嗯，这儿也有问题，”保利娜说，“谁会用人字呢夹克搭配黄裤子？”

伊丽莎白瞪了一眼保利娜。插嘴两次了。

“她的尸体一直没被找到，”易卜拉欣说，“尸体通常会在某个时候被冲上海岸，但不是每次都会。她的银行卡和银行账户再也没有发生过交易，她出事前账户也没有异常活动。这说明，她没有为了失踪而囤积现金。”

“秘密也许藏在希瑟·加伯特的财务记录里，”伊丽莎白说，“等我们和咨询顾问谈过，就会知道更多的情况。”

“她说的‘咨询顾问’，其实就是我女儿。”乔伊丝说。

“我们知道的差不多就这么多了。”伊丽莎白总结道。

“有康妮·约翰逊的消息了吗？”罗恩问易卜拉欣。

“目前还没什么有用的，”易卜拉欣说，“康妮提到织毛衣什么的，但她的无线网络信号很差，我没听清她说的话。康妮已经向内政部[①]投诉过了。”

有人轻轻敲门。在他们之后使用拼图室的法语会话课学员来早了，伊丽莎白决定教他们懂点道理。

① 内政部（Interier）：欧美国家的政府或行政部门内主管警察的机构。

18

克里斯和唐娜坐在警察局的要案室里，墙上有一张费尔黑文的地图。

他们用一个大头钉在地图上标出了贝萨妮公寓的位置，又用许多个大头钉标出了监控探头的位置。他们调阅过这些监控探头在她死亡当晚拍摄的录像，在抵达莎士比亚悬崖之前，她的车没有被任何一个监控探头捕捉到。

他们正在尝试找到贝萨妮离开费尔黑文的路线，看她当晚有可能在什么地方逗留。一旦开出费尔黑文，就很容易找到一条没有监控探头的路线——走各种小路就行了，但在城区里避开监控探头就要困难得多。

下落不明的那几个小时里，她究竟会在哪儿呢？还有更重要的是，她去见了什么人？

“不可思议，费尔黑文有那么多监控探头，”克里斯说，“而且通往莎士比亚悬崖的出城道路只有罗瑟菲尔德路或丘吉尔路，她没有其他路可走。”

严格说来，他们现在应该调查的是死于小客车火灾的男人的案件，但法医报告还没送来，因此他们觉得不妨用贝萨妮·韦茨的案卷来消磨一下上午的时间。另外，这毕竟是伊丽莎白的请求。伊丽莎白固然能接触到很多秘密，但她并不知道费尔黑文的每一个监控探头的具体方位。

唐娜开始画行车路线，以贝萨妮的公寓为起点，避开路上的所有监控探头。然而无论在哪个路口转弯，她都会碰到至少一个监控探头。唐娜感觉就像在走迷宫，但这个迷宫没有出路。“这些监控探头都在正常工作吗？”

“非常难得，但确实是的。”克里斯答道。

“无论怎么走，”唐娜说，用手指在地图上画线，“都不可能避开福斯特路。她肯定走过福斯特路，但这条路左转是出不去的，而无论在哪个路口右转，都必定会碰到监控探头。她到底是怎么开的车呢？”

克里斯走到电脑前，打开福斯特路的谷歌街景。“来看看有没有地图上找不到的捷径。”

他们沿着福斯特路向前走。这条路以居住区为主，有几个街区是大型公寓楼，有一些是维多利亚式的连排屋，还有一小片是商铺。没有显而易见的捷径。

“在这儿。”唐娜说。她接过鼠标，放大屏幕上的画面。这是一座现代化的大型公寓楼，名叫杜松苑。大楼左侧有一条坡道，通往地下停车场的卷帘门。

“看看楼背后有没有其他出口。”唐娜说。她沿着福斯特路导航，拐上罗瑟菲尔德路，经过监控探头，然后右拐上了杜松苑背后的达威尔路。

“很熟练嘛。”克里斯说。

“我经常逛房地产网站，”唐娜说，“欣赏我买不起的房子。”

不出所料，杜松苑背后也有一条通往地下的坡道，门口有块“禁止入内”的牌子。这是地下停车场的出口。

“她开车穿过停车场，然后右拐上了罗瑟菲尔德路，就能跳过所有监控探头，”克里斯说，“只有这一条路是可行的。”

“两个可能性，”唐娜说，“要么是她在存心躲避监控探头，但可能性不大，因为她不可能知道每一个监控探头的位置。”

“要么……”克里斯说。

“要么……”唐娜继续道，“贝萨妮·韦茨那天晚上去见的人就住在杜松苑。”

“这个人有可能是我们要找的凶手。”克里斯说。

“所以，贝萨妮十点一刻离开她的公寓楼，开车五分钟到福斯特路，拐进杜松苑的地下停车场。几个小时后……”

“她的车上多了一个人……”

“……她从停车场出口离开，开上达威尔路，然后拐上罗瑟菲尔德路，前往莎士比亚悬崖。”

“咱们是天才，”克里斯说，“咱们去一趟杜松苑，看看究竟是谁住在那儿吧。”

“同……”

门开了，督察泰瑞·哈利特走进房间，手里拿着一张纸。

“头儿，我猜你应该有兴趣看看，”泰瑞·哈利特说，“还记得前几天你问过的那个谁吗？”

泰瑞把那张纸递给克里斯。杜松苑只能等一等了，克里斯望向唐娜。

“计划有变，咱们去见几个老朋友。”他说。

19

“哎呀，真是个惊喜，”乔伊丝说，领着克里斯和唐娜走进拼图室，“气色不错嘛。”

“大家好。”克里斯说。

“我们有葡萄酒和点心，”乔伊丝说，“红酒配波本奶油饼干，白酒配佳发蛋糕。”

“没有果酱道奇饼干，尽管我提过要求。”罗恩说。

“阿兰，现在不能和你玩。”唐娜说。阿兰特别黏她。

克里斯拉开一把椅子坐下，唐娜有样学样。

“你脸上是什么表情，总督察先生？”易卜拉欣说，“你似乎有许多烦恼。”

“我们必须严肃地谈一谈，”克里斯说，“等一等，你是迈克·韦格霍恩？”

“被你发现了。”迈克·韦格霍恩说，伸出手腕，假装等着被克里斯铐上手铐。

“你怎么会认识这伙……”克里斯说，“哦，明白了，你当然认识他们。”

罗恩不情愿地拿起一块佳发蛋糕。

“克里斯，你上过电视吗？”迈克说，“你的骨骼结构很上镜。”

“我……呃……不，没上过。”克里斯说。

“交给我了。”迈克说。

“呃……好的，”克里斯说，脱掉上衣，挂在椅背上，“当真？”

迈克点点头。“发型也不错。”

克里斯猛地清醒过来。“咱们必须严肃地谈一谈。”

“严肃地谈一谈什么？”伊丽莎白说，“我们还有七分三十秒。”

“你们在调查贝萨妮·韦茨的命案。”唐娜说。

“刚伸出去一根脚趾，”伊丽莎白说，“在你们的帮助下。”

克里斯扫视每一个人。“同时还在调查希瑟·加伯特？”

“算不上调查，”易卜拉欣说，“只是问问而已。她在监狱里，你知道的。”

“没有其他事情要告诉我了吗？”克里斯问。

“没有了。”易卜拉欣说。

“老天在上，克里斯，”伊丽莎白说，“我为什么觉得你是来审问我们的？我都能听见法语会话班那帮人上楼的声音了，我向你保证，你肯定不想让他们觉得你在耽误他们上课。”

克里斯沉默了两秒钟，收拾自己的心情。

“今天上午六点，”克里斯说，“希瑟·加伯特被发现死在了牢房里。”

所有人都震惊地面面相觑。保利娜伸手抓住迈克的胳膊。

“她桌子的抽屉里有一张字条。”克里斯说。

“是自杀吗？”乔伊丝说，“她为什么会……”

唐娜低头打开记事本。

“字条是这么写的，”唐娜说，“*他们要来杀我了。现在只有康妮·约翰逊能帮我。*”

第二部分

敬新朋友一杯

PART TWO

Raise a Glass to New Friends

20

“非常抱歉，我们的系统显示，你所在的地区没有出现信号故障，所以我也无能为力了。”

维克托·伊里奇点点头。“我明白，完全明白，但电视就是没信号呀。所以你看到了，我现在就是这么一个处境。”

电话另一头的年轻人开始恼羞成怒，显然受够了这场脑力较量。

“我只是想告诉你，伊……伊里……”

“伊里奇。”维克托·伊里奇说。

“对，这位先生，”年轻人说，“我只是想告诉你，我们的系统显示，你的电视一切正常，因此我今天没法派维修人员去你那儿。”

“所以今天不行了？”维克托说，“今天没电视看了？”

但今晚有《大英烘焙大赛》[1]的半决赛。维克托透过落

① 《大英烘焙大赛》是比拼烘焙西式点心、面包和糕饼的真人秀节目，自2010年起播放。

地窗扫视伦敦的天际线。他能看见外面，但外面看不见里面，这让一位老间谍非常欣慰。

“是的，先生，今天不行。你登录你的维珍媒体App[①]……”

“我没有这个App，”维克托说，“你看，我不为维珍媒体打工。我付钱给你们就是为了做这些事情。”

“我明白，完全明白。”年轻人说，“你也可以用浏览器，登录你的账户，找到‘预约维修人员’页面，然后选择你方便的日期。”

“好的，我方便的日期就是今天。”维克托说。他望向露台。从他的豪宅顶层望出去，能看见悬浮于两座建筑物之间的游泳池。游泳池出现在大众面前的那天引起了轰动。这座悬在半空中一百英尺[②]的游泳池，维克托很少使用它。这会儿游泳池里只有一个人，那是一位沙特公主，她正在自拍。没人真的会去游泳，天气太冷了。

“就像我们说过的，先生，”年轻人说，“今天不可能。”

“‘不可能’是个夸张的说法。”维克托说，抬起两条腿放在沙发上，舒舒服服地躺好。维克托还在克格勃的时候，有一个外号叫“子弹”。要是你想审问一个人，标准的做法是派两个人进审讯室。英国人管这种做法叫“一个唱

① App：应用程序的英文缩写。

② 1英尺约合0.3米。

白脸，一个唱红脸”，他们通常都能问到想知道的情报。有时候也会严刑拷打，但维克托从来不认可这种做法。拷打没有意义。是的，你能用拷打撬开一个人的嘴巴，但你没法确定对方说出来的是不是实话。只要能保住牙齿和指甲，能逃过电击，大多数人都会开口说点什么。

“呃，对，我明白……”

但有些时候，有些人就是不会开口，不会认输，无论你怎么拷打都没用，他们就是不会被打败。每到这种时候，就会有人打电话到莫斯科，请求“子弹”的帮助。维克托自有他的办法，他有一套自创的方法论。

“我年纪大了，”维克托说，“而且一个人住。”他倒了一杯白兰地。

“我非常同情，先生，但并不……”

“还有电脑？我根本搞不懂电脑。”维克托是第一个入侵美国五角大楼 IBM 主机的苏联人。

“系统很简单，要是你的电脑就在手边，我可以教你怎么做。”

审讯时，维克托用的永远是同一套办法。走进房间，坐下，开始聊天，建立良好的氛围，也许清理一下血迹，点支烟，寻找共识。

“你说话很像我儿子亚历山大。”维克托说。

克格勃鼓励每个人都拥有个人生活，但他没结过婚，也没有孩子。维克托的生活由谎言构成，谎言的土壤开不出爱情的花朵，而假如彼此之间没有爱情，那维克托也就不感兴趣了。现在他已经金盆洗手，但能开出爱情花朵的土壤也已贫瘠不堪。

“听起来你也就二十一二岁，对吧？怎么称呼？”

“呃，我叫戴尔，”年轻人说，“我二十二岁。需要我带着你走一遍预约流程吗？”

“戴尔，你念完大学了吧？还是没上过？”维克托问。维克托喜欢普通人，希望人人都过得好。现如今这被视为弱点，但多年以来，这就是他最大的优势。

“我……呃……我上过大学，但退学了。”戴尔说。

“因为孤独？”维克托问，他能从年轻人的声音里听出来，“是不是觉得很难交到朋友？”

“呃……我必须在五分钟内处理完客服电话，否则就要写报告说明情况了。”戴尔说。

“报告永远少不了，”维克托说，“我本人就写过许许多多个报告，但从来没人真的看。所以你在大学里没有朋友吗？我二十二岁的时候也很害羞。”

“唉，大概是的吧，”戴尔说，“我真的不知道该怎么和人打交道，这完全难住了我。你打开网站了吗？”

有时候维克托走进房间，会看见一个年轻人瘫坐在椅子上，鲜血浸透了衬衫，眼睛肿得睁不开，而自己必须和他建立情感联系。审问无非是一场交谈，而交谈需要两个人的共同参与。假如你需要从别人那里知道些事情，这事绝不是探囊取物那么简单，你必须让对方主动告诉你才行。

“我也一样，但那是许多年前了。”维克托说，再次望向窗外。沙特公主不在游泳池里了，现在有个年轻男人在打量池水。维克托认出了他，他是一个电台节目的主持人，曾经帮维克托搬过行李。维克托喜欢这个人，尝试过听他的节目。他的节目并不适合维克托，但维克托不可能讨厌这个年轻人的热忱。那个节目会给知道法国首都是哪儿的来电者一千英镑，而且还提供三个选项。

“你觉得你周围的人都知道了享受生活的秘诀，而你似乎错过了人生的这一课。”

“是啊，”戴尔赞同道，“要是你已经打开了网站，我可以带着你走……”

“我直到今天也还这么觉得。明白吗，戴尔？那些人知道怎么享受生活。他们会跳舞，知道该穿什么衣服，该剪什么发型。我不是这种人，你是吗？”

“不是。”戴尔说。

“但这会过去的，”维克托说，“会过去的，你会成为你自己。过去的你是个孩子，现在的你必须变成男人，这并不容易。”

“对，”戴尔说，“我父亲离开了，然后，唉，我就一直觉得很孤独。我们以前一起做各种各样的事情。”

“你一个人游泳，戴尔，咱们每个人都是。你必须一直往前游，直到爬上对岸。你不能转过身往回游。”

“真希望我能。”戴尔说。

“不存在这个选项。你不想一辈子在电话上教我这样的老人做事，对吧，戴尔？”

“对，”戴尔说，“请原谅我这么说。”

维克托哧哧轻笑，笑声愉快而动听。“没什么。你想做什么样的工作？”

“我不知道。”戴尔答道。

“不，你知道。”维克托说。

“大概和动物有关吧。”戴尔说。

“愿望会实现的，”维克托说，“你会去做和动物有关的工作，但你必须有耐心。也许必须做一段时间现在的工作，直到你找到人生的方向，慢慢沉淀下来。”

“你真的这么认为？”戴尔说，“我觉得我已经把人生搞砸了。”

“你还年轻，”维克托说，“我听得出你不笨，而且心地善良。随着时间过去，你会发现人们更需要的是一个聪明和善良的人，而不只是会跳舞和懂做发型的人。”

“所以我应该……”戴尔说。

“应该保持耐心，用你对待其他人的善良来对待自己。

确实很难，而且需要时间，但你可以多多练习，直到你开始适应……好了，咱们来看看预约流程怎么走，什么时候能派个工程师来我家？”

线路对面可喜地沉默片刻。“这样吧，”戴尔开口道，“我不该这么做的，但我可以给你的工单加个紧急标志，直接插队到最前面。”

“天哪，我可不希望你惹上什么麻烦。”维克托说。今年的《大英烘焙大赛》有个名叫维拉的基辅女选手，因此他比往年更加关注这个节目。

“只有体弱者或名流能得到这样的优待，你符合这两个条件吗？”

“从我的角度来说，两者我都符合。”维克托答道。

“很好，”戴尔说，维克托听见了敲键盘的声音，“九十分钟内就会有人上门。”

“谢谢你，戴尔。”维克托说。

“不，谢谢你，”戴尔说，“谢谢你听我倒苦水。”

好了，审讯结束。人们永远有话想对你说，你真正要做的只是让他们开口。

“是我的荣幸，”维克托说，“祝你好运，未来一切顺利。”

维克托放下电话，无意中在镜子里看见了自己。秃头，肩膀扛不住的大脑袋。卵石纹镜框的眼镜，眼镜对他的脸来说太大了。这些年来，他越来越喜欢自己的这张脸。要是一个人讨厌自己的相貌，这种厌恶感迟早会体现在脸上。

维克托的电脑发出收到邮件的提醒铃声，他扭头去看。

维克托有一整套复杂的来信提示铃声体系。日常邮件有指定的铃声，例如《园艺爱好者问答》的通讯简报、维特罗斯超市的特价促销信息，等等。然后是客户，不同的客户按不同的优先等级设定不同的铃声。还有一些特定的邮箱地址，每个都有独一无二的来信提示铃声，例如某位重要的哥伦比亚客户，或者某位耐心很差的塞尔维亚人。维克托目前一共存了一百二十个邮箱地址，而且每时每刻都在变更，但他给不同客户设置专属铃声的习惯保持不变。

他还给另外一个邮箱地址设置了专属铃声，但他没有把这个地址给过任何人。这是一条保密热线，深藏于暗网之中。事实上，那是他的早期预警系统。要是有人挖到了这个邮箱地址，他就知道自己的安保措施已经受到破坏。假如他的安保措施受到了破坏，那他就知道自己有麻烦了。

这个秘密邮箱的来信提示铃声是一声枪响，算是维克托和自己开的一个小玩笑。枪声和子弹是天造地设的一对。

此刻在维克托·伊里奇的寓所里响起的来信提示铃声正是一声枪响。维克托把眼镜往上推了推。

他扫视天际线。有什么异常吗？有人在监视他吗？游泳池里，电台主持人正在自拍。

维克托点了支烟。你需要盯着看很长时间，看得非常仔细，才能发现他的手在微微颤抖。

他打开邮箱。这封邮件的附件是两张照片。

21

乔伊丝的日记

希瑟·加伯特死了，是谋杀。

当然，死的是那个欺诈犯，不是曲棍球运动员。

看守在牢房里发现了她的尸体，死法非常不赏心悦目。克里斯不愿描述细节，只说和毛衣针有关。

她在抽屉里留下一张字条：

他们要来杀我了。现在只有康妮·约翰逊能帮我。

这似乎告诉了我们两件事。

有人谋杀了希瑟。但凶手是谁，又是为了什么呢？我们刚开始调查她立刻就死了，这是巧合吗？

康妮·约翰逊掌握了某些情报。是什么呢？

伊丽莎白建议易卜拉欣再跑一趟达威尔监狱，“这次问得仔细一点儿”。至于易卜拉欣对这个建议的反应，你就自己想象吧。

还有一个顺理成章的问题。杀死贝萨妮·韦茨的凶手和杀死希瑟·加伯特的凶手是同一个人吗？

罗恩问：“为什么不可能是康妮·约翰逊杀了她？”众

人一致同意，她确实有机会作案，但她的动机是什么呢？

因此，有很多问题需要思考。我们就喜欢这样。

见到迈克·韦格霍恩，让克里斯非常兴奋，告辞时他说："你肯定不记得了，我给你做过一次酒精测试。你干净得就像白开水。"迈克感谢他的竭诚服务。

我们明天要和乔安娜玩一期《镜头放大》[1]，看看她能不能在希瑟·加伯特的财务文件里找到一些端倪，但我认为我们似乎也该研究一下贝萨妮收到的那些字条。我知道那些字条上写的话看起来还算温和，但霸凌刚开始都是这样的。前一分钟还是"没人喜欢你"，下一分钟你就被推下了悬崖。我知道我说得太狗血，但你们明白我的意思，对吧？霸凌会逐步升级。

字条是谁写给她的？嫉妒的情人？演播室里的其他人？菲奥娜·克莱门斯？

实话实说，这肯定比增值税欺诈有意思，对吧？我打算说服伊丽莎白允许我来调查一下。我猜保利娜肯定知道当时的一些事情，盘问她刚好能让我进一步了解她的为人。我不是说她一定会加入我们，但是罗恩今天涂了保湿霜呢。他耳朵的背面还留下了一点儿没有涂开。上次是香蕉太妃

① 英文名为 *Zoom* 的英国老牌电视节目，节目内容是大孩子教小孩子做各种事情，1972—1978 年以及 1997 年至今播出。文中暗喻乔安娜将像大孩子教小孩子那样，指导周四推理俱乐部成员分析希瑟·加伯特的财务文件。

派，今天是保湿霜。剩下的就不需要我多说了。

阿兰刚跑进来，舌头伸得老长，尾巴把门框拍得啪啪响。我知道我们总是用太多人类的智能来形容狗狗，但我真的认为阿兰看得出是不是发生了谋杀案。

22

“妈妈，你按了静音。”乔安娜说。

“她说咱们这边静音了。”乔伊丝对伊丽莎白说。

“我听见了，”伊丽莎白说，“她那边又没静音。”

“妈妈，你按一下麦克风按钮。”乔安娜说。伊丽莎白注意到乔安娜好不容易才忍住没翻白眼。乔安娜对她母亲可没什么耐心，伊丽莎白对此颇有体会。

“我完全搞不懂这些东西，”乔伊丝说，寻找所谓的麦克风按钮在哪儿，“但它们见到易卜拉欣总是很乖。”

“有时候而已，”易卜拉欣纠正道，“而你总是按不对地方。”

“让我看看。”罗恩说。

罗恩盯着屏幕看了四五秒钟，然后坐回椅子上。“不行，我也不明白。”

“乔伊丝，就是那个麦克风的小图片。”易卜拉欣说着凑过来，移动鼠标。

“咦，我怎么从来没看见过？现在能听见了吗？”乔伊丝问。

“能听见了，老妈，”乔安娜说，“哈利路亚。大家好。”

在座各位也向她问好。伊丽莎白认出乔安娜正坐在她公司的会议室里，会议桌是用飞机机翼改造的，墙上挂着既昂贵又难看的抽象画。她还认出了乔安娜的美国同事科尼利厄斯，后者面前摆着厚厚的一大堆文件。那是庭审时出现过的财务记录。

“你好，科尼利厄斯，”乔伊丝说，“乔安娜好像说你快结婚了。”

“不是的，我妻子在和我闹离婚，”科尼利厄斯说，“不过也差不多吧。”

“天哪，对不起，”乔伊丝说，“我就记得和婚姻有关了。”

“老妈，我们只能给你一刻钟时间。”乔安娜说，“可以开始了吗？”

“当然，”乔伊丝说，“要不要和阿兰打个招呼？”

乔安娜的嘴唇动了动，正要说“不”，但伊丽莎白看见了一丝微不可查的笑意。“好吧，但快点。”

乔伊丝拍了拍餐桌，阿兰把爪子放在桌上，兴高采烈地期待着即将发生的事情。乔安娜和科尼利厄斯朝它挥挥手。阿兰舔了舔罗恩。

“阿兰，别碰我。”罗恩说，但伊丽莎白也注意到他没有推开阿兰。

“我来开个头吧，”科尼利厄斯说，把双手放在那堆文件的两侧，“大概情况是这样的。这起欺诈案在三年内转走了多达一千万英镑的资金，动作非常快，而且完全免税。资金先是流入希瑟·加伯特名下的同一个账户，然后流向世界各地，比如泽西岛、开曼群岛、英属维尔京群岛等等。”

“还是希瑟·加伯特名下的账户吗？”乔伊丝说。

“没有一个账户在希瑟·加伯特的名下，”科尼利厄斯说，“事实上，不在任何人的名下。”

“呃，但是……”乔伊丝说。

“对，但是……”科尼利厄斯说，“后面会说到的。”

“这是比较基础的洗钱操作，”乔安娜说，“资金流向世界各地的不同账户，全都是银行能帮你保守秘密的地方，像是皮包公司、匿名董事这些。你们不可能从这里面挖出凶手的身份，我们只能寻找线索。”

科尼利厄斯翻开几份文件。“我举几个例子念一念，这些交易发生在二〇一四年的同一个月。八万五千英镑，支付给拉姆斯盖特水泥与骨料公司；六万英镑，支付给阿鲁巴的马斯特森金融控股公司；十一万五千英镑，支付给巴拿马的绝对建筑公司；七万英镑，支付给开曼群岛的达尔文证券公司。”

“从这些公司能查到什么？”伊丽莎白问，但已经猜到了答案。

“什么都没有，”科尼利厄斯说，“只有一个注册地址，没有账户供人查询。只有全世界最优秀的洗钱专家才能顺藤摸瓜，可惜我不是。”

“你也别太谦虚了。”乔伊丝说。

“这条线索查到这儿就断了。”科尼利厄斯说。

伊丽莎白总结道：“所以有很多我们不知道的情况，你们从这里开始是正确的，但这一大堆文件全处理完很耗时，说说我们现在已经掌握的情况吧。”

“说得好，伊丽莎白，”乔安娜说，伊丽莎白知道她这么说纯粹是为了逗弄她亲爱的老母亲，“有几点是我们确切知道的。银行向法庭提供了希瑟·加伯特的交易记录，而据我们所知，她没见过那一千万英镑里的哪怕一分钱。她本人没有不正常支出，没有大额购物记录。她住的是以前的房子，开的是以前的车子，交的是同样的按揭贷款。也许希瑟·加伯特真的参与了洗钱，但她没捞到任何好处。”

“还有呢？”伊丽莎白问。手机转移了她的注意力。

我把照片发给维克托·伊里奇了。倒计时开始，你还有两周的时间。你不干掉维克托，我就干掉乔伊丝。嘀嗒，嘀嗒。

做事也要讲个先来后到嘛，伊丽莎白心想，没看见我正在研究一起谋杀案吗？

科尼利厄斯接过话头。“总而言之，整个架构设计得非常巧妙。律师在法庭上没能解开其中的奥妙，我也同样做不到。不过呢，你越是从最开始的部分找，就越能发现它是多么简单粗暴。事情往往是这样的。犯罪活动持续得越久，罪犯隐藏资金的能力就越强。因此你越是研究早期的交易，就越有可能发现他们的失误。”

“什么样的失误？”易卜拉欣问。

“最常见的失误是这样的，”科尼利厄斯说，“你必须为那些皮包公司捏造名称，对吧？新手往往会犯一个错误，那就是选择对你具有某种意义的名称，尽管这个意义也许拐了十八道弯。好，案件初期的几笔转账，对方是泽西的一系列秘密账户，所属公司分别叫三叉戟资本、三叉戟投资和三叉戟国际基础设施公司。”

“我们做了一点儿小小的调查，”乔安娜说，“发现有一家注册在泽西的企业名叫三叉戟建筑公司。”

“而这家公司是完全合规的，”科尼利厄斯说，“所有信息都对外公开。”

“三叉戟公司只有一名董事，”乔安娜说，“你们猜是谁？”

“希瑟·加伯特！”乔伊丝叫道，从椅子里站了起来。

“不对。”乔安娜说，乔伊丝顿时泄气了。

“杰克·梅森。”易卜拉欣说。

“对，杰克·梅森。”乔安娜答道。

“所以资金流出希瑟·加伯特的账户，直接流入了她老板的一个账户？”罗恩说。

“是‘有可能’属于她老板的一个账户。”乔安娜纠正道。

“然后就彻底消失了。”科尼利厄斯说，“同样值得注意的是，希瑟·加伯特卖房子的时候，买入方是杰克·梅森名下的另一家公司。”

“杰克·梅森买下了希瑟·加伯特的房子？”伊丽莎白说。

“另外还有两个失误，”科尼利厄斯说，“都发生在案件初期。有两笔资金划拨给了指定的受益人。这两个人似乎都是假造的身份，不过道理相同，假如他们不够谨慎，这两个假身份就是指向某个涉案者的线索。一笔四万英镑付给了‘卡伦·怀特海德’，另外一笔五千英镑付给了‘罗伯特·布朗 Msc’，它们是那个账户的最初两笔转账。后来随着阵仗越搞越大，他们也做得愈加滴水不漏，再也没出现过指定受益人。希瑟·加伯特或杰克·梅森肯定想到了他们必须把资金隐藏得更妥善一些。”

“卡伦·怀特海德和罗伯特·布朗。”伊丽莎白沉思道。她看见易卜拉欣已经把两个名字写在了记事本上。

“科尼利厄斯，你真是太厉害了！”乔伊丝说。

“还有我呢，妈妈，”乔安娜说，“我也有份的。我不是无知少女了。”

“哎呀，我早就知道你很厉害了。”乔伊丝说。

“偶尔夸奖我一句又不会死。”乔安娜说。

“要是没有她，我是不可能做到这些的。”科尼利厄斯说。

“也许咱们该去拜访一下杰克·梅森，”伊丽莎白插嘴道，“直接问问他希瑟·加伯特和贝萨妮·韦茨，甚至问一问卡伦·怀特海德和罗伯特·布朗，看看他的反应。乔安娜，我们的十五分钟好像到了，非常感谢。”

“哈，谢谢你才对，”乔安娜说，“这下老妈知道了，只要碰到谋杀案，她都可以指望我来帮忙。”

“那是当然，”乔伊丝说，“科尼利厄斯，我知道你很快就会找到另一个好女人的。”

“嗯，我并不想再找了，”科尼利厄斯说，“但还是谢谢你。”

“胡说什么！”乔伊丝说。

“对，胡说什么！”易卜拉欣点着头附和道，“怎么能不找呢？”

他们又开了一阵玩笑，好不容易才结束通话，回到更软的椅子上喝茶。

“那么，”伊丽莎白说，“杰克·梅森？”

“交给我吧，”罗恩说，“我们的活动圈子差不多。”

“啊哈，”乔伊丝说，“逮住你了。”

“易卜拉欣和我去查卡伦·怀特海德和罗伯特·布朗。”伊丽莎白说。

“我去查贝萨妮收到的字条，”乔伊丝说，“罗恩，我需要和保利娜谈一谈，你不介意吧？”

“为什么要来问我？”罗恩说，“她又不是我女朋友。”

“哎呀，罗恩。”伊丽莎白说。

23

警察局长安德鲁·埃弗顿刚在演播室坐下，迈克·韦格霍恩就说："我昨天吃了张罚单……"

"迈克，你好。"安德鲁·埃弗顿说，让一名女工作人员帮他调整领口麦克风。

"在费尔黑文的海边，"迈克·韦格霍恩说，"我为一家慈善商店开业剪彩——慈善商店啊，你要记住。等剪彩结束，我一走出来就看见车上夹了张罚单。"

"我明白了。"安德鲁·埃弗顿说。《东南今晚秀》的演播室比电视上看到的要小得多。房间里有三台摄像机，两台是固定的，一台有人操作，摄像师这会儿正在看手机。"你违章停车了吗？"

"有那么一丁点儿吧，就压了个线。"迈克·韦格霍恩说。制作总监说访谈将在两分钟后开始。

"另外，就像我说的，毕竟是慈善商店，我没必要跑那一趟的。我的天……咳，那是什么啊？"

安德鲁·埃弗顿在演播室的监视器上看见了自己，形象不错，花白的头发剪成了平头。他之前去塞浦路斯度假时皮肤被晒黑了，现在还有些许痕迹，他今天下午又在费尔黑文的一家美黑店补了一层。他知道这么做纯粹出于虚荣，但他毕竟快六十岁了，只要对上镜有用，什么办法都不妨一试。

“最后一分钟。”制作总监说。

安德鲁·埃弗顿一个月上一次《东南今晚秀》。郡警察局长必须让人们感觉靠得住。他与迈克在直播时总是唇枪舌剑，不过对谈聊的都是光明正大的话题。除非迫不得已（尽管偶尔也需要），双方都不会使出帕克斯曼①的那一套。安德鲁·埃弗顿是警务工作的友好使者，而警务工作向来缺少友好的使者。他喜欢迈克的为人。迈克经常装傻，但本人绝对不傻。

“有希瑟·加伯特的新消息可以告诉我吗？”迈克问。

“希瑟·加伯特？”安德鲁·埃弗顿反问。

“达威尔监狱死的那个犯人。”

“还没报到我这儿来，”安德鲁·埃弗顿说，“迈克，你的车停了多久？”

“顶多三个小时。”迈克答道。

“给一家店剪彩需要三个小时？”

① 指杰里米·迪克森·帕克斯曼，英国BBC电视台的著名主持人，以其针对政客的直率而火暴的访谈风格而著称。

“然后我去喝了点酒。”迈克说。演播室的监视器上在播放录像。接受采访的长者似乎在西装上衣里面穿了一件西汉姆联球队的卫衣。

“只是在栈桥喝了两杯啤酒。等我回来，就多了一张罚单。光天化日之下，也不能这么明抢吧？前两天我只是在限速三十迈的公路上开到了四十迈，就因为超速被罚了款。现如今谁不在限速三十迈时开到四十迈呢？”

监视器上，穿西汉姆联球队卫衣的男人走在某个村庄里，这地方绿化非常好，但建筑物全是现代风格的。他身边有三个朋友，四个人边走边聊，有说有笑。他们似乎真的很快乐，当然，也有可能是为了拍摄在表演。安德鲁想知道那是什么地方，看上去很漂亮。

“我把罚单寄给你，你能帮我说说情吗？”迈克问，低头浏览他要问安德鲁的问题清单。

“为了一张交通罚单就毁了我的职业生涯？”安德鲁答道，“没门儿。”

迈克抬起头，笑着说：“好小子，我只是在‘钓鱼’。我这人最相信的就是公正严明。我甚至写了张‘迈克·韦格霍恩——《东南今晚秀》’的卡片插在挡风玻璃上。有时候也管用。准备好了？”

安德鲁点点头，视线再次扫过监视器。他的注意力被吸引住了，他又多看了几眼。四个朋友穿过村庄，他认出了其中之一，不可能是真的吧……他的视线停留在屏幕上。

“迈克，这是个什么报道？”他问，“这是哪儿？”

迈克望向监视器。“库珀斯·切斯，一个养老社区。那是罗恩·里奇，多年前搞过工会运动。你认识他？”

安德鲁·埃弗顿摇摇头。不，他认识的人不是他。

“能帮我查一查希瑟·加伯特的案件吗？”迈克问，“算我欠你一个人情。”

安德鲁·埃弗顿点点头，他当然要去查一查。四个朋友从屏幕上消失，录像结束，定格在英国乡村的美丽景色上。制作总监开始从五倒数，让他们做好直播访谈的准备。安德鲁坐起来，理了理领带，挺胸抬头，但他的心思在别处。

“多么美丽的一个好地方啊，”迈克对着镜头说，“我不得不承认，采访完我留下喝了一两杯！及时提醒我自己，年龄只是一个数字。说到数字，肯特郡政府刚刚公布了犯罪统计数据，显示出……”

安德鲁·埃弗顿局长等着轮到自己开口的时机，他很清楚统计数据显示出了什么，它们显示出他成就斐然。当然，他不能自满，事情永远有可能出岔子，他非常清楚这一点，然而他还是对自己的成绩感到自豪。他挂上笑容，但脑子里还在想他刚刚认出来的那张脸。他必须去一趟这个“库珀斯·切斯”，而且必须要快。

24

杰克·梅森身强力壮，但看得出已到了垂暮之年。就像老城区里的最后一幢房屋，倔强、孤独地矗立在拆迁街区的瓦砾堆里。罗恩知道这种感觉。

灰白的头发剃得紧贴着头皮，深棕色的眼睛不放过任何一个动静——子弹无法杀死杰克，推土机才行。

考虑到种种因素，罗恩找到他的途径可以说相当直接。

罗恩跟他儿子杰森提了一句，杰森找他的拳台老搭档丹尼·达夫说了一声，后者给一个叫“霰弹枪戴夫”的家伙带了句话，而戴夫凑巧有一位不肯透露姓名的酒友，这位酒友凑巧时不时地为杰克·梅森做点事情。

消息沿着同样的线路传回来，只是在丹尼·达夫那儿略有耽搁，因为警方怀疑他走私毒品，把他拘捕了。丹尼·达夫刚被拘捕的那几个小时没法使用手机。杰克提议，他和罗恩在拉姆斯盖特打一局斯诺克。

易卜拉欣提出他开车送罗恩去，但在最后一刻，保利娜说还是由她来跑这一趟吧，因为拉姆斯盖特有好几家很有意思的古董店和一家出名的文身店，她非常乐意去“消磨一个上午”。她问易卜拉欣要不要一起去，易卜拉欣决定留在家里。罗恩觉得，易卜拉欣每次见到保利娜就有点举止失常。

罗恩来到斯蒂维运动休闲馆，问店员杰克·梅森在不在，店员把他领进了一间贵宾室，杰克已经摆好了台球桌。

“罗恩·里奇，没错吧？”杰克说，向他伸出手，“是老兄本人吗？”

罗恩和他握手。“杰克，谢谢你肯抽时间见我，我知道你可以不理我的。”

“好奇心，明白吗？”杰克·梅森说，“你这么一个老浑蛋能有什么事找我这么一个老浑蛋？”

“你的名字跳到了我眼前。”罗恩说。

“真的假的？”杰克答道。

杰克开球。罗恩很高兴他们玩的是斯诺克。两个大男人在一起很难聊得起来，但斯诺克（或者高尔夫，或者飞镖）似乎总能充当破冰神器。男人见面，很难喝个咖啡什么的。不过现如今好像也可以了，说不定拉姆斯盖特的咖啡馆里，正坐满了聊希望和梦想的男人，但罗恩觉得不太可能。他俯身打球。

“以前经常和你哥哥喝几杯，”罗恩说，一颗红球在袋口来回反弹但没进去，气得他啧了一声，“伦尼，听到他的消息，我很遗憾。”

“咱们都有那一天，”杰克说，把罗恩送的大礼打了进去，“我知道他和你谈得来，否则我也不会来了。所以我的名字怎么会跳到了你的眼前？有什么特别的原因吗？”

“希瑟·加伯特。”罗恩说。就算杰克·梅森听见这个名字有什么反应，他也没有表现出来。他轻而易举地打进黑球，然后开始瞄准下一颗红球。

“听说她死了。”杰克·梅森说。

“你没听错，”罗恩说，“但你什么都不知道，对吧？”

“是啊，”杰克·梅森说，“连个屁都没听说。”

“周四上午你在哪儿？”

杰克暂时停止瞄准。“周四上午我在哪儿？罗恩啊，我来见你是给你一个面子，明白吗？咱们都是混这一片的，所以我不会不尊重你。你想清楚接下来你要问什么，否则咱们就没的谈了。”

罗恩忍不住笑了。两个男人争吵，互相发泄怨气——这是他熟悉的。一点儿小小的冲突吓不住他。他等着杰克出杆，等他失误。

罗恩用一只手撑住球台。“杰克，我掌握的情况是这样的。希瑟·加伯特为你做事的那段时间里，鼓捣过几百万英镑。有一部分资金流入了一个账户，这个账户怎么看都像是属于你的。”

“哪个账户？”杰克问。

“三叉戟建筑公司。”罗恩说。

杰克点点头，露出感兴趣的表情。“有证据吗？”

“当然。”罗恩说，又打丢了一颗红球。

“这个证据，”杰克继续道，“还有其他人知道吗？”

“没，”罗恩说，“但我们很容易就发现了案子和你有关，因此只要有人认真去调查希瑟·加伯特的死，就迟早都会找上你。”

“这个‘我们’是谁？”杰克问，又打进一颗红球。

“解释起来就说来话长了，”罗恩说，“你这是在‘血洗’我。”

“我看你有点紧张。”杰克说，打进蓝球，拿起巧克粉块摩擦杆头。

“说明你不够了解我，”罗恩说，“我还没说完呢。就在希瑟·加伯特要上法庭之前，一名年轻记者死于非命。贝萨妮·韦茨，当地新闻台的记者，开车冲出了悬崖。”

“这个死法太糟糕了。”杰克·梅森说，又打进一颗红球。

“凶手一直没抓到，”罗恩说，“不过，贝萨妮死前几周曾发短信给她的搭档，说她刚搞到一个重大新闻。算是发现了一把还在冒烟的枪。”

“这个新闻就是希瑟·加伯特？”杰克说，一时间忘记了打球。

“不只是希瑟·加伯特。比她的背景强大得多，是个与她有关联的人，”罗恩说，“而你，杰克，就和她有关联。是巧合吗？”

“巧合这种东西是不存在的。”杰克说。

“对，我们也这么认为。有几个比我更聪明的人说，希瑟·加伯特在为你偷钱，贝萨妮·韦茨发现了你们之间的联系——她用的办法很可能和我们的一样——于是你就干掉了贝萨妮·韦茨。”

杰克点点头。“谢谢你提醒我关注这件事。”

“知道一些事之后，人们会想知道更多，你懂的。”罗恩说。

“我也这么觉得。”杰克赞同道。

“而我想知道，”罗恩说，“咱们私下里说说，你怎么看这个推测？”

现在轮到杰克微笑了。“那咱们就私下里说说。你看，增值税欺诈的案子当时让我忙得不可开交，这是当然的。在你提到那个什么三叉戟公司之前，警方没有证据，什么都没有，但这也可以是巧合。他们没法用这件事情来找我的麻烦。罗恩，我做得滴水不漏，他们永远也不可能找到那笔钱。钱的下落，连我自己都跟丢了。”

罗恩点点头。他很想打球，但杰克的那一杆还没打完。

“而这个贝萨妮·韦茨，我不会假装从没听过这个名字，我当然听过，希瑟的案子里有大量证据是她提供的。但她死前发的那条短信，我能从哪儿听说呢？这完全不合逻辑嘛。”

“你从没见过贝萨妮·韦茨？”

“从没见过。”

“甚至没和她通过电话？”

“从来没有，我向上帝发誓。”杰克说。

“但我来问你，你也不生气？”罗恩说，又打丢了一颗红球。

“不生气，我能理解，”杰克说，“但你不觉得，杀死记者，留下纰漏，这做法对我来说太业余了吗？要是你觉得这就是我的风格，我才真的会生气呢。”

“杰克，是人就会犯错，”罗恩说，“尤其是遇到压力的时候。不过你说得对，我也认为不是你干的。杰克，她甚至有可能根本没死。警察一直没找到她的尸体。”

杰克·梅森又打进一颗红球。他没有抬头看罗恩。

“哦，她死了。”

“你说什么？”罗恩以为自己肯定是听错了。

“我说她死了。”杰克又打进一颗球，拿起粉块摩擦杆头。

“你确定？”

“我确定。”杰克·梅森说，瞄准下一颗球。

“你怎么可能确定呢？”罗恩说，“除非是你杀了她。”

“听我说，罗恩。我知道她真的死了，”杰克·梅森说，“但杀她的不是我。我只能告诉你这么多，剩下的你就自己琢磨吧。”

杰克·梅森怎么可能确定贝萨妮·韦茨真的死了呢？除非是他杀了她。或者，至少他知道凶手是谁。

罗恩俯身瞄准，终于打进了他这一局的第一颗球。他假装漫不经心地点点头，就好像从来没怀疑过自己的实力似的。两个男人打斯诺克，是世上最美好的事情，现如今打斯诺克的人越来越少了。以前他有一大帮同好，从伦敦到肯特郡，无论走到哪儿都能打一局。然而死亡、坐牢和流亡带走了几乎所有人。罗恩现在只能指望儿子杰森大发善心，偶尔来陪老头子开上一杆。罗恩打进黑球，这才像样嘛。

“所以你知道是谁杀了她？”罗恩问。

杰克微微一笑。“聊天就到此为止吧。不过只要你有空，罗恩，我永远乐意和你打上一局。”

罗恩抬起头，再次打量杰克，好像看见了另一个老家伙——杰克的朋友也已经纷纷告别人世了吧。“杰克，我也是。”

要是到头来发现新斯诺克搭档是个杀人犯，那就只能怪罗恩运气不好了。

25

安德鲁·埃弗顿局长扫视台下仰望他的人脸海洋。

嗯，有几个人在睡觉，后排还有两位老先生在自顾自地聊天。除此之外，所有人都在仰望他。他喜欢当众朗读，发自肺腑地喜欢。实话实说，他很少能被邀请参加读书会，这次是他自己安排的，但他依然心潮澎湃。另外，他几乎一眼就看见了他要找的那张脸，他的运气不错。

他穿了全套制服，这是当然的，制服能帮他更好地塑造形象，也能赋予他某种权威感。他知道制服还可以给朗读会增添一分额外的力量。倒不是出于朗读的需要，他写的演讲稿已经足够有力量了。有警长这个身份，能得到这一代人的尊敬。新生代和他们不一样，不过种瓜得瓜，给予信任才会收获信任。

刚刚为他做介绍的女人叫玛乔丽。安德鲁直接写信给她，提出想来办一场读书会，她吃了一惊，但很快答应下来，并保证会召集全班人马，于是就有了现在这一幕。玛乔丽还说，上次来库珀斯·切斯文学社做读书会的是一位女士，她写了一本关于鱼类的书，活动办得非常成功，因此请不要让他们失望。

安德鲁·埃弗顿当然不想让听众失望。他选择讲的是他的第四部小说《保持沉默》。这本书的情节紧跟他先前的两部作品《提交证据》和《破坏辩护》，与他的处女作也有所关联。不过刚开始写作的时候，他还没想出来现在这套优雅的书名体系，因此系列的开山之作叫《阿奇博尔德·德文夏尔的血腥死亡》。

他不紧不慢地扫视房间。他知道，他的沉默、制服和深棕色的眼睛正在调动听众们的期待情绪。他开始朗读。

“尸体被毁坏得无法辨认……”

他听见了几声“噢”，看见前排有个女人期待地坐直了身体，她身穿粗花呢上衣，戴着珍珠项链。

“红得发黑的鲜血在尸体周围形成血泊，四肢扭曲成怪诞的角度，就像一枚死神画下的符号。在其他人丧失理智的时候，凯瑟琳·霍华德局长总是能保持头脑清醒……”

一只手举了起来。读书会上通常不会发生这种事。尽管这么做会打断朗读，安德鲁·埃弗顿还是决定听一听对方的问题。他朝提问者打了个手势，那是一位九旬老妇。

“不好意思，亲爱的，你刚才说的是不是凯瑟琳·霍华德？亨利八世王后的名字？”

“对，”安德鲁·埃弗顿说，“嗯，应该是的。”

“是同名，”后排的一位男士问，“还是同一个人？”

“只是同名，”安德鲁·埃弗顿说，“故事发生在二〇一九年。”

众人低声讨论了一阵，似乎推选出了一位非正式的发言人，正是第一排那位穿粗花呢上衣的女士。

“两点，”第一排的女士说，“对了，我叫伊丽莎白。首先，凯瑟琳·霍华德[①]这个名字会引起混淆。”

众人表示赞同。

“呃，我……”安德鲁·埃弗顿开口道。

“不，真的会。其次，”伊丽莎白继续道，“假如有个系列小说让真正的凯瑟琳·霍华德当侦探，说不定有可能畅销。局长先生，你这个系列是畅销书吗？”

“在它们所属的领域内，是的。”安德鲁·埃弗顿说。

“谷歌未必会同意你的看法，”伊丽莎白说，“不过你继续念吧，我们听得很开心。”

“你们确定吗？”安德鲁·埃弗顿说，听众明确表示正是如此。

“我们只是喜欢插嘴。”安德鲁·埃弗顿想见的那个人说。是易卜拉欣·阿里夫，在《东南今晚秀》上节目的时候，安德鲁从录像里一眼认出了他。

---

① 凯瑟琳·霍华德（Katherine Howard，？—1542）：英格兰国王亨利八世的第五任王后，后被褫夺王后头衔并处死。

“这是我们的天性，请继续说那具四肢扭曲的尸体吧。”易卜拉欣说。

“谢谢……”

“不过，”易卜拉欣说，一个新想法显然刚刚跳进他的脑海，“你说她保持头脑清醒的时候，是不是在暗指现实中的凯瑟琳·霍华德被处决这件事？”

“不，”安德鲁·埃弗顿说，“我没想到那么……总之，不。”

“我还以为是个文学梗呢，”易卜拉欣说，“你肯定知道文学梗是什么，对吧？”

“她……”

“是不是只有我没听说过凯瑟琳·霍华德？”一个穿西汉姆联球队T恤的男人说。

“是的，罗恩，”伊丽莎白说，“好了，让局长继续念吧。”

“她扫视……”

“结束后有签名会吗？”伊丽莎白身旁的小个子白发女人说，“研究鱼类的女人就搞了个签名会，对吧？”

众人纷纷赞同，研究鱼类的女人确实搞了个签名会。

“非常抱歉，我的书都是电子书，所以没法签名，除非你们不怕我把你们的Kindle画得一塌糊涂。”安德鲁·埃弗顿说。过去几年，他在肯特郡几家酒吧和书店的后台把这句话练了又练，然而此刻他意识到，这句自以为的俏皮话无法收获任何笑声。“不过我会在读书会结束后给各位一个 QR 码，扫一扫就能以最低折扣购买我的所有作品。”他说。

好几个人立刻举起手，易卜拉欣转过身，对着其他人说：“QR 码就是‘快速响应图码’，电脑解读后会指向一个特定的 URL。简而言之就是一种二维码。”

大部分人放下了手，但还有三四只手坚持不懈地举在半空中。易卜拉欣转过来，对安德鲁·埃弗顿说：“剩下的人应该是想问折扣的力度。”

“打五折。”安德鲁·埃弗顿说，剩下的几只手也放了下去。

“请继续，”伊丽莎白说，“很抱歉，我们在耽误你的时间。”

“没有的事。”安德鲁·埃弗顿说。读书会结束后，他要想办法找易卜拉欣·阿里夫聊聊。和他攀谈，营造出和谐的氛围，然后问出自己想问的问题。他在这儿，这才是最重要的。他低头看笔记。

“要我从头开始吗？”

“不用了，亲爱的，”伊丽莎白说，“被毁坏的尸体，凯瑟琳·霍华德保持头脑清醒。我们记得发生了什么。”

安德鲁·埃弗顿点点头。

“她扫视周围的景象。霍华德看得出，就连经验丰富的警员也变得脸色苍白……”

为他做介绍的玛乔丽坐在讲台侧面，忽然觉得有必要打断一下。“她明明是个女人，姓氏却是一个男人的名字，这难道不会引起混淆吗？反正我的第一反应是，霍华德是谁？”玛乔丽说。

听众里有不少人跟着点头。

“现在想改恐怕已经来不及了吧？”白发女人用友善和关切的语气问。

“呃，是的，这本书已经出版好几年了，”安德鲁·埃弗顿说，“她是我整个系列的主角，目前好像还没人特别介意。”

几个人挑起眉毛。

“请继续。”伊丽莎白说。

安德鲁把注意力收回到文字上。他觉得他会卖掉几本书，然后他会去找易卜拉欣，先感谢他的提问，然后问几个问题。他拿起讲台上的杯子喝了一口，喝到嘴里才发现是伏特加兑汤力水。可能是当下最合适的饮品。

“在场的所有人都没见过这么恐怖、血腥、残忍的犯罪现场。凯瑟琳·霍华德除外，因为凯瑟琳·霍华德见过一模一样的犯罪现场。事实上，就在三个月前，在一场梦里。”

又有好几只手举了起来。

26

安德鲁·埃弗顿坐进一把破旧的扶手椅，背后的墙上挂着一幅油画，画里是一艘小船。他环顾四周，看见一个个装了玻璃门的文件柜，里面堆满了档案盒。

“非常有娱乐性，”易卜拉欣说，拿着薄荷茶走进房间，“非常。你拥有一种罕见的天赋。”

“只是写下一个字，跟着再写一个字，然后祈祷没人能揭穿你在干什么。”安德鲁·埃弗顿说。他曾经听到李·查尔德[1]说过类似的话，从此引为知己。“你有这么多的文件，和工作有关吗？”

易卜拉欣坐进沙发。“是的，这是我的毕生工作，也是许多人的一生。我是心理医生，局长先生。”

“叫我安德鲁吧，”安德鲁·埃弗顿说，他很清楚易卜拉欣是心理医生，“非常抱歉，我其实是有问题想请教你，所以设计了这种最没有威胁性的方式出现在你面前。”

易卜拉欣哧哧轻笑。“这个策略很聪明，所以读书会是

---

① 李·查尔德（Lee Child）：一位优秀的英国推理小说作家。

个幌子？你其实是来找我的？”

“猜对了一部分，我之前在电视上看见了你。”安德鲁·埃弗顿说。在电视上看见他，然后深挖他的资料。

“你和几个朋友在一起，我认出了你。”安德鲁·埃弗顿说，拿起茶杯吹了吹，“我想和你私下谈一谈，顺便看看能不能卖掉几本书，所以读书会其实算是一石二鸟。”

“我觉得肯定能，”易卜拉欣说，“凯瑟琳·霍华德局长是个坚强的女人。往事让她备感煎熬，但她非常坚强。”

“我在《提交证据》里说她‘硬得像柚木’。”

“确实如此，安德鲁，”易卜拉欣说，“‘硬得像柚木’。文学就探讨到这儿吧。你说你认出了我？我很好奇这一点。”

“几天前，你去了一趟达威尔监狱。我没说错吧？”安德鲁·埃弗顿研究了康妮所有访客的资料，其中包括监狱安保监控探头拍摄到的高清特写。

“啊哈。”易卜拉欣说。

“啊哈，”安德鲁·埃弗顿说，“你在职业一栏上填的是‘记者’，但我没有找到你和新闻界的任何关联。你去探视的囚犯名叫康妮·约翰逊，一个特别残暴的毒枭，目前因为多起重罪被收押待审。你和她交谈了半个小时左右，按照一份官方报告的说法，交谈‘有时相当激烈’。没错吧？”

“嗯，更准确地说，她是女毒枭，不过我必须记住要去掉头衔里的性别色彩，”易卜拉欣说，“不过除此之外，你说得都对。”

“我能问一问你和康妮·约翰逊都谈了什么吗？”

易卜拉欣考虑了一下。“反过来，我能问一问你为什么要问这个吗？”

“你应该也知道，阿里夫先生，在你探视她之后不久，另一名囚犯希瑟·加伯特死于非命。在她的牢房里发现一张字条，上面提到了康妮的名字。因此，这就变成了我的事情。”

“确实，除了文笔出色，你还擅长破解罪案。”易卜拉欣说，“抽雪茄吗？”

安德鲁·埃弗顿摇摇头，他是不会受到蛊惑的。“康妮·约翰逊有可能——事实上，很可能——是我们警局有史以来抓捕过的最危险的女人。要是运气好，她被判有罪，会在监狱里待很长时间。要是你敢以任何方式破坏这个案子的正常审理工作，我会让你活得非常痛苦，因此我建议你千万别这么做。不过，如果你是站在帮助我的立场上的，那我强烈建议你对我说实话。”

“我完全理解你的处境，”易卜拉欣说，“清楚得不可能更清楚了。我看得出人们为什么喜欢你，看得出你为什么是局长。知道吗？在美国的一些地方，人们会投票选举警察局长，这是治理体系差异……”

“所以我再好言好语地问你一次，”安德鲁·埃弗顿打断他的话头，“你为什么去见康妮·约翰逊？你们都谈了什么？”

易卜拉欣用手指轻轻敲打沙发扶手。“你让我进退两难了，安德鲁——我还能叫你安德鲁吗？”

安德鲁·埃弗顿点点头，喝了一口茶。

“你要明白，假如我接受了客户的委托，”易卜拉欣说，“我们所说的一切就会受到《医患保密法》的保护。”

“她是你的客户？”安德鲁·埃弗顿说。

“嗯，这就是重点了，”易卜拉欣说，“刚见到她的时候，她还不是我的客户。到会面结束的时候，她就是了。因此这是个什么情况呢？我能告诉你她都说了什么吗？保密关系有追溯性吗？真是个棘手的问题，安德鲁，你说呢？”

“确实棘手，”安德鲁点点头，“我来看看我能不能帮你解决难题吧。”

“感谢你的好心。”易卜拉欣说。

“读书会上坐在你旁边的那位先生……”安德鲁·埃弗顿说。

“罗恩。”易卜拉欣说。

“我在电视上也看见了他，”安德鲁·埃弗顿说，“因此我知道你们很亲近。你和我一样，肯定也很清楚，今天他身上有一股相当刺鼻的违禁物味道。”

“你说的我完全相信，”易卜拉欣说，“罗恩嘛，身上总有一股什么味道。”

“你应该也知道，无论是我的警队，还是其他地方的警队，对毒品的搜查总是过分集中在年轻群体上。过去这几年，我一直在尝试解决这个问题，虽说取得了一定进展，但谈不上足够成功。因此，请相信我，假如我批准对一名老年白人进行毒品搜查，统计数字肯定会好看得多。一个小时之内，我就能派警察去罗恩的公寓。”

“我的天，”易卜拉欣说，“真是简单粗暴。”

“罗恩会乐意让一群警察翻他的内衣裤吗？”

“我看没有人会乐意吧，”易卜拉欣说，“更别说还是被一群警察翻。但另一方面，我不认为你真的会这么做。罗恩会闹得天下大乱，我们也都会跑去拍照。迈克·韦格霍恩是我们的朋友，他说不定也会感兴趣。我觉得没必要弄得那么显眼和狼狈。”

安德鲁·埃弗顿拒绝被反将一军。“那你其他的朋友呢？那两位女士？”

“乔伊丝和伊丽莎白？”

“你也许能够安心接受警察局长来找你问话，罗恩也许会用他的办法应付我们的搜查，但两位上了年纪的女士呢？要是我决定找她们问话，你觉得她们会有什么反应？假如有这个必要，我是不会心软的。”

易卜拉欣放声大笑。“那我就只能祝你好运了，安德鲁。我必须把你的话告诉伊丽莎白，她会笑得直不起腰的。我向你保证，和他们几个硬脑壳相比，我算是最通情达理的了。”

“易卜拉欣，我需要你在这件事上帮我一把。”安德鲁·埃弗顿说。

易卜拉欣倾身向前。“局长先生，安德鲁，我知道你会觉得我在存心作梗。我完全理解，而我有时候也确实很难打交道。有人曾经形容我‘油盐不进’。我不会告诉你我和康妮·约翰逊谈了什么，另外在尽可能评估局势之后，我认为你的立场也并不足以强迫我开口。但我可以向你保证，我们谈话的内容与你毫无关系，你也没有任何需要担心的事情。只有法庭才能决定康妮·约翰逊是否有罪。至于希瑟·加伯特之死有没有牵涉到她，我表示怀疑。但有一点我可以很坦诚地告诉你，至少我与她的谈话没有牵涉到任何犯罪。”

“你下次什么时候去见她？”

“没有计划。”易卜拉欣说。

安德鲁·埃弗顿点点头。他不确定自己接下来该怎么做了。

不过有一点他可以确定，那就是易卜拉欣·阿里夫没有说真话。

27

乔伊丝的日记

卡伦·怀特海德和罗伯特·布朗 Msc。

我上网搜索过，但没查到什么资料。易卜拉欣说上网搜是没有意义的，他认为这两个名字是某种暗码。不过话又说回来，易卜拉欣无论看见什么都觉得是暗码。

我已经有迈克·韦格霍恩的邮箱地址了，不过不能滥用。我发去过一个“小松鼠第一次吃杏仁”的短视频，我觉得非常好玩。但他回我说，这是他的工作邮箱，不是用来收自媒体短视频的。另外，这只松鼠他早就看过了。

从那之后，我就失去了发邮件给他的勇气，因此我很高兴能得到机会，把这两个名字发给他。迈克，怀特海德和布朗，这两个名字能让你想起什么吗？

他回我说谢谢，但从没听说过这两个名字。看来它们说不定真的是什么暗码呢。他还把我的邮件转发给了保利娜。

今天的大新闻是文学社举办了一场读书会，而且举办得很成功。作家竟然是肯特郡的警察局长，你能相信吗？

我把他的几本书全下载到了 Kindle 里。每本只要九十九便士，非常感谢。

易卜拉欣周三要去达威尔监狱找康妮·约翰逊谈话。他问我康妮·约翰逊有可能喜欢什么杂志，这我可说不准。我喜欢《女性与家居》，但我不认为康妮会对这些东西感兴趣，于是我去问乔安娜，说康妮是一名毒贩，三十多岁，喜欢穿漂亮鞋子，她说不妨试试《格拉齐亚》[1]。

罗恩报告了和杰克·梅森见面的情况。杰克·梅森确定，贝萨妮已经死了。因此罗恩敢肯定，杰克·梅森知道是谁杀了她，否则怎么可能确定呢？伊丽莎白请罗恩再去找他聊聊，继续挖掘其他情况，但这足以让我们所有人集中注意力了。

我打算看《阳光灿烂的地方》[2]，昨天那一集是在克里特岛物色住宅。妻子喜欢上了一座小农舍，但农舍没有空间给丈夫放悬挂式滑翔机，因此他们最终没有报价。能看得出妻子非常难过，但毕竟是她自己选择嫁给了他，因此她也必须承担选择的代价。

我还在考虑我们有没有可能找菲奥娜·克莱门斯谈一谈。我知道她不可能和杰克·梅森是一伙的，但如果几年

---

① 《格拉齐亚》：1938 年创刊于意大利，欧洲最具影响力的时尚杂志之一。

② 《阳光灿烂的地方》：原名 *A Place in the Sun*，一档英国电视节目，在节目中，一对夫妇会被带到他们理想的居住或度假地，看三四处房产，最终决定是否购买或居住。

前给贝萨妮的字条是她写的，那么她就有嫌疑，而我们必须盘问每一名嫌疑人。

可是该怎么联系她呢？我在 Instagram 上给她留了言，但我不确定她有没有收到。

我正在写的这些东西，伊丽莎白会怎么评价？她会说，我之所以想调查贝萨妮·韦茨的案件，唯一的原因就是能通过她认识迈克·韦格霍恩；而现在我之所以怀疑菲奥娜·克莱门斯，也是希望能借此认识她。她还会说，我们不可能知道几年前写字条的人究竟是不是她。我承认她说得对。但是，我想认识菲奥娜·克莱门斯，不等于她不可能是杀人犯。很多名流同时也是杀人犯，比如克雷兄弟①。

周日乔安娜要来吃午饭，到时候我会问她怎么做才能认识菲奥娜·克莱门斯。我知道你可以申请参加菲奥娜·克莱门斯主持的《停止计时》节目，但我觉得你恐怕没法在观众席上大声问有关杀人案的问题。

我是不是该去一趟商店？店里现在有杏仁奶了。上次乔安娜来的时候，她只喝自己带来的杏仁奶，她说“妈妈啊，现如今没人喝牛奶了”。我表示不同意，说我认为还有很多人在喝牛奶。乔安娜和我对“没人”的定义显然大不相同。我本来还想说“你的意思是伦敦没人喝吧”，但似乎

① 克雷兄弟：20 世纪五六十年代英国伦敦东区最臭名昭著的双胞胎黑帮头目。

不值得在这件事上费唇舌。

无论如何，我等不及看她打开冰箱时的表情了——除非现如今也没人喝杏仁奶了，我必须承认这个可能性同样存在。想跟上时代还真是艰难呢。

不过嘛，假如你想挑选一本适合毒贩看的杂志，那她的建议还是很有用的。在这一点上，我承认乔安娜很厉害。

我约保利娜在明天见面，我非常期待能见到她。保利娜提议在栈桥附近的一家饭店喝下午茶。我查了查，发现他们会给你一杯普罗塞克起泡酒。我觉得自己就像杰姬·科林斯[1]。

---

① 杰姬·科林斯（Jackie Collins，1937—2015）：一名演员和作家，出生于英国伦敦，后移民美国。

28

杰克·梅森在网上浏览直升机照片，买一架肯定会令人愉快。他当然买得起，但说真的，他买一架直升机能干什么呢?

换作以前，直升机当然很有用，比方说去阿姆斯特丹，或者去北面的利物浦，这样就不需要在车流里浪费时间，也不会在海峡隧道里碰到塞车了。直升机刚好能解决他的这些需求。

但他现在还能去哪儿呢?去废车场吗?即使去废车场，开上他的宾利，十五分钟就能到。就算遇到几个红灯，顶多只用花二十分钟。他偶尔会去一趟伦敦，见见仅剩的几个老朋友——没有去西班牙或者见上帝的老朋友。

走廊里的钟响了六下，杰克给自己倒了一杯苏格兰威士忌。

他是不是对罗恩·里奇说的太多了?能和同龄人聊天真的令人心情舒畅。杰克知道是谁杀了贝萨妮·韦茨，但他绝对不会告诉任何人。一个人必须坚守原则，无论和你说话的人是谁，告密就是告密。

不过杰克还是想说点什么，因为仔细回想起来，他觉得整件事都是在乱来。贝萨妮·韦茨其实不需要丢掉小命的。

杰克的废车场运转良好，时不时还能挣些钱，有人找他要人情，有人来还他人情。他卖掉了赌场的大部分股份，剩下的股份还是能让他财源滚滚。不过电话不像以前那样响个不停了，人们不再需要他。这样挺好。谁还有制毒贩毒的那个精力呢？杰克有他的豪宅，能俯瞰英吉利海峡，还有一张斯诺克球台。要是哪天心血来潮想养马了，他甚至连马厩都有。另外，他在六点之前滴酒不沾。他要坚守的原则就是，不告密，六点前不碰威士忌。

杰克有足够的空间来停放直升机。直升机可以在槌球草坪上降落。买一辆高尔夫小车，供用人送他到家门口。而且现在真的有几样好东西在市面上待价而沽，爱沙尼亚的某个人在出售一架金色与紫色交织的贝尔 -430 直升机，坐着它飞来飞去肯定能收获某些人羡慕的目光。

但是，真的会吗？杰克喝完酒杯里的威士忌。现如今还有谁会抬头看天上飞的直升机呢？谁会来他家做客？杰克心想，不知道能不能请罗恩来家里打一局斯诺克。罗恩会喜欢直升机吗？他们俩相处得挺愉快的。

杰克这辈子挣了多少钱，只有天晓得。但此刻他意识到，他交到的朋友可并不多。一辈子都在犯罪，有一点他看得很清楚，那就是你的手下算不上真正的朋友。

他真的想花六十万英镑买一架一年顶多飞两次的直升机吗？看着它在草坪上生锈？嗯……

他打开谷歌，正在输入“高尔夫车 英国 多少钱”的时候，屏幕上跳出了收到邮件的提示信息。

他认出了来信地址，发送者是杀死贝萨妮·韦茨的凶手。他们有段时间经常联系，但最近少得多了，算是某种解脱。不过，考虑到过去几天发生的种种事情，他知道他会收到对方的消息。

邮件内容如下：

好久不见。只是友好地提醒一声，请提高警惕。回头细聊。

我需要你教我做事吗？杰克心想。杰克·梅森这辈子留下的没收拾干净的烂摊子不多，但这件事无疑是其中之一。

杰克心想，现在是不是该揭露真相了？

29

从费尔黑文警察局走到杜松苑只需要十五分钟，这是克里斯和唐娜通过研究监控探头找到的地方，现在他们正往那里走。

“那么，这位神秘人是谁呢？”克里斯问。

“法医那里还没回信呢，”唐娜答道，“尸体上什么都没有，没有任何证件，现场照片已经发给媒体了。你不是都知道吗？”

“我的天，我说的不是小客车里的死者，”克里斯答道，“是你在约会的那个男人。”

“你成天就琢磨这个呀？”唐娜说，“佩服。”

他们拐上福斯特路。杜松苑是个二十世纪八十年代修建的居住街区，再过二十年这里大概会走复古时尚路线。街区有一百多套公寓，门前都有草坪。另外，最关键的是，这里有个巨大的地下停车场。

杜松苑不常在警方记录中出现。几辆自行车被盗，偶尔有人投诉噪声扰民，一位老兄在网上销售仿冒班克西①的作品，只有当一些涂鸦提到了市长如何如何，警方才不得不严肃对待。

克里斯和唐娜甚至没能在网上找到杜松苑管理公司的详细情况，这里简直是避世和低调这两个词的化身，但同时也有可能深藏着贝萨妮·韦茨凶案的关键线索。

杜松苑的环境优雅，离车站很近，因此住着很多在伦敦或布莱顿工作的上班族。这意味着，当他们两个人走到杜松苑时，只会见到一个冷冷清清的居住区。

“是不是一想到试镜就紧张？”唐娜问克里斯。周三他要去《东南今晚秀》试镜，前面拐个弯就是演播室。

“才不呢，我靠抓坏蛋为生，”克里斯说，“区区电视摄像机还能吓住我不成？”

“反正能吓住我。”唐娜说。

“你说得对，”克里斯说，“我都快吓死了。你觉得他们还能允许我退出吗？”

“我不会允许你退出的，”唐娜说，“你的表现一定会非常出色。”

透过杜松苑宽大的双开门，克里斯和唐娜看见门厅里有一张接待台，一个穿褐色工作服的男人坐在接待台里，

① 班克西（Banksy，1974— ）：一位英国街头艺术家。

他正在读《每日星报》。

“伦敦那边管这个岗位叫门房。”克里斯说，按下门铃。他亮出警察证，但其实没这个必要的，因为那个男人连头都没抬就放他们进去了。

“早上好，”克里斯说，男人还是没有从报纸上挪开视线，“知道大楼管理员在哪儿吗？我们想找他聊一聊。”

男人终于抬起头。“那就是我了，但我不喜欢聊天。”

克里斯再次亮出警察证。“肯特郡警察局的。”

男人放下报纸。“是因为我邻居吗？你们是来抓他的吗？”

“我……呃，不，应该不是，”克里斯说，“他干了什么？”

“没有得到规划许可就搭了个温室。”男人说，“我叫莱恩，我给你们打了很多次电话，但这是我第一次见到你们。”

“这事情主要归自治会管，”唐娜说，“而不是警察。”

“是吗？”莱恩说，“但要是我宰了他，你们就会立刻出现，对吧？”

“呃，对，明摆着的嘛，”克里斯说，“要是你杀了他，我们会立刻出现。杀人是我们负责的事，但温室不是。我们想找这地方的管理公司了解情况，不知道你能不能帮个忙？”

“你帮我一把，我也帮你一把，”莱恩说，“你去和我邻居谈谈，也许我的记性就突然好了……”

"阿灵顿房地产。"唐娜说，看着告示牌，抄下一个号码。

克里斯凑过去看信箱，记下上面的名字。确实不符合规定，但莱恩对待法律的态度似乎也没那么认真。

"你有权这么做吗？"莱恩问。

"只要有搜查证。"克里斯答道，但他显然没有。克里斯有时候觉得他跟着周四推理俱乐部学坏了。

"有人惹过什么特别的麻烦吗？"唐娜问。

"十七号那位老兄弄坏了两个马桶座。"莱恩说。

"谢谢你的帮助，莱恩，"克里斯说，"我们就不打扰你了。"

他们出门的时候，莱恩在他们背后大喊："喂，要是我杀了他，那可不是我的错。要怪就怪你们。"

回到外面的冷风中，克里斯和唐娜开始记录车牌号。克里斯认出了其中的一辆车，这是一辆白色标致，车牌上印着火焰图案。他记下车牌号。

克里斯很想找到伊丽莎白漏掉的线索。那位女士都快八十岁了，他的好胜心有必要这么强吗？

但他知道这一趟其实算是试探性调查。除非十年前贝萨妮丧命的那天夜里有个人就住在这儿，而且这个人现在还住在这儿，否则调查就没有任何意义。

尽管如此，他还是继续抄车牌号。所谓警务工作，大部分时间就是在抄写数字。

30

“他喜欢摩托车，”保利娜说，“他喜欢敲敲打打。他会把摩托车拆开，然后扔着不管，忘记把零件装回去。”

“格里玩拼图也是这样，”乔伊丝说，“我每次都要对他说，格里，你既然开始拼了，就不能不拼完。你已经把歌剧院拼出来了，那么老天在上，你就把桥也拼出来呀。结果每次都是我去替他拼完。我猜摩托车就不能这样了吧？”

“他周末会和一伙弟兄骑车兜风，”保利娜说，“一大帮人，他们自称‘死神匪帮’。其中有两个会计。”

“但他很在乎你。”乔伊丝说。

“是吗？我也不知道，”保利娜答道，“就爱不爱来说，他肯定是爱我的，想要摆脱他肯定会千难万难。但是……”

“但是什么？”

“是这样的，我们相处得挺好。我见过更糟糕的情况，”保利娜说，“但我不知道年轻时梦想中的爱情是不是这样。那个时代，每个人都必须结婚，对吧？必须找个人一起过日子。”

“非常抱歉，我这人非常无聊，”乔伊丝说，“我就特别想结婚。”

“我的天，乔伊丝，这不是无聊，”保利娜答道，“说真的，那才是梦想呢。你是怎么爱上格里的，还记得吗？”

“嗯，我并没有爱上他，”乔伊丝说，“不是那样的。只是我走进一个房间，然后遇到了他，他看着我，我看着他，事情就这么发生了。就好像我一直都爱着他，根本不需要爱上他。就好像你在找完全相配的一双鞋。”

“上帝啊，乔伊丝，”保利娜说，“你都快把我说哭了。”

“但是，他也有他的缺点。”乔伊丝说。

“他有没有出轨，然后出轨对象叫明蒂，是个文身师？”

“没有，但他总是把用过的茶包扔在水槽里，”乔伊丝说，“还有拼图。”

两个女人放声大笑。保利娜举起酒杯。

“敬格里，”保利娜说，“真希望我能认识他。”

乔伊丝和她碰杯。“也敬……不好意思，你丈夫叫什么来着？”

“他自称路西法，”保利娜说，“他是杜兰乐队的巡演助理。”

“那是他的真名吗？”

“克里夫。”保利娜说。

“嗯，我也希望能认识克里夫，”乔伊丝说，“不知道他和格里能不能合得来。”

冷场片刻，两个女人再次大笑。一名侍者送来茶点架，上面摆满了超小份的糕点和三明治。乔伊丝拍拍手。

“我很喜欢喝茶吃点心，”保利娜说，“我吃个手指蛋糕，你说说约我有什么事吧。”

“我就是想找你聊聊天而已，”乔伊丝说，“了解一下你，传传八卦。”

保利娜举起手。“乔伊丝，省省吧。”

“好吧，”乔伊丝说，拿起一个两口就能吃完的三明治，咬了第一口，“我想和你谈一谈贝萨妮·韦茨。”

“乔伊丝，你真是震惊了我的灵魂，”保利娜说，“你吃手指蛋糕吗？我可以和你换我的牛肉山葵三明治。”

两个人交换了食物。

“我一直在想迈克提到的字条。”乔伊丝说。

“好的，”保利娜说，“你还要你的柠檬蛋挞吗？”

“尽管拿，不用客气。”乔伊丝说，“怎么说呢？你不是总能在最明显的地方找到东西，对吧？举例来说，前几天我找不到卷尺了，它一直放在厨房的抽屉里，一直。那天我和易卜拉欣争论谁的电视比较大，于是想用卷尺解决问题，但等我拉开抽屉，卷尺在里面吗？不，不在。它不在最该在的地方。最后我在书架上找到了卷尺，天晓得为什么。不是我放在那儿的，当然也不可能是阿兰，对吧？”

“乔伊丝，你是不是跑题了？”

“完全没有，”乔伊丝说，“我只是想说，所有人都在查杰克·梅森，我觉得我不妨来查一查《东南今晚秀》，看看凶手会不会就在节目组里。这个人出于完全想象不到的某个原因杀了贝萨妮·韦茨。你觉得说得通吗？”

“和你们其他人的看法一样说得通，”保利娜说，“随便你问吧。”

“有人写字条恐吓贝萨妮，把字条塞进她的包里，放在她的桌子上。”

“我听说是这样的。”保利娜说。

“有可能是你吗？”

“不可能。”

“有可能是菲奥娜·克莱门斯吗？”

“有可能，”保利娜说，“我觉得可能性不大，但不是不可能。”

“因为什么？嫉妒？”

“我觉得嫉妒这个说法不确切。”保利娜说，“她们两个都是很强势的女人，那时候人们喜欢让强势的女人彼此竞争。就好像两个强势的女人不能同时待在一个房间里，否则世界就会爆炸。”

“也许我该和菲奥娜·克莱门斯聊聊，”乔伊丝说，“你觉得呢？”

“我觉得你会想和她聊聊的。乔伊丝，我就是这么觉得的。”

乔伊丝把柠檬蛋挞递给保利娜。“反正没坏处。说起来，前两天你是不是说过贝萨妮的衣服如何如何？”

“不记得了。”保利娜说。

“人字呢夹克和黄裤子，”乔伊丝说，“你说谁会这么穿衣服。”

“嗯，你明白的。”保利娜说。

“我不明白，”乔伊丝说，“为什么特地提到这个？”

“请问有人有兴趣再来一杯普罗塞克吗？”一名侍者问。

“非常有，谢谢。”乔伊丝和保利娜异口同声道。他斟酒的时候，两个女人有礼貌地保持沉默，只在酒杯斟满的时候各“哦”了一声。

“只是觉得这么打扮很奇怪，”保利娜说，拿起酒杯喝了一大口，“不符合她的风格。”

“保利娜，”乔伊丝说，“你是不是知道什么，但没有告诉我？”

“我觉得你会想明白的，没有吗？”

“没有，我不确定我明不明白你的意思，”乔伊丝说，“你不是在保护什么人吧？”

“怎么保护，通过聊贝萨妮的衣服？不，”保利娜说，“我只是对衣服感兴趣。那是我会去研究的东西。”

“而他们都在关注离岸账户[1]，而不是裤子。”乔伊丝说。

“嗯，所以你们才是一个小团体，”保利娜说，“不是每个人都必须关注同一件事情。”

“另外你提到监控画面非常模糊，对吧？特地说这个似乎不太寻常。”

“乔伊丝，”保利娜说，“你们一个个坐在那儿，个个都有一套理论，我只是想参与进来，只是想贡献自己的一份力量。你们齐心协力的时候真的很有威慑力。”

乔伊丝大笑。“好像是的。但主要是伊丽莎白的功劳，不是我。”

“当然。”保利娜说，“和我说说罗恩吧。”

“你想知道什么？”

“不好的一面，”保利娜说，“我只顾着看那双美丽的眼睛了，肯定漏掉了很多东西。”

“该从何说起呢？”乔伊丝说，“他不懂怎么穿衣服；拒绝吃健康食品；你不能和他有不同的意见；他有时候会太吵，尤其是在公共场合；他的一些观念非常过时，有一

① 离岸账户（offshore accounts）：金融学上指存款人在其居住国家以外开设的银行账户。

次我说本地选举我会投给自由民主党，他足足对我说教了一个小时。”

“但……”

“有时候他会取笑我，但他取笑伊丽莎白的时候我会很开心，所以这未必是缺点；他回起短信来非常慢；他很容易发脾气，特别是没吃东西的时候；他经常放屁；有一次我们没有带他去看一个在库珀斯·切斯中枪的杀手，他生了一整天的闷气；他的音乐品味糟糕得可怕；要是他晚上来做客，会在看电视的时候说话。”

“库珀斯·切斯来过杀手？”

乔伊丝挥挥手，表示不必在意。“你派他去商店，他永远会买错东西，我说的不是把牛奶巧克力威化饼买成黑巧克力威化饼，而是你要一包四卷的卫生纸，得到的却是菠萝。”

“说得非常全面了，”保利娜说，“优点呢？”

“优点就更多了，”乔伊丝说，“我直接提炼一下好了。他为人忠诚，他很善良，很风趣，他愿意和我交朋友，天晓得出于什么理由，反正我感到非常自豪。要我说，他有王公的气度。这听上去很傻，但我有时候会幻想罗恩坐在我家沙发上，格里坐在他那张扶手椅里，两个人没完没了地说笑和争论。我能在脑海里从头到尾演完这一幕。格里肯定会爱上他，而这就是我对一个人的最高评价了。”

乔伊丝的眼睛里泛起泪花，保利娜握住她的手。“乔伊丝，听起来你也爱他。”

“我当然爱他了，”乔伊丝说，“一个人怎么可能不爱罗恩呢？当然了，他并不适合我，原因我刚才已经说了很多。但只要你喜欢菠萝，而且已经囤足了卷筒卫生纸，他就是你想要的男人。”

“说起来，你的话似乎很有道理。”保利娜答道。

尽管还有眼泪，但乔伊丝露出了笑容。“太好了，好极了。我该去物色一顶适合婚礼的帽子了。”

“先别想那么远，”保利娜笑着说，“才刚开始。”

保利娜松开乔伊丝的手，乔伊丝反过来按住保利娜的手。她直视保利娜的双眼。

“保利娜，你能向我保证你全都告诉我了吗？”

“两位女士似乎需要再满上一杯了。”侍者说。

“好的，谢谢。”乔伊丝和保利娜说。

31

“你用你们的老电脑查过了吗？”斯蒂芬问，“什么都没有？”

“什么都没有。”伊丽莎白答道。

还在情报局工作的一个朋友帮伊丽莎白查了那两个名字。没找到与“卡伦·怀特海德”匹配的记录，而与“罗伯特·布朗”匹配的记录又太多了。情报局的朋友答应会全都调查一遍，一个人能求到的人情毕竟有限，而伊丽莎白最近求的人情已经多得过分了。也许她该去找警察局长聊聊，看他知不知道他们不知道的事情。她能约到他的时间吗？肯定有办法。

“你的朋友能找到他们，”斯蒂芬说，“就是玩填字游戏的那个人。”

易卜拉欣。他和斯蒂芬曾经是很要好的朋友。易卜拉欣还在问能不能来她家坐坐，但伊丽莎白一次又一次地婉言谢绝。

“我正在下象棋呢，”波格丹说，“你们少聊几句吧。”

波格丹从山顶的建筑工地过来陪斯蒂芬。

“你还是很好闻，”伊丽莎白评论道，“还是上次那个香味。你似乎在和同一个人定期约会？”伊丽莎白的智慧足以同时研究不止一个谜题。

波格丹走了一步棋，往后一靠。“你打算怎么处理你必须干掉的那个人？”

“波格丹，是我先问你的。”伊丽莎白说。

她肯定撬不开波格丹的嘴巴，也许她可以试试跟踪他。好像有点过分了？她沉思片刻，得出结论，是的，确实有点过分。但是，伊丽莎白最讨厌的就是存在她不知情的秘密。特工就像狗，两者都无法忍受上锁的门。

“维京人的藏书很不错，”斯蒂芬说，思考下一步该怎么做，“说真的，非常出色。”

当然了，她有一个秘密就是斯蒂芬。他是她上锁的门。至少暂时如此。

“我给你的那把枪，你也许用得上，”波格丹说，“给我枪的女人说它在地下埋了一段时间，所以你最好先确定一下它还能不能开。”

“他居然在教我怎么用枪。”伊丽莎白说。虽然嘴里这么说，但她还是会去检查一下的。今晚她要带着枪去森林里走走，吓唬一下猫头鹰和狐狸。

“波格丹，老伙计，”斯蒂芬皱着眉头看棋盘，“你似乎又将死我了。我要把脑子输给你了。”

“你只是输给我这一局而已。”波格丹说。

卡伦·怀特海德和罗伯特·布朗，最初的几笔藏钱交易，其中肯定有什么关联，但伊丽莎白觉得自己走进了死胡同。

说来讽刺，她知道某个人也许能提供帮助。

维克托·伊里奇。他是这方面的奇才，最擅长挖掘档案，追踪资金流向。

但现在不是考虑这个的时候，她必须停止思考，是时候采取行动了。干掉维克托，从而消除维京人有可能造成的危险。今天夜里她要去森林里试试那把枪，然后她要发短信给乔伊丝，说她们明天要去伦敦，但她不会告诉乔伊丝去干什么。

现在该干掉维克托·伊里奇了。动手的时候，伊丽莎白需要乔伊丝在场。

32

早高峰时段已经过去，但列车依然拥挤。伊丽莎白刚刚和乔伊丝讲完她被绑架的过程。

“但为什么要用麻袋套头和戴上眼罩呢？”乔伊丝问，列车在英国冬天横飞的雨点中疾驰，“似乎有点过分了。”

“双保险。”伊丽莎白说。

乔伊丝点点头。“我今天自己也同时带了雨衣和伞，所以确实没资格说他们过分。斯塔福德郡怎么样？”

“我没看见什么风景，”伊丽莎白说，“去的路上他把我们关在车厢里，然后用枪指着我的脑袋，逼我走进一座屋子，最后在凌晨两点把我们扔在能冻死人的路边。”

伊丽莎白的手机响了，是一个匿名号码发来的短信。

伊丽莎白，我看见你上了去伦敦的火车。我的耳目无处不在。请不要让我失望。

发短信的本意是想威胁她，却让伊丽莎白觉得他有点黔驴技穷了。不过伊丽莎白还是从头到尾看了一遍车厢，轮流打量每一张脸。

“我不确定我有没有去过斯塔福德郡，”乔伊丝继续道，“但路过肯定是有的，对吧？”

理想的结果当然是她不必干掉维克托·伊里奇，但假如拿不出一个足够好的理由，维京人就会在两周后干掉乔伊丝。她必须在维克托和乔伊丝之间选一个，这根本不需要选。

于是她们在上午九点四十四分，登上了这班从波尔盖特开往伦敦维多利亚车站的列车。伊丽莎白还在考虑要不要告诉乔伊丝，她有生命危险。如果伊丽莎白这么做了，乔伊丝会如何面对死亡威胁？伊丽莎白到目前为止还没见过乔伊丝的极限，但每个人都是有极限的，对吧？

“对，路过肯定是有的，乔伊丝，斯塔福德郡是个很大的地方。”

乔伊丝在说她的新推测：“菲奥娜·克莱门斯与贝萨妮·韦茨之死有关，考虑到种种因素，是不是也应该找她聊聊？”

伊丽莎白觉得，自己能在这个案子上分分神也挺好的，总不能一直考虑她即将去做的事情吧。她能感觉到枪在膝头手包里的分量。包里除了枪还有笔、口红和填字游戏书，就像以前的好日子。

“这班火车上有售货车吗？”乔伊丝问，“还是咱们必须去餐车吃饭？”

“有售货车的。”伊丽莎白答道。

“那就好，”乔伊丝说，扭头看售货车会不会刚好进了这节车厢，“今天去伦敦和你的历险有关系吗？还是说咱们是去购物的？”

“有关系，改天我带你去购物，算是补偿。”

伊丽莎白的手机又收到一条短信。

说起来，今天是个动手的好日子！

维京人就没别的事情可做了吗？两个女人同时往后靠，望着窗外灰沉沉、湿漉漉的风景。唉，英格兰啊英格兰，你真的会挑日子给人脸色看。

乔伊丝终于打破沉默。“那么，咱们要去哪儿？”

“见我的一个老朋友，”伊丽莎白说，“维克托。”

“以前给我们送牛奶的人就叫维克托，”乔伊丝说，“有可能是同一个人吗？”

“非常有可能。你们家的送奶工在二十世纪八十年代也当过克格勃驻列宁格勒的头目吗？”

“那就是另一个维克托了，”乔伊丝说，“不过送奶的工作总是结束得很早，对吧？所以说不定他有两份工作。”

两个人大笑，售货车来了。乔伊丝问了推车的女人一连串问题：茶是免费的吗？点心在哪儿？点心免费吗？她看见的那东西是香蕉吗？列车上是香蕉的交易量比较大，还是点心卖得更好？车头提供的咖啡会不会比车尾提供的热得多？随后还有几个补充性的问题，引出的信息包括推车的女人重返工作岗位不久，她之前去生孩子了，她丈夫在机场从事建筑工作，下班回家后几乎什么都不干，而她丈夫的老娘简直不可理喻，每时每刻都站在他那一边。

问完这些问题，乔伊丝说出结论："其实我什么都不想要，非常感谢。"

伊丽莎白要了一瓶水，售货车和推车的女人继续往前走，祝她俩一路平安。

"所以你去找维克托干什么？"

等到确定售货车已离开视野，伊丽莎白说："虽然不愿意，但我必须杀了他。"

"别开玩笑了，伊丽莎白，"乔伊丝说，"咱们正在调查一起案件，而且最近咱们都经历了很多事情。"

乔伊丝说得对。伊丽莎白回想起托尼·柯伦的谋杀案，回想起伊恩·文特汉姆和柳树园里的彭妮，还有约翰握着她的手。说起来像是在开玩笑，但那仅仅是个开始，经过了接下来漫长的一系列事件，最终使得她坐在九时四十四分从波尔盖特出发的列车上，她的死党坐在身旁，膝头的手包里有一把枪。死党？这倒是个新概念。她朝乔伊丝点点头，表示赞同。

"我知道。但是非常抱歉，在这一切结束之前，咱们还必须闯过几个难关。"

“但是，伊丽莎白，你不能杀人。”

“乔伊丝，你我都知道我能。而且在目前的情况下，我不得不杀人。”

“为什么？要是你不杀了他，会发生什么？”

“会有人杀了我。”（会有人杀了你，乔伊丝，而我不会允许这种事发生。）

“你有的时候真的不可理喻，”乔伊丝说，“从什么时候开始，别人叫你干什么你就干什么了？谁叫你去杀了维克托？”

“不知道。”

“军情五处？”

“恕我直言，乔伊丝，假如是政府，那更有可能是六处，但不是。是个高大的瑞典男人。”

“瑞典人都很高大，”乔伊丝说，“《第一秀》[①]演过，所以他给你钱吗？”

“不，只是用死亡威胁我。”（是你的死亡，我亲爱的、好心肠的、超级能侃的朋友。）

“好吧，尽管我不知道事情的来龙去脉，但你叫上我，肯定是需要我的帮助，死党不就是干这个的嘛！”

“我真的觉得咱们是死党，咱们是吗，乔伊丝？我以前没考虑过这个问题。”

---

① BBC 一个杂志风格的电视直播节目，从 2006 年开播至今。

“咱们当然是了，”乔伊丝说，“否则你觉得我的死党是谁？罗恩？”

伊丽莎白再次微笑。她以前有过死党吗？彭妮？也许吧，但实话实说，她们只是拥有共同的爱好和相互尊重而已。她有过丈夫和情人，有过战地搭档、狱友和保镖，但死党呢？

“等一等，斯托克是不是在斯塔福德郡？”乔伊丝说。

“对。”伊丽莎白答道。

“那我就去过斯塔福德郡了。好些年前我们参加过一个去斯托克的旅行团，那儿的陶器很漂亮。我买了一个壶，上面有格里的名字。虽说拼法不太一样，但也很接近了。”

“很高兴你搞清楚了这个问题。”伊丽莎白说。

“维克托住在哪儿？”

“一个你肯定会非常喜欢的地方。”伊丽莎白说。

乔伊丝点点头。“伊丽莎白，你不会真的要杀了他吧？我认为既然你带我一起来，就说明你不是真的想杀他。”

伊丽莎白打量了一会儿乔伊丝。“否则呢？你觉得我会带谁来？罗恩吗？”

她希望这句话能逗得她的朋友放声大笑，但乔伊丝露出了害怕的表情。

伦敦快到了，列车开始减速。

33

“他们要来杀我了，”易卜拉欣读道，“现在只有康妮·约翰逊能救我。”

“她吓坏了，这一点我敢确定。”康妮·约翰逊说，两只脚搁在桌子上。由于“精神健康”的重要性，狱方允许他们使用一间私人探视室。

“吓坏了，”易卜拉欣重复道，“因为你？”

康妮摇摇头。“一个人害不害怕我，我看得出来，她肯定是在害怕别的什么人。”

“也许你喜欢别人害怕你的感觉。”易卜拉欣在记事本上做笔记，“你觉得呢？”

“我们这是在做心理治疗，”康妮问，“还是在调查谋杀案？”

“我看这两件事可以合在一起，”易卜拉欣说，“做心理治疗的时候，绝对不能放过任何突然想起的事。”

“但害怕不是我的强项。”康妮说，“对了，谢谢你给我的《格拉齐亚》，非常合我的胃口。我不会因为别人害怕我而感到快乐，我恐吓别人只是因为这样有利于赚钱。”

“所以你认为，”易卜拉欣说，“她在害怕什么人呢？”

康妮耸耸肩，喝了一口看守为她做的卡布奇诺，咖啡上甚至还洒了巧克力碎屑。“我觉得她有个秘密，但不敢说出来。”

“而她似乎认为你知道这个秘密，”易卜拉欣说，“‘只有康妮·约翰逊能救我’。她对你说了什么？会不会给了你什么线索？”

“也许她给了，但我没听出来，”康妮说，“我会努力回忆的。”

“希望你能想起来，”易卜拉欣说，“你有秘密吗，康妮？”

“这个嘛，”康妮说，“我的牢房里有个保险箱，保险箱密码也许算是，但我觉得那不算是真正的秘密，你说呢？你有什么秘密？”

“这个改天再说，”易卜拉欣说，“咱们从头开始吧。当你听说她的死法……”

“和毛衣针有关系？”

“对，和毛衣针有关系，”易卜拉欣说，“你是怎么想的？”

康妮停顿片刻，掰开另一名看守用托盘送来的奇巧巧克力。“嗯，首先，我敬佩那份独创性。用毛衣针杀人可并不容易。”

“同意。”易卜拉欣说。

“其次，我觉得我不该给她毛衣针的，”康妮说，“但你不能被还没发生的事情捆住手脚，对吧？”

“这么说当然很有见地。”

“但对她来说已经太晚了。”康妮说，喝掉最后一口卡布奇诺，皱了皱眉头，“要是我继续寻找线索，你觉得你能不能给我搞一台新的咖啡机？”

“我恐怕做不到。”易卜拉欣说。

康妮点点头。“好吧，你尽量。我能想到的线索只有一条，那就是我去希瑟牢房的时候，她正在写东西。”

易卜拉欣停笔，抬头看着她。“什么东西？”

康妮耸耸肩。“她立刻就藏起来了，但值得找来看看。他们会把她所有的东西都打包送走的。”

“她会写什么呢？”易卜拉欣问，“肯定不是她留下的遗书，对吧？”

康妮摇摇头。“字数很多。她在写什么文章。”

“你有什么看法？为什么要杀死希瑟·加伯特？为什么要现在杀死她？”

“我的看法是这样的，”康妮说，“我觉得我花钱买的不是这种心理治疗。我好像变成了你们的一员，而且还没有薪水。”

“呃，我们全都没有薪水，不过你说得有道理，”易卜拉欣说，“你的看法非常中肯。咱们来聊聊你吧。你先来，还是我来？”

“你先来吧。”康妮说。

易卜拉欣想了想。“我认为你过得不快乐。”

“错了。”康妮说。

“我认为你让其他人过得不快乐。”易卜拉欣说。

“这个我承认。”康妮说。

“所以你知道你让其他人过得不快乐，但你还是过得很快乐？接受这样的事实应该不容易吧？”

“其他人也要为自己的生活负责。”康妮说。

“康妮，你是个聪明人，也很勤奋，而且抓住了机会。我认为我可以说，你比很多人都更有能力。”

康妮用手指轻敲桌面。“有可能。”

“因此，你现在是个霸凌者。”易卜拉欣说，“既然你是强者，那么你在生活中就有两个选择，要么保护弱者，要么以弱者为食。而你呢？你用你的天赋去捕猎弱者。”

“每个人都是这样的。”康妮说。

“我就不是，”易卜拉欣说，“只有反社会分子才这样。”

“好吧，我是反社会分子，”康妮说，“你不妨也试试看，特别能挣钱。”

“你感觉到希瑟·加伯特在害怕，康妮，你感觉到她不能说实话，而我认为你对此很在意。”

康妮想了想。“也不算吧。”

“你不在乎？”

“不是真的在乎。”

“‘不是真的在乎’，但你认为我应该去搞清楚希瑟在写什么。你认为她的死没有表面上看起来这么简单。”

“也许吧。”康妮说。

“康妮，我有好消息，也有坏消息。”易卜拉欣说，合上记事本。

“请讲。”康妮说。

“好消息是你确实在乎，因此你不是反社会分子。”

“坏消息呢？”

“坏消息是，这意味着到了某个时候，你会不得不拷问自己，重新考虑你一生中做过的事情。”

康妮盯着易卜拉欣看了很久。易卜拉欣也盯着她。

“你是个骗子，”康妮最后说，“一身衣服很漂亮，这个我承认，但骗子就是骗子。”

“有可能。”易卜拉欣的手机嘟嘟嘟地响了好几声。

“咱们的时间到了。下周继续聊，还是到此为止？反正你说了算。也许我这个骗子说的话太重，你受不了了。”

康妮收好杂志，把剩下的奇巧巧克力装进爱马仕手包。她站起身，向易卜拉欣伸出手。

“下周再见，”她说，“谢谢。”

“如你所愿。”易卜拉欣说。

“我会继续挖掘你需要的情况的。”康妮说。

“我也会这么对你的。”易卜拉欣说。

34

“你觉得保利娜这个人怎么样？”伊丽莎白问。

“我喜欢她。”乔伊丝说。

“呃，我也喜欢她，”伊丽莎白说，“但我问的是你觉得她这个人怎么样。”

“她前两天评论过贝萨妮的衣着，”乔伊丝说，“我请她仔细说说，但她转移了话题。另外，她还说她不记得那些字条的事了。”

“感觉她像是想把我们引向什么方向，”伊丽莎白说，“或者把我们的注意力从什么事情上引开。”

“但她建议我们应该找菲奥娜·克莱门斯聊聊，”乔伊丝说，“她认为这是个了不起的好主意。”

伊丽莎白挑起眉毛，怀疑地看着她的朋友。

黑色出租车徐徐停下，伊丽莎白和乔伊丝下车。伊丽莎白仔细扫视四周，有人在监视她们吗？前方的美国大使馆门口站着几名卫兵，左手边有一伙年轻女人正在通过某家出版社大楼的旋转门。向上望去，她看见了许多窗户，那是许多个可供躲藏和监视的好位置——狙击手的乐园。乔伊丝也在扫视四周，但关注点完全不一样。

“有个游泳池！”乔伊丝说。

“我知道。”伊丽莎白附和道。

“在天上。”乔伊丝仰望天空，抬起手挡住耀眼的冬日阳光。

“我说过你会喜欢的。”伊丽莎白说。

游泳池位于两座高层住宅楼的楼顶之间。玻璃底面像是悬在半空中。伊丽莎白不为所动。它不过是建筑工程学与金钱的产物，或许也有想象力的一丁点儿功劳，但她敢打赌，设计者是从其他什么地方剽窃来的灵感。假如修建它是为了供大众使用，那她兴许还会赞赏一下，然而事实是只有富人才能在天上游泳。一个人有钱就可以为所欲为，因此你也不能怪她觉得这游泳池没什么了不起的。

“你那位维克托，”乔伊丝说，“他就住在这儿？”

“我得到的情报是这么说的。”

“你觉得他会允许咱们去游泳池试试水吗？”

“你带游泳衣了？”

“好像没有，咱们以后还会来这儿吗？”

伊丽莎白再次感觉到了包里的枪的分量。“最近应该不会了。”

她们推开一座住宅楼宽大的双开门，穿过铺着大理石的大堂，来到光可鉴人的铜边胡桃木接待台前。这儿的整体氛围给人以昂贵但不违和的感觉，就像离婚怨夫想要自杀时会选择的高级商务宾馆。

接待员非常漂亮，似乎是东非裔。伊丽莎白露出自己最友善的微笑。她不是乔伊丝，但她已经尽力了。

“我们来见伊里奇先生。”

接待员打量伊丽莎白的目光非常令人愉悦，但也非常坚定。“非常抱歉，我们这儿没有一位伊里奇先生。”

这当然说得通，伊丽莎白心想。维克托·伊里奇至少有一百个化名。为什么要用真名呢？

“你非常美丽。”乔伊丝对接待员说。

“谢谢，”接待员答道，“您也是。还有什么我能帮你们做的吗？”

伊丽莎白的手机响了，又是维京人。她看短信。

听说你到了他住的楼里。在他家干掉他是个好主意。期待很快听到你的好消息。

该怎么上楼呢？

“你用过游泳池吗？”乔伊丝问接待员。

“很多次，”接待员说，“不好意思，但我不得不说，我们的一名员工正在过来的路上，会在两位方便的时候护送你们到门口。”

“我认为那个游泳池很了不起，尽管伊丽莎白觉得没什么。”乔伊丝说。

“伊丽莎白？”接待员问，“伊丽莎白·贝斯特？”

“对，亲爱的。”伊丽莎白说。要峰回路转了吗？

“伊里奇先生说过，要是伊丽莎白·贝斯特来找他，就立刻请她上来。他说她也许会使用其他名字，”接待员低头看清单，“包括多萝西·德安吉洛、玛丽恩·舒尔茨、康斯坦丁娜·普利斯科娃和海伦·史密斯牧师。他还说我应该多学着点，因为伊丽莎白·贝斯特是他认识的最精明的女人。”

伊丽莎白看见乔伊丝翻了个白眼。

“我们进来说要找维克托·伊里奇，你就没想到我说不定就是伊丽莎白·贝斯特吗？你难道完全没想到有这个可能性吗？”

“非常抱歉，真的没有。按照伊里奇先生提到你的语气，我以为伊丽莎白·贝斯特是一位年轻得多的女士。”

“唉，”伊丽莎白说，“我曾经比现在年轻得多，所以我就原谅你了。”

“伊里奇先生住在顶层。我领你们上楼。”接待员转向乔伊丝，“等你们要走的时候，我会带你们去游泳池的。我们为访客准备了泳衣。”

伊丽莎白看到她的朋友笑逐颜开，可惜今天没机会游泳了。不过她们很可能会需要毛巾。

她们走进足有别墅客厅那么大的电梯，来到楼上。维克托·伊里奇亲自开门，对接待员说谢谢，请伊丽莎白和乔伊丝走进他的顶层豪宅。见到她们，他兴奋得无以复加。

“总算见到你了！我怎么会这么荣幸呢？伊丽莎白，多久没见过了？”

“二十年？”伊丽莎白说。

“二十年，二十年，”维克托点点头，亲吻她的左右面颊，“我看上去老得可怕，你觉得呢？”

“你一直看上去老得可怕。”伊丽莎白说。

维克托放声大笑。“是的！一直！现在我终于真的老了。终于名副其实了。哎，您是乔伊丝·梅多克罗夫特，对吧？”

乔伊丝伸出手，但维克托同样亲吻她的左右面颊。

“很高兴认识你，维克托。”乔伊丝说，“知道吗？比利时人吻脸要吻三次。我也是最近才发现的。”

维克托微笑着抓住她的胳膊肘。

“快请进，坐下说话。坐在外面有点冷，但可以欣赏风景。希望你们喜欢乌云和红色大巴。”

维克托领着乔伊丝坐进下沉式沙发，从理论上说，这儿能俯瞰伦敦的壮阔风景，但今天的乌云挡住了大部分视线。只有巴特西发电站的建筑工地因为离得近，还能辨认出轮廓，伦敦的新版图正在河岸两边逐渐成形。伊丽莎白跟着他们往里走。

“乔伊丝，”维克托说，“我猜你应该愿意来一杯金汤力，对吧？我是这么猜的，你告诉我对不对？”

“太对了！”乔伊丝说。

“那咱们就喝金汤力。能招待两位女士，我真是太高兴了。伊丽莎白，你也要一杯吗？”

“维克托，坐下。”伊丽莎白说。

“好的，好的，”维克托说，“不好意思，我太激动了。我去给咱们调酒，然后咱们坐下聊聊。两个老间谍，咱们的往事能让乔伊丝听得头发打卷！”

“坐下，维克托。”伊丽莎白重复道，枪握在了手里。

35

“我先说，你再说。”制作人卡温·普莱斯说。克里斯·哈德森总督察对此早就清楚得不能再清楚了，因为卡温·普莱斯喜欢用第三人称自称。

“我说，你说；我说，你说；我说，你说。”卡温·普莱斯重复道。

“懂了。”克里斯说。

“我先说，你再说，我只有这一条规矩。这是‘卡温·普莱斯的规矩’。”卡温·普莱斯说。

“我要看镜头吗？”克里斯问。

“不，你要看我，这是另一条规矩，”卡温说，“除非你要请观众帮忙，比如问‘你们见过这个人吗’之类的，你可以冲着枪口说这种话。”

“冲着枪口？”

“对着镜头，”卡温说，“这是我们新闻节目的说法。”

“冲着枪口在警界的意思完全不一样。”克里斯说。

尽管在室内，卡温还是戴了一顶羊毛套头帽。唐娜对此肯定会有话说。《东南今晚秀》狭小的演播室里，唐娜坐在侧面的一把椅子上。

克里斯接到请他来试镜的电话时，电话那头的男人说：“看看卡温·普莱斯喜不喜欢你。”

克里斯问：“卡温·普莱斯是谁？”

电话那头的男人答道：“就是我。”

“好，我来问几个问题，”卡温说，“你给我几个答案，咱们来看看摄像机喜不喜欢你。”

“祝你好运。”唐娜在演播室侧面说。

“场内请肃静，”卡温说，“这儿不是动物园。”

我为什么会答应呢？克里斯心想，不过现在后悔已经来不及了。他连做梦都想象不到自己会这么口干舌燥，就好像刚从长途航班上的间歇小睡中惊醒。

“今天来做客的是警长克里斯……”

“总督察。”克里斯纠正他。

“绝对不要打断我，”卡温说，“我先说，你再说。”

“对不起，”克里斯说，“我只是觉得，那什么，应该精确一些。”

“在直播节目里？”卡温问，“你就是这么想的吗？我让你上我的节目，你却这么对我？每五秒钟打断我一次？”

“但现在不是在直播，”克里斯说，“直播的时候我绝对不会打断你，我保证。”

卡温低声嘟囔“我的老天爷”。情况似乎不妙，克里斯意识到他还需要上厕所。他这么口干舌燥，为什么还会需要上厕所呢？他望向唐娜，唐娜对他竖起大拇指，但表情缺乏说服力。

“今天来做客的是肯特郡警察局的克里斯·哈德森总督察，”卡温说，甚至没有抬头看他，“督察，抢劫案的数量在上升，暴力犯罪的数量在上升，肯特郡的人民难道不该得到更好的服务吗？”

“这是个非常中肯的问题，迈克，我认为……”

“迈克？”卡温说。这似乎是在打断他的发言，但克里斯觉得最好别去管它。

“哦，我把你当成迈克·韦格霍恩了，”克里斯说，“对不起。”

“朋友，我是卡温·普莱斯，”卡温说，“所以请当我是卡温·普莱斯。”

“对不起，”克里斯又说，“我以为你只是制作人，所以……”

“所以我就不存在了？”卡温问，“因为你在电视上看不见我？”

“不，我只是……”克里斯再次望向唐娜，但唐娜在假装看手机，“对不起，我以前没做过访谈。”

“我这是还人情，”卡温说，“给迈克一个面子，你明白吗？为了你，我连柔道课都没去上。”

克里斯点点头。“非常抱歉，真的。”

到了这个时候，克里斯惊讶地意识到他其实很愿意上电视。当然了，他不喜欢卡温，尤其是他的帽子和肩章，但他喜欢坐在演播室里，喜欢镜头对着他的感觉。仅仅几个月前，他连镜子都不愿意照，发生这么大的转变，他自己也很吃惊。他看着卡温气呼呼地鼓起腮帮子。最后一个机会，克里斯，别搞砸了。

“我是卡温·普莱斯，今天来做客的是肯特郡警察局的科林·哈德森总督察……”

克里斯已经学乖了，没去纠正他。

“抢劫案的数量在上升，暴力犯罪的数量在上升，肯特郡的人民难道不该得到更好的服务吗？”

“当然应该，卡温，”克里斯说，“这是个非常中肯的问题，真希望我能三言两语解释清楚。首先我必须要说，对于全世界来说，我们生活在一个非常安全的地方——我不希望我们的观众过于担忧。但是，抢劫案这事，发生一起就是太多，而暴力犯罪……”

克里斯从眼角看见唐娜由衷地竖起了大拇指。

“……没有才是最好。因此我向大家承诺：我和我的同僚会夜以继日……”

演播室的门开了，迈克·韦格霍恩晃晃悠悠地走进来，随手把包扔在椅子上。

“他来了！我发现的明星！”

见到迈克·韦格霍恩，卡温似乎突然找到了他在克里斯面前连装都装不出来的礼貌。

“麦基，我的好兄弟！”卡温说，“对，我正在帮他适应节奏！”

“我猜到了，看一眼就猜到了。”迈克说，“你好，克里斯，你觉得这儿怎么样？”

“喜欢极了，”克里斯答道，“实话实说，我以为我不会喜欢的，但我真的很喜欢。”

迈克看见了唐娜。“你的好搭档呢？唐娜，你觉得怎么样？”

“说真的，他的表现相当好。”唐娜说。

“没必要给他试镜，卡温，我为他担保——你知道我的直觉。”迈克说。

“当然，迈克，”卡温说，“他很有天分。”

“我们过几天要谈刀具犯罪，”迈克说，“算上他。克里斯，你没问题吧？”

“呃，没有。”克里斯说。过几天？上电视？刀具犯罪？感觉就像一辈子的圣诞节全集中在了一天。他等不及要告诉帕特里斯了。

“头儿，干得漂亮。”唐娜说，从椅子上起身，拥抱克里斯。

克里斯的思绪正在狂飙，他说不定能当上固定嘉宾——主持人的友好伙伴，给出各种建议，偶尔睿智地提点两句。克里斯望向演播室的监视器，他上镜的模样很不赖。他的眼睛是不是在闪闪发亮？他敢发誓确实是的。他注意到迈克也在看监视器，但随即发觉迈克不是在看他。

“唐娜，”迈克说，“你在镜头里很亮哟。我说的是真的，非常亮。”

“亮？”唐娜问。克里斯的心直往下沉。

“闪光，耀眼，发亮，”迈克说，“上次我见有这么亮的，还是菲利普·斯科菲尔德刚出道那会儿呢。哇，厉害。”

“我……呃……谢谢。”唐娜说。

“你了解刀具犯罪吗？我想要你上，而不是克里斯。”迈克说。

唐娜举起双手表示反对，克里斯不得不佩服她。“对不起，迈克，你还是选克里斯吧。”

迈克把双手放在唐娜的肩膀上。“不是我在选人，唐娜。是镜头在选人，而摄像机选中了你。”

迈克扭头对卡温说：“卡温，带唐娜去化妆室，咱们看看效果。”

卡温领着唐娜走出演播室。她扭过头，抱歉地给了克里斯一个眼神。迈克把一只手放在克里斯的肩膀上。

“对不起，克里斯，”他说，“演艺界就是这样。”

克里斯点点头，出名的希望已经破灭，热情顿时离开了身体。

36

“伊丽莎白，别开这种玩笑。”维克托·伊里奇说。伊丽莎白手里的枪正指着他的脑袋。

“维克托，我也希望我在开玩笑。”伊丽莎白说，看着维克托坐下。乔伊丝惊讶得瞠目结舌。

“伊丽莎白。”乔伊丝说。

“乔伊丝，你别管，”伊丽莎白说，“这次不行。你必须相信我，杀死维克托是咱们唯一的选择。”

“伊丽莎白，永远还有其他选择，”维克托说，“坐下聊聊，咱们会想到办法的。收到照片之后，我没有选择杀死你。你知道我可以选择的，对吧？”

“什么照片？”乔伊丝说。

“我知道你可以，维克托，我非常抱歉，”伊丽莎白说，“你应该杀了我的。但想杀死你的人知道我在这儿，到处都有他的耳目。”

她从包里取出手机举起来。“我可以给你看他的短信，能够证明我说的是真话，因此我必须杀死你。我会给你一个痛快，也会给你一个体面的葬礼。”

“伊丽莎白……”乔伊丝说。

“对不起，乔伊丝，”伊丽莎白说，把手机放在身旁的桌子上，“真的很抱歉。现在你会看见，要是有人逼我，我能做出什么事情。维克托，咱们该去哪儿了结这件事？哪儿最安静？我不想惊吓你可爱的接待员。”

“要我选的话，肯定是卫生间，隔音好，而且容易清理。”维克托建议道，“但你真的没必要这么做。咱们是朋友，对吧？”

“是啊，维克托，咱们是朋友。”伊丽莎白说。

“派你来的人，”维克托说，“他是瑞典人，对吧？”

“我不能告诉你，”伊丽莎白说，“事情结束后，我不想再听到他的消息，也不想再提这个人。”

“咱们联手如何？反杀他？这是个更好的计划，想一想。”

“来不及了，”伊丽莎白说，“我不知道他是谁，你似乎也不知道他是谁，而我只希望这件事快点结束。我想和丈夫在家里安度晚年。非常抱歉，咱们去卫生间，你带路。”

维克托起身。乔伊丝也站了起来。

“只要我在这儿，”乔伊丝说，“他就哪儿都不能去。”

维克托用一只手按住乔伊丝的肩膀。“乔伊丝·梅多克罗夫特，我衷心地感谢你，但这是我的命运。总有一天我会被人干掉，至少伊丽莎白是个朋友。那个瑞典人想要我死，也许今天正适合我上路。”

乔伊丝望向伊丽莎白，伊丽莎白点点头。“不可能每次都是闹着玩。对不起，乔伊丝。”

“我永远不会原谅你。”乔伊丝说。

“你必须信任我，”伊丽莎白说，“乔伊丝，咱们是死党。”

“现在不是了。”乔伊丝说。

她转身背对伊丽莎白。伊丽莎白吃惊地发现这一刻的感觉是多么心痛，但她能够理解。

维克托走向卫生间，伊丽莎白端着枪跟上去。

“别轻举妄动，维克托，咱们安安静静地做完这件事。”

“现在还来得及刹车。你知道我爱你，对吧，伊丽莎白？”维克托说。

“爱给咱们带来了什么？”伊丽莎白问，跟着维克托离开客厅，“被捆起来扔进车厢，在顶层豪宅被开枪打死。爱，我受够了这东西。”

维克托打开卫生间的门。他的声音变得响亮，他哀求道：“求求你，让我转过来，咱们可以……”

伊丽莎白扣动了扳机。

37

一个惨痛的事实是，你在监狱里不可能摄入足量的维生素 D。在康妮·约翰逊看来，这侵犯了她的人身权利。

她一点儿也不喜欢镜子正在告诉她的：你太苍白了。等她从这儿出去，她要去马尔代夫。生活不能只有工作，另外她似乎也该花点她挣到的钱了。也许圣卢西亚？或者法国？普通人都去哪儿度假？

康妮长这么大，只出过两次国。一次是中学春游去迪耶普[①]，她上了渡轮就晕船，地理老师还企图在购物中心的后门吻她；另一次她被关在一辆宝马车的后备厢里，利物浦的两兄弟开车去阿姆斯特丹，康妮和他们有些分歧。利物浦两兄弟和地理老师都很快就为自己的行为后悔不已。

美黑霜你想涂多少就涂多少，肉毒杆菌和填充剂你想怎么打就怎么打，但是有三样东西对皮肤来说不可或缺：维生素 D、蔬菜和足量的饮水——最好是气泡矿泉水。监狱食堂不供应新鲜蔬菜，但康妮通过某个关系人的关系人，

① 迪耶普（Dieppe）：又译“第厄普”，法国北部的重要旅游港城。

每周都会得到一箱专门给她的有机蔬菜，而她在厨房的另一个关系人能用白甘笋和茄子创造奇迹。她当然吃维生素D 药片，但没有任何东西能代替阳光，而她有二十三个小时要被关在牢房里。哦，对了，她有制造气泡水的机器。

康妮心想，要是没有金钱和 VIP 身份，监狱生活会非常艰苦。现在的条件虽说不上有多好，但就像是在恼人的旅途中乘坐了火车的头等车厢，享受到了目前能享受的最高待遇。尽管她这段时间哪儿都去不了，卫生间的设施也谈不上有多理想，不过至少有人时不时地给她送来一杯茶。

但无论如何，她迟早会从这儿出去。阳光照在脸上，腰间别着枪，还有个健身房能让她做塑身普拉提。她的要求并不高。

康妮穿过一道又一道安全门，来到 D 楼，心里想着易卜拉欣——他就像一只睿智的老猫头鹰。总体而言，康妮和权威人士打交道的历史并不美妙，她讨厌别人教她该做什么和不该做什么。但易卜拉欣呢？他有漂亮的套装和友善的眼神，和他在一起时，她人生中第一次感觉到，没有在遭受评判和指责。

康妮经过一间牢房，工作人员正在用高压水枪冲洗房间。为了不弄脏身上的小山羊皮夹克，她远远地绕开水花走路。监狱洗衣房的能力有限，送给他们多少偷运进来的违禁品都干不好活儿。

在和易卜拉欣聊天之前，康妮从来没有和别人那样交谈过。该怎么形容呢？或许这就叫诚恳？被情绪带着走的时候，康妮会完全变成另一个人。她可以戴上形形色色的面具，具体是哪一个，就要看她究竟是想吓唬你、和你约会，还是想请监狱看守给她弄一份南多世烤鸡来。但每个人不都是这样的吗？每个人每时每刻不都是这样的吗？向不同的人呈现出自己特定的一面。

那么，她呈现给易卜拉欣的是哪一面呢？为什么感觉起来这么不一样？康妮爬上通往希瑟·加伯特牢房那一层的金属楼梯。走廊前方，有人在牢房里喊叫，语无伦次，似乎与寻求政治庇护有关。假如你把精神有问题的人全都送走，那监狱就只能关门了。这里的大多数人只是生活在一个既不想要他们，也不需要他们的混乱世界之中，身不由己地被潮水推动，不小心走错了一步。这里很少有人像康妮一样，就是纯粹的坏而已。

康妮来到希瑟牢房的门口。希瑟命案的内部调查尚未结束，因此牢房暂时空置。某位管理人员（就是把自己和沃尔沃汽车的合影发到 Tinder 上的那位）向她保证过，牢房的门是开着的。康妮走进牢房，没有了希瑟，这儿让她感觉冰冷而空虚。

“现在只有康妮·约翰逊能救我。”好吧，希瑟，来看看我能为你做点什么吧。看看我能不能搞清楚你当时在写什么。

牢房里能藏东西的地方少之又少。康妮从轻叩墙壁开始，希望能听见墙壁中空的回声。但墙太厚了，希瑟不可能挖出窟窿来。

康妮把手伸到马桶的U形弯管底下，但没有摸到任何东西。

康妮能骗过任何人。她非常擅长骗人，这项技能多年来给了她很大的帮助。她父亲离开的时候，康妮坚持强颜欢笑，免得家里缺少笑声。她母亲去世之后，康妮艰难拼搏，建立自己的商业帝国。没有人比康妮更清楚她的痛苦。

床架是用廉价金属管焊接而成的——中空的金属管。

当然了，回头再看，康妮很清楚易卜拉欣做了什么。他拿出了一面镜子，让康妮与她自己对话，看清楚她自己。他在帮助她明白一个道理：假如你愚弄了所有人，那么你真正愚弄的其实只有一个人，也就是你自己。易卜拉欣对她说过，“我们最大的强项也是我们最大的弱点”，康妮当时翻了个白眼。但出于某种原因，她一直把这句话记在心里。

康妮把床翻过来，拔掉一根床腿底部的橡胶垫。里面空空如也。继续找。

假如她并不是天性邪恶呢？假如“天性邪恶”只是她多年来一直向自己灌输的谎言呢？那恐怕太难以接受了。

她可以就此拒绝易卜拉欣的探视，但他似乎已经打开了一扇再也不可能关上的门。

她拔掉第二根床腿底部的橡胶垫。还是什么都没有。

比康妮·约翰逊活得更加凄惨的大有人在，她很清楚这一点。她的生活方式并不光彩——无论是她如何挣钱、如何对待他人，还是她如何闭目塞听，无视自己造成的苦难，但她一直觉得这是不可避免的。就好像她生下来就该这样，就好像她遵循的是另一套生存法则。

她拔出第三根床腿底部的橡胶垫。依然一无所获。

但是，万一这些全都是假象呢？她真的想要直面自己做过的一切吗？

康妮拔掉最后一根床腿底部的橡胶垫。

为了不打破平稳的生活，她并不想揭开真相，还是继续自欺欺人的好，她还是那个叫康妮·约翰逊的小女孩，很多年前她的父亲抛弃了她，同时创造了现在的她。她会通知易卜拉欣，她不想继续做心理治疗了。非常感谢，但到此为止吧。

康妮把手指插进中空的床腿，立刻摸到了东西。几张纸，紧紧地卷在一起。大概有五六张，用橡皮筋扎在一起。她把纸卷掏出来，拿掉橡皮筋，尽可能抚平纸张。纸上写满了整洁的小字，用的是蓝墨水。她从第一行开始读：

透过铁窗，我听见鸟叫。[①]

在这个空荡荡的牢房里，隔着厚实的墙壁，康妮无疑找到了会让易卜拉欣感兴趣的东西。易卜拉欣给了她一个任务，而她完成了使命。她浏览了一遍希瑟·加伯特留下的文字，但这好像仅仅是一首诗，不是其他什么东西。她本来以为能找到一份漂漂亮亮、清清楚楚的自白书，或者指名道姓地说出同谋是谁，总之有助于解决贝萨妮·韦茨的案件，然而她的运气没那么好。但康妮依然能从心底里感觉到，这几张纸能派上用场。

另外，就算她这会儿参不透其中的奥妙，她也认识一个能看懂它的人。她可以再忍受一次易卜拉欣的心理治疗，给他看这首诗，直到他们搞清楚牢房里究竟发生了什么。

---

① 原文为 Through the bars I hear the birds。

38

乔伊丝的日记

该从哪儿说起呢?

一个男人坐在我的沙发上，正在电视上看关于火车的节目，他叫维克托·伊里奇，乌克兰人，曾经是克格勃特工。

我说我想写日记，他哈哈一笑，说那我今天有很多东西可以写了。我给了他一杯雪莉酒和一块黑巧克力樱桃蛋糕。我在 Instagram 上看到过这种蛋糕，觉得简直是为罗恩量身定做的。不过到头来，吃到第一口的却是维克托，这证明了计划永远赶不上变化。我会把剩下的蛋糕装在饭盒里，等着罗恩来享用。

稍等一下。

好的，我回来了。我刚刚去客厅，问维克托蛋糕怎么样，他说好极了。我知道他无论如何都会这么说，不过他吃完了一整块，因此就权当他说的是实话吧。从原则上说，我不喜欢黑巧克力，但这条原则不适用于现在的情况。蛋糕加了樱桃白兰地，有助于改善口味。维克托在看的节目讲的是一列穿越加拿大落基山脉的火车，你真该看看那里面的风景。维克托说，他们刚刚瞅见了一只熊。

今天我和伊丽莎白去了伦敦。她说我们要去见一个她的老朋友，还说她要杀了他。我并没有当真，但几天前的夜里，伊丽莎白和斯蒂芬被绑进了一辆大货车，所以事情的走向又显得合情合理。怎么说呢？我理不清孰是孰非，但我相信伊丽莎白。另外，列车上有售货车，而不是非要去餐车就餐。

我们到达伦敦，去了维克托住的公寓楼。楼上有个游泳池，这个以后再说，因为我觉得我应该先说一说当时发生了什么。

唉，再等一下。

我又回来了。维克托需要用厕所，但不会冲马桶。这是有诀窍的，我教他了。要轻，动作一定要轻，然后就没问题了。我说你去厕所前可以先暂停电视，他说他早就知道有暂停这么个东西了。播《倒计时》的时候我经常按暂停，只是为了让自己别太紧张。要是我和易卜拉欣一起看，他就不许我暂停。他说我那是在自己骗自己。

维克托住在最高一层，所谓的顶层豪宅。他个子不高，模样古怪，像一只非常快乐的老海龟。见到伊丽莎白，他喜出望外，甚至亲了我两下，因此我认为伊丽莎白不可能真的要杀他，我很想知道究竟发生了什么。维克托要给我倒一杯金汤力，但这时伊丽莎白掏出了枪。我劝了她几句，但她不肯让步，维克托似乎坦然接受了这一切。

说实话，我很害怕，而且很生伊丽莎白的气。我甚至说我永远也不会原谅她，她在回来的路上还特地拿出来提醒我。她对整件事的看法是“你应该永远相信我”，然而事实上，我认为我的愤怒起到了一定的作用。

他们两个人去了卫生间，维克托喊了句什么，然后传来一声枪响，紧接着我听见维克托倒在地上的声音。

我承认我当时浑身颤抖，如果我对我做过的所有事都足够坦然，我必须说，我哭了。而结果证明，我的眼泪同样起到了一定的作用。

伊丽莎白跑回客厅，开始发号施令，大致就是“没时间掉眼泪了，乔伊丝，我不得不这么说，维克托也知道，但现在我需要你的帮助”。她说卫生间交给她来打扫——在这一点上我至少要感谢她——但她需要我打几个电话。她叫我用她的手机打给波格丹，说“伊丽莎白需要一辆出租车”，然后我要取出她的 SIM 卡，再掰碎，然后把手机擦干净，扔进厨房的垃圾处理机里。总之，不能留下我们来过这套公寓的物理证据和电子证据。我想问要怎么处置接待员，但我没有开口，因为我害怕那个答案。

她再次离开，我打给波格丹，他说“你好”，我说“伊丽莎白需要一辆出租车”。他还问我是不是在哭，我说我没有，他说很好，因为没什么可哭的，他一个小时后就来找我们。然后我想问他还好吗，但他已经挂了电话。

于是我取出 SIM 卡，这可不容易，因为我还在发抖。我掰碎 SIM 卡，然后拿着手机去厨房，扔进垃圾处理机。我听见伊丽莎白喊“乔伊丝，好了吗”，我用非常小的声音喊“好了”，然后伊丽莎白和维克托回到客厅里，就像什么都没发生过一样。

我的表情像是见了鬼，没人能怪我，对吧？然后伊丽莎白从头到尾向我解释。

维京人的短信是关键。他知道我们的一举一动。他说他的耳目无处不在。但伊丽莎白看穿了他的伎俩。她说她经验丰富，没人能不知不觉地跟踪她。举例来说，火车上不可能有维京人的手下，因此她知道维京人肯定要了个更简单的花招。伊丽莎白被绑架到他家的时候，他简简单单地克隆了她的手机号码（我虽然说“简简单单”，但你明白我的意思），因此能听见——偶尔还能看见——她身边发生的一切，直到我毁掉手机的那一刻。

因此她必须完全瞒住我，因为我的自然反应在维京人的眼里才是可信的。事实上，她之所以要拉上我一起来，正是为了让整件事听起来足够真实。我对伊丽莎白说我能演戏，但她一笑置之。我问维克托知不知情，他说伊丽莎白举起手机告诉他那些短信说了什么的那一刻，他就立刻明白了她的计划。我问维克托难道不担心伊丽莎白会真的杀了他吗，他说他认为她不会杀他，然而她毕竟是伊丽莎白，因此没人能说得准。伊丽莎白嘲笑他，说就好像她真会杀了他似的，维克托说“你当然会”，就在伊丽莎白不断否认的时候，维克托终于兑现承诺，给我倒了那杯金汤力。

一个小时后，接待员领着波格丹上楼，他带来了一个特大号的旅行袋。维克托对接待员说他死了，她点点头，问他打算死多久，维克托望向伊丽莎白，她说两周左右应该就可以了。

看来接待员是为维克托做事的，随后她甚至帮波格丹把旅行袋送到车上。维克托在旅行袋里尽量保持静止，以免维京人真的派人监视公寓楼。因为有过类似被装进袋子里的经历，维克托吃了两粒强效安眠药，否则他很难熬过被关在密闭空间里的这段时间。

开了二十英里左右，伊丽莎白确定没人跟踪我们，波格丹最终把车开到了东克罗伊登一个多层停车场的最顶层。我们打开后备厢，拉开旅行袋的拉链，放维克托出来。我对天发誓这是真的，他睡得死死的，我们必须扇他耳光才能叫醒他。我说我不介意试试他的安眠药，他说那东西对我来说太厉害了，另外我只能在美国买到。

于是情况就变成了这样。维克托不能去伊丽莎白家住，因此他在复活前只能睡在我家的备用卧室里。他们的计划是搞清楚维京人是谁，然后找到他的下落。计划的下一步多半是干掉他，我不确定。我认为维克托不可能永远“死”下去。

关于维京人和维克托，我都有无数个问题，不过明天是周四，因此可以等周四推理俱乐部小分队聚齐了再问。

这件事和贝萨妮·韦茨的案件有什么关系呢？感觉只是分散了我们的精力，但伊丽莎白说，应该说是我们的运气好得出奇，因为维克托既然来了，他也能帮我们查案。

阿兰总喜欢在我写日记的时候跑来骚扰我，但今天它反常地没有来，因为我家里多了一个更有意思的乌克兰男人。真是个朝三暮四的家伙。过一会儿我要去拿一袋狗饼干摇给它听，看看这个家里谁是老大。

我听见隔壁房间的火车节目结束了，维克托站了起来。听声音他自己去洗餐具了，这是个好现象。

我知道我是今天这场戏里的配角，我也知道这个角色很重要，而我的心情并不轻松。有些事情不对劲。当然，震惊是常见的干扰因素，惊吓会让一个人心神不宁，但还有其他原因，整个下午我都在思考究竟是什么。我认为是这样的：

你看，伊丽莎白扣动扳机的时候，我真的相信她在杀人。我真的相信我的死党能杀死一个她认识了许多年的老朋友，仅仅为了救她自己一命。

事实上，我不仅仅是相信，而是确定。

那么，这证明伊丽莎白是个什么样的人？又证明我是个什么样的人呢？

39

周四推理俱乐部喜欢上午十一点在拼图室见面。话虽如此，实际的见面时间总是一改再改。作为完美主义者，易卜拉欣也是可以理解的，这是当然的，毕竟有谋杀案要解决，在这件事上没人能说他为人不知变通。

但是，上午八点召集周四推理俱乐部的成员去乔伊丝家开会，这是不是有点过分了？尤其当他们正在调查一起谋杀案的时候，必须有人说点什么。

他在路上叫上了罗恩，他说这只是冰山一角（the thin end of the wedge）。罗恩表示赞同，至少没有强烈反对，因此易卜拉欣感觉有了底气。

时间表就是时间表，需要多人配合的时间表更是如此。罗恩对此同样没有表示反对。事实上，罗恩今天格外安静。

“罗恩，你身上是不是有违禁品的味道？”易卜拉欣问。

“有可能。”罗恩承认道。

“我有点想宣布这是一次不合规的会议，明白吗？除非有人给我一个足够好的理由。”

“老小子，这完全是你的权利，”罗恩说，“给他们点颜色看看。”

“谢谢，罗恩，我会的，”易卜拉欣说，“大清早的，你为什么会满身违禁品的味道？”

“保利娜。”罗恩答道。

“哦，我明白了，”易卜拉欣说，“解释得通。”

“比我平时抽的劲儿大得多，”罗恩说，“我倒在她家卫生间的地上，睡得爬不起来。”

易卜拉欣按下乔伊丝公寓楼外的门铃，已经到了的朋友们放他进去。

“坐电梯还是走楼梯？”易卜拉欣说。

“电梯有什么不好吗？”罗恩答道。易卜拉欣注意到他在尽量掩饰自己的腿脚不便，而且依然不肯用拐杖。

他们走出电梯，敲了敲右手边的第一扇门，乔伊丝请他们进去。她轮流拥抱他们两个人。

“咦，罗恩，你是不是喷香水了？”乔伊丝说，“我以前经常在乔安娜身上闻到这股味道。”

罗恩哼了一声，脱掉外套。阿兰已经饶有兴致地凑了过来，专业细致地舔他的手。易卜拉欣看见伊丽莎白坐在客厅里。

“那什么，请原谅，但我必须说……”

"必须？"伊丽莎白问。

"对，必须。早上好，伊丽莎白。要是允许我多说一句，我必须说这个早可真的很早。"

"你也早上好。"伊丽莎白答道，示意他继续。

"我们是周四推理俱乐部，这对任何人都不是新闻了。我们每周四上午十一点在拼图室开会。请允许我逐个说明这样做的三个要点……"

"要茶吗？"乔伊丝问。

"谢谢，乔伊丝，要。"易卜拉欣说，"第一点，我们周四开会。这一点我是满意的，因为今天确实是周四，不需要进一步讨论……"

"罗恩，你身上绝对有一股纯度很高的违禁品的怪味。"伊丽莎白说。

"留在头发里，洗也洗不掉。"罗恩说。

"第二点，我们上午十一点见面，你看，咱们在这一点上有了分歧，因为现在是上午八点。请问有原因吗？能解释一下吗？反正没人给我解释过。"

乔伊丝在厨房里接水，大声说："保利娜好吗？"

罗恩不置可否地嗯了一声。

"然后就引出了第三点，"易卜拉欣继续道，"我们在拼图室开会，然而恕我直言，我怎么没看见拼图呢？"

"这玩意儿能治你的关节炎？"伊丽莎白说。

“我没有关节炎。”罗恩说。

“我也从没看过刺杀肯尼迪的秘密档案，”伊丽莎白说，“这个笑话太老了，罗恩，换一个吧。”

“因此，在会议继续进行之前，”易卜拉欣还没有放弃，“我想知道有没有一个足够好的理由——请记住，我对‘好’的定义是很严格的——能说明我们为什么选在此时此地见面，因为这完全扰乱了我的日程安排。”

阿兰摇着尾巴，蹦蹦跳跳地从走廊跑进房间，径直朝易卜拉欣而来。它咬住易卜拉欣的衣袖，想要拽走他。

“这儿还有一位和我一样困惑的，”易卜拉欣揉着阿兰的脑袋说，“还有一位和我一样明白恪守时间有多么重要。它知道现在不是会面时间，而是应该出去遛狗了。”

阿兰躺在地上，露出肚皮请易卜拉欣挠。乔伊丝把易卜拉欣的茶杯放在桌上。

“谢谢，乔伊丝。我想说的重点是这样的：我希望能在上午十一点会面，探讨贝萨妮·韦茨案件的最新进展。也许还可以讨论一下希瑟·加伯特留下的字条。听罗恩报告杰克·梅森的情况。我在达威尔监狱里的线人传来了一条令人兴奋的消息，我也想和诸位分享一下。乔伊丝，阿兰的项圈是不是有点紧？”

"没有的事，"乔伊丝说，"除非你比《超级兽医》[1]知道的还多。"

"因此，除非过去二十四小时内发生了什么极其惊人的事情——假如真的发生了，我肯定会注意到——我看不出有什么理由不能把会议改回原来的时间和原来的地点。"

"假如发生了什么事情，"伊丽莎白说，"你肯定会注意到？"

"是的，我擅长观察，"易卜拉欣说，"好了，我有东西要给诸位看……"

"门厅有多少双鞋？"

"我没说我擅长观察鞋，"易卜拉欣说，"人无完人，伊丽莎白。"

"我们为什么上午八点见面？"伊丽莎白问，"为什么来乔伊丝家见面？你想要一个好理由？"

"是不是四双？"易卜拉欣问，"这是我的直觉猜测。"

"几天前，"伊丽莎白说，"你朝康妮·约翰逊抛媚眼的时候，罗恩被——我说不准——也许是被引诱的时候……"

罗恩举起茶杯，敬了这句话一杯。"我还打了几局斯诺克。"

"……有人绑架了我和斯蒂芬，把我们扔进车厢，带到

① 英国以兽医为主题的真人秀，从 2014 年开播。

了斯塔福德郡。现在不行，阿兰，我在说话呢。等我恢复知觉，我见到了一个非常魁梧的男人，我们叫他维京人，目前还不知道他的真实身份，但我们正在调查。他要我去办一件事，杀一个名叫维克托·伊里奇的男人，他曾经是克格勃情报站的站长。要是我做不到，或者我决定不听他的，他就会干掉我。”

“好的，”易卜拉欣说，“但也还是一样。”

“我还没说完呢，亲爱的。昨天上午，乔伊丝和我去伦敦见了维克托·伊里奇。”

“等你听到游泳池再说。”乔伊丝插嘴道，阿兰别扭地趴在她的大腿上，眼神扫来扫去，突然来了这么多不速之客，它兴奋极了。

“没错，”伊丽莎白说，“我们来到伊里奇先生的顶层豪宅，我押着他走进诸多卫生间中的一个，假装开枪打死了他。”

“当时我还不知道他们在演戏。”乔伊丝说。

“然后波格丹赶到伦敦来帮忙，我们把维克托·伊里奇塞进一个旅行袋，波格丹开车送我们回到了这里。”

“好小子，波格丹。”罗恩说。

“据我们所知，维京人认为维克托死了，因此我们暂时脱离了危险，但这种情况不可能持续太久，在维京人发现我们骗了他之前，我们必须找到他，并消除他的威胁。我们之所以选择上午八点碰面，是因为我们连一秒钟都不能浪费。之所以在乔伊丝的住所开会，是因为她的备用卧室里藏了一个前克格勃上校。他在洗钱和审讯方面同样经验丰富，因此我会直接请他研究贝萨妮·韦茨和希瑟·加伯特的案件。易卜拉欣，你对这个解释满意吗？”

易卜拉欣点点头。“满意，我就知道肯定是诸如此类的事情。考虑到目前的局势，我收回我的反对意见。”

“感谢你的理解，谢谢。”伊丽莎白说。

易卜拉欣抬起视线，看见维克托·伊里奇拿着茶杯和吐司站在门口。维克托给了他一个大大的笑容。

“大家都来了！整个周四推理俱乐部都到齐了。阿兰，你这么大的个子，别把乔伊丝的大腿压断了！”

“维克托，我是易卜拉欣。”

“有人说过你很好看，”维克托说，“但没想到会这么好看。”

易卜拉欣点点头。“是啊，有时候会让人吃上一惊。死是个什么感觉？觉得无拘无束了？”

“是的。这是我这个死人的第一块吐司，味道非常好。”维克托说。

“是维特罗斯的多种谷物面包，”乔伊丝说，“为了特殊场合专门准备的，你别以为每天都能吃到。”

“我该多吃几次枪子儿才对，”维克托说，“也许上了天堂，乔伊丝会每天给我做早饭。”

“维克托，我看你和我都进不了天堂，所以不可能知道了。”伊丽莎白说。

“要是下了地狱，也许会是罗恩给你做早饭。”易卜拉欣说，众人放声大笑，只有罗恩除外。

“你好，我是罗恩。”罗恩说。

“有着雄狮一般心灵的男人。”维克托说。

“随你怎么说。”罗恩说。

“罗恩比易卜拉欣还难讨好。”伊丽莎白对维克托说。

一九八二年前后，伊丽莎白在格但斯克[1]附近的某个地方第一次见到维克托，当时的他已经有了相当可畏的名声。他的名声来自智慧，而不是暴虐，这不仅让他从一众克格勃特工中脱颖而出，还让他成为对手的重点盯防对象。他从克格勃的列宁格勒分部崛起，当时正在斯堪的纳维亚经营情报网。后来他步步高升，进入克格勃的最高领导层。这番功业可并不寻常。后来他离开这个机构，转而成为自由职业者，这就是他拥有高级公寓楼顶层豪宅的原因。

他们在港口的一家酒吧碰面，避开繁文缛节，直接交换俘虏。几瓶伏特加下肚，两个人结为好友。最终，他们

① 格但斯克：在波兰语中称 Gdańsk，在德语中称 Danzig（译为但泽），是波兰波美拉尼亚省的省会城市，也是该国北部沿海地区最大的城市和最重要的海港。

成了最亲密的朋友，同时也是不共戴天的死敌。伊丽莎白从没想过，有朝一日自己会在伦敦的顶层豪宅伪造维克托的死亡。不过伊丽莎白也没想过，她会有个坚决不听英国广播公司第四台[①]的死党。有时候你只能随波逐流。

“既然我已经成了发言人，那就允许我多问一句吧，”易卜拉欣说，“伊丽莎白为什么必须杀死你？阿兰，现在不行。”

“黑帮是彼此勾连的，”维克托说，“哥伦比亚帮、阿尔巴尼亚帮、纽约匪帮，他们各自为政，互相争斗，但有时也需要彼此帮助。有时候，他们需要一个人把所有人捏合在一起。他们信得过这个人，愿意把钱托付给他，让资金在犯罪集团之间流动。这个人就是我。我确保所有人不下黑手，所有人都能挣到钱，确保他们不自相残杀。”

“但他们还是在自相残杀，老小子。”罗恩说。

“我知道，”维克托说，“但要是没有我，死的人会更多。我尽力而为。我在每个国家都有像马丁·洛马克斯这样的掮客——是的，他为我工作。”

伊丽莎白回想起马丁·洛马克斯，还有他们去找他时看到的那座美丽房屋。

“所以你看，你们杀了一个我的人。”维克托说。

“对不起，维克托。”乔伊丝说。

---

① 英国广播公司第四台（BBC Four）：于 2002 年开播，主要播放高品质的电视剧、电影、纪录片和新闻节目等。

“你们肯定有你们的正当理由。”维克托说。

“是的。”伊丽莎白说。

“他的钻石去哪儿了？”维克托问。

“说来话长。”伊丽莎白说。

“所以维京人是谁？”罗恩问，“他为什么想杀你？”

“新一代犯罪分子是另一种人，他们喜欢用新办法洗钱。不用黄金和钻石，也不通过外汇兑换所或车厂，但我用的就是这些老办法。”

阿兰打了个喷嚏。

“上帝保佑你，阿兰。”维克托说，“新一代用加密货币洗钱。”

“啊哈，例如比特币[①]。”乔伊丝说，自得地点点头。

“对，就像比特币。”维克托说。

伊丽莎白望向她的朋友，回头她要找她好好聊一聊。

“所以维京人是搞加密货币的？背后是这么一个故事？”

维克托点点头。“但我总是劝各地黑帮别碰加密货币，风险太高。我只是在履行我的职责，没有个人恩怨。因此我害他少挣了很多钱，要是我死了，他就能多挣一大笔。当然了，他其实可以多等几年，等所有人都相信加密

---

① 2013 年 12 月 5 日，中国人民银行等五部委下发《关于防范比特币风险的通知》，宣布比特币非货币，不能且不应作为货币流通，并禁止所有金融机构参与比特币业务。

货币……”

“你为什么不相信加密货币？”乔伊丝问。

“但我猜他想现在就除掉我。我能理解，他还年轻。年轻人都没耐心。”

“我读到的文章都没有预测加密货币会崩盘，”乔伊丝说，“而是刚好相反。”

“因此我们必须先找到那个大个子，免得他发现你还活着。”罗恩说。

“对，否则他就会干掉我，”维克托说，“而且要是我没理解错，他还会干掉伊丽莎白。”

伊丽莎白点点头。他还会干掉乔伊丝。乔伊丝正在偷偷地把一块可颂饼喂给卖萌的阿兰，她以为自己做得神不知鬼不觉。

“这肯定是周四推理俱乐部最非同寻常的一次会议了，”易卜拉欣说，“我猜今天我最好别写会议纪要，对吧？”

“我觉得不写大概比较明智。”伊丽莎白说。

“周四推理俱乐部是什么？”维克托问，“我喜欢这个名字。”

“我们每周四见面，”易卜拉欣说，“通常是十一点在拼图室见面，今天改了时间和地点，但也情有可原。我们会尝试破获谋杀案。不过今天似乎在商量怎么杀人，因此讨论范围也很宽泛。”

“你们正在调查什么案件？”维克托问。

“我们本来要谈的案子是有关一位新闻记者的，她叫贝萨妮·韦茨，二〇一三年被谋杀。”

“说起来，罗恩，”伊丽莎白说，“下次你去见杰克·梅森的时候，带上维克托会不会很有意思？看杰克会不会多说几句。”

“他不会多说什么的，”罗恩说，“他能告诉我们的已经全都说出来了。”

“哎，谁知道呢！”伊丽莎白说，“另外，维克托，我还有一大堆文件想请你看看。来都来了，不如就做点事情吧。”

“本人听候您的差遣。”维克托说。

“先说重要的，”伊丽莎白说，“我需要发一张你的尸体照片给维京人，证明我已经把你干掉了。”

“好极了，”维克托说，“咱们去挖个坑，把我扔进去。”

“为了真实可信，”伊丽莎白说着转向罗恩，“不知道有没有人认识一位能帮我们一把的化妆师？你今天不打算去找保利娜，对吧？”

“呃……不，”罗恩说，但语气缺乏说服力，“我想去打保龄球。说起来，我现在该出发了。”

伊丽莎白点点头，她很想知道罗恩其实要去哪里。

40

罗恩希望自己其实是在打保龄球，希望自己在其他什么地方，反正不是在这儿就行。

保利娜说服了罗恩：“你或许想做个按摩。”

空气温暖而湿润，弥漫着桉叶的香味，热带雨林的虫鸣鸟叫不绝于耳。罗恩裹着一条白色的厚毛巾，只觉得非常不牢靠。他光着脚走过铺着摩洛哥瓷砖的地面，身旁是个蔚蓝色的水池，他从内心深处感到焦虑，不知道自己该怎么放松下来。他宁可去找杰克·梅森谈谈谋杀，而不是遭受这样的折磨。

保利娜问他喜不喜欢按摩，罗恩说他从来没做过，保利娜哈哈大笑，罗恩说他是认真的，他不知道一个人为什么要去做按摩，保利娜说为了优待自己，这次轮到罗恩哈哈大笑了，他说喝杯啤酒才叫优待自己呢，保利娜说我要带你去水疗馆，罗恩说做你的大头梦吧，过一百万年也不可能，保利娜凑过来亲吻他，说为了我，你就去试一次吧，他说没门儿，然后她继续吻他，再然后他们就在这儿了。

那个女人叫苏西。她在榆林水疗馆的前台迎接罗恩和保利娜，似乎是他地狱之旅的温柔向导。

看起来，真的会有活人花大价钱购买芳香草药身体磨砂浴、土耳其洁净仪式之类的服务。罗恩每次走过这家水疗馆的时候都以为它是某类娱乐场所。无论是水疗馆还是其他娱乐场所，罗恩反正不感兴趣。要是有人想碰你，那人最好是医生或者你老婆，再稍微勉强一点儿，就是英格兰球队进球的时候，酒吧里坐在你旁边的陌生人。

保利娜握着他的手，说他可以放松，这儿没什么好担心的。没什么好担心的？毛巾突然掉了怎么办？按摩台撑不住他的体重怎么办？按摩师是女人怎么办？然后会发生什么？不，更可怕的是，按摩师是男人怎么办？不管男人还是女人，按摩师会怎么看待他的裸体？他该一直裹着毛巾吗？必须翻身吗？罗恩照过镜子，他不希望被任何人看见自己的裸体。他必须和按摩师聊天吗？按摩师会和你聊什么？能聊足球吗？还是只能聊精油和风铃？罗恩感觉着海藻与煅赭土面膜在脸上熔化，祈祷这场磨难能快点结束。这类窸窸窣窣的事，在热带雨林里难道从不停止吗？

罗恩向保利娜保证自己很放松，按摩有什么好害怕的？他其实已经迫不及待了。保利娜大笑，说等按摩真正开始，他肯定会喜欢的，罗恩说他确定他一定会的。苏西给他俩各倒了一杯什么“脱氧西瓜汁”，请他们坐在雪崩般的软垫堆上，罗恩非常好奇自己还能不能再站起来。

“你们预定了四十五分钟的双人按摩。我们安排了专门的房间，叫爪哇室，接下来由里卡多和安东为你们服务。”

男按摩师，好的。这样也许最好。他们会明白这种事从头到尾都很怪，对吧？

“我们将从全身按摩开始，然后是面部按摩，最后做双人蒸汽浴。”

苏西的声音很轻，语调平静，罗恩恨不得撞破窗户逃跑。不过这里没有窗户，墙上挂着华丽的波斯挂毯，镜子反射出香薰蜡烛柔和、温暖的光芒。罗恩无路可逃。他必须忍受被某个人摸来摸去，同时还要没话找话。他必须放松，上帝啊，帮帮他吧。

罗恩有一次在警用面包车里被关了八个小时，而且还是和亚瑟·斯卡吉尔[①]一起，那时候他都比现在放松。

他尝了一口西瓜汁。实话实说，还真不赖。

尽管罗恩反复强调他能自己站起来，但保利娜还是扶着他从沙发上起身。苏西领着他们来到爪哇室。房间里并排摆着两张按摩台，里卡多和安东却不见踪影。

好消息！终于没有雨林的声音了。坏消息！取而代之的是鲸歌。

---

① 亚瑟·斯卡吉尔（Arthur Scargill）：英国著名的工人运动组织者。

“两位请面朝下趴在按摩台上，安东和里卡多很快就来。祝你们平安喜乐。”

“平安喜乐。”保利娜说。

“谢了。”罗恩嘟囔道，把脸塞进按摩台上的窟窿里，痛苦地祈祷整件事能快点结束。

苏西走了，保利娜问：“你还好吧，我亲爱的？”

“好，”罗恩说，“西瓜汁尤其好。”

“需要什么吗？”

“没有，什么都不需要，”罗恩说，“不过，咱们该和按摩师聊天吗？”

“只要你愿意就可以，”保利娜说，“我通常会直接睡过去。梦乡仙境半日游。”

“好的。”罗恩说。他知道自己最不可能做的就是睡觉。进了龙潭虎穴，你必须保持十二万分的警惕。

“或者随便走走神。”保利娜说。

走神？走到哪儿去？罗恩的头脑从不走神。他每次被迫动脑的时候，理由都很充分。比方说，保守党最近又在搞什么阴谋？西汉姆联球队在一月转会期需要加强哪方面的力量？餐厅为什么不做煎蛋卷了？他爱吃煎蛋卷。是因为发生了鸡蛋供应短缺但他没有听说，还是有人自作主张？这些都是重要的事情。假如他的头脑没有重要的事情要思考，那它就会停止工作，或者叫充电，为了下一个需要他关注的主题做好准备。“走神”从没在他的日程表上出现过。

他扭头望向保利娜，她已经闭上了眼睛。“有没有听说过一个叫卡伦·怀特海德的人？或者罗伯特·布朗？”

“好好放松，罗尼。”她说，没有睁开眼睛。

他感觉到安东和里卡多走进了房间。谢天谢地，毛巾依然围在他的腰间。天晓得他的屁股最近是个什么模样，大概和月球表面差不多吧。希望这些小伙子的薪水足够高。他们有工会吗？他等待有人和他打招呼，但一直没有等到，只感觉到两只油乎乎、暖融融的手落在他的肩膀上。好的，四十五分钟，开始计时。两只手沿着他的后背向下游走，留下深而长的轨迹。罗恩提醒自己，这场磨难迟早会结束的。

里卡多或安东开始揉捏罗恩的颈肩，按摩正式开始，罗恩无法逃避这个事实。外面肯定有各种声音，来自车辆或商店，有狗狗的叫声，还有母亲训斥孩子的声音。但是在这个房间里，只有可怕的鲸鱼叫声。也许他该思考一下贝萨妮·韦茨的案子？也许这样能帮他消磨时间？罗恩听见保利娜满足地长出一口气，这个声音至少让他的心情好了一点点。

一只手顺着他的脊柱向下按。里卡多或安东在履行职责，罗恩必须承认，按摩师的技艺还是相当高超的。平心而论，他们也许见过比罗恩更难看的身体。鲸鱼还在唱歌，说真的，一旦听习惯了，其实也没那么难听。他曾经读到过，鲸鱼是孤独的生物。

也许他可以琢磨一下杰克·梅森。他喜欢这家伙。杰克永远在搞什么名堂，今天买这个，明天卖那个，煽煽风，点点火。这么多年过去，现在的他有了合法的生意、漂亮的大宅子，这里那里到处都有他的大卡车。他是不是还在搞什么名堂？当然了，那还用说？不过，他怎么知道贝萨妮是真的死了呢？

两只手开始按压罗恩的大腿。他要再去找杰克聊聊，是的，这是他的任务，带上克格勃的老家伙，聊聊旧时光，买这个卖那个，都是他们年轻时干的事。伦尼的宅子很大，不对，这是他哥的名字。好多年前，伦尼从仓库的屋顶摔下来，死了。说起来，西汉姆联球队有过比马克·诺贝尔更出色的队长吗？仔细想一想的话，比利·邦兹不错，鲍比·莫尔也可以，但还是诺贝尔更出色。罗恩之后想问问杰克，他肯定知道。

罗恩在和鲸鱼一起游泳，和它们做伴，咱们都有孤独的时候。朋友，一切都会好的，就在温暖的水流里一直漂吧，像贝萨妮·韦茨一样被潮水带走。可怜的贝萨妮，十年前，究竟是谁杀了她？杰克·梅森知道凶手是谁。杰克·梅森，罗恩认识他哥哥……他哥叫什么来着？

“罗尼。”是他母亲在叫他起床上学。再让我睡几分钟吧，老妈。我不会赶不上校车的，我保证。

罗恩感觉无比温暖，像是被包在茧里。是杰克·梅森本人杀了贝萨妮·韦茨吗？罗恩并不这么认为。害贝萨妮·韦茨丧命的是那篇报道，还是其他什么原因？就在这一刻，罗恩突然想到了一件事情，他遗漏了一条线索——罗伯特·布朗，他认识这个名字。

“是我，罗尼。”一只手在爱抚他的头发，罗恩睁开了眼睛。他死了吗？他相当确定他死了。人嘛，迟早有这么一天。

“你睡着了，”保利娜说，“我叫他们别给你按正面了，你看上去非常平静。”

“只是闭目养养神。”罗恩说，他的身体在哼唱一首新曲子。这是什么感觉？似乎是弥漫在旧时光里的那种熟悉的感觉。罗恩努力确定自己究竟感觉到了什么。

“一闭就是四十五分钟，我亲爱的，”保利娜说，“呼噜打得像小猪。好了，咱们去蒸汽浴室吧。”

罗恩抬起头，看见了保利娜的笑容。他喘了口气，人这一辈子能收获如此笑容的机会可不多。罗恩伸出一只手，保利娜握住了。罗恩知道自己感觉到的是什么了——没有痛苦，他残旧的身躯从上到下居然没有任何一个地方在抱怨。

“谢谢你说服我来按摩。”罗恩说。

“我说过你会喜欢的，”保利娜说，“下次找个机会再来？”

“决不。”罗恩说，使劲摇头。男人是有底线的动物。

“等你从蒸汽浴室出来，看你还能不能嘴硬。”保利娜说。

罗恩从按摩台上爬起来。他醒来前想到了什么来着？他努力回忆，但无论如何都没有头绪。

没关系，假如足够重要，他迟早还会想到的。

41

“一个人在监狱里该怎么杀人呢？”迈克·韦格霍恩问。

警察局长安德鲁·埃弗顿兑现了承诺，他去打听了一下希瑟·加伯特的案子。现在，他和迈克·韦格霍恩正站在费尔黑文的栈桥上，手里拿着茶杯。迈克对几个看到他很兴奋的路人点头打招呼。

“比你想象中的简单，”安德鲁·埃弗顿说，企图透过杯盖上的小孔吹凉热茶，“不过内政部也在问我同样的问题。”

“没有监控录像吗？看看谁进了她的牢房。”上午十一点迈克要为一家旱冰场剪彩，安德鲁·埃弗顿同意在此之前和他见面。迈克当然明白，不是每个人都能让警察局长听候差遣。记者这份工作还是有它的优势的。

“到处都有监控探头，”安德鲁·埃弗顿答道，“但我们最需要的那段监控视频神秘地‘失踪’了。希瑟·加伯特那层牢房的录像有两个小时凭空消失了。”

“我的天，”迈克说，“这种事常见吗？”

“以前比现在常见，”安德鲁·埃弗顿说，“但现在也还会发生。往某个人的口袋里塞点钱，他就帮你删除数据。”

“但这就证明了希瑟·加伯特肯定是被谋杀的，”迈克说，“再加上她写的字条，不可能不是，对吧？”

“合理的推测。”安德鲁·埃弗顿说。

“肯定与贝萨妮有关。”迈克说，朝一个电动代步车上的女人挥手，“必定有关，对吧？希瑟·加伯特快出狱了，她为自己的安危担忧，然后就死了。”

“说实话，”安德鲁·埃弗顿说，“监狱里的事，没人能说得准。监狱是个独立的小世界。但是，如果让我设身处地地推断，对，肯定有关联。这话不是以我的官方身份说的，而是作为你的朋友。”

“非常感谢，安德鲁，”迈克说，“所以，假如能抓住杀死希瑟·加伯特的凶手，那么有没有可能同时抓住杀死贝萨妮的凶手呢？”

“有可能。”安德鲁·埃弗顿说。他看见一个穿田径服的年轻人慢悠悠地走上栈桥，双手深深地插在口袋里。这么早他要去哪儿？他的口袋里装着什么？栈桥尽头是个偷偷会面的好地方，这个家伙要去见谁？安德鲁有时很怀念在街头巡逻的日子，那时候他要直接面对各种案件，信任自己的本能。他喜欢当政客，但也怀念当警探的日子。

“那么，谁能进她的牢房呢？”迈克问。

“狱警，”安德鲁·埃弗顿说，“我们正在调查他们。还有得到狱警和希瑟·加伯特信任的其他囚犯。”

“她有可能是被另一名囚犯杀害的？”

“监狱里有很多杀人犯。”安德鲁·埃弗顿说。

“但也能让监控探头出现异常？囚犯肯定做不到，对吧？”

“有些囚犯比其他囚犯更神通广大。”安德鲁·埃弗顿说。

“所以另一名囚犯可以直接走进她的牢房，拿起毛衣针，然后……”

“不好意思，”一个穿工作服的油漆工说，把手机伸到他面前，“平时我不会这么没礼貌的，但我母亲是您的超级粉丝。”

迈克点点头，换上笑脸，和男人自拍合影。

“我会继续查的，迈克，”安德鲁·埃弗顿说，“我保证。”

穿工作服的男人朝咖啡馆的方向走了一段路，然后停下脚步，把手里的铁罐放在装饰性栏杆旁，栏杆上的油漆已经脱落了不少，男人彻底刮掉以前的油漆，把栏杆打磨干净。穿田径服的年轻人走过来，从口袋里掏出刷子，开始涂油漆。安德鲁自嘲地笑了笑。说到这些事，你不可能永远都不看走眼。

“我或许，”安德鲁·埃弗顿踌躇道，“我或许也需要你的帮助，迈克，但不强求。”

“你尽管说。”迈克说。

“我对电视圈其实没什么概念，但怎么说呢？你认不认识网飞[1]的人？我一直在把我的书寄给他们，但他们就是不理我。”

① 网飞：指 Netflix，是一家会员订阅制的流媒体播放平台，制作原创影视作品或小说改编影视作品供会员观看。

42

“往我身上多盖点土，”维克托对波格丹说，“为了保暖。”

维克托，专业到骨子里的克格勃，他坚持要光着身子下葬。他相信，任何珍惜羽翼的杀人犯都会在坟墓里留下尽可能少的线索。假如他们不想引起维京人的怀疑，那就应该这么做。当然了，他一直把自己裹得严严实实的，看着波格丹挖墓穴，到最后一刻才脱光衣服。多年以来，维克托见过许多人挖许多墓穴，但很少有人在速度和效率上能和波格丹相提并论。等这场闹剧结束，不知道波格丹有没有兴趣换个工作。

“我可以给你倒杯热茶，”乔伊丝站在墓穴边上俯视他，手里拿着保温杯，“但你在底下好像没法喝。”

“感谢你的好意，乔伊丝，”维克托说，波格丹铲起又一抔黄土，倾倒在他的胸口，“晚些时候再喝。”

“你别动，”保利娜说着在他身旁跪下，她拿着化妆刷和调色盘，调色盘上是红色与黑色的黏性颜料。过去这五分钟，她一直在他的脑门儿上仔细描绘弹孔。

“真是麻烦你了，要你在一个冻死人的土坑里给一个裸体老年人化妆。”维克托说。

保利娜耸耸肩。“宝贝儿，我是电视圈的。”

“你的味道很好闻，”维克托说，“桉树的味道。”

早先在乔伊丝舒适的公寓里，保利娜在维克托的脑门儿上绘制了弹孔。罗恩向她解释了目前的形势，她欣然接受。她问他们做的事情违不违法，伊丽莎白说这要看怎么定义“违法”了，对保利娜来说，这个答案就足够好了。她还在维克托的脸上涂上厚厚的粉底，让他看起来越来越苍白、越来越消瘦，直到众人都同意他们见到了一个鬼魂她才收手。他们把维克托塞回他熟悉的旅行袋，波格丹扛着他上了一辆四轮摩托，然后骑车离开乔伊丝的公寓去往森林。其他人隔着一段距离偷偷尾随，以免维京人在以某种方式窥探。

“搞定，”保利娜说着画完了最后一笔，然后从各个角度检查维克托的妆容，“你看上去糟透了。”

是乔伊丝觉察到了他们先前犯下的错误。保利娜在维克托的脑门儿上画了一个子弹穿入伤。但是，按照维京人听到的事件经过，他无疑会认为伊丽莎白是从背后朝维克托开的枪。因此保利娜这会儿才会跪在墓穴里，忙着把穿入伤改成穿出伤。维克托和伊丽莎白都能精确地描述子弹穿出伤的特性，就算保利娜对此感到惊讶，也没有表现出来。

罗恩和波格丹帮助保利娜爬出墓穴。维克托注意到，出力的主要是波格丹，但他掩饰得像是罗恩出了大力气。维克托看着俯视他的那一张张面孔。

波格丹继续铲起泥土，撒在维克托的身上。他们想为他营造出某种“刚被挖出来”的氛围感。易卜拉欣掏出手机，对准坑底的维克托。“什么模式，风景还是人像？”

“风景，”维克托说，“颗粒感更强。”

“人像，”伊丽莎白说，“要让维京人觉得拍照的人是我，我更喜欢人像。”

“伊丽莎白，你真是不可理喻。”维克托从坑底喊道。

易卜拉欣还有其他问题。“面部特写还是全身？”

“都要，”伊丽莎白说，“但面部别拉太近，以防万一。”

“以防什么万一？”保利娜说，“易卜拉欣，你爱拉多近就拉多近，我画得那叫一个完美。”

“对，拉近。”罗恩说，握了握保利娜的手。

“还要讨论一下用哪个滤镜，”易卜拉欣说，“个人而言，我认为 Clarendon[①] 会非常适合，因为它突出泥土的棕褐色。”

---

① Clarendon：用手机拍照时可选的一种复古滤镜。

“要是不太麻烦的话，”维克托说，“可以晚一些再讨论吗？”

易卜拉欣点点头。“失温，我完全理解。我还想和你聊一聊希瑟·加伯特的诗，不过同样可以等你穿好衣服再说。”

维克托仰望俯视他的几张脸。伊丽莎白，他的毕生挚爱，能再和她共度一段时光，他真是太开心了。人们在你的生活中来来去去，年轻的时候，你觉得自己还会再见到他们。事到如今，维克托觉得每一个还在眼前的老朋友都是一个奇迹。

罗恩和保利娜，两个人手拉着手。维克托记得自己多年前读到过罗恩的名字，他上过一个名单。那是个很长的名单，但他确实上过。某个人会在某个时候找罗恩聊聊，“探探他的口风”，看他是否对苏联有好感。但现在见到罗恩本人，维克托不会幻想他们能有什么机会策反罗恩。波格丹倚着铁铲，耐心地等待稍后把坑重新填上。易卜拉欣正在寻找最好的拍照角度。乔伊丝，他的寓友和新守护神，正忙着阻止阿兰跳进墓穴。

仰望他们，维克托意识到他的顶层豪宅是多么冷清，他的生活是多么孤寂。漂亮的年轻人，喜欢在人人都能看见但没人能下去玩水的游泳池里拍照。他的朋友都在哪里？

也许他可以留在这儿？这张照片应该能让维京人满意

了，而维克托可以改名换姓，扔下他过去的生活，搬到库珀斯·切斯来。躺在自己的坟墓里，脑门儿上还有一个贯穿头部的弹孔，没有什么能比此事更启人深思的了。

假如能有乔伊丝、伊丽莎白和阿兰做伴，还有一个周四推理俱乐部供他参与，他还真的需要价值数百万英镑的生意吗？也许他们可以一起解决这起谋杀案，也许他可以在树林里遛阿兰。罗恩还提到过斯诺克，维克托已经没有斯诺克球友了。以前还有一个在西德纳姆[①]开珠宝店的老哈萨克人能一起打球，但他死了……什么时候来着？三年前。他再次望向上面的一张张脸，也许他的好运来了。

“我的天，维克托，”伊丽莎白说，“你别嬉皮笑脸的，给我闭上眼睛。你是个死人。”

维克托觉得自己确实是死了，真的死了。他闭上眼睛，好不容易才止住笑容。

---

① 西德纳姆（Sydenham）：英国伦敦一个区的名字，位于达勒姆郡。

43

其他人带着茶杯、毯子和八卦，转移阵地取暖去了，但易卜拉欣有正经事要做。

他把希瑟·加伯特写的诗摊在面前。毫无疑问，这几张纸里藏着一个秘密，有某种信息经过巧妙的掩饰被隐藏在诗里。希瑟·加伯特在害怕谁？谁会杀死她？

易卜拉欣毫不怀疑，解析希瑟·加伯特的诗，发现其中的秘密，需要很长的时间，他想找个人一起讨论。但伊丽莎白、乔伊丝和罗恩都认为这是某种混淆视听的红鲱鱼[①]，他们不肯咬钩。

他甚至找过维克托，当然是在他们把他挖出来之后。一个人必须对密码学略知一二，才有可能在克格勃里爬到高层。但维克托用沾着泥土的手接过那几张纸，匆匆扫了一眼就还给了易卜拉欣，说："没有暗码，只是一首诗。"

和许多时候一样，易卜拉欣成了旷野上的一个独行者。那就这样吧，这是他必须背负的使命。智者往往是这样的。

---

① 红鲱鱼：指侦探小说里用来转移注意力的东西。

等他发现希瑟留下的信息，所有人都会向他道歉。他会宽宏大量地点点头，也许稍微欠欠身，接受像雨点一般洒向他的溢美之词。他想象那一幕：伊丽莎白祝贺他，嘴里说着“我真的错了，不可饶恕地错了”；乔伊丝奉上一盘点心，阿兰尊敬而自豪地乖乖坐在一旁；连维克托也不得不承认，易卜拉欣胜过了他。

他在白日梦里沉迷了一小会儿，一个念头突然跃入脑海——易卜拉欣清楚地知道自己该去找谁聊聊。有个人对他没有先入之见，有个人永远一肚子主意，有个人会帮助他。

他看看手表，四点半，罗恩的外孙肯德里克已经放学，但还没来得及吃茶点。对于一个八岁的孩子来说，这是一天里的黄金时刻。

易卜拉欣用手机拨打肯德里克的FaceTime[①]。他回想起两个人共度的美好时光，他们曾为了寻找钻石大盗和杀人犯，一起检查了时长有好多个小时的监控视频。

“易卜拉欣叔叔！”肯德里克叫道，跳上他的椅子。

“一切都好吗？”易卜拉欣问。

“嗯，一切都好。”肯德里克答道。

易卜拉欣开始向肯德里克描述手头的任务：“有一起谋

① FaceTime：苹果公司推出的手机等产品中预装的视频通话软件。

杀案，发生在你出生前的几年……”

“怎么又是谋杀案，易卜拉欣叔叔？”肯德里克问。

“还有一起谋杀案，不久前发生在监狱里。”易卜拉欣补充道。

“米莉·帕克的妈妈进了监狱，她休学了。”肯德里克说。

“监狱里的那位女士叫希瑟·加伯特，不是米莉·帕克的母亲。她留下了一首诗，我认为这是某种暗码。”易卜拉欣说。

肯德里克轻轻地吹了一声口哨，表示佩服。

易卜拉欣相信，只要自己和肯德里克能解开暗码，他们应该就能知道是谁杀了希瑟·加伯特，还能知道增值税欺诈案里大笔钱款去向的。易卜拉欣说到这里，给肯德里克补充了一下知识，向他解释了什么是增值税，他不得不从统一税制的基础原则讲起。

之后，两个人开始刻苦钻研。易卜拉欣有他的白兰地和雪茄，肯德里克有他的鲜榨橙汁（糖分比较少，但喝的时候感觉不出来）。

易卜拉欣把诗读了出来：

我的心需要飞翔，就像雄鹰展翅。

它想被人听见，就像歌唱的黑鸟。

但我的心，已被转轮碾成两半。

雄鹰无法展翅，但我的心依然需要飞翔。

“肯德里克，你能看出这首诗很有意思吗？从技法上说，希瑟·加伯特女士写得非常糟糕，但她说她的心希望像雄鹰一样飞翔。”易卜拉欣把诗的内容传给了肯德里克，让他一起读，“但两行过后，那颗心‘被转轮碾成两半’。”

“鹰有金雕、秃鹫和黑鹰，”肯德里克说，“它们都吃老鼠。你知道其他品种的鹰吗？我说不上来了。”

“苍鹰也是一种鹰。”易卜拉欣说。肯德里克记了下来。

“现在我知道四种鹰了。”肯德里克说。

“她说一颗心被车轮碾成两半，”易卜拉欣说，“我说说我的想法，肯德里克，我们是不是该认为希瑟·加伯特要我们把‘心’（heart）这个词的某个变体和‘转轮’的某个同义词组合在一起？”

“有可能，”肯德里克说，“也许是这个意思。”

“或者，”易卜拉欣说，“假如‘碾成两半’是重点，也许她要我们把‘转轮’的某个同义词放到‘心’的两半之间。”

“有可能，”肯德里克说，“她的笔迹很潦草，对吧？我的字就写得很工整，不过只有在我集中精神的时候才能做到。”

“我们需要一个‘转轮’的同义词，”易卜拉欣说，“名词有‘圆盘’‘滚轮’，勉强一点儿的话，‘循环’也行。要是动词……”

“动词是表示动作的词语。”肯德里克说。

“没错，”易卜拉欣赞同道，“这样我们就有了‘旋转’‘转动’和……嗯，还有‘循环’，英语真是其乐无穷呢。”

“一百乘以一百再乘以一百是多少？”肯德里克问。

“一百万，”易卜拉欣吸了一口雪茄，“就当‘心’的变体是‘Ath er’好了，再加上‘转轮’的同义词，我觉得‘滚轮’（hoop）就不错。把‘Ath er’放在‘hoop’前后，这样就有了一个名字‘Ath Hooper’。好吧，肯德里克，这不是人名。‘转’（around）这个词在解谜型的填字游戏里往往代表字母 c，因为‘转’在拉丁文里是 circa。”

“角斗士说的是拉丁语，”肯德里克说，“还有恺撒大帝，他也说拉丁语。”

“咱们把 c 加到答案的最前面。帮我搜索一下‘凯瑟·胡珀’（Cath Hooper）这个名字，看有没有住在肯特郡或苏塞克斯的人叫这个名字，或者有没有叫这个名字的人涉及有组织犯罪。”

肯德里克忙活了一会儿。“至少有一千个结果。”

“嗯，把最开始的两个念给我听。”易卜拉欣说。

“好的，”肯德里克说，“一个在澳大利亚，还有一个死了。”

“嗯，”易卜拉欣又说，“死的那个，是最近去世的吗？

是因为谋杀吗？”

肯德里克向下翻页。“她死于一八七一年，在阿伯丁。阿伯丁在哪儿？”

“苏格兰。”易卜拉欣说。

“也许是条线索？”

易卜拉欣继续读诗，痛苦地意识到它有可能真的只是一首诗。但就在这时，他发现了端倪。

“她还写过其他东西吗？”肯德里克问，“因为这首诗好像很难看懂。”

“她在死前还写过一张字条。”易卜拉欣说，继续研究他新发现的线索，检验它是不是真的靠得住。

“字条？”

“对，字条，”易卜拉欣说，“预言了她自己的死亡。但我觉得你外公不会希望我给你看的。”

“求你了，”肯德里克说，“我保证不告诉外公。”

“似乎也没什么坏处。”易卜拉欣说。字条能让肯德里克安静几分钟，这样他就可以聚精会神地破解密码了。他找到克里斯发来的邮件，把希瑟·加伯特写的字条的照片发给肯德里克。然后他继续忙手头的事情，大声朗读下一段诗句。

我记得幼时我们在一条小溪里玩耍。

那时我们保守了秘密，立下了承诺。

那里阳光永不熄灭，雨水从不降下。

在我们玩耍的小溪里，我记得清清楚楚。

"'那时我们保守了秘密'，好的．这就值得调查一下了。'小溪'（brook）重复两遍，当然指的是'布鲁克斯'（Brooks）。'那里阳光永不熄灭'，指的是不是'太阳'（sun）去掉最后的'n'呢？因此就是'苏'（Su）。他们是不是在找一个叫苏·布鲁克斯的人？"

"肯德里克，帮我搜索一下苏·布鲁……"

"你是在考我，对不对，易卜拉欣叔叔？"肯德里克说。

"考你？"易卜拉欣问。苏·布鲁克斯，苏·布鲁克斯，她会是希瑟的某个会计师同伙吗？又或者只是一个假名？

肯德里克的视线离开字条。"对，笔迹不一样，对吧？诗和字条的笔迹不一样。诗写得很潦草，但字条很整洁，因此字条和诗是不同的人写的。"

易卜拉欣来回看字条和诗。对，没错，不能更明显了。在今天之前，只有易卜拉欣既看过字条又看过诗，但他忙于寻找其实并不存在的东西，忽视了就摆在眼前的线索。

秘密信息并不存在，这仅仅是一首孤独的小诗，作者是一个失去生活希望的女人。还有一张字条，一方面预言了女人的死亡，另一方面在向康妮·约翰逊求救，但写字条的是另一个人。

"很高兴你注意到了这个细节，"易卜拉欣说，"我就知道你能做到。”

“你只是在考验我，我明白，”肯德里克说，“你要我搜索什么来着？”

易卜拉欣从手机里听见肯德里克的母亲——也就是罗恩的女儿苏西——在叫他下去吃茶点。他想请肯德里克搜索的是苏·布鲁克斯。易卜拉欣意识到（不是第一次了），自己有时候会把事情弄得过于复杂。

“什么都不需要搜索了。笔迹的事情咱们暂时保密，可以吗？”易卜拉欣问。

“当然了，咱们的小秘密，”肯德里克附和道，“再见，易卜拉欣叔叔，爱你。”

手机里，肯德里克的对话窗消失了。“也爱你。”易卜拉欣说。肯德里克再次证明了他正是易卜拉欣需要的助手。假如生活看上去过于复杂，而你觉得没人能帮助你，有时候你就应该向一个八岁的孩子求援。

诗是希瑟·加伯特本人写的，这一点几乎毫无争议，因为康妮曾亲眼看见她在写字。因此，字条并非出自希瑟·加伯特之手。那么是谁写的呢？还有，为什么要写这张字条？

易卜拉欣要立刻向他的老伙计们报告这个消息。不过，至于他是如何得出这个结论的，他打算略过某些细节。

44

“高兴吗？”迈克·韦格霍恩问，“你看上去很不错。”

“从没这么高兴过。”唐娜说，在演播室的监视器里打量自己。她的模样确实不赖。保利娜今天本来是休息的，但她坚持要来为唐娜化妆。

“前面一段新闻还有两分钟结束。”制作总监说。《东南今晚秀》正在播放一条报道，说的是一家无麸质面包房如何在福克斯通掀起购买风潮。

“我会说刀具犯罪正在高涨，”迈克对她说，“你说情况没这么简单，迈克；我说少来这套，别给我打马虎眼，你说些宽慰人的话；然后咱们播费尔黑文居民表达不满的录像，我问你有没有话要对这些人说，你说别担心，不会有噩梦的，或者随便你发挥。你看上去真的很不错，别紧张。”

“谢谢。”唐娜说。她紧张吗？她并不觉得紧张。她应该紧张吗？她环顾狭小的演播室。制作总监在看手里的记事板，摄像师在玩Tinder，制作人卡温在生闷气。还有克里斯，他就像一条忠诚的老猎犬，坐在一旁注视着她。这次轮到他对她竖大拇指了，她回了克里斯一个相同的手势。就算被她抢了上节目的机会，心里不舒服，克里斯也没有表现出来。

制作总监开始十秒倒数。忙着打情骂俏的摄像师不情愿地放下了手机。

“希瑟·加伯特的案子有进展吗？”迈克压低声音问。

“正在努力，”唐娜说，“这案子不归我们管，但我们得到了一条线索，正在追查。”唐娜花了一整个上午查阅杜松苑的车辆登记记录。

“我只是……”迈克说。

“我知道，”唐娜说，“我知道贝萨妮·韦茨对你的意义。”

“她是真正的好记者，”迈克说，“你有没有查过……”

制作总监朝演播室打手势，示意直播开始。

“面包店里肯定到处都是刀，”迈克对着镜头说，“而肯特郡的大街小巷也到处都是刀。然而这些刀没有用在‘我们每日的面包’上，而是用来造成‘我们每日的死亡’。为了讨论我们地区近来令人担忧的刀具犯罪案件，今天我们请到了费尔黑文警察局的唐娜·德·弗雷塔斯警员。德·弗雷塔斯警员，刀具犯罪案件的数量是不是正在增加？”

“呃，情况没这么简单，”唐娜说，“这是……”

“行了，别给我打马虎眼，”迈克说，“刀具犯罪案件的数量要么在增加，要么没有增加。我觉得这是个非常简单的问题，《东南今晚秀》的观众也会这么认为。”

“我觉得你也许该多给《东南今晚秀》的观众一点儿信心，”唐娜说，迈克在镜头外偷偷地朝她竖起大拇指，“过去六个月以来，我们将刀具犯罪案件列为重点打击对象，投入了大量警力资源。这意味着更多的调查、更多的检控和更多的定罪。因此，你才会见到统计数字的上升。但刀具犯罪案件在费尔黑文街头已经近乎绝迹，梅德斯通同样如此，还有……福克斯通。说到福克斯通，下次我去那儿的时候，肯定会去逛逛那家面包店，看上去让人很有食欲，对吧？”

“咱们一起去，德·弗雷塔斯警员，”迈克说，“看着画面，你会希望电视里也能闻到味道。”

“叫我唐娜好了，”唐娜说，然后看着镜头说，“正在看电视的每一个人都可以叫我唐娜。我为你们工作。”

“唐娜，你是第一次来《东南今晚秀》做客，”迈克说，“但我猜不会是最后一次。咱们来看看费尔黑文的居民对刀具犯罪案件有什么话想说。”

录像开始播放。迈克晃了晃食指，表示敬佩。“你很厉害，相当厉害。”

“谢谢，迈克，”唐娜说，“很好玩，对吧？”

克里斯走过来蹲下，像是担心会被镜头拍到。

“非常棒！”克里斯说。

“真的？”

“真的。聊起面包店，直视镜头，都是计划好的吗？”

“我没计划过，”唐娜说，“只是跟着感觉走。”

“这段录像还有三十秒结束，”制作总监说，“清场。”

“你天生就是这块料，”克里斯说，“你老妈刚截屏发给了我。”

“就算你天天抓罪犯，还是不如上个电视能让人们记住你。”唐娜说。

“两者你都擅长。”克里斯说。

“我们还有十秒……”制作总监说。制作人卡温·普莱斯走近唐娜。

“佩服，我非常佩服，”卡温说，“录完节目，咱俩喝一杯？”

“有安排了，不好意思。”唐娜说，在心里暗骂自己，没必要说得这么有歉意的。

唐娜的手机收到一条短信，是波格丹发给她的，他正在家里的电视上看她。倒计时还有五秒钟，她偷看了一眼屏幕。他的短信是三个表情符。

一颗星，一颗心，一个大拇指。

咦，一颗心？镜头切回来，刚好拍到唐娜笑逐颜开。

45

照片拍得很好，非常真实。维克托·伊里奇死了，被埋在土里。好吧，维克托·伊里奇被埋在土里，至少这是真的。维京人把它设置成了手机的锁屏画面。

有可能是伪造的吗？当然有可能，一切都有可能是伪造的。维京人挠着胡须，想到有人曾在硅谷的一个派对上介绍他认识一位蜚声全球的好莱坞男明星。这位男明星拒绝在他的自拍中跟他合影，说什么“这是私人派对，你好好放松就行”，或者是诸如此类的好莱坞鬼话。于是维京人回到家就用 PS 合成了一张自己和男明星的合影，男明星在照片里被他讲的笑话逗得开怀大笑。照片挂在他的厨房里，假如家里来了客人，他们不可能看出什么破绽。见过某个名人，没见过某个名人，如今已经很难区分了。现实生活对普罗大众非常友好。

维京人窥视着前方的公寓楼，他意识到自己必须暂时放下那个该死的男明星，还有自己跟他的恩怨，集中精力处理手头的事情。另一方面，来到街道上，在大庭广众之下走动，让他感到羞怯。他天生就是个大块头，人们总是忍不住盯着他看。他迫不及待地想回家。

几天前，他坐在斯塔福德郡的自家书房里，监听刺杀维克托·伊里奇的现场动静，这件事确实让他觉得很真实。但伊丽莎白·贝斯特为什么要在事后扔掉手机呢？有可能仅仅出于她令人敬佩的谨慎习性，然而也有可能是伊丽莎白和维克托在戏弄他。两个老间谍觉得他们能把一个新人玩得团团转。维京人有时候也会缺乏自信，他诅咒自己的冒名顶替综合征[①]。

维京人抬起头，看见了悬在头顶高处的游泳池。要是你朝它发射一枚火箭弹，整个建筑结构就会垮塌，摔死刚好在里面的每一个人。可惜这会儿游泳池里没人，因此那只会浪费一枚火箭弹。他考虑要不要朝那个男明星发一枚火箭弹。“这是私人派对，你好好放松就行。”然后，轰隆，下辈子记得多尊重一点儿你的粉丝。

尽管这种想象确实很爽，但对他不是什么好事。另外，也很困难。

进入这座建筑物非常容易。维京人在十二楼有个客户，一个专偷豪车的窃贼。这位客户把钱交给维京人，维京人先是把钱兑换成比特币或那一周正在上涨的其他加密货币，

① 冒名顶替综合征（Impostor Syndrome）：指患者有自我能力否定倾向，会怀疑本身的能力，认为自己的成功均来自外界因素。

然后再兑换回普通货币，最终把钱洗得干干净净的还给客户。当然了，说起来简单，实际操作要复杂得多，否则岂不是每个人都能来抢维京人的生意了。他的优势是一套算法，通过暗网将交易分层平摊，因此他的踪迹几乎不可追踪。事实上，迄今为止的记录证明，加密货币的交易是完全不可追踪的。维京人之所以说“几乎不可追踪”，只是因为他是瑞典人，而瑞典人没有炫耀的传统。

随着客户量的不断增长，他的个人财富也水涨船高。维京人从每一份合同中抽成，金额越大，流程越复杂，抽成比例也越高。十年前，维京人在帕洛阿托为一家搞人工智能成人影片的新创公司打工，而现在，他的身家已经超过了三十亿美元。

维京人没去十二楼，而是乘电梯来到最高层，维克托·伊里奇曾经住过的顶层豪宅。无论你去什么地方打听，人们都信任维克托，甚至说崇敬也不为过。他是这个纷乱世界的定海神针。他说话的时候，犯罪分子永远俯首帖耳，他给出的建议，犯罪分子总是言听计从。

因此，维京人必须送他归西。维克托向来推荐用老办法洗钱，通过房地产和赌场，通过掮客“蓝精灵”“骡子”和皮包公司，通过珠宝和黄金，也通过串通的外汇兑换所，总而言之就是完全古典式的。安全固然非常安全，然而同时也很消耗时间，而且会损耗大量金钱。相比之下，把钱投入加密货币则截然相反。事实上，能帮黑帮省下不少中间交易耗损的钱。

即便如此，大家还是把钱给了维克托。维京人觉得，维克托让自己损失惨重。是的，他已经有了三十亿身家，足够一个人过一辈子好生活了，但杰夫·贝索斯有两千亿，而维京人不愿意比任何一个人穷一千九百七十亿。维克托知道维京人的存在，也知道他的这门生意，但对他的身份一无所知。

维克托家巨大的正门是向一家以色列科技公司采购的，由后者亲自上门安装。这道门坚不可摧，它使用了区块链技术，原料是石墨烯和凯夫拉纤维，买家还可以选择外层门板的材质。维克托选择的是阿拉斯加柚木。这家公司经营得非常好，为世界各地的黑社会提供安保服务。维京人之所以知道得这么清楚，是因为这家公司刚好属于他。

他开门进去。

维京人来这儿是为了让自己安心。他给了伊丽莎白·贝斯特充足的理由去杀死维克托·伊里奇——威胁杀死她的朋友简直是神来之笔。话虽如此，这种事情永远值得实地验证一下。维克托的住所离巴特西直升机场很近，这意味着维京人跑一趟也很方便。勘查完现场，他打算去吃寿司，在斯塔福德郡很难吃到像样的寿司。斯托克有一家名叫味噌的好馆子，但自从他某次在卫生间玩枪走火之后，那家店就禁止他入内了。他不擅长用枪，真的不该随身带枪的。

维京人扫视这套顶层豪宅。确实很舒适，只是有点缺乏女性气息。窗外景色宜人，他能看见伦敦眼、大本钟和英格兰银行。维京人觉得，维克托可以从自家阳台用火箭弹袭击任何一个地标。这会不会引起骚动？他突然意识到，自己一直在琢磨火箭弹袭击。主要原因是他刚刚买了一套火箭弹发射器。这是一笔冲动消费，原因很简单：一是谁像他一样有钱，都会觉得没什么新鲜东西是没玩过的了；二是他可以用比特币直接购买火箭弹发射器。到目前为止，维京人只炸掉了一座谷仓。

维京人根据音频推测杀人现场的地形图。他认为，伊丽莎白应该是用枪逼迫维克托穿过右手边的宽大拱门，然后沿着铺着地毯的走廊前往卫生间。他按照这个路线走向卫生间。

自从那一枪之后，没人听到过维克托的消息，这是个好兆头。流言称他死了。这在某些圈子里引发了恐慌，他当然乐见其成。维京人走进卫生间。

卫生间被收拾得干干净净，这不足为奇，伊丽莎白·贝斯特毕竟是专业人士。到了某个时候，肯定会有某个官方背景的人注意到维克托下落不明，到时候肯定会有人来搜查这套顶层豪宅，寻找蛛丝马迹。维京人认为伊丽莎白不会留下任何线索。不可能有鲜血溅在墙上，更不可能有脑浆嵌在插座孔里。

但开枪肯定会在某处留下弹孔，甚至有可能还有子弹。

维京人举起手臂，用想象中的手枪指着想象中维克托的头部。他扣动扳机，推测子弹的飞行轨迹。子弹应该会打穿浴帘，但显然并没有。子弹应该卡在铺着土耳其大理石瓷砖的墙壁上，但同样，显然并没有。

维京人知道子弹穿过了维克托·伊里奇的头部，他看见了穿出伤的照片证据。那么，弹孔在哪儿呢？伊丽莎白比维克托高吗？她是枪口朝下开的枪？维京人扫视低处的墙壁。依然一无所获。

那么，枪口是朝上的？间谍喜欢这么杀人？维京人抬起视线，但依然没有看见弹孔。视线扫过对面墙上的镜子，他终于找到了弹孔——在天花板上。维京人仰起头，弹孔几乎就在他站立之处的正上方。伊丽莎白·贝斯特当时应该也站在这里，将子弹径直打进了天花板。

维京人盯着弹孔，同时得出了以下两个结论：第一，维克托·伊里奇没有死。他听见的那一声枪响是伊丽莎白朝天花板开的，而不是朝维克托·伊里奇；第二，伊丽莎白·贝斯特当他是白痴，但她误判了他的能力。

维京人一点儿也不喜欢这样的结果。他叹了一口气。

因为这意味着两件事：首先，也是最重要的，他只能亲自去干掉维克托·伊里奇了；其次，他必须惩罚伊丽莎白，也就是说他还必须去干掉乔伊丝·梅多克罗夫特。

烦人，真是烦人。

46

乔伊丝的日记

今天乔安娜带她的男人（那个足球经理）来吃午饭，恰巧，一个前克格勃上校正住在我的备用卧室里，因此我必须做出些解释。

还好，她不是在维克托浑身泥土的那天来的。我知道我的淋浴房有加压龙头，然而即便如此，清洁起来也还是非常麻烦。

我解释说维克托是伊丽莎白的老朋友，他的住所正在翻修，所以在我家凑合住几天。乔安娜问维克托之前住在哪儿，维克托回答大使花园，乔安娜说是不是有个空中泳池的那栋楼，维克托说没错。紧接着，足球经理（名叫斯科特）说那儿的一套公寓要卖几百万英镑，维克托说对。

乔安娜又问你那价值几百万英镑的房子在翻修，你怎么会住在我老妈家。维克托说，他想不出全英格兰还有哪儿比这儿更惬意的了。乔安娜直截了当地对我说，这事情肯定有猫腻，我们只好承认，没错，这事情有猫腻。我不得不给乔安娜看维克托躺在墓穴里的照片，并答应她吃饭的时候慢慢告诉她。乔安娜扭头对斯科特说，你不能说我没警告过你，我妈平时不是这样的。

吃饭时，斯科特问维克托他支持哪支球队，维克托回答切尔西。斯科特说他在切尔西有熟人，可以帮维克托搞到招待贵宾用的特别包厢，回头他可以找个时间去看比赛。维克托说不用麻烦了，他有包厢。

我找了个借口叫乔安娜去开冰箱，她一眼就看见了杏仁奶。她说我该买低糖杏仁奶。不过我看得出，她觉得我朝正确的方向迈出了可喜的一步。

顺便提一句，阿兰喜欢斯科特，我觉得这是个好兆头，虽说到目前为止，阿兰还没有不喜欢的人。

他们刚刚离开。斯科特开保时捷，他向维克托炫耀，维克托点头——就是男人表示赞许的那种点头。乔安娜把我拉到一旁，问我和维克托之间是不是有什么，我说没有，她看我的眼神里一半是松了一口气，另一半是失望。维克托，他很可爱，很友好，但他不是我喜欢的类型。格里是我喜欢的类型，伯纳德也是。也许有朝一日我还会碰到其他人。不过这个人最好能快一点儿出现，因为我快七十八岁了。

昨天晚上，易卜拉欣把大家召集到一起。他先给我们看了希瑟·加伯特写的诗（就是康妮·约翰逊找到的那几张纸），然后给我们看她留下的字条。字条显然不是希瑟·加伯特写的。那么是谁写的呢？

我说服伊丽莎白和我一起出趟门，去埃尔斯特里，菲奥娜·克莱门斯正在那儿拍摄《停止计时》节目。我们可以乘火车去，乔安娜说她认识的某个人认识另一个人，然后这个另一个人能让他们参加节目录制。我想我们也许能通过别人的引荐和菲奥娜·克莱门斯打个招呼。你知道的，我们缺少的仅仅是一个机会。

说起来，我正在读《提交证据》，警察局长写的系列小说之一。我之所以会捡起来读，是因为我的床头柜上摆着一本希拉里·曼特尔[①]的书，而我还没有勇气翻开它。

写得还不赖，他知道怎么吸引读者。故事讲的是，有人想干掉格拉斯哥一个黑社会家族的老大米克，但保镖替他挡了子弹。然后整本书都在讲这位黑社会老大寻找究竟是谁想杀他。刺杀引发了大规模的帮派战争。能看得出作者安德鲁·埃弗顿有警察的职业背景，因为书里的描述非常有真实感。

最后的结局很好玩，每天说脏话的人们杀得昏天黑地，最后发现子弹本来就是冲着保镖去的，因为他的女朋友发现他在出轨。所以没人想杀米克大佬，这么多血都白流了。

---

① 希拉里·曼特尔（Hilary Mantel，1952—2022）：英国女作家。2009 年凭借历史小说《狼厅》获得英国布克文学奖；2012 年凭借历史小说《提堂》再次获得英国布克文学奖。

我只想说，我读过比这糟糕一百倍的东西。我依然能从眼角瞥见那本希拉里·曼特尔的书，我知道我会喜欢那本书的，但在读之前我需要先读点别的热热身。

知道我读安德鲁·埃弗顿的小说时还想到了什么吗？我认为我或许也该写一本书。

47

伊丽莎白正要上床睡觉的时候收到了一条短信。是维京人发来的。

你犯了个大错误。

是吗？伊丽莎白回想那张照片。

子弹。那颗子弹没有打中维克托·伊里奇。

维京人去过维克托的住处。这怎么可能呢？但他看见了弹孔。她确实大意了。但是，说真的，他怎么可能进得去呢？

这是我的最后一条短信。我要来干掉你们所有人了。

现在他们必须去找维京人了，必须在他找到他们之前找到他。斯蒂芬扭头望着她。

“出事了？”

“乔伊丝的空调无法启动了。”伊丽莎白说。

“只能重置，”斯蒂芬说，“鬼东西有自己的一套运作系统，不能硬来。”

伊丽莎白对维京人的了解有多少呢？少得可怜。她见过维京人，这是个优势。但他敢这么暴露自己，说明他觉得这样做足够安全和保险。他住在斯塔福德郡的某个地方，只有他自己才知道为什么。他的宅子非常大，家里有个图书室。她知道的情况就这么多了。突然，她想到了斯蒂芬在扫视图书室时多次瞪大了眼睛。

“对维京人的图书室，你有什么看法？”

“你说什么？”

“我们在维京人的图书室时，你似乎被他的藏书吸引住了。有什么原因吗？”

“我没听懂你在说什么，亲爱的，”斯蒂芬答道，“维京人？图书室？你喝杜松子酒喝多了？”

“你当时在看他的藏书。”伊丽莎白说。

“你要么是选错了杆，要么是选错了杆头。[①]”斯蒂芬说。

伊丽莎白坐起来。“斯蒂芬，前几天夜里，大货车，留大胡子的男人，你不记得了？”

斯蒂芬哧哧地笑。“就算是你，也问得太奇怪了。咱们明天有什么计划吗？我想去看看我老妈。你知道的，她最近的情况不太好。”

伊丽莎白努力控制呼吸，但她真的做不到，她想哭。斯蒂芬伸出手臂搂住她。

---

① 此处指斯蒂芬认为伊丽莎白问了一个不知所谓的问题，原文为 You've either got the wrong stick, or the wrong end of the right one。

“你突然怎么了？”斯蒂芬说，“我在这儿呢，小傻瓜，我在这儿呢。要是什么东西坏了，你知道的，我肯定能修好。”

伊丽莎白跳下床，跑进卫生间。她锁上门，背靠着门瘫坐下去。泪水涌了出来——这不容易，因为流泪对伊丽莎白来说一向不容易。时至今日，伊丽莎白依然牢牢记得一件事——只要哭泣，父亲就会打她。因为父亲太爱她了，所以没完没了地打她，没完没了，直到她不再哭泣。直到某一天，她永远不再哭泣。

她还记得多年后她坐在父亲的病床边，她从贝鲁特请假回国，他得了癌症，在汉普郡的一家临终关怀医院等死。她握着他瘦骨嶙峋的手，曾经毒打过她的那只手。她想着这个人本应拥有的生活，她自己本应拥有的一切。但伊丽莎白依然没有哭，因为她害怕父亲看到自己的眼泪后会做出的事。

用不了多久，她是不是也要在临终关怀医院握着斯蒂芬的手了呢？当然是的。但她会和他一起欢笑，她会继续爱他，她会感谢他，因为是斯蒂芬造就了现在的她。那时她会哭，会流出她这一辈子禁止自己流淌的泪水。

48

波格丹恋爱了，这是对他现状的唯一解释。他自己心知肚明。

应该是的，对吧？

反正感觉像是。

但一个人能相信自己的感觉吗？

罗恩要带维克托去见杰克·梅森，波格丹开罗恩的大发轿车送他们过去。

波格丹希望有人能教他怎么处理这个状况。他在中学时谈过恋爱，他记得很清楚，但从那以后，事情就没这么简单了。他必须尽快找个时间去找斯蒂芬下棋，斯蒂芬肯定知道该怎么办。

他当然喜欢唐娜，非常、非常、非常喜欢。但多少个“非常”能把喜欢变成爱呢？四个？五个？波格丹希望存在一个确切的答案。比如一把枪里有六颗子弹，一个砖斗能放下十二块砖，一个鸡蛋有十三克蛋白质。但爱呢？上网能搜索到吗？波格丹已经试过了，谷歌答不上来。

罗恩坐在副驾驶座上，总是转身对后排的维克托说话。

“你和伊丽莎白早就认识了？”罗恩问。

维克托·伊里奇在舒展身体，关节咔咔作响，他刚从旅行袋里被放出来。他们从库珀斯·切斯开出来一英里左右时，波格丹确定没人跟踪后，才在森林里的生锈铁轨上停车，打开旅行袋的拉链，放维克托出来透气。出发前伊丽莎白提醒的。

“很久以前，”维克托说，“好像是上辈子的事了。”

“来，说点秘密给我们听听，”罗恩说，“特别是她不希望我们知道的那种事情。”

维克托沉思片刻。

“好的，”他说，“伊丽莎白是我遇到过的最好的情人。”

“我的天，”罗恩说，“我说的是开枪干掉他国间谍之类的。”

“她那么温柔，”维克托说，“但同时也是一头关在笼子里的野兽。”

罗恩打开收音机，调频到 talkSPORT[①] 体育台。

维克托迷失在回忆之中。“她对我做过的事情，没有其他女人……”

罗恩朝收音机点点头。“利物浦要买桑切斯？浪费钱。”

---

① talkSPORT：英国著名体育广播电台，英超联赛的全球音频合作伙伴。

波格丹很想加入对话，谈论爱情，在不泄露任何秘密的情况下，再抽空问个问题。他会显得傻乎乎的吗？一个魁梧的波兰糙汉，他怎么可能知道什么是爱？他决定说点什么，然而等话说出口，他才惊觉自己究竟说了什么蠢话。

“罗恩，他们要花多少钱买桑切斯？”该死的，波格丹。

“三千五百万英镑，”罗恩说，“分期付款，但一样是浪费钱。”

波格丹点点头。今天他只是一个司机，任务是带罗恩和维克托去见杰克·梅森，然后再好好地把他们送回去。

罗恩又说起一个笑话，是有关一只曾经住在娱乐场所的鹦鹉的。波格丹继续思考手头的案件。在被塞进旅行袋之前，维克托向他解释了几件事。这会儿维克托正躺在后座的垫子上，陪伴他的是一本《经济学家》杂志和一个小手电筒。

维克托解释了洗钱的基本要诀——如何通过匿名皮包公司和离岸账户的复杂网络把来历不明的钱洗干净，这么做基本上没人能追踪到资金的转移轨迹。

波格丹没听懂鹦鹉笑话的笑点，罗恩紧接着又说起修女坐火车的笑话。

侦破案件的秘诀在于挖掘过去的历史，顺着资金的流向往前搜寻，直到发现最初的罪行。刚开始的几笔交易一定是最容易露出马脚的。维克托说这就像掀地毯，你用指甲抠开角落里小得看不见的一小块，有时候你再一使劲就能翻开整张地毯了。他们对三叉戟公司的调查就是一个很好的例子，发现一笔早期交易里的一个小纰漏。不过这条线索没能带来任何收获，也许他们应该继续往前搜寻。

下午两点，他们来到了目的地。这是一座维多利亚式的庄园，高高地栖息在肯特郡的一段峭壁顶上，英吉利海峡在它的脚下伸向远方。早前，他们在距离目的地一英里外的杂树林里停下车，把维克托重新塞回到旅行袋里。他们该怎么向杰克·梅森解释旅行袋里的乌克兰人呢？这不是波格丹要担心的事情，他只负责运送“包裹”。

波格丹把车开上长长的车道，在尽可能靠近正门口的石阶处停车。与此同时，旅行袋里的维克托打了个喷嚏，波格丹默念“上帝保佑你”。

见到一个魁梧的波兰人拉开旅行袋的拉链，把一个瘦小的乌克兰人放出来，杰克·梅森吃惊了吗？也许吧，不过他隐藏得很好。

“我晚上来接你们。”波格丹对罗恩和维克托说。

“多谢了，好小子，”罗恩说，“不过我今晚不回库珀斯·切斯，我在保利娜家过夜。她也住在费尔黑文，你方便送我去她那儿吗？”

"小事一桩。"波格丹说。

"你是个好人，"罗恩说，"她住在杜松苑，从罗瑟菲尔德路拐个弯就到。"

49

乔伊丝很高兴自己能把工作和娱乐结合在一起。她多年前看过一个电视广告，好像是有关糖果的，广告歌曲里依稀有一句歌词是“一口吃掉我最喜欢的两样东西”。此刻她就是这样，准备去参观电视节目录制现场，同时希望能和一名凶案嫌疑人谈谈。

乔伊丝上次和伊丽莎白坐火车时，后者的包里藏了一把枪。伊丽莎白今天心事重重的，她是不是又带枪了？

“你有点心不在焉。”乔伊丝说，看着伊丽莎白前后扫视车厢。

“我有点什么？”伊丽莎白说。

“心不在焉。”乔伊丝说。

“胡说八道。”伊丽莎白说。

“抱歉。”乔伊丝说。

她们在伦敦桥站换车，然后在黑衣修士站换车。黑衣修士站位于一座桥上，乔伊丝对此颇为激动。可惜候车大厅里只有一家咖啡馆咖世家，指示牌上说这里有一家

WHSmith[①]，但需要乘扶梯下楼，而乔伊丝不想错过下一班火车。等回程的时候再找机会去逛逛吧。

等车时，她们谈到了易卜拉欣发现的线索。希瑟·加伯特抽屉里的字条是另一个人写的，这个人很可能就是凶手。但凶手为什么要提到康妮·约翰逊呢？如果凶手就是康妮·约翰逊，她为什么留字条暴露自己呢？还是解释不通。

这会儿她们上了前往埃尔斯特里与博勒姆伍德的通勤专列，菲奥娜·克莱门斯录制《停止计时》的演播厅就在那儿。上车后，乔伊丝向伊丽莎白解释节目规则，其实她已经说过不知道多少遍了。

“说真的，伊丽莎白，作为一名受过高等教育的女性，你有时候也会很迟钝。”她说，“游戏开始的时候，四个参赛者的表盘上各有一百秒钟，他们必须在时间耗尽前回答出十二个问题，考虑问题的时间越长，丢掉的时间就越多，一百秒用完，就出局了。”

“不，这些我都明白，”伊丽莎白说，“我不明白的是那些乱七八糟的技能。”

“乱七八糟？哪儿乱了？”乔伊丝说，“他们每个人有四个技能，可以窃取一名对手的十秒钟，可以停止自己的

① WHSmith：设置在机场和饭店的专业连锁店，主要销售报纸、杂志和书籍，以及礼品和纪念品。

计时，可以加速一名对手的计时，还可以调换一个问题。窃取、停止、加速和调换，就这么简单。第一个在规定时间里答对十二道问题的人获胜，获胜者剩下的秒数会被转换成钱。但假如你的对手窃取或加速了你的计时，你就会得到一个额外的技能，就是复仇。有了它，就算你的时间耗尽了，依然可以继续玩下去，报复那些让你没机会赢得奖金的家伙。这规则不能更简单了。”

“然后录下来在电视上放？”伊丽莎白仔细打量了一个从身旁经过的男人。

“没错，每天都放，”乔伊丝说，“大家把时间用来看这个而不是新闻，所以它才这么走红。”

列车停靠在亨登，这里有著名的警察学校。乔伊丝发短信给克里斯：*猜猜我们在哪儿？亨登*。克里斯回短信说：*我不是在亨登受训的*。

乔伊丝发了同样的短信给唐娜，但唐娜还没回复她。

“和我说说菲奥娜·克莱门斯吧。”伊丽莎白说。

“贝萨妮在《东南今晚秀》当主持人的时候，她是一名初级制作人，”乔伊丝说，“贝萨妮去世后，她成了主持人。她一直是野心勃勃的。不过，人们只在批判女性时才用这个词，对吧？”

“我被人说野心勃勃的次数多得数不过来。”伊丽莎白说。

“她主持了两年这个节目，能看得出来她做得越来越好，然后她跳槽去了天空新闻台[①]。我一直在注意她的动态，明白吗？说不定她什么时候会在新闻里提到东南地区呢。后来她去了 BBC 播早间新闻，现在到处都能看见她的脸。前一阵我甚至看见她在主持克鲁夫兹犬展。”

“好了，我知道她很有名了，乔伊丝，但我真正关心的是她能告诉我们贝萨妮·韦茨的什么情况。”

“你真的从没听说过她吗？太难以置信了。”

“你听说过贝里尔·迪普戴内[②]吗？”

“没有。”乔伊丝说。

“你看，不同的人关注的事情不一样。”伊丽莎白说。

“贝里尔·迪普戴内是谁？”

“二十世纪七十年代的一位英国特工的化名，他的表现特别勇猛，”伊丽莎白说，“在我们情报圈无人不知。”

“我猜这位贝里尔·迪普戴内肯定没得过全英电视选择奖吧？”乔伊丝说。

“我猜菲奥娜·克莱门斯也没得过乔治十字勋章吧？”伊丽莎白说，“不同的马有不同的赛道，对吧？啊哈，快看，

---

① 天空新闻台（sky news）：一个英国 24 小时新闻频道，总部位于伦敦，在都柏林、约翰内斯堡、莫斯科、贝尔格莱德、耶路撒冷、华盛顿、香港及北京都设有分部。

② 贝里尔·迪普戴内（Beryl Deepdene）：作者虚构的人名，在书中指一名英国特工的化名。

咱们到了。”

从埃尔斯特里与博勒姆伍德车站到埃尔斯特里演播室，伊丽莎白和乔伊丝步行用了十分钟。没有什么比一条没见过的时髦街道更能让乔伊丝心花怒放了，她一路上把自己觉得新奇的东西指给伊丽莎白看。

“星巴克、咖世家和尼路咖啡，多符合你的爱好呀！”“那家是不是荷柏瑞[①]的旗舰店？比普通的店面要大。”“我的天，伊丽莎白，这儿居然还有一家温皮[②]！”

演播室的安检口前排着蜿蜒长队，但乔伊丝和伊丽莎白可以直接进去。乔安娜有个朋友的姐姐是这个节目的一名制作经理（天晓得这个头衔是干什么的），因此她们两个人拿到了贵宾票。工作人员领她们走进酒吧，问她们要咖啡还是茶。乔伊丝兴奋得瞪大了眼睛。

“是不是很了不起？伊丽莎白，你上过电视吗？”

“有一次，我受到传唤，作为证人用视频向国防特别委员会汇报情况，”伊丽莎白说，“但为了合规，他们必须给我的脸打马赛克。另外还有一次，我作为人质录过视频。”

有人叫她们进演播室，然后在前排就座。演播室冷得刺骨，可两个人必须脱掉手套，因为戴手套“会让人听不见鼓掌声”。演播室里不许吃东西，不过乔伊丝把手包拉开

① 荷柏瑞（Holland & Barrett）：一家英国食品企业，以销售天然健康食品为主。
② 温皮（Wimpy）：英国快餐连锁店，成立于 1954 年。

一条缝，让伊丽莎白看她偷偷带进来的一包水果软糖。候场的时候，乔伊丝从包里掏出手机，问一名警卫："我们可以拍照吗？"

"不行。"警卫答道。

"收到。"乔伊丝说。

"你是不会乖乖听话的，对吧，乔伊丝？"伊丽莎白问。

"那当然了，"乔伊丝说着拍了一张照片，"立刻就发到 Instagram 上。"

"所以你何必非要问一声呢？"伊丽莎白说，"我有点想知道。"

"当然是出于礼貌了，那还用说？"乔伊丝又拍了一张，"你知道吗？菲奥娜·克莱门斯在 Instagram 上有三百万粉丝呢，你能想象吗？"

"不太能。"伊丽莎白答道。

乔伊丝正要收起手机，唐娜回复的短信终于到了：*乔伊丝，我不是在亨登受训的*。乔伊丝不禁心想，现如今大家都是在哪儿受训的呢？

她希望罗恩和维克托也能享受愉快的一天。今天一早她挥手送别他们，开车的是波格丹。杰克·梅森有一张斯诺克球台，显然，这意味着他们这一走就是一天。乔伊丝能理解斯诺克的吸引力，帅气的马甲背心啊，等等。她觉得要是有机会，嫁给斯蒂芬·亨得利[1]倒是个不错的选择。

演播室里播放的音乐渐渐息声，菲奥娜·克莱门斯走进摄影棚，人群开始鼓掌。

“皮肤毫无瑕疵呀，”乔伊丝对伊丽莎白说，“真的是毫无瑕疵，对吧？”

“节目要录多久？”伊丽莎白问，“我今天来只是为了问几个问题。”

“没多久，”乔伊丝说，“三个小时左右吧。”

节目家喻户晓的主题曲开始播放。

① 斯蒂芬·亨得利（Stephen Hendry，1969—　）：英国职业台球运动员，出生于爱丁堡，绰号“台球皇帝”。

50

斯蒂芬和波格丹正在厮杀，结果将是来之不易的平局。

波格丹还剩下一象两兵，斯蒂夫则是一个车。他们坐在一起下棋的次数太多了，很清楚这局棋的未来走势会是什么样的，但两个人还是乐在其中。

斯蒂芬看上去很瘦弱。家里没人陪着他的时候，他经常会忘记吃饭，而伊丽莎白最近总是很忙。他狼吞虎咽地吃掉了波格丹给他做的三明治。厨房的料理台上还有一个牧羊人派，波格丹打算再等一个小时就去给斯蒂芬热一下。

“作为一个朋友，我能问个问题吗？”斯蒂芬问，双眼紧盯着棋盘。

“那还用说？”波格丹回答。

“也许很荒唐，”斯蒂芬说，“先提醒你一句。”

“我早就习惯了，”波格丹说，“你整个人都很荒唐。”

斯蒂芬点点头，视线在他的棋子和波格丹的棋子之间扫来扫去，寻找并不存在的出路。他说话时没有抬起头。“我是不是出问题了，你认为呢？”

波格丹等了一秒钟才开口。他们聊过类似的话题，就算不是百分之百相同，也相差无几。“谁能完全没问题呢？你挺好的。”

“随你怎么说吧，”斯蒂芬说，依然不肯看他的眼睛，“但我总觉得有什么东西弄错了，有什么事情不对劲。你知道那种感觉吗？”

“当然知道。”波格丹说。

“我给你举个例子，”斯蒂芬说完停顿片刻，“我不知道伊丽莎白今天去哪儿了。”

“她去录一个电视节目，”波格丹说，“和乔伊丝一起去的。”

“啊哈，我见过乔伊丝，”斯蒂芬说，“就在前两天。她和伊丽莎白是在哪儿认识的？”

“她是你们的邻居，”波格丹说，“人非常好。”

“这就对上了，”斯蒂芬说，“但还是有问题。我不知道伊丽莎白在哪儿，这难道不奇怪吗？好像不太寻常吧？”

波格丹耸耸肩。“也许是她没有告诉你？她喜欢保守自己的小秘密。”

“波格丹啊，”斯蒂芬终于抬起了眼睛，“我不是傻瓜。好吧，至少不比咱们里的任何一个人更傻。我时不时丢东西，还经常搞不懂别人在说什么。”

波格丹点点头。

“我的父亲，愿上帝让他安息，在生命的最后时刻已经不记得自己是谁了。那时候人们说他是老糊涂了——现在应该不这么说了吧？”

“好像不这么说了。”波格丹附和道。

“他那时候会问我，我妈在哪儿。”斯蒂芬移动棋盘上的一个棋子，这一着纯粹是在拖延时间，不激进，也不会有任何收获，“但我母亲很多年前就去世了。”

波格丹低头看着棋盘，斯蒂芬想说什么就说什么好了，他只在斯蒂芬问他的时候回答问题。

“所以，”斯蒂芬说，“你明白我为什么会担心了吧？”

好的，这句话听上去像是在问他。波格丹抬起头。“有些事我们能记住，斯蒂芬，但有些事转眼就忘了。”

“嗯。”斯蒂芬说。

“我第一次觉得自己爱上了一个人。”波格丹说，他最近经常想到这些事，“那什么，要是你觉得无聊……”

“没有的事。”斯蒂芬说。

“那女孩和我是同学，我们当时九岁，都在上诺瓦克先生的课。她坐在我的左前方，喜欢把铅笔整整齐齐地摆成一排，写字时会把舌尖吐出来。她家和我家只隔着一条马路，有时放学后，只要我能做到，就会陪她一起走回家。她的鞋子上有银色的搭扣，所以讨厌踩到积水。而我呢，就喜欢踩积水，但和她走在一起的时候，我会假装不喜欢。

我那时得了相思病，斯蒂芬，病得很厉害。他父亲是空军，政府派他去海外，于是她离开了我们学校，连一声再见都没说，因为她不知道我爱上了她——她没有理由会知道，对吧？但直到今天，我还记得我当时的心情，还记得她的气味、她的笑声，各种各样的微小细节，我全都记得一清二楚。”

斯蒂芬笑了。“波格丹，你真是浪漫得不可救药。她叫什么？”

波格丹从棋盘上抬起视线，举起双手，慢吞吞地耸耸肩。“斯蒂芬，咱们都会忘记事情。”

斯蒂芬笑着点点头。“非常狡猾。但你肯定会告诉我的，对吧？要是我出了什么问题，你会告诉我的，对吧？我不能去问伊丽莎白，我不想让她担心。”

同样的问题，斯蒂芬已经问过波格丹好几次了，而波格丹的回答永远相同。

“我会告诉你吗？说实话，我也不确定。假如是你爱的某个人问这个问题，你会回答他或她吗？”

“要是我认为知道真相对他或她有好处，那就会。”斯蒂芬说，“要是我认为没好处，那就不会。”

波格丹点点头。“有见地。你说得很对。”

“但你认为我没问题，对吧？只是在大惊小怪。”

“斯蒂芬，我就是这么认为的。”波格丹说，把他的一个兵向前拱了一步。

斯蒂芬盯着棋盘。“但这就引出了另一个问题，一个更可怕的问题。”

“尽管问，咱们一整天都待在一起呢。”波格丹说。

“伊丽莎白没事吧？”

“当然没事，”波格丹说，“不对，伊丽莎白永远有事，你知道我在说什么，但她一切都好。”

“她神神道道的，”斯蒂芬说，“有一天晚上，她说起什么图书室和维京人，我完全听不懂，然后我问她在说什么，她突然跑掉了，流了不少眼泪。她还企图瞒过我，不让我看到她的眼泪。这非常不像她。你觉得这是发生了什么？”

“你完全没有概念吗？”波格丹问。

“问得好，”斯蒂芬说，走了一步棋，“可以说是今天最好的一个问题了。‘维京人’，我和你一样不知道那是什么；至于图书室，我当时没仔细想，不过我最近确实去过一个图书室，而且我确定，我没有告诉过伊丽莎白。”

“什么图书室？”波格丹问。

“我一个朋友的，”斯蒂芬说，“比尔·奇弗斯，你认识吗？”

“比尔·奇弗斯？不认识。”波格丹说。

“我是怎么认识你的呢，波格丹？”斯蒂芬问，“咱们是在哪儿认识的？”

“我来你家修东西，”波格丹说，“看见棋盘，然后咱们就下起来了。”

“对，没错，”斯蒂芬说，“这样的话，你就不可能认识比尔·奇弗斯了，他是个书商。私下里告诉你，心眼儿歪得像一张九先令的钞票[①]。”

心眼儿歪得像一张九先令的钞票？波格丹向来喜欢琢磨没听过的有趣谚语。

“他请我去他家，我忘记在什么地方了，依稀有个印象，是在斯塔福德郡，但不可能是那儿。好大的一座宅子，他显然混得不错，我去的图书室就在那儿。我东看西看，你知道的，波格丹，我这人就有这个坏毛病……”

“你永远不可能猜到你会看见什么。”波格丹说。

“从来都是这样，”斯蒂芬赞同道，“总之，我终于要说到重点了，书架上有些书根本不应该在那儿的。”

“为什么不应该？”

“太贵了，”斯蒂芬说，“出了名的贵。不是初版的那种贵，而是孤本。这些书应该陈列在博物馆里，不过也有一些在私人藏家手上。它们加起来价值几千万英镑，却出现在比尔·奇弗斯的图书室里。咱们能得出什么结论呢？”

---

① 原文为 Bent as a nine-bob note。

“斯塔福德郡一座大宅的图书室里？你亲眼见过那些书？”

“是的，我觉得我见过。”斯蒂芬说。

“记得书名吗？”

“当然了，”斯蒂芬说，“他有帖木儿《古兰经》手稿，老天在上，还有一卷《永乐大典》。莎士比亚不是我的研究领域，但他有《第一对开本》[①]。对，这些书名我记得很清楚，看来我并没有发疯。”

“我知道。”波格丹说。

“按照以前的说法，叫‘老糊涂’。”斯蒂芬补充道。

波格丹点点头。伊丽莎白需要搞清楚维京人的身份。这条线索有用吗？他们能通过这几本书查到维京人的身份吗？等伊丽莎白一回来，他就会告诉她，而伊丽莎白会想出计划的。

“我不记得具体是什么时候了，”斯蒂芬说，“但肯定是最近。不过我最近似乎很少出门，对不对？”

“你经常出门逛街的，”波格丹说，“和伊丽莎白一起散步，等等。”

“我还有一个你也许会觉得非常傻的问题，”斯蒂芬说，“请原谅我。那个，我有车吗？”

---

① 《第一对开本》（*First Folio*）：第一部威廉·莎士比亚剧本合集。

波格丹摇摇头。“你没有驾照了。”

“该死，”斯蒂芬说，“你有车吗？”

“我有车可以用。”波格丹说。

“伊丽莎白什么时候回来？”

“今天晚上。”波格丹说。

“好的，”斯蒂芬说，“你能送我去布莱顿吗？”

“布莱顿？”

“我有个老朋友在那儿开古董店，尤其擅长坑蒙拐骗……”

“心眼儿歪得像一张九先令的钞票？”波格丹问。

“这话说得再正确不过了。”斯蒂芬说，“我想去问他那些书的事情，看看它们怎么会落在比尔·奇弗斯手上的。有兴趣做点侦探的工作吗？”

很好，这样一来，波格丹就不需要等伊丽莎白回来制订计划了。

“说到侦探和兴趣，”斯蒂芬说，“不如也叫上你的朋友唐娜吧？我特别想认识一下她。伊丽莎白真的没猜到你们俩在约会？”

“她知道有情况，但还没想通究竟是什么。”波格丹说。

“哈，伊丽莎白，”斯蒂芬说，“你明白我为什么担心她了吧？”

波格丹和斯蒂芬握手，认可他们下成了平局。波格丹先帮斯蒂芬换衣服和刮脸，然后再开车送他去布莱顿。他需要征得伊丽莎白的同意吗？

不用，他已经有斯蒂芬的许可了。斯蒂芬想做什么，他都愿意陪他去做。

51

“我可真是个烦人精，再怎么说抱歉都不够。”伊丽莎白说，她正躺在更衣室的一张沙发上。

“说什么傻话呢！”一名急救员说，从伊丽莎白的胳膊上取下血压计，“血压正常，但人会由于各种各样的原因昏倒。这种事很常见。”

“但还是很傻，”伊丽莎白说，“一个傻乎乎的老太婆毁了所有人的兴致。要我说，都怪演播室里不许吃东西。我年纪大了，你明白的。”伊丽莎白企图坐起来，但急救员不允许。

“你一点儿也不老。”急救员说，扭头问乔伊丝，“她没有破坏任何人的兴致，对吧？”

“说真的，我玩得正高兴呢，”乔伊丝说，“但这种事嘛，该发生总会发生。”

“肯定吓到你了，对吧？”急救员说，“节目刚开始录制二十分钟，你的朋友就突然跪倒在地，失去了知觉。”

“既对也不对，”乔伊丝说，直勾勾地盯着伊丽莎白，

“既对也不对。”

“我就不打扰你了，你先休息一下，”急救员对伊丽莎白说，“我过一阵回来看你的情况。节目组肯定也会在中间休息的时候派人来看你的。”

“你真是太体贴了，”伊丽莎白说，竭力抬起手表示感谢，“我真的该吃点东西垫一垫的，都是我的错。”

伊丽莎白目送急救员离开，一听见门锁关上的声音，立刻拿开额头上的凉毛巾，坐了起来。

“多好的一个女人啊，”伊丽莎白说，“算我欠她一个人情吧。”

“你就不能再等一会儿吗？”乔伊丝问，“二十分钟就晕倒，我连第一轮游戏都没看完呢。”

“你其实可以留下接着看的。”伊丽莎白说。

“哦，朋友，我确实可以留下接着看。”乔伊丝说，“可他们并不知道你完全是装的，对吧？我总不能坐在那里淡定地说，‘哦，没事，她是间谍，每天都会做这种事，不必为她担心’。说真的，突然瘫倒在地，痛苦呻吟。你可以提前通知我一声的。”

“哎呀，乔伊丝，”伊丽莎白说，从更衣室的果篮里拿了个香蕉，“咱们坐在观众席上，怎么可能问菲奥娜·克莱门斯问题呢？”

“咱们在这儿也一样没法问，”乔伊丝说，“而且整个节目我都错过了。”

“等她来看我身体状况的时候，你就会感谢我了。”伊丽莎白说。

“她为什么要来看你？”

“乔伊丝啊，一个虚弱的老太婆在她节目的录制现场昏倒了，”伊丽莎白说，“这个虚弱的老太婆之所以会昏倒，是因为节目组不许她吃东西。只要菲奥娜·克莱门斯趁中间休息的时候来串个门，问一问她的身体状况如何，应该就能把这个虚弱的老太婆糊弄过去。”

“然后呢？”

“然后咱们就见招拆招呗，”伊丽莎白说，“就像平时一样。”

“我敢用我的半个比特币账户和你打赌，菲奥娜·克莱门斯不会……”

有人轻轻敲门。伊丽莎白飞快地回到沙发上，她刚躺平，一个戴耳麦的男人就把脑袋伸进了房间。

“呃，两位女士应该就是伊丽莎白和琼吧？”

“是乔伊丝。”乔伊丝说。

“我们成了笑柄，我知道。”伊丽莎白说。

“没有的事。有人想和你们打个招呼，”男人说，“你们现在方便吗？”

“她已经好了。”乔伊丝说。

“那就好。”男人说，把脑袋缩了回去。

门再次打开，菲奥娜·克莱门斯把脑袋伸了进来。她的赤褐色长发，因为洗发水广告而闻名遐迩；她的无瑕笑容，因为牙膏广告而家喻户晓；还有她的美丽颧骨，因为遗传基因和哈利街[1]而完美无瑕。

“嘿，猜猜我是谁？”菲奥娜·克莱门斯说，“两位应该就是伊丽莎白和琼吧？”

“对。”乔伊丝说。伊丽莎白看得出乔伊丝被她迷住了。

“我得马上回去，只是想来看看你们，不严重吧？”菲奥娜露出温暖的笑容。她靠在门上，甚至懒得跨过门槛，显然不打算停留。

“不知道能不能稍微打扰你几秒钟？”伊丽莎白问。

“我要回去了，”菲奥娜笑呵呵地说，“老板的鞭子抽得啪啪响。我只是想看看你们好不好。”

“就合个影，可以吗？”乔伊丝问道。干得漂亮，乔伊丝，干得漂亮。伊丽莎白在菲奥娜的眼睛里看到了犹豫，然后是妥协。

“当然可以，”菲奥娜说，“快点就行。不好意思，我赶时间。”

尽管很不情愿，菲奥娜还是走进了房间，挨着伊丽莎

① 哈利街（Harley Street）：伦敦市中心的一条街道，很多私人医生在此开设门诊。

白坐到沙发上，乔伊丝忙着把羊毛衫口袋里的手机掏出来。菲奥娜的海报式笑容已经固定在脸上了。

“好了，”伊丽莎白突然说，“虽然时间很短，但我有很多事情要告诉你。”

“什么？”菲奥娜问。笑容还挂在她的脸上，暂时的。

“我没有昏倒，也没有生病，我也不想和你合影，”伊丽莎白飞快地说，“我不会给你带来任何危险，也不希望你受到伤害。说实话，今天之前我甚至不知道你是谁。”

“我……”菲奥娜说，笑容逐渐消失，“真的必须走了。”

“我不会拖着你不放你走的，”伊丽莎白说，“我和我的朋友乔伊丝——对了，她不叫琼……”

“你可以叫我琼。”乔伊丝说。

“……来找你是为了调查贝萨妮·韦茨的谋杀案，我知道你认识她……”

“好了，我不知道你们要干什么……”菲奥娜说。

“菲奥娜啊，菲奥娜，”伊丽莎白说，“我这就说完了。我们很愿意等你忙完了再仔细聊一聊。”

“我要去找保安，”菲奥娜说，“你们应该知道，这样做是不对的。”

“哎呀，我的天，”伊丽莎白说，“谁会和我们计较呢？两个毫无杀伤力的老太婆，几个关于一场谋杀案的小问题，而且我确定，你和那个案件没有任何关系。”

“没人说我和她的死有任何关系，”菲奥娜说，“而且这很……奇怪。”

“一个同事死于非命，而你顶替了她的职位。”伊丽莎白说，“有人给贝萨妮·韦茨写过威胁字条，你的嫌疑是明摆着的。按照乔伊丝告诉我的，我对这一点毫不怀疑。”

“呃，不是的，我没有说……”乔伊丝说。

“和她有关的另一个女人希瑟·加伯特，前几天也刚刚被谋杀了。”伊丽莎白接着说，“我们和你以前的搭档迈克·韦格霍恩谈过，现在很想和你谈谈。为了争取机会，我只好假装昏倒。好了，你有什么要说的？”

“我当然说无可奉告了，”菲奥娜说，“这不是显而易见的吗？”

有人敲门。“菲奥娜，该上场了。”

“我要补个妆。”菲奥娜说着站起身。

伊丽莎白跟着起身，接着说：“菲奥娜，我不该告诉你的，但你说不定会感兴趣。我的这位朋友乔伊丝，出于显而易见的原因没法亲自告诉你，她曾经是英国情报机构的一名雇员，而且位高权重，功勋卓著。”

菲奥娜望向乔伊丝。

“我知道，看她的样子，你不可能相信。”伊丽莎白说。

“说起来，我还真的能相信。”菲奥娜说。

“因此，我们今天给你带来了很多东西。”伊丽莎白说，

“麻烦，是的。不过肯定是你能承受的麻烦。两个捣蛋鬼，没错，被你逮了个正着。但我们也是认真的，我们不会对你构成任何威胁。而且信不信由你，等你和我们熟了就会发现，和我们在一起还能收获很多快乐。”

外面的人再次敲门。“菲奥娜？”

“你看这样好不好？”伊丽莎白说，“你回去录完你的节目，乔伊丝坐在观众席上看，结束后咱们三个喝一杯，聊一聊，看你能不能帮我们解开谜团。”

菲奥娜的视线在两个人之间扫来扫去。

“博勒姆伍德的商业街有一家温皮。”乔伊丝接着说。

“承认吧，”伊丽莎白说，“我们是不是看上去很有意思？另外，我们正在调查两起谋杀案。”

菲奥娜盯着乔伊丝。“你真的是军情五处的？”

“我不能告诉你，”乔伊丝说，“我也希望我能说。”

“要是你不相信，就打开她的包看一眼。”伊丽莎白说。

乔伊丝一脸困惑地看着菲奥娜往自己的包里看，伊丽莎白的枪赫然出现在最显眼的地方。

“哇！”菲奥娜说。

“我懂你的感受，”伊丽莎白说，“我包里装过的最可怕的东西只是一包水果软糖。”

伊丽莎白看到乔伊丝飞快地往包里瞥了一眼。她看到伊丽莎白刚刚塞进去的枪，无奈地摇摇头，气呼呼地瞪了自己的好朋友一眼。

“你们和迈克·韦格霍恩谈过了？”菲奥娜问。

“我们这几天没怎么忙其他的事情。”伊丽莎白说。

菲奥娜下定了决心。“那好吧，等节目录完一起喝杯小酒。我很喜欢迈克·韦格霍恩。”

“贝萨妮呢？”伊丽莎白问，“你喜欢她吗？”

菲奥娜正要回答，但想了想没有说下去。“这个嘛，节目录完咱们再讨论吧。”

“你对我们非常有耐心，菲奥娜，谢谢你，”伊丽莎白说，“我保证你会和我们聊得很愉快的。”

“这我倒是不怀疑。”菲奥娜说。

“除非是你杀了贝萨妮·韦茨，”伊丽莎白说，“这样的话，我们就是你最可怕的噩梦了。”

“要我说，假如我杀了贝萨妮·韦茨，而且足够聪明，这么多年来一直没被抓住，”菲奥娜答道，灿烂的笑容再次照亮整间更衣室，“那么我很可能会是你们最可怕的噩梦。”

伊丽莎白点点头。“好的，我必须说我非常期待和你聊天了。等会儿见。祝节目录制顺利。”

52

“那是不可能的！”库尔德什·夏尔马说。他快八十岁了，脑袋秃得很好看，身穿淡紫色的正装，白色丝绸衬衫的纽扣解开了好几颗，大大超出了任何一个普通男人在袒露身体这件事上的自信程度。

“应该说不太可能，”斯蒂芬说，“但不是绝对不可能。我亲眼看见了，一本接一本，就那么摆在书架上。”

唐娜在黑洞洞的店堂里浏览商品。“这个很漂亮。”她说，举起手里的青铜小雕像。

“是阿娜希塔，”库尔德什扭头看了一眼说，“波斯人的爱神和女战神。”

“爱神和战神阿娜希塔？算你厉害，”唐娜说，“我喜欢她。”

“你的喜欢值两千英镑吗？如果不值，那我只好请你把它放回去了。”库尔德什说。

唐娜非常小心地放下阿娜希塔时，两条眉毛也越挑越高。

“你店里的东西真多，”波格丹说，“而且都非常美，美不胜收。”

“都是我多年积攒下来的心血。”库尔德什答道。

“要是我把你积攒下来的心血，一件一件输入警用电脑系统，”唐娜说，“会不会有那么一两件触发警报？”

“你就别浪费时间了，”库尔德什说，“这家店里只有两个见不得光的老东西，那就是斯蒂芬和我。”

唐娜不禁微笑。“好了，咱们来说说正经事吧。”

斯蒂芬把他在车上写的书目清单交给库尔德什。“这里只是我认出来的一小部分，那儿到处都是书。”

库尔德什用一根手指点着清单。他一边看，一边鼓起了腮帮子。“《特拉塞格涅斯的吉利翁骑士伟绩录》[①]？”

“值几百万英镑？”斯蒂芬猜测道。

“起码，”库尔德什继续读清单，“简直是痴人说梦。要买下所有这些书，几十亿英镑都未必够。《莫尼彭尼祈祷书》[②]？比尔·奇弗斯怎么可能有这些书？”

波格丹拖过来一把椅子，想坐在库尔德什和斯蒂芬身边。

“换作是我，肯定不会坐在那上面。”库尔德什说，“标

---

① 《特拉塞格涅斯的吉利翁骑士伟绩录》（*The Deeds of Sir Gillion de Trazegnies*）：一部创作于15世纪的虚构浪漫故事，讲述了一位贵族的中东之旅。

② 《莫尼彭尼祈祷书》（*The Monypenny Breviary*）：一本创作于文艺复兴时期的祈祷书。

价一万四，而你的块头这么大，搞不好会坐塌。有个挤奶凳，你找找看。”

波格丹找到挤奶凳，拖过来坐下。“你需要关心的也许不是比尔·奇弗斯，买下这些书的也许另有其人。”

“奇弗斯只是代管而已。”斯蒂芬赞同道。

库尔德什把清单折起来，放进上衣口袋。“我去打听一下。但即便对于我来说，这事情也大得让人害怕。”他望向唐娜，“我只是个普普通通的店主，不认识什么犯罪分子。”

“我还是爱神加战神呢。”唐娜答道，她正在看一个被做成吉娃娃形状的白镴墨水瓶。

“但你也许认识什么人，他们又认识什么人，对吧？”斯蒂芬问库尔德什。

“也许吧，”库尔德什说，“我很愿意帮忙。”

唐娜走过来。“夏尔马先生，你难道对帮助警察办案不感兴趣吗？”

库尔德什耸耸肩。“我来给你讲个故事吧，唐娜。不过我猜你听了也不会感到吃惊。这家店开到现在已经快五十年了，是我在二十世纪七十年代开的，橱窗上漂漂亮亮地写着两行字——坎普敦古玩店，店主 K. 夏尔马先生。和其他传统英国商店一样，对吗？我在电影里看见过那些商店，我照着它们的样子亲手写上去的。开业的第一天夜里，砖头砸破了橱窗。我修好了窗户，把那两行字重新写上去，再次开门营业。重新开张的当天，砖头又砸破了橱窗。每天夜里都一样，直到他们玩够了为止，直到他们换了个新目标。”

“我很抱歉。”唐娜说。

“不需要，”库尔德什说，“这是很久以前的事了。不过你应该能猜到，布莱顿的警察在二十世纪七十年代是如何帮助我的。”

“没帮上什么忙？”唐娜猜测道。

“是啊，没帮上什么忙。”库尔德什答道，“要是你告诉我，砖头就是他们扔的，我也不会特别震惊。从那以后，我就和他们保持距离，他们基本上也和我保持距离。我觉得这样对大家都好。”

唐娜点点头，这超出了她的认知。

“斯蒂芬，”波格丹说，“我需要和库尔德什单独谈谈。可以吗？”

“那还用问吗？”斯蒂芬说，“我去取车。”

“也许……”波格丹说，“也许唐娜可以和你一起去，陪陪你。”

唐娜朝波格丹使了个眼色，挽起斯蒂芬的胳膊。

“谢谢，库尔德什，我的老伙计，”斯蒂芬说，“我就知道这种事找你准没错。替我向普丽莎问好，有空一起吃饭。”

“有空一起吃饭，”库尔德什说，起身拥抱斯蒂芬，“我会告诉普丽莎今天见到了你，她肯定会很高兴的。”

“你这个幸运的老浑蛋，怎么就能娶到她呢？”斯蒂芬说。

唐娜领着斯蒂芬走出古董店。波格丹和库尔德什默默等待，直到挂在店门上的铃铛最终不再发出声响。

“普丽莎已经去世了，对吧？”波格丹问。

“十五年了，”库尔德什说，“但我会告诉她我见到了斯蒂芬，她会笑给我看的。”

波格丹点点头。

“另外他没说错，我确实是个幸运的老浑蛋。他病到什么程度了？越来越严重了吗？这么多年来，斯蒂芬对我一直很好，好得我都没法和你形容了。当然也让我挣了很多钱，但他对我的好才是最珍贵的。”

“该记得的他都记得，”波格丹说，“到目前为止，他不知道自己到底忘了什么。”

“天可怜见，”库尔德什说，“至少目前是这样。”

“根据斯蒂芬列的清单，你能查到什么吗？”波格丹问。

“假如这么多书全落在同一个人的手上，”库尔德什说，“那么我也许能查到他的身份。但是不容易。另外，我猜这个人肯定不是比尔·奇弗斯，对吧？”

“对，不是他，”波格丹说，“是另外一个人，他想杀死斯蒂芬的妻子。”

“伊丽莎白？”

波格丹点点头。“伊丽莎白。”

“那我就必须认真查一查了，”库尔德什说，“我给你这个保证。她还是像以前那样风风火火吗？”

“差不多吧，”波格丹说，“很抱歉，我带了个警察来你的店里，但唐娜人挺好的。”

“斯蒂芬的朋友就是我的朋友，”库尔德什说，“就算穿制服也还是。给我几天时间，我来查查看。”

库尔德什和波格丹握手，领着他出门，但波格丹似乎不愿离开。

“还有什么事吗？”库尔德什问。

波格丹把重心从一只脚换到另一只脚，然后朝店堂里面摆摆头。

“唐娜喜欢的那个雕像，”波格丹说，“如果我付现金，售价是多少？”

53

乔伊丝的日记

今天的头号新闻是，我见到了菲奥娜·克莱门斯。其次，我的手包里被放进了一把枪，换作其他日子，这大概会是头号新闻。再次，黑衣修士站有我这辈子见过的最迷你的一家 WHSmith。

今天过得非常充实。我们上午十点来钟出门，晚上过了七点才回到家。维克托去见杰克·梅森还没回来，他的那些文件散落在地板上，好像都是有关财务记录的。今天早上，我问他运气如何，他说运气和这事没关系，我说我只是在没话找话，他回答“你说得都对”，然后就去烧水了。我们相处得还可以。

通常来说，阿兰见到这么多纸一定会野性大发，把它们撕碎、嚼烂，但这次阿兰很有礼貌地绕着它们走。维克托之前向阿兰解释过财务记录的重要性，拜托阿兰要好好对待它们。维克托说起话来确实很有说服力。举例来说，他某天诱骗我看了一场一级方程式赛车比赛，而当时 ITV3

频道[①]正在重播我更爱的《大侦探波洛》。维克托会让人觉得，一切决定都是我们根据自己的意愿做出的。事实上，阿兰和我傻乎乎地坐在电视机前面看比赛时，至少有一半的时间都在打瞌睡。

今天我回到家时，必须用特别暗号敲门，让维克托知道来的是我。暗号只是快快地连敲四下，刚好符合某个广告的配乐旋律。维克托说，要是他没有听见暗号，但门开了，我就会发现他拿着枪躲在沙发后面。“我也不愿意不小心朝你开上一枪，”他说，“但我真的会开枪。”

伊丽莎白和我去现场看《停止计时》的拍摄。他们一共拍了三集的内容，伊丽莎白假装晕倒，害得我没看成第一集，只看了第二集和第三集。但事实证明，她晕得恰到好处。第二集的一对情侣赢了两千七百英镑，男的看上去至少比女的大十五岁，他们要结婚了，奖金刚好可以用在婚礼上。我知道，不该对别人的生活指手画脚，但说真的，我只想朝女的大喊：“趁还来得及，快跑！”

伊丽莎白先假装晕倒，然后给菲奥娜看手枪，终于说服她录完节目后和我们聊聊。我们坐在她的更衣室里时，一个看上去顶多刚从中学毕业的孩子给我们端来花草茶。我的是甘菊和悬钩子，因为这是茶水单上的第一个，每次

① ITV3 频道：一个英国电视频道。

有人念长长的清单给我听，我的大脑就会自动关机。

好吧，怎么说呢？我并不讨厌菲奥娜·克莱门斯。她本人不像电视节目里表现得那么和蔼可亲。我猜，有一部分是出于作秀的缘故。不过她也不无礼，即使她完全有资格不给我们好脸色看——拜托，伊丽莎白装晕，还朝她亮枪啊。

她的休息时间只有半个小时，然后就要去采访波诺了，因此伊丽莎白和我轮流提问。我把有关贝萨妮·韦茨的问题全都留给伊丽莎白，因为我很可能不会捞到第二个和菲奥娜·克莱门斯面谈的机会了，我想好好利用这半个小时。

我们的谈话大致如下——

伊丽莎白："能说说你和贝萨妮·韦茨的关系吗？"

菲奥娜："我们彼此讨厌。"

我："《停止计时》历史上被赢走的最大一笔钱是多少？"

菲奥娜："我不确定，大概两万英镑吧。"

伊丽莎白："你们为什么彼此讨厌？"

菲奥娜："她讨厌我，因为她认为我脑袋空空。我讨厌她，因为她认为我脑袋空空。"

我："几周前，你在节目上穿了一双红鞋，不知道你还记不记得了，我想问一下那双鞋是什么牌子的。"

菲奥娜：“我不知道，抱歉。”

伊丽莎白：“你知道假如贝萨妮离开节目，你会成为下一任主持人吗？”

菲奥娜：“我参加过试镜，我知道他们觉得我不错。但是——请原谅，乔伊丝——共同主持《东南今晚秀》并不是我的奋斗方向。”

伊丽莎白：“但对你也没有任何坏处，对吧？”

菲奥娜：“好的，是我杀了她，这样我就可以主播当地新闻了。”

我：“录节目的时候，如果有人要和你沟通，你们是通过耳机对话吗？”

菲奥娜：“对。”

我：“都说些什么？”

菲奥娜：“各种各样的事情。提醒我注意比分，告诉我该调动情绪了，通知我观众席上有个人晕过去了。”

伊丽莎白：“贝萨妮遇害的那天夜里，你在哪儿？”

菲奥娜：“和摄像师在旅馆里嗑药。”

我：“哇，我们最近为了破案，买了价值一万英镑的毒品。你采访过的最和善的人是谁？”

菲奥娜：“汤姆·汉克斯。”

伊丽莎白：“贝萨妮去世前在工作的地方收到过一些字条，你知道吗？”

菲奥娜："什么样的字条？"

伊丽莎白："'快滚''这儿没人喜欢你'，诸如此类的。"

菲奥娜（大笑）："她也收到了？我还以为只有我呢。"

伊丽莎白："你也收到过这种字条？知道是谁写的吗？"

菲奥娜："不知道，但没人把我从悬崖上推下去，对吧？"

我："汤姆·汉克斯是个什么样的人？"

伊丽莎白（我看她是烦我了）："你还能想到什么人或许有理由杀死贝萨妮吗？"

菲奥娜："对她的时尚品位嗤之以鼻的人？"

我："你知道 Instagram 操作后台里，在哪儿能加所有人都能看和评论的直播视频吗？怎么弄的？我找不到按钮。"

菲奥娜："这个功能叫'故事'，你查一查就知道了。"

伊丽莎白："其他当时在节目组里的人，我们还应该找谁聊聊？"

菲奥娜："制作人，卡温。就算人不是他杀的，警察也该把他关起来。还有迈克的化妆师，叫帕梅拉还是什么的。节目组里的气氛总是怪怪的。"

伊丽莎白："保利娜？"

菲奥娜："应该是吧。"

我：“你会上《舞动奇迹》吗？”

菲奥娜：“除非让我做主持人。”

所以你看，考虑到前因后果，她其实并不无礼，但也完全不讨人喜欢。我刚刚在 Instagram 的操作后台查了该怎么加那种直播视频，但看来看去就是看不懂。我还是只发发照片好了。罗恩叫我发了一张阿兰嘴里叼着两个球的照片，乔安娜点了“喜欢”，简直是破天荒了。

回程还是坐火车，去车站的路上我们经过了温皮。坐火车回来的时候，我在车上小憩了一下。我对伊丽莎白说，她也可以小睡一觉，我会注意不让咱们坐过站，但她想要一直保持清醒。

不知道维克托今天回不回得来，希望他在杰克·梅森那儿能有好运气。伊丽莎白似乎对他很有信心。我问她他们有没有谈过恋爱，她说她真的不记得了，但很可能有过。我说我的钱包里有所有交往过的男朋友的照片，然后我打开钱包给她看，里面只有一张格里的照片。她说：“我知道，乔伊丝，你一说我就猜到了。”

不知道维克托还记不记得自己和伊丽莎白的故事，我认为一个人不太可能忘记这种事。

54

三个人坐在杰克·梅森的阳台上晒月光浴，帮他们取暖的有长条形的电暖气和人手一杯的威士忌。海面上，点点灯光时亮时暗。罗恩喝着威士忌，觉得胸口暖烘烘的，他的眼皮开始打架。无论什么时候，要他在威士忌和按摩之间选一样，他都会选前者。

这一天过得多么愉快啊！打斯诺克，打牌，在有暖气的露台上烧烤。人生不可能有更高的奢望了。维克托拐弯抹角地东问西问，杰克从不正面回答。

今晚的斯诺克打完了，他们都希望这能成为长期比赛的开场赛。三个老男人——一个黑帮分子，一个前克格勃上校，一个英国工会领袖——三个新朋友。

“肯定是个负担，对吧，杰克？”维克托说。

“你说什么？”杰克问。

“你的非法生意，”维克托说，“本来应该干干净净的。先是贝萨妮死了，现在希瑟也死了。你肯定感到很沉重，觉得这一切都是你的责任。”

杰克点点头，举起酒杯。

“维克托，我从不杀人。”杰克说，“我喜欢为非作歹，我喜欢挣钱，我喜欢踩在别人的脑袋上，但我从不觉得杀人有什么乐趣，尽管有人喜欢杀人。”

“咱俩在这一点上倒是惺惺相惜，”维克托说，“但或许这种生活也让你有一丁点儿不安？”

“是有那么一丁点儿。”杰克答道。

“我能理解，”维克托说，“而你肯定很生凶手的气，反正换了我肯定会生气。”

“太蠢了，”杰克说，“完全没有必要。”

“贝萨妮从悬崖上掉下去，”维克托说，“有时候光是想一想，你是不是就睡不着了？”

“没有的事，”杰克说，“你弄错了。”

“我有时候确实会弄错，”维克托赞同道，“但我很想知道我到底错在哪儿了。换了是我，那件事肯定会让我不安。”

“兄弟们，”杰克苦笑道，“能听我说一说吗？帮我卸下一点儿负担。”

罗恩心想，气氛怎么变得这么令人不安？这越来越像是在讨论感情问题了。但他看得出，维克托在耍花招。再说他们正在调查一起案件，有些事情他只能忍耐一下了。

“这是只说给咱们三个人听的，”杰克说，“不能让警察知道。听过之后打算怎么做，那就是你们自己的事情了。”

“这儿没人会跑去告诉警察，”罗恩说，“说吧，杰克。”

“车从悬崖上掉下去的时候，里面没有人，”杰克·梅森说，又喝了一口威士忌，“当时贝萨妮·韦茨已经死了几个小时了。”

罗恩一下子清醒了过来。他望向维克托，知道老克格勃肯定比他会提问。

“嗯，这可是个很有意思的转折，”维克托说，“你确定吗，杰克？”

“百分之百确定，”杰克·梅森说，“我知道是谁杀了她，也知道为什么，我还知道尸体埋在哪儿。换句话说，我知道她的坟墓在什么地方。”

“听上去很像是她死在了你的手上，杰克，你难道不觉得吗？”

“我当然会这么觉得，”杰克说，“但这并不是重点，对吧？两位先生，要再来点威士忌吗？”

维克托和罗恩都觉得，他们的医生也会同意他们再来一杯。杰克·梅森起身斟酒，然后坐回原处。

“你们漏掉了一个人，”杰克说，“这个被你们忽略的人，和我的生意也有关联。”

“男人还是女人？”维克托问得非常谨慎。

“不是男人就是女人。”杰克·梅森答道。假如你想找个人来对抗克格勃精英的盘问，罗恩心想，伦敦佬是一个不错的选择。

“那么这个人，”罗恩说，“咱们面对现实吧，多半是个男人。是他杀了贝萨妮·韦茨？”

“当时的情况是，”杰克·梅森说，“我的生意快完蛋了，贝萨妮·韦茨已经查得七七八八了——该上岸的时候，就该果断上岸，对吧？是这个道理吧？”

“识时务者为俊杰。”维克托赞同道。

“我认为自己不会暴露，她掌握的证据全都与我无关，所以我可以直接关门歇业，回家过自己的小日子。”杰克·梅森说。

“但你的这个生意伙伴？”维克托追问。

“我的这个生意伙伴比我担心，因为我没有犯过任何明显的错误，但他犯过。用‘他’只是为了方便，没有别的意思。”杰克·梅森说，“因此我毫不怀疑，他担心我会乱说话，也担心希瑟会乱说话。”

“但你从没说过什么。”罗恩说。

“过去没有，以后也不会。”杰克说。

“可你这会儿不是正在说吗？”维克托用非常轻的声音说。杰克挥挥手，表示不必在意。

“那么，”罗恩说，“是你的这个生意伙伴杀了贝萨妮·韦茨？”

"以免她引出更多的麻烦。"杰克说。"杀人，然后开车到莎士比亚悬崖，把车推下去。我的生意伙伴其实不是这种人，但他乱了阵脚。最优秀的人也会有这种时候。"

"尸体为什么不在车里呢？"维克托问，"这要怎么解释？"

"关键点就在这儿，"杰克·梅森说，"这是最大的问题，是所有人都漏掉了的线索。我的生意伙伴杀了贝萨妮·韦茨之后来找我说这件事，还叫我打开电视，新闻报道会验证他说的是真的。我看了，是真的。我很不高兴。"

"谁会高兴呢？"罗恩说。

"是啊，就像你说的，谁会高兴呢？"杰克赞同道，"我很生气，我当然有理由生气，甚至气得有点失控。不是非要死人不可，我们大可一走了之，而他对我浅浅一笑，说现在没人能一走了之了。我当时以为，他打算连我一起干掉。尽管有点过头，但这种事不是没发生过。"

罗恩和维克托齐齐点头。

"然后他说'想看看尸体吗'，我说'尸体不是在车里吗'，他说'不，尸体埋在一个安全的地方'。"

"我的天。"罗恩说。威士忌害得他有点头疼。海上闪烁的灯光现在显得既冰冷又孤寂。

"所以他是这么做的，"杰克说，"他杀了贝萨妮，找个地方埋掉，然后把具体地点告诉了我。再然后，最狡猾的一招来了，我不得不佩服他，他把一部手机和贝萨妮埋在了一起，手机上全是希瑟·加伯特的指纹，通话记录里还有我的私人号码。他用来杀人的枪埋在另一个地方，枪上同样全是希瑟·加伯特的指纹。”

维克托坐了起来。“所以贝萨妮死了，她不能继续搞事情了。而你的生意伙伴把杀人案栽在希瑟头上，还把你当作共犯牵扯进去了。”

“你理解得很到位。”杰克·梅森说，“他对希瑟说，欺诈案会上法庭。你必须认罪，扛下所有指控，但一个字也别提你是在为谁做事。”

“否则我就通知警察去挖贝萨妮的坟？”罗恩说。

“而一切证据都会指向是希瑟杀了她。所以，你是想去坐十年大牢，还是想终身监禁？这个就叫勒索，筹码被埋在地下六英尺[①]的地方。”

“所以希瑟在监狱里的时候，这件事就像达摩克利斯之剑，一直悬在她的头顶上？”罗恩问。

“她什么都没说过，也连一分钱都没挣到过，”杰克·梅森说，“她只是乖乖地在监狱里熬时间，知道只要走错一步，她就会变成杀人犯。”

“熬了那么久，”罗恩说，“结果还是被干掉了。这个，

① 地下六英尺：自 17 世纪大瘟疫时期起，欧美国家习惯在人死之后将尸体埋在地表以下六英尺处。

除了叫倒霉，还能叫什么呢？”

三个人一齐点头，就像三只睿智的老猴子。

“他要你做什么？”维克托说。

“拿回他的钱，”杰克·梅森说，“大概有一千万英镑，他自己拿不到。”

“而你能？”

“结果发现我也不能，”杰克·梅森说，“反洗钱的规则在二〇一五年开始改变，每一分钱都必须申报。你必须跳完一个接一个火圈，同时新的障碍还在没完没了地冒出来，我长这么大从没见过这种事。你了解洗钱吗？”

“略懂。”维克托说。

“我们本来洗得非常彻底，就像被风吹过一样散在世界各地。希瑟非常擅长处理自己的分内事。然而等我们想把洗干净的钱收回来时，必须经过的某些步骤已经变得不合法了。有些钱干脆直接消失了。换句话说，我们把钱藏得太好，连自己也找不到了。”

“所以钱还飘在外面？”维克托问。

“理论上是的。”杰克·梅森答道。

“你有可能告诉我们你的生意伙伴是谁吗？”罗恩问。

“当然不可能了，”杰克·梅森说，“我连这些话都不该告诉你们的。不过，要是你们能查到那个人是谁，我也愿意祝你们好运。”

“我们会查出来的。”罗恩说。他听见一辆车渐渐驶近。

“她不该死的，”杰克·梅森说，“我有责任。希瑟也不该死的，我同样有责任。”

“我很想说我不同意，杰克，”罗恩答道，“但我做不到。”

杰克点点头，扫视四周，大宅、花园、前方的景观。“没必要做那些事的。”他轻声说。

大发轿车的灯光扫过草坪，波格丹来了。杰克起身，想要和两个朋友告别，但维克托还有一个问题。

“你为什么不去把尸体挖出来？挖出来问题不就解决了吗？”

“我找过，”杰克·梅森说，“这些年一直在找。相信我，我真的找过。我知道尸体在哪儿，我挖过不止一次，但……”

“你就不能告诉我们她埋在哪儿吗？”维克托问。

“我说的已经足够继续往下查了，”杰克说，“剩下的就交给你们这帮老浑蛋吧。”

“你的直率真令人敬佩。”维克托说。

杰克搂住维克托的肩膀。“我忍不住想，我爆的这些料，完全能媲美你今晚在球台上的战绩，还有罗恩令人惊讶的表现。”

“你还欢迎我们来做客吗？”维克托问。

“我想不出还能有什么更快乐的事情了，”杰克·梅森说，“几个好朋友，一杯威士忌，开一局斯诺克。除此之外，一切都是虚妄的自我和贪婪。我花了很长时间才想明白。”

“你还欠维克托十块钱呢。”罗恩说。

“就算在我的许多欠账里吧。”杰克·梅森微微鞠躬。

55

伊丽莎白非常清醒，她在思考。

维克托很晚才回来，带着一肚子的消息和威士忌。罗恩去了别的地方，这件事近来发生得越来越频繁。他们在易卜拉欣家飞快地开了个作战会议。乔伊丝和阿兰也参加了，一人一狗都因为半夜三更出门而兴奋不已。

案情已经趋向明朗。

事实上，贝萨妮·韦茨并不在车上，凶手把她埋在了其他地方，用来当作胁迫希瑟·加伯特的筹码。和尸体埋在一起的还有一件证物，它能把希瑟·加伯特和杰克·梅森与贝萨妮·韦茨的死联系在一起。

这一招确实非常漂亮。没人还在寻找尸体，所有人都以为尸体在多年前就被潮水卷走了。然而只要杰克或希瑟动一动协助警方调查的念头，凶手就会提醒他们，他们的未来全都捏在他或她的手心里。别把我和案件有关系说出去，否则就等着面对后果吧。但是，再完美的事物也会有瑕疵，整件事里一定藏着一个致命的错误。

作战会议结束后，伊丽莎白步行回家，一路上筹谋他们的计划。与此同时，她也在提防维京人突然出现。事情正变得越来越有趣，这节骨眼上可不能被暗算。

伊丽莎白确定，他们不可能再从杰克·梅森嘴里问到什么了。维克托对杰克的盘问已经结束。因此，摆在他们面前的有两个选择。

应该再看一看财务记录，因为他们知道了杰克·梅森还有一名生意伙伴。他们有“卡伦·怀特海德”这个名字，但没有其他证据能把她和凶案联系在一起。除了她，还有另一个名字“罗伯特·布朗 Msc”。还有其他名字吗？明天一早就让维克托继续研究案卷，他必须得取得一些进展了。

第二个选择，尽管同样困难，但至少伊丽莎白能出一份力，那就是去寻找杰克·梅森提到的坟墓。一般的认知是尸体有可能被埋在任何一个地方，但伊丽莎白这辈子很少按照一般认知行事。

有一个问题已经困扰了她一段时间，此刻再次跃入脑海——杰克·梅森为什么要买下希瑟·加伯特的屋子？他支付的买房钱直接进了政府的金库，这不可能是为了帮她洗钱，因此这也不是他给希瑟·加伯特的封口费。另外，杰克·梅森不去那儿住，也没有把它租出去，更没有翻修后卖掉挣钱。

看起来，杰克·梅森买下那座屋子只是为了不让其他人住进去。也许不只是住进去，他应该还不想让其他人重新铺设天井，或者一时兴起挖一两个池塘。伊丽莎白心想，去希瑟·加伯特家的花园挖一挖，会不会有什么收获呢？波格丹的铲子又有用武之地了。

但是，你该怎么在没有取得许可的情况下去挖别人家的花园呢？假如尸体就埋在那里，杰克·梅森当然不会邀请他们去做客。

伊丽莎白躺在床上，斯蒂芬的手和她的手十指交缠，这时她想到了一个人，这个人也许能帮上忙。

她认真地想了想，这个人应该也有能力帮她解决另一个问题——阻止维京人。斯蒂芬醒了，把她搂进怀里。他说他明天要去找他的朋友库尔德什，要是她不用车，那就让他用一用，没问题吧？伊丽莎白说当然可以，爱抚他的头发，直到他重新入睡。

56

“他们在回去的路上肯定没少八卦。”唐娜说，她的脑袋枕着波格丹的大腿。他想看欧洲体育频道的国际冬季两项比赛，因为有一名选手是他的同学。冬季两项是滑雪加步枪射击。她看得渐入佳境。

“他们让我发誓，保证不说出去，”波格丹说，他指了指电视，“耶日这下惨了。”

“但你可以告诉我的。”唐娜说。

“不能告诉警察。”波格丹说。

“我不是警察，”唐娜说，“我是你女朋友。”

“你以前可没说过你是我女朋友。”波格丹说。

唐娜转动脑袋，抬眼看他。“那你做好准备，以后会经常听见的。”

“所以我是你男朋友？”

“我真的不太明白，为什么会有人觉得你是个什么天才，”唐娜说，“对，你是我男朋友。”

波格丹露出喜悦的笑容。“咱们是唐娜和波格丹。”

“对，”唐娜说，伸手摸他的脸，“波格丹和唐娜也行，我不介意。”

“唐娜和波格丹更好听。”波格丹说。

唐娜撑起上半身亲吻他。“那就是唐娜和波格丹了。快告诉我罗恩和维克托都发现了什么。”

“不行。”波格丹说，电视画面再次吸引了他的注意力，“这个立陶宛选手在作弊。”

“随便说点什么都行，”唐娜说，“可怜可怜我，扔块骨头给我吧。”

“好吧，”波格丹说，“罗恩今晚不回家，他在保利娜家住。”

“哦，”唐娜说，“太好了，原谅你了。”

波格丹看着电视屏幕直摇头。“要是耶日进不了前四，他就得不到欧洲射击锦标赛的参赛资格了。”

“可怜的耶日，”唐娜说，“加油，老兄。她住在哪儿？”

“什么？”波格丹的注意力都在电视节目上。

“保利娜，”唐娜睡意蒙眬地问，“她住在这附近吗？”

波格丹点点头。“罗瑟菲尔德路上的那个大居住区，杜松苑。”

“杜松苑？”

“对，你听说过？”

唐娜当然听说过。保利娜就住在贝萨妮·韦茨遇害当晚去过的那座公寓楼里。

57

这间办公室用暖色调的橡木装饰，铺着深红色的地毯。墙上的一幅画吸引了伊丽莎白的注意——画里是一条狗，它佩戴着警务英勇奖章。墙上还有一个镶框的牌子，提醒看到的人“犯罪没有好下场”。多年经验告诉她，这纯属胡说八道。维克托的顶层豪宅就是个好例子。

约见警察局长并不容易，他们都是大忙人，日程表填得满满当当。试着给 999 打电话，问能不能和警察局长说两句，看看会得到什么样的答复。

伊丽莎白一早打电话到安德鲁·埃弗顿的办公室，她在留言机里说自己是文学经纪人，读过他写的每一本“麦肯齐·麦克斯图尔特”系列小说，觉得非常喜欢，想知道他能不能腾出几分钟见见她。

不到一分钟，电话就打了回来，说他当天下午的日程表里奇迹般地挤出来了一段时间。无论安德鲁·埃弗顿本来打算用那段时间干什么，哪怕是去追捕连环杀人狂，都可以稍微往后推一推。

进门的时候，伊丽莎白在安德鲁·埃弗顿的眼睛里看见了失望。他认出了她，因为她参加过他的读书会。一瞬间，希望的火苗又重新点燃，伊丽莎白猜他心里想的是：没错，她固然是前几天那场读书会上的一个老太太，但同时也有可能是一名文学经纪人，而且是文学界的什么大人物。然而，等伊丽莎白说完“我其实没读过你的书，但我知道乔伊丝正在读，而且读得非常愉快”，她就清楚地看见他一下子泄了气。不过，到伊丽莎白落座的时候，她知道出于一般性的礼节，他会允许她提几个问题。

“贝萨妮·韦茨凶案，”伊丽莎白说，“你记得这个案子吗？”

“当然记得，”安德鲁·埃弗顿说，“但我不记得我请你来和我谈这个案子。”

伊丽莎白挥挥手，表示不必介意。“咱们都是纳税人，对吧？有什么可以告诉我的吗？当时有哪些嫌疑人？”

“嗯，”安德鲁·埃弗顿说，“你熟悉警方的办案程序吗？”

“非常熟。”伊丽莎白说。

安德鲁·埃弗顿拿起一支笔，轻轻敲打桌面。“那么，根据你的了解，你认为咱们的谈话符合警方程序吗？”

“我告诉你我是怎么想的。”伊丽莎白说，“我认为，你是肯特郡的警察局长，只要你愿意，你可以把所有你知道的事统统告诉我。我还认为，你没能了结贝萨妮·韦茨的凶案……”

“和我个人没关系，”安德鲁·埃弗顿说，“请你公道一点儿，我当时只是个微不足道的小警察。”

“说得没错，”伊丽莎白赞同道，“然而这是个万众瞩目的案子，到今天还没结案。我来是想帮你一把，作为回报，你也不妨帮我一把。”

“你能怎么帮我？”

“等到时机成熟，咱们自然会说到的。”伊丽莎白说，“你肯定知道希瑟·加伯特死了，她是贝萨妮·韦茨凶案的首要嫌疑人吗？”

“她是一名嫌疑人，”安德鲁·埃弗顿说，“但我还是要问，你能怎么帮我？你知道哪些或许我还不知道的情况吗？”

“杰克·梅森呢？”伊丽莎白问，“也是嫌疑人吗？”

“我们和他谈过，”安德鲁·埃弗顿说，“他有不在场证明，但他也不是会亲力亲为的那种人，因此他的不在场证明没有任何意义。我不太明白你来找我谈这些的目的。”

“还有其他人吗？”伊丽莎白继续问，“我们漏掉的其他嫌疑人？”

“这个‘我们’指的是谁？”

“我和我的几个朋友，”伊丽莎白说，“你会喜欢他们的。

举例来说，相信你已经认识易卜拉欣了。”

“哦，是的，”安德鲁·埃弗顿说，“易卜拉欣·阿里夫，康妮·约翰逊的朋友？”

“她的专业心理顾问。”伊丽莎白说，“局长先生，我们掌握了一些很有价值的线索。我确定，你会发现我们很有用处的。”

安德鲁·埃弗顿在掂量她的重要性，伊丽莎白见过无数次这种眼神了。人们总是想摸透她的底细，可惜这么做纯属白费力气。

“好吧，”安德鲁·埃弗顿说，“算我上钩了。关于希瑟·加伯特的死，康妮·约翰逊有没有说过什么？你捏在手里的就是这张牌吗？”

“她认为希瑟·加伯特害怕某个人。”伊丽莎白说。

“恕我直言，看一眼那张字条就会知道这件事，这可不是什么新消息，”安德鲁·埃弗顿说，“我需要更好的线索。她说过这个人是谁吗？”

“非常抱歉，我没有得到这方面的信息。不过关于那张字条，我能帮你一把，你一定会非常高兴的，”伊丽莎白说，“字条是伪造的。”

“是伪造的？”伊丽莎白看着安德鲁·埃弗顿咀嚼这个消息，思考其中的所有可能性。经验告诉她，这个人不是白痴，他应该真的能帮到他们。

“不是她写的？”安德鲁·埃弗顿似乎还在困惑，“那是谁写的呢？”

“我们正在研究这个问题，”伊丽莎白说，“不过我想先换一个问题。你认为赃款在哪儿？就算找不到贝萨妮·韦茨的尸体，能找到赃款也是好的，对吧？”

“你很清楚我们当然找过，”安德鲁·埃弗顿说，“我们不是蛮干的大头兵。警方当时请法务会计检查了每一份文件的每一张纸，他们把洗钱的踪迹掩盖得很好。”

伊丽莎白笑了。“说实话，我们在两周的时间里查到的与赃款有关的信息，比你们在整个调查里找到的还要多。”

“我表示怀疑。”安德鲁·埃弗顿说。

“随便你怀疑好了，亲爱的，”伊丽莎白说，“反正不可能改变事实。你们没有发现付给卡伦·怀特海德的四万英镑，没有发现付给罗伯特·布朗 Msc 的五万英镑，没有发现杰克·梅森的建筑公司与案件的联系。你们其实什么都没发现。”

安德鲁·埃弗顿不知道该怎么回答。“我……我需要这些名字，还有细节，以及你是在哪儿发现的。”

“你问我们能怎么帮你，这就是答案，另外……”伊丽莎白从包里取出一份文件放在桌上，“咱们可以从这儿开始说起。”

安德鲁·埃弗顿看着面前的文件。“全都在这里面？”

“对，”伊丽莎白说，“这些全归你了。但作为回报，我需要你帮我两个忙。”

“听你说话的语气就猜到了，”安德鲁·埃弗顿说，“要是我能做到，我会帮你的。”

“杰克·梅森买下了希瑟·加伯特的房子，”伊丽莎白说，“而且溢价很高。你认为这有可能是因为什么？”

安德鲁·埃弗顿不知道该怎么回答。“实话实说，我不知道这件事。”

“你本来应该知道的。”

“是的，”安德鲁·埃弗顿答道，“我本来应该知道的。”

“既然你现在知道了，”伊丽莎白说，“你的探案直觉跟你说了些什么？”

“也许他在那儿藏了什么东西，又或者他知道希瑟把什么东西藏在那儿了。”

“我的直觉也是这么说的，”伊丽莎白说，“去那儿挖一挖似乎没什么坏处，你说呢？能给安排一下吗？”

安德鲁·埃弗顿思考片刻。伊丽莎白猜测，为了能进希瑟·加伯特家里挖一挖，他必须填写不计其数的各类表格，所谓的流程。

“我觉得我可以，”安德鲁·埃弗顿说，“我觉得这是个非常好的主意。看看能发现点什么。”

“看看能发现点什么，”伊丽莎白赞同道，“我就知道咱们能合得来。”

“另一个忙是什么？”安德鲁·埃弗顿问。

“有个洗钱专家想杀我，”伊丽莎白说，“还想杀乔伊丝，但这是咱俩之间的秘密。不知道你能不能派两个警察来保护我们一段时间？”

“洗钱专家？”安德鲁·埃弗顿问。

“据说是全世界最优秀的，希望他不会刚好也是最优秀的杀手。”

“我来想想办法，”安德鲁·埃弗顿说，“但恐怕很难找到合适的派遣理由。”

“相信你一定会尽力而为的，”伊丽莎白说，“说不定你还能顺便抓住全世界的头号洗钱专家呢。对你的职业发展来说，似乎是一件好事。”

安德鲁·埃弗顿微笑道：“虽然很意外，但今天和你聊得非常愉快。”

“哈，别高兴得太早，”伊丽莎白说，“下次见到你的时候，希望你手里拿着铲子。”

伊丽莎白起身准备离开，这次拜访的结果已经让她非常满意了。要说谁肯定能拿到挖开某户人家后花园的许可证，那就非警察局长莫属了。安德鲁·埃弗顿也站了起来。

“你走之前，”安德鲁·埃弗顿说，“我还有最后一个问题。”

“这很正常，大家都这样，”伊丽莎白说，她感觉到了安德鲁·埃弗顿很紧张，“尽管问。”

“我希望你能诚实地回答我。”安德鲁·埃弗顿说。

“只要我有这个能力，就一定会诚实地回答你。”伊丽莎白说。

“你的朋友乔伊丝……”安德鲁·埃弗顿说。

“她怎么了？”伊丽莎白说。

“她读我的书，真的读得非常愉快吗？”

58

唐娜很快领悟到了一个事实：电视台化妆室的关键功能之一是流转所有八卦。

但这次情况不同，她必须小心翼翼地走过雷区。

唐娜又要上《东南今晚秀》做嘉宾了，节目这次的主题是网络诈骗，她将和迈克聊欺诈邮件或短信如何伪装成是由银行发来的，所谓的网恋对象是如何捏造资料的，网络诈骗的方法五花八门，关键点在于坏蛋不必和你见面也能掏空你的钱包。为了把网络诈骗讲透彻，她花了一整个下午做功课。

“有只小鸟说你住在杜松苑。”唐娜说，尽量保持轻松的语气说话。

保利娜的动作停顿了一瞬间。他们调查了杜松苑里所有车辆的登记号码，车牌上有火焰图案的白色标致属于保利娜。

保利娜继续摆弄唐娜的发型。“这只小鸟不会是波格丹吧？”

“也许就是他，”唐娜说，“我们想暂时保密。”

“什么都瞒不过化妆师的眼睛，”保利娜说，“你可要盯紧他了，真是个棒小伙，女人都会当他是一棵树似的靠上去。”

唐娜笑了笑，继续保持良好的闲聊气氛。“你在那儿住很久了吗？”

“杜松苑？天晓得多少年了，”保利娜说，“可以步行走到演播室，不可能有比那里更理想的住处了。”

她想得到的信息已经到手。保利娜在杜松苑住了许多年，这意味着贝萨妮遇害的那个晚上，她很可能就住在杜松苑。她也因此成了贝萨妮·韦茨案件的首要嫌疑人。唐娜觉得案情的进展迅速得令人不安。

保利娜敲了敲唐娜的额头。“放松，你别皱眉头。化妆椅上不坐思考的人。”

“对不起。”唐娜说，在镜子里飞快地瞥了一眼保利娜。保利娜给了她一个宽慰的笑容。

保利娜会为了什么而杀害贝萨妮·韦茨呢？尘封的岁月里埋藏了什么样的秘密？字条的真相究竟是什么？是保利娜写的吗？克里斯和唐娜向周四推理俱乐部隐瞒了这个案件的最新进展，理由显而易见。不过，假如贝萨妮事发当晚去找过保利娜，他们就不能继续保守秘密了。贝萨妮去了保利娜住的公寓楼，这不可能是巧合，其中必定存在某种关联。

“我本来就是因为这个才搬进杜松苑的，”保利娜说，提高嗓门儿盖过吹风机的声音，“在电视台的很多人都住在那儿，摄像师、音响师等等。有时候如果有自由工作者来这里待上几周录节目，节目组甚至会在杜松苑租两套公寓供他们住。几年前，迈克在那儿也有个小窝。它就像我们的员工宿舍。”

唐娜点点头。好吧，假如她说的是真话，那么事情又复杂起来了。贝萨妮有可能认识各种各样的人，她有可能去拜访许多人中的某一个。唐娜需要更多的情报。

“贝萨妮去过吗？”唐娜问。她尽量问得不动声色，但嗓门儿还是必须盖过吹风机的噪声。

“什么意思？”

“贝萨妮有没有去过杜松苑？”

“我觉得肯定去过，”保利娜说，“人们经常进进出出。菲奥娜·克莱门斯和住在杜松苑的一个摄像师有一腿。那儿就像个大杂院。”

“她有没有去那儿找过你？”唐娜问。

“我？没有，”保利娜说，关掉吹风机，“我都不认为她知道我住在那儿。”

“要是她经常去，”唐娜说，“说不定在某个时候碰到过你呢。”

“我比其他人更注重隐私。”保利娜说，耸耸肩。

唐娜有很多新情况要向克里斯报告。好消息是，贝萨妮·韦茨失踪的时候，保利娜确实住在杜松苑；坏消息是，还有很多人也住在那儿。对保利娜来说，住在那里确实很方便，但是不是方便得有些过头了呢？

“化好了，我亲爱的，”保利娜说，“是不是美如画？”

唐娜看着镜子里的自己，只能用完美来形容。保利娜非常厉害。

59

他觉得自己必须干掉那条狗，但事实证明没这个必要。

从他破门而入的那一刻起，狗就表现得非常高兴，连他给枪上膛的时候都在舔他的手。狗本来在熟睡，听见钥匙插进锁眼开始转动时跳了起来。维京人喜欢狗，但照看狗需要大量的精力，遛狗、喂狗等等。有时候，狗还会生病。万一狗生病了，他却没注意到，那该怎么办呢？维京人想，如果发生这种情况他永远都不会原谅自己。据说养猫更加省心，也许他应该弄一只猫来做伴。

首先进门的是乔伊丝，他根据照片认出了她。乔伊丝拎着一个购物袋。她吹着口哨，随着快乐的旋律微微摇摆。她看见枪，口哨声戛然而止，维京人不禁心生愧疚，但同时还感觉到了手握生杀大权的快感。虽然以愧疚为主，可他也不会否认权力感的存在。他猜这就是弱者喜欢枪的原因——当然了，他并不是弱者。

狗跑过去迎接乔伊丝，她开始爱抚它，但眼睛一直盯着这个突然从她家客厅冒出来的大胡子持枪男人。

“我的天，”乔伊丝说，“你肯定就是维京人了？”

维京人困惑道：“维京人？”

“你绑架了伊丽莎白，”乔伊丝说，“还有斯蒂芬，绑架他说明你是个胆小鬼。放下枪，我七十七岁了，你以为我能做什么？”

维京人垂下拿枪的胳膊，但手指没有远离扳机。现在是晚上七点左右，天已经黑了，但他没有忘记拉上窗帘。乔伊丝不像他想象中的那么害怕，她甚至喂起了狗，她叫狗“阿兰”。乔伊丝问维京人要不要喝杯茶，维京人担心她会下毒，于是拒绝了。她在他对面坐下，阿兰忙着吃东西，食盆在厨房的地砖上刮出咯吱咯吱的声音。

“所以你是来杀维克托的？”她问，“他不在。”

“对，我来杀维克托，”维京人说，“也要杀你。”

“哇！”乔伊丝说。

“他们没有告诉你？”

“没有，”乔伊丝证实道，“你忙这忙那，似乎搞了很多名堂。一定是为了什么特别重要的事情，对吧？”

“是生意上的事。”维京人说，“我叫伊丽莎白去杀了维克托，她没有杀。我说过，要是她不杀维克托，我就杀了你。”

“嗯，她一个字也没说，”乔伊丝说，“你以前杀过人吗？”

“杀过。”维京人答道，声音毫无波动。他很敬佩自己的镇定。

“但你拐了个大弯，叫伊丽莎白替你去杀维克托，”乔伊丝说，“你真的杀过人吗？”

“没有。”维京人承认道。她是怎么看出来的？“因为从来没这个必要，但现在有了，而且我觉得我能做到。”他说。

“所以你打算从我开始？这也未免太掉价了。我是个吃养老金的老太太。”

维京人耸耸肩。“也许我可以只杀维克托。”

“你最好别杀他，也别杀我，”乔伊丝说，“我喜欢上他了。虽说看火车节目的时间多得过分，但人无完人嘛。你和他到底有什么过节？你确定真的不想喝杯茶吗？既然你要等维克托，那咱们就要一起待一段时间了，我保证不会下毒，我最不需要的就是一个失去知觉的瑞典人躺在我家里。”

维京人觉得自己似乎也不介意喝杯茶。这会儿他坐在房间里，手里拿着枪，一个小老太太很有礼貌地问他问题，他的整个计划似乎全出了岔子。“好吧，谢谢，只加牛奶。我和维克托在一些事上有争执。”

乔伊丝穿过开放式拱门走进厨房，扭头问他：“什么样的争执？”

“我通过加密货币洗钱，”维京人说，“维克托和他的客户说加密货币风险太高，叫他们别找我，害得我损失了一大笔钱。杀了他，我的问题就解决了。”

“唉，你真是太倒霉了，肯定很痛苦吧。”乔伊丝说，“阿兰，我真的刚刚才喂过你。”

“他什么时候会回来？”

“你比我清楚，”乔伊丝说，茶匙在杯子里搅得叮当响，“他去看歌剧了，你能相信吗？咱们还是慢慢等吧。我能问你一个问题吗？”

“你不可能说服我不杀他的，”维京人说，“这是我的宿命。”

“不，不是的。”乔伊丝拿着两杯茶回到房间，一个杯子上是摩托车图案，另一个是五彩缤纷的花朵，“你要哪杯？”

“摩托车那杯，谢谢。”维京人说。乔伊丝坐下，满足地叹了一口气。

“你要问什么来着？”

“加密货币，”乔伊丝说，“其实风险并不高，对吧？”

“非常高，”维京人说，“但对于洗钱的人来说，其实是可以接受的。”

“以太币呢？”乔伊丝问，“风险也很高吗？”

维京人尝了一口茶。“你知道以太币？”

“我投了一万五千英镑在里面，”乔伊丝说，“Instagram上的所有人似乎都对以太币充满信心。”

“能给我看一下你的账户吗？”维京人问。说实话，他迟早会被外行连累死。加密货币目前的情况还很复杂，是法外之地，但有朝一日会变得非常重要。一个小老太太不该投资以太币。乔伊丝在笔记本电脑上打开一个页面，把电脑递给他。

“我的电脑只用来交易和写日记，”她说，“要是你不杀我，今晚你也会出现在我的日记里。”

“我不会杀你的。”维京人嘴上这么说，但心里知道自己很可能非杀她不可。他查看乔伊丝的以太币账户，目前的净值还不到两千英镑。“介意我稍微做点资产配置吗？我需要你的密码。”

“Poppy82，p大写，”乔伊丝说，“你尽管改。要是你答应我不杀维克托，我还可以请你吃点心。”

“很遗憾，我已经做出决定了。”维京人说，又喝了一口茶，用乔伊丝的电脑进入一个声名狼藉的暗网地址。摆弄电脑帮他放松了不少，数字世界对他来说就像是家。心率逐渐放慢，他这才意识到自己先前到底有多紧张。狗跑过来舔他的手，他轻轻推开阿兰，用狗没舔过的那只手揉了揉眼睛。

维京人把乔伊丝的钱转进两个不同的账户。只要你知道哪儿有空子可钻，就永远有便宜可占。小溪里总有金子在闪闪发亮，但不是每个人都知道该去哪儿淘金。维京人心想，既然他闯进了乔伊丝的家，那么他至少可以这么补偿她一下。要是他放过乔伊丝，她还能挣一笔小钱。

乔伊丝在说话，但维京人没有听懂。他还是很渴，抬起眼睛望向乔伊丝时，脑袋变得很沉重。他开始说话："能给我一……"一个什么？他想说什么来着？

阿兰开始舔维京人的脸，疑惑他为什么趴在地上了。

60

罗恩知道，自己正生活在一个打破性别偏见的美丽新世界里。

在男女平等这件事上，罗恩举双手赞成。你赋予人们平等生活的权利，他们就会活得精彩纷呈。

不过即便在这个时代，你问一个男人要摩托车图案的杯子还是要花朵图案的，他还是会选摩托车图案。当然，阳刚只是一种吸引男人的特质，再不是什么社会特权的代名词。乔伊丝的运气不错，维克托的药片能把维京人撂倒在地，天晓得如果是她吃下去，会发生什么。

“乔伊丝，你有可能弄死他的。”伊丽莎白说。

“用安眠药和驱虫片？我看不可能。”乔伊丝说。

维京人动了动，他被波格丹捆在了乔伊丝家餐厅的一把椅子上。维京人昏睡过去后，乔伊丝打电话召唤大部队，现在他们全来了。

波格丹扮演肌肉男的角色；维克托欣赏完歌剧回来，面对面看着想杀他的男人，顺便说句，这出歌剧真是超凡脱俗、精妙绝伦；伊丽莎白不得不向乔伊丝解释，维京人先前威胁也要杀死她的事；罗恩和易卜拉欣也来了，罗恩心想，多半是因为要是不邀请他们，乔伊丝和伊丽莎白大概永远也吵不完。

保利娜也来了，因为……好吧，因为她最近总在他们面前出现。无论是在养老村库珀斯·切斯还是在杜松苑，她和罗恩几乎形影不离。她一下班就直接过来了。波格丹反倒突然不见了踪影。

维克托拿着维京人的枪。刚才罗恩问，能不能让他也拿一会儿。接过枪之后，他举起枪瞄准墙壁，闭上一只眼睛，嘴里发出一声“砰”，然后把枪还给了维克托。

维京人的样子看上去不太体面——明明是留着一把大胡子的壮汉，却被一个小老太太搞得半昏迷了。多年前罗恩尝试过留胡子，结果并不理想。有些人的胡子就是留不起来，对这种事不能过度解读。没胡子不等于他们不是男子汉。

乔伊丝给每个人倒了一杯茶，她把摩托车图案的杯子里里外外洗了个干净。

“你好，睡美人，”维克托对逐渐醒来的维京人说，“能听见我说话吗？”

维京人睁开眼睛，但只睁开了一条缝就重新合上了。他无法立刻接受眼前的事实。

“没关系，”维克托说，“你可以睁开眼睛了。要喝水吗？”

维京人再次睁开眼睛，竭力把视线聚焦在乔伊丝家的地毯上。他费了九牛二虎之力抬起头，望向乔伊丝。“你给我下了药。”

“是的。”乔伊丝承认道。

“你说过你不会的。”维京人说。

“非常抱歉，”乔伊丝说，“但你要杀维克托，而且你的样子很吓人。”

“你的胡子真漂亮，”易卜拉欣说，“你怎么把胡子留得这么好的？用生发液吗？”

“易卜拉欣，这种问题下次再问吧。”维克托说。

“是个人就能留一把好胡子。”罗恩说。

维克托蹲下，这让罗恩回想起自己还能正常蹲下的好时光。维克托的运气真不错，膝盖还这么好。“维京人，你叫什么？”

“没人能知道我的名字。”维京人说。

“这个嘛，咱们走着瞧。”维克托说。

“任何人都不该提我的名字。”维京人说，发出一声咆哮。

“看来有人被吵醒了。”乔伊丝说。阿兰从卧室跑出来，看外面为什么这么热闹。

罗恩朝保利娜使个安慰的眼色。她坐在那儿，身体前倾，好像在享受眼前的这出好戏。

“罗恩，这是我这辈子最带劲的一次约会。”她说。

“来说说你为什么非要干掉我不可吧，”维克托说，“可以吗？”

“你们会后悔的，”维京人说，“你们每个人都会后悔的。”

“我不推荐别人去找你，害你损失了不少钱，”维克托说，“这个我完全理解。但你明白为什么吗？因为加密货币的风险太高了。”

“不，并不高，”乔伊丝说，“有些人读主流媒体读得太多了。对吧，阿兰？对，就是的。”她爱抚着阿兰的毛发。

“你还生活在过去。”维京人说。

“这个倒是真的，”维克托说，“我活在舒适区里，活在自己的能力范围内。过上三四十年，你也会变成这样。一开口就是加密货币如何如何，而年轻人只是嘲笑你。但你知道你的优势在哪儿吗？我生活在过去是因为我老了。我老了，我的维京朋友，你知道这代表着什么吗？这代表着你不需要干掉我，只需要有点耐心就行。就在咱们说话的时候，我身体里的细胞也在迅速凋亡。你眼前的这伙人，用不了多久就都会死得一个不剩。”

“维克托，说点好听的行不行？”保利娜说。

“对，我是白痴。对，我挡了你的财路，害得你损失了不少钱。”维克托耸耸肩，“你混得很好，我听他们形容过你的屋子。你继续走你的阳关道吧，我知道你的生意非常兴隆。但你知道为什么一直没人来杀我吗？”

“为什么？”

“因为我从不杀人，”维克托说，“说真的，杀人这种事一旦开始就停不下来了，你必须没完没了地杀下去。”

“就像抹润唇膏，”保利娜说，“一旦开始用，你的嘴唇就会停止分泌油脂，你就只能永远用下去了。”

维克托朝保利娜打个手势，表示她的助攻非常好。“所以我的建议是这样的。你继续过你的日子，用加密货币洗钱，享受你的漂亮宅子，别杀人。我也继续过我的日子，做我的生意，在五到七年后死于某种自然原因——这要看你的运气好不好了。”

“要是我不同意呢？要是我还是认为你害我损失了太多钱呢？”

“那就来杀我呗，”维克托说，“我今天已经把话放出去了，我通知了我的众多朋友和合作者，说你想干掉我。等我的尸体被发现，他们会得出自己的结论，然后多半会找到你并干掉你。”

一把钥匙插进了乔伊丝家的门锁里。维克托立刻卧倒在地，举起枪瞄准门口。门打开了，走进来的是波格丹，维克托把枪收了起来。跟着波格丹进来的是斯蒂芬，他西装革履，看上去非常精神，但维京人的眼睛一直盯着维克托。

“你的朋友们不可能找到我，没人认识我。看看你，前克格勃上校，也没能查到我的任何资料。还有你……”维京人说着，转向伊丽莎白，“军情六处的干探，同样没有查到我的任何资料。我是幽灵，你们不可能杀死幽灵。”

罗恩听着维京人大放厥词，看见斯蒂芬坐到了乔伊丝家的一把餐椅上，从口袋里掏出一个记事本。罗恩注意到斯蒂芬的手在颤抖，但不是因为害怕。

“幽灵是吧？”斯蒂芬说，拍了拍手里的记事本。所有人的目光立刻汇集在他的身上。

“对了，很高兴再次见到大家。那么，伊丽莎白，这位就是你提到的维京人了？”斯蒂芬问。

“对，我亲爱的，”伊丽莎白说，“就是他。”

“亨里克·米卡埃尔·汉森，一九八九年五月四日出生于诺尔雪平。”斯蒂芬看着记事本读道，“母亲是糕点师，父亲是图书馆员。有什么想补充的吗？”

“你弄错了，”诺尔雪平的亨里克·米卡埃尔·汉森说，“简直错得离谱。我确实是瑞典人，但除此之外全错了。我不认识什么糕点师。”

“亨里克，你喜欢书，”斯蒂芬说，“我也喜欢。你的藏书量非常可观，其中有大量是孤本。孤本的好处在于通常总能查到销售记录。你目前通过一家控股公司买书，但刚开始搜集、购买孤本的时候，你用过自己的真名，我们就是这么查到你的身份的。顺便说下，泄露你信息的是一本初版《柳林风声》。”

“不，”亨里克说，“这不可能。”

“没有什么是不可能的，亨里克。话又说回来，因为购买孤本被抓住，其实是挺让人钦佩的。有了名字，其他一切就唾手可得了。比方说，你妹妹正在滑雪，”斯蒂芬说，“这是 Facebook 告诉我们的。”

“斯蒂芬啊，”伊丽莎白说，“我的斯蒂芬。”

“尽我的一份绵薄之力嘛，”斯蒂芬说，“不过主要是库尔德什的功劳。咱们欠他一顿饭。”

“你真的去见库尔德什了？”

“我说过我去了。”斯蒂芬说。

“对，但我……”伊丽莎白说。

“我们一起开车去的，”波格丹说，“这是一个小秘密。”

伊丽莎白扭头瞪着波格丹。“波格丹啊波格丹，你现在装了一肚子的小秘密，是不是？”

除了她，所有人都盯着亨里克·汉森。

罗恩很高兴他得到邀请来欣赏这出好戏。换作从前，伊丽莎白和乔伊丝会自己处理好，直到第二天早上才告诉他。他知道自己没派上什么用场，但能置身于这个房间，他就已经很满足了。

“我才不是亨里克·汉森呢。”亨里克·汉森说。

“我看你恐怕就是，”伊丽莎白说，“我丈夫很少会弄错什么事情。”

“亨里克，咱们可以做朋友，”维克托说，“就算当不成朋友，也可以做绝不杀得你死我活的熟人。只要你别来招惹我，我也会保证我的众多客户不去碰你。”

“不，我不是亨里克，”亨里克重复道，越来越生气，“你们全都弄错了，你们全都死定了。你们没有一个能逃掉。”

“亨里克啊，”乔伊丝好言好语地说，“你甚至下不了手杀我。”

“那就不杀你们所有人，只杀其中一个。”亨里克说，“对，就当给其他人一个教训。只要你们放我走，我就会开始猎杀。”

亨里克扫视整个房间，寻找他的猎物，视线最终落在罗恩身上。

“就是你了，”亨里克说，“我会干掉你。”

罗恩翻了个白眼。“怎么又变成我了？”

“你甚至不会知道我来杀你。”亨里克说。

保利娜起身，动作缓慢而冷静。她走到亨里克面前，用双手按住他的左右面颊。房间里陷入寂静。

“亨里克我亲爱的，你仔细听我说。我遇到过一千个你这样的男人，我知道你们这些人永远敬酒不吃吃罚酒。所以你给我听好了，只要你在梦里碰罗恩的一根汗毛，我就宰了你。这个男人是我罩着的，要是他受到任何伤害，我会让你生不如死。请问你是不是已经开始明白我的意思了呢？”

亨里克立刻丧失了勇气。他改变方向，对易卜拉欣说：“那我就杀你。”

保利娜夹住他脸的力气反而变大了。“他是罗恩的死党，因此他也是我的死党。”

罗恩这是第一次看见易卜拉欣脸红。

“今天这儿不会有人死，”保利娜继续道，“维克托非常通情达理，所以你就别给我演变态了。”

“我就是个变态。”亨里克嘴硬道。

“亲爱的，”保利娜说，松开亨里克的脸，“真正的变态会先打死阿兰。”

阿兰高兴地叫了一声，它喜欢听见有人喊自己的名字。

亨里克像是遭受到了巨大的打击。“我以为会很容易的。”

“我去给你倒杯水，”乔伊丝说，“我保证这杯水是安全的。”

“谢谢，乔伊丝，”亨里克说，“我应该选花朵图案的杯子的。我选摩托车图案的时候心里还在想，‘唉，行了吧，你真是庸俗’。”

“咱们都有既定的思维习惯，”乔伊丝说，“乔安娜有一次逼着我在YouTube[1]上看了个视频，那个视频是这么说的……”

“我现在要解开你的绳子了，”维克托说，“我可以信任你的，对吧？不过就算不能，我也有枪，我猜伊丽莎白也有。说不定连保利娜都有一把呢。”

维克托松开绑住亨里克手腕的绳子，亨里克扭动重获自由的手腕。乔伊丝拿着一杯水回来，亨里克接过水杯。

“谢谢你，乔伊丝。”他说。

“要是你不放心，我可以先喝一口。”乔伊丝说。

房间里暂时安静下来，打破沉默的还是保利娜。

“我能说说我的看法吗？”

罗恩望向保利娜，她再次吸引了所有人的目光。老天在上，他这是碰到了一个多么出色的女人。

“我就喜欢听别人的看法，尤其是你这么一个好朋友的看法。”易卜拉欣说，“这就像给我的老齿轮上机油。”

“好的，我看到的情况是这样的。”保利娜说，“我认识你们的时间还很短，这只是我的个人观点，我可没什么资格来教训你们。我想说的是，在座的所有人，你们每一个

① YouTube：一家视频网站。

都是百分之百的疯子，而且疯的方式各不相同。”

乔伊丝望向伊丽莎白，伊丽莎白望向易卜拉欣，易卜拉欣望向罗恩，罗恩望向乔伊丝，维克托和阿兰面面相觑。

斯蒂芬扫视众人。“她说得有道理。”

“我认识你们不过两周，已经在坟墓里给前克格勃上校化过妆，见过一个小老太太下药放倒一个维京人，更不用说我还和全肯特郡最英俊的男人约了会。二十世纪八十年代，我有三四年的时间一直在吃某种违禁品，曾经在布拉迪斯拉发和铁娘子乐队一起吃另一种。然而比起和你们在一起的这短短十几天，我做过的一切都是小巫见大巫。你们还有什么惊喜在等着我？”

“嗯，”伊丽莎白说，“我们明天要和肯特郡的警察局长一起，去挖开一户人家的花园，搜寻一具尸体和一把枪。”

“贝萨妮的尸体？”保利娜问，表情突然变得严肃。

“对，贝萨妮的尸体。”伊丽莎白说，“那么，亨里克，不知道你愿不愿意留下住一两天？易卜拉欣家有一间卧室是空着的，易卜拉欣，你不介意吧？”

“我的荣幸，”易卜拉欣说，“亨里克的这一天过得非常漫长和痛苦。”

“我只想回家。”亨里克说。

“时间到了自然会放你走的。”伊丽莎白说，“不过呢，亨里克，希望你能先帮我们完成一项任务。”

61

乔伊丝的日记

格里·梅多克罗夫特督察点了支烟，深深吸了一口。一团烟雾飘过他锐利的蓝眼睛。这双眼睛见过太多的杀戮、太多的鲜血、太多的寡妇。他能感觉到枪在口袋里的分量。他真的会开枪吗？

格里有能力杀人。他曾经杀过人，要是有必要，他以后也会杀人。但他不会因为想杀人而杀人，他绝对不会那么做。每次杀人，格里·梅多克罗夫特就会失去灵魂的一角。他还剩下多少灵魂可失去？格里没心情去仔细清点。

他回想起自己在阿什福德警察学院受训的往事。不是每个警察都在亨登接受训练，那是人们的误解。

觉得怎么样？我有了灵感，想试试写作。《阿尔戈斯晚报》在举办短篇小说竞赛，一等奖的奖金是一百英镑，还能和一名文学经纪人视频连线。我只有在迫不得已的时候才会打视频电话，但我可以把这一百英镑捐给帮助过阿兰的救护所。另外，这会很有意思的，对吧？

我用格里给侦探起名，不过我丈夫格里的眼睛是褐色的——作家总得改编一些细节嘛。另外，我的格里有过敏性鼻炎，这一点我也改掉了。我不能直接让我的格里跑来跑去解决谋杀案。因此，故事里的格里是蓝眼睛，会用枪，而我的格里是褐色的眼睛，签过器官捐献书。不过我的格里经常说，“好吧，你舅是鲍勃[①]”。我要把这句话当成侦探的口头禅。

目前这个短篇小说叫《血洗食人族》，但我很可能会改掉这个名字，因为它泄露了太多的情节。

① 你舅是鲍勃（Bob's your uncle）：英国俚语，代表“就这样”“那就好”“你厉害”等意思。

62

所以他们认为自己知道了贝萨妮有可能在哪儿，尸体被埋在了花园里？完全说不通嘛。唉，贝萨妮，你到底卷入了什么事情里？

迈克·韦格霍恩给自己倒了一杯苹果酒。他很少会在公众场合喝苹果酒，一般都是喝香槟或上等葡萄酒，就是人们想象中主持人迈克·韦格霍恩会喝的那些东西。要是在团建的时候需要和弟兄们打成一片，那就喝啤酒。

其实，迈克年轻的时候只喝苹果酒，随着年龄渐长，他不由自主地重新投入了苹果酒的怀抱。迈克尝试过昂贵的苹果酒，现在市场上也有这种东西了，维特罗斯超市就推出过一款，但说实话，苹果酒越便宜越好喝。他正在喝的苹果酒是从两升装的塑料瓶里倒出来的。迈克把苹果酒倒进沉重的雕花玻璃酒瓶，只是为了好看，但用不了多久，他会连这个样子都懒得装了。他想骗谁呢？这儿没有其他人，他只能自欺欺人。

他就着苹果酒吃了治疗关节炎的药，然后是 β 受体阻滞剂[1]和痛风药。这些药不能和酒精一起服用的，但谁还会来拦着他呢？

他在超大屏幕电视上看《停止计时》节目，菲奥娜·克莱门斯看上去光彩照人。既然乔伊丝提到了她与案件有关，他觉得自己似乎也该看看她主持的节目。迈克·韦格霍恩承认，自己在职业上是有嫉妒心的，也应该克服过度的自尊心，所以他决定试着看一期节目，掂量一下菲奥娜·克莱门斯有几斤几两。说实在的，他希望她只是徒有其表。

说来可恶，他只看了一集就停不下来了。菲奥娜发挥得很好，她足够友善，擅长大声读秒。另外，这个猜谜游戏设计得太棒了。迈克不禁想象，如果是自己做主持人会怎么做。每次一名选手说些什么，迈克就会思考自己该如何回应。有一两次，菲奥娜·克莱门斯说的正是他想说的话，他有点恼火，但总体来说，他觉得自己会稍微好上那么一丁点儿。

但是迈克，这不正是你的问题吗？你脑子里有一千万个念头，但从不付诸行动，也不愿意冒险。二十世纪八十年代末，他曾经录制过一个节目的试播集。反响很好，人人亮绿灯，ITV 也非常喜欢，甚至订购了一整季。不过，他们同时提出了一个小小的修改意见——换一个主持人，

---

① β 受体阻滞剂（beta-blockers）：治疗心脏病和高血压的一类药物。

换成更年轻、更有权威感、更具真实感的人。自那之后的很多年里，这几个词一直刻在他的脑海里。

很长一段时间里，迈克再也不肯把他那精心装扮过的头伸到由自尊心做成的掩体之外，无论外面的空气闻上去多么清新，他也不愿爬出藏身的舒适区。“更有权威感，更具真实感”，他始终对当时的侮辱感到愤愤不平。迈克当然有权威感，迈克当然有真实感，要是几个二十来岁留时髦发型、穿运动鞋的伦敦佬看不到这一点，那出问题的当然不是迈克，而是他们。

就这样，他坐在自己的播音台前，在这一方小天地里年复一年地向肯特郡和苏塞克斯郡的居民报告养老院火灾，法弗舍姆房屋信贷互助会的劫案，黑斯廷斯有人声称他拥有全世界最大的充气城堡，等等。对于肯特郡和苏塞克斯郡的居民来说，他的真实感和权威感多得都要溢出来了。走在梅德斯通和东格林斯特德的街头，你去问问谁认为迈克有真实感，答案是每一个人。

那些年里，其他全国性电视台也来接触过他几次，尽管没有什么激动人心的实际成果，但毕竟还是来接触过他。然而迈克甚至连考虑都不愿考虑。谢谢，他很喜欢自己现在的位置。

此时的迈克望着可笑的酒瓶里的苹果酒，越发意识到自己曾经过得有多不快乐。但那时的他知道自己过得并不快乐吗？不，有足够多的酒精和当地人的奉承陪伴着他，麻痹他的心灵，让他安于现状。那段时间，他渐渐变得有点惹人讨厌了，对同事越来越颐指气使，很可能也不像以前那么爱说笑了。然而当时的他觉得，这只是职业精神而已，因为他生活在一个周围的人变得越来越年轻的世界里。曾经与他共事的工作人员纷纷离开，为了追求更辉煌的事业，大多数人去了伦敦，有一个去了洛杉矶——这个人让迈克的心里尤其不舒服。

迈克过得并不快乐。迈克之所以过得不快乐，是因为他没有权威感，以及缺乏真实感。帮他捉住这个心魔的是谁呢？是贝萨妮·韦茨。

碰到贝萨妮·韦茨的时候，迈克多少岁来着？贝萨妮刚到电视台那会儿是从调研员做起的，那就应该是二〇〇八年左右。维基百科上说，迈克·韦格霍恩二〇〇八年时是五十六岁，但其实那会儿他已经六十一岁了。他记得贝萨妮当时二十岁出头，从北面的利兹来，学的不是别的，正是什么媒体研究。她总是给他泡茶，他总是说学媒体研究是浪费人生，而她会给他找来年资更高的同事遗漏了的新闻。他会在下班后请她喝啤酒，她会挑他的毛病，刺激他，鼓励他。喝完酒，他总是要确定她安全地坐上出租车，再离开。

过了一年左右，迈克对贝萨妮说她该在节目里露露脸了。贝萨妮一如既往地没有反对他的建议。于是她开始拍摄现场报道，隔几天进一次演播室，与主持人讨论她做的报道。再后来，迈克的搭档去度了个不太明智的假期，贝萨妮顺理成章地顶替上场，就这样，还没等所有人反应过来，迈克和贝萨妮已经成了《东南今晚秀》的新主持搭档。

一天晚上，他们和平时一样在演播室附近喝啤酒，看见吧台上有一本《肯特纪事》。这是一份当地杂志，主要刊登各种大事小情的照片，有水疗馆和昂贵住宅的广告，就是诸如此类的东西。这期杂志登了一张迈克的照片。他身穿燕尾服，看上去风度翩翩，正在出席一个什么商业活动，好像是肯特郡会计学奖的颁奖仪式。他之所以记得这个奖项，是因为他从一开始就念错了名称，而观众也从一开始就坚定地站在他那一边。

他邀请保利娜陪同他出席活动，他在那段时间经常这么做。保利娜喜欢喝一杯，而他喜欢身边有个人能陪自己聊天，否则他就只能去找什么来自塞文奥克斯的会计师搭话了。他们虽然没听说过迈克，但还是会想和他合影留念。

贝萨妮把那张照片指给他看，照片里他搂着保利娜的腰。迈克笑了，把“肯特郡会计学”的口误说给贝萨妮听。从那一天起，贝萨妮启动了“把迈克改造成一个更好和更快乐的人”的浩大工程。

“你该勇敢地正视自己的优点和缺点，和敢说出你问题的人多接触。”她说，语气非常平淡，撕开一包花生，把它们直接倒在面前的桌子上。彼时的情景，直到今天依然历历在目。

他们又要了一杯啤酒，然后一杯接一杯地喝下去。在此之前，迈克从没认真谈过被自己严密包裹起来的虚荣和自卑，至少没有在酒吧这种公众场合与同事谈过。他年纪太大，习惯于隐藏缺陷，把这些自己再没机会解决的问题卷起来塞进最深的口袋。在此之前，他的自卑心从没见过光。

为什么呢？嗯，有一百个原因，或者一千个。但把这些原因捆在一起的绳子名叫羞耻感，而贝萨妮尝试解开的正是这个绳结——禁止迈克为此感到羞耻。贝萨妮来自一个和迈克截然不同的时代，迈克嫉妒她所属的这个时代。他时常在街上看见他们，他知道这个时代的人也有自己的脆弱之处，也会感觉到不安全，前方还有很多硬仗等着他们去打，但他们依然坚定地把自己的不足和内心的喜悦展现出来。这让迈克感到既自豪又嫉妒。

这项浩大的工程不可能一蹴而就，而且也绝对不轻松，但贝萨妮自始至终支持着他。迈克开始真诚地和同事、朋友讲自己的缺陷，并得到对方给予的真诚的反馈。

迈克记得自己第一次告诉保利娜这些事时的情形。向她讲述自己的不足时，迈克非常严肃，非常庄重。而保利娜热情地拥抱他，只说了一句："终于啊，我亲爱的，终于啊。"

迈克有时候会想，为什么推他一把的不是保利娜？不过也很正常，不同时代的人有不同的做法。

迈克从没在正式场合向公众坦承自己的不足，但假如他们真的想知道，迈克也愿意真诚地聊聊自己的问题。他依然带着总是站在自己一边的保利娜出席各种活动，但有时候也会和不认识的人，甚至明显不喜欢他的人聊天。

就这样，一点儿一点儿地，他注意到自己在改变。他的形象依然迷人，依然总是西装革履、喷发胶，依然和女人打情骂俏，但他也开始做真实的自己了。与此同时，迈克还活出了曾经如梦魇般折磨自己的权威感。再然后，你猜怎么着？快乐随之而来。

迈克变成了一个更好的人、更好的朋友、更好的同事、更好的节目主持人。要是 ITV 再来录那个试播集，迈克肯定会得到那份工作。

讽刺的是，迈克已经不想要那份工作了。《东南今晚秀》不再是迈克·韦格霍恩逃避现实的地洞，而是他灿烂绽放的舞台。房屋互助会劫案、充气城堡和二十五岁的老猫……他之所以报道这些，是因为他在乎。迈克在乎他自己，在乎他所属的社区。这一切都是贝萨妮的功劳。

他是不是依然会偶尔犯傻？当然。他是不是依然很难相处？没错，尤其是饿肚子的时候。但现在的迈克可以直视镜子里的自己，再也不会羞愧地转过头去。

此时此刻，迈克又喝了一大口苹果酒。他在等电视台转播的拳击赛，比赛开始之前他不得不忍受没完没了的广告。其中一个广告的主角是罗恩的儿子杰森·里奇，他曾经是个很不错的拳手。

一个小时前，迈克收到了保利娜发来的短信。警察明天要去挖掘、搜寻尸体，贝萨妮的尸体。他出色的朋友，才华横溢的朋友，不撞南墙不回头的朋友。她曾经拥有不可限量的前途，本来可以获得不可思议的成就。她的名声本来可以传遍整个世界。

贝萨妮挽救了迈克的生命，她在世的时候，迈克一直无法偿还这个恩情，但现在他可以了。在周四推理俱乐部的帮助下，他要找到杀死贝萨妮的凶手，让她的灵魂能够安息。是希瑟·加伯特或者杰克·梅森？还是他们还没想到的其他什么人？迈克感觉他们就快揭开真相了。

至少，他还能为贝萨妮·韦茨伸张正义。

63

希瑟·加伯特住在一条糟糕的街道上，但这条街有个动听的名字。房子门前的车道两边建有树篱，树篱长期无人修剪，蜿蜒的枝杈已经彻底遮住了房子。你有可能每天开车从这儿经过，但很难找到这座房子，也很难意识到这幢曾经美丽的房子正渐渐变得破败。房子后有个花园，然后是树林，树林将房子与市属的高尔夫球场隔开。

房子是一座带有凉台的单层住宅。它曾经相当宜居，周四推理俱乐部在房屋网站上查到了上次买卖时房产经纪人拍的照片——四间卧室，从宽敞的客厅能看到外面的花园，还有厨房，房产网站上说“需要现代化翻修”，但乔伊丝就喜欢照片里的样子。

这不是有钱人住的地方，更像是为有钱人工作的人的小窝。无论从什么角度来看都很舒适。它当时的挂牌价是三十七万五千英镑，但他们飞快地搜索了一下，发现杰克·梅森为它支付了四十二万五千英镑。很显然，他是真的非常想要这座房子。乔伊丝觉得，假如花园里埋着能送自己进监狱的证据，她恐怕也会这么做。

总而言之，整座房子都在重归蛮荒的怀抱。尽管杰克·梅森买下了它，但显然从没来住过。罗恩昨晚给杰克打过电话，想要借用一下钥匙，但杰克没接电话。他已经后悔把尸体的事情告诉罗恩和维克托了吗？他没有说出同伙的名字，不过，他离告发凶手也只差危险的最后一厘米了。罗恩知道，杰克不会无缘无故地突然说这么多。因此，假如他们真的有所发现，对杰克来说这将意味着什么呢？

两名警员撬开锁，强行推开被一堆信件堵住的门。谁还会往这扇门里塞信呢？乔伊丝不禁心想，但凡看一眼这房子，就知道它已经被弃置了，正在重归大自然的怀抱，谁还会往门里塞比萨店的传单呢？乔伊丝看见，那堆信件最上面的是一份《国民信托》杂志，她觉得自己说不定会挺喜欢希瑟·加伯特这个人的。

伊丽莎白和安德鲁·埃弗顿局长绕过房子径直去后花园了，而乔伊丝选择从前门进屋，因为她想四处探察一下。乔伊丝承认，自己就像一匹脱缰的野马。她觉得调查谋杀案有一个好处，那就是可以随心所欲地打探，然后还能说这是在工作。不过乔伊丝很失望，因为房子里没什么可看的。希瑟·加伯特留下的踪迹全都消失了。她曾经在这儿居住过的唯一证据，是墙纸上有几块地方因为挂过照片而颜色较浅。乔伊丝想，至少她不需要小心翼翼地走来走去，轻手轻脚什么都不敢碰了。其实，房子在许多年前就被仔细搜查过，就算存在什么犯罪证据，现在也早就没有了。

但没人搜查过花园。为什么要搜查呢？大海卷走了贝萨妮的尸体，你来花园里挖什么呢？乔伊丝走进客厅，从漂亮的院门望出去，外面是偌大的黄色挖土机、随风飘拂的警用胶带和担任现场指挥的安德鲁·埃弗顿局长，他头戴大盖帽，身穿反光外套。一名警员拉开门，乔伊丝走到外面的木板露台上。她走得很小心，因为木板很滑，她觉得铺石板就会好得多。但乔伊丝不得不承认，比起草木疯长的花园和褪色破败的房子，露台的情况明显好一些。

挖土机上午八点就进场了。花园现在到处都是坑洞，不同颜色的小彩旗标出已经挖掘过和将要挖掘的地方，连后面的树林也受到了波及。两个戴防护帽的人正准备拆露台。乔伊丝看见了伊丽莎白，她占据了警察局长的全部注意力，不过这也没什么好吃惊的。

“挖了这么多洞啊！”乔伊丝说，“另外，我对厨房的看法是正确的，即便是现在，它还是非常适用的，因为有很大的储藏空间。”

“洞不全是我们挖的，”安德鲁·埃弗顿说，“有人——多半是杰克·梅森——多年来一直在这儿挖掘。尤其是通往树林的地方。”

乔伊丝望向花园后面的树林，一个个穿制服的警察正在用铁铲挖地。

“来了很多警察。”她说。

“我毕竟是局长，”安德鲁·埃弗顿说，“我一声令下，大家往往会抢着上。目前我们只发现了一具豚鼠的骨架。”

“我们有一次在符拉迪沃斯托克（海参崴）挖地，”伊丽莎白说，“我忘记是为了什么了。总之，我们发现了一头史前时代的麋鹿。完好无损，连鹿角都还在。我们正准备把土填回去，当时的苏联情报局局长是自然博物馆的一名理事，最后为了换那头麋鹿，我们不得不从贝尔马什监狱释放一名苏联间谍。那头麋鹿最近正在博物馆展览，你去了就会看见。”

“好家伙。”安德鲁·埃弗顿说。

“你听多了就会当耳边风的，”乔伊丝说，“她永远不是在挖东西就是在颠覆某国政权。你相信杰克·梅森的说法吗？特别是他有个合作伙伴这件事？”

安德鲁·埃弗顿思考了一会儿。“这个细节不太寻常，不可能是编造的。另外，就算他在撒谎，那也肯定是有理由的，我不介意查一查他的理由是什么。”

“希瑟·加伯特的案件有什么新消息吗？”伊丽莎白问，“鉴证人员有什么新发现吗？”

安德鲁·埃弗顿耸耸肩。“在牢房里扫指纹有个难点。你会找到成百上千个指纹，而其中大多数都属于有犯罪记录的人。”

伊丽莎白嗤之以鼻。

“说真的，你别理她。”乔伊丝说。

一个女人从屋子侧面走进花园。她穿白色连体服，鞋子套着塑料套。应该是鉴证人员，正是乔伊丝要找的人。乔伊丝决定先让她歇口气，然后找她谈谈。问一问又不会死人，对吧？

树林里闹腾起来，一个制服上全是烂泥的警员跑出树林，朝着他们而来。

“长官，”警员说，“我们有新的发现。”

安德鲁·埃弗顿点点头。“干得好。”他扭头对伊丽莎白和乔伊丝说，“你们俩待在这儿。”

这次她们一齐嗤之以鼻。

64

“这个房间里好像从没有过这么多的男性荷尔蒙。”易卜拉欣说，他用托盘给大家端来甜薄荷茶。

维克托和亨里克坐在餐桌前，埋头研究希瑟·加伯特受审时的财务档案；罗恩在沙发上看手机；阿兰趴在窗口向外看，思考乔伊丝什么时候能回家，每次见到一个有点像她的人，它就会兴奋得上蹿下跳。

“五个男人。”易卜拉欣一边倒茶一边说，“亨里克，你的杀人冲动怎么样了？平息了吗？”

“早就忘记了，”亨里克说，“从战术上说，太幼稚了。”

“你们有什么发现吗？”罗恩问。

“什么都没有。”维克托说。

“亨里克不是全世界最优秀的洗钱专家吗？”

“我当然是，”亨里克说，“事实能够证明。”

“很好，贝萨妮·韦茨在那堆东西里找到了你们找不到的东西。”罗恩说。

“结果害死了她自己。”易卜拉欣说。

“你现在没光环了，只是个普普通通的大胡子。”罗恩说。

“罗恩，亨里克是咱们的客人。”易卜拉欣说。

“客人？”罗恩说，眼睛还粘在手机上，“昨天他还想干掉乔伊丝呢，今天就是客人了。”

“他也想干掉我来着。”维克托说。

“朋友们，都是我不对，”亨里克说，“我只是想充硬汉。难道要我道一辈子的歉吗？”

“只要你能找到是谁杀了贝萨妮·韦茨，就不需要道歉了。”罗恩说。

“我们会找到的。”亨里克说。

“贝萨妮·韦茨告诉过任何人她发现了什么吗？”维克托问。

“没有。”罗恩说。

“也没提起过‘卡伦·怀特海德’或‘罗伯特·布朗Msc’？”

“据我们所知，没提起过任何人，”罗恩说，“亨里克，你的钱多得能买足球俱乐部了吗？”

“我已经有一家了。”亨里克说。

易卜拉欣在餐桌前坐下。“不，她确实对某个人说过一些话。”

“她说了什么？”维克托问。

“她失踪前两周，发了条短信给迈克·韦格霍恩。”易卜拉欣说。

“你有那条短信吗？说不定很重要。”维克托问。

“我不觉得那条短信里有什么线索，”易卜拉欣说，“不过我们可以请保利娜问一声迈克，对吧？”

“他们过一会儿要来吃午饭。”罗恩说。

“罗恩，你被保利娜迷住了。”维克托说。

“呵呵，而你被伊丽莎白迷住了。”罗恩说。

“我知道，”维克托说，“但我没有机会得到她了，而你还有。多好的运气啊！”

罗恩耸耸肩，有点不好意思。“我们只是朋友。”

“爱是非常宝贵的东西。”维克托说，喝了一口薄荷茶。

“能不能麻烦你们在茶杯底下垫个蕾丝桌巾？”易卜拉欣说，“免得在木头上留下印子。”

“能借用一下洗手间吗？”亨里克问，“今天早上忘记做面部保湿了，我能感觉到脸在发干。”

罗恩望向易卜拉欣，说：“哥们儿，房间里的男性荷尔蒙真的好多，真的太多了。”

阿兰朝着一只苍头燕雀汪汪叫。

65

警察发现了一把枪，枪用淡蓝色的布裹着，埋在往树林里走三十英尺左右的地方。伊丽莎白赶在枪被送去检验之前看了一眼。听见“枪”这个字的时候，她以为会是一把左轮，或者至少是某种手枪，但实际是一把半自动突击步枪。安德鲁·埃弗顿似乎和她一样惊讶，这把枪的威力相当可观。挖开的坑洞里没有弹药，只有一个金属盒子，里面装着现金，看上去有十万英镑左右。

至此，警察发现了凶器，也终于找到了一部分赃款。给鉴证人员一点儿时间，他们会拿出结果的。来到现场的鉴证人员本来应该是要回实验室的，但这会儿被乔伊丝留在了身边。乔伊丝把雨衣铺在长满苔藓的长椅上，两个人坐在雨衣上。你想问她们在聊什么？那就只有上帝知道了。伊丽莎白和安德鲁·埃弗顿一起走出树林。

“看来你欠我一个人情了。”伊丽莎白说。

“等我们找到贝萨妮的尸体，我才能算是欠你一个人情，”安德鲁·埃弗顿说，“我们打算以发现枪的地点为中心展开搜索。”

“但我觉得有枪就足够逮捕杰克·梅森了，请他回答几个问题。”伊丽莎白说。

“这个就交给我了，”安德鲁·埃弗顿说，“你不可能面面俱到。”

这么说未必正确，但伊丽莎白不认为有必要和他争论。“有消息就通知我们，可以吗？”

安德鲁·埃弗顿朝她微微鞠躬，说：“遵命。”

伊丽莎白觉得他有点挖苦自己的意思。她走向乔伊丝和鉴证人员，来到近处时，她听见了她们的谈话。

“假如三具尸体在地下室里放了很久，”乔伊丝说，“气味会在什么阶段消失？”

乔伊丝在问拉伊的那个案子吗？

“尸体身上有伤口吗？”鉴证人员问。

“被链锯切成了碎块。”乔伊丝答道。

听上去不像拉伊的案子。

“那么血液很快就会全流出来，”鉴证人员说，“因此腐败也会发生得非常快。气味刚开始时会很难闻，两个月之后就逐渐恢复正常了。”

“所以要定期使用空气清新剂。”乔伊丝说。

伊丽莎白走到长椅前，对鉴证人员说：“我的朋友在骚扰你吗？她有时候会很烦人。”

“没有的事，”鉴证人员说，“我在帮她构思小说。”

“她的小说？”伊丽莎白看了一眼乔伊丝，乔伊丝不肯和她对视。

“我就是想试试看嘛，”乔伊丝对着花圃说，“你知道我喜欢写作。”

“地下室里的三具尸体，”伊丽莎白说，“好像很耳熟。”

“根据真实案件写故事，”乔伊丝说，“安德鲁·埃弗顿一直在这么干。”

“链锯是从哪儿来的？”伊丽莎白问。

“但也必须加入自己的原创。”乔伊丝说。

“所以你就加了链锯？”

乔伊丝点点头，挤出一丝微笑。伊丽莎白不止一次想，自己到底有多了解这位朋友。

“咱们回家去看看男人们的情况吧？”伊丽莎白说，“顺便告诉他们，咱们找到了一把枪。”

66

午餐时间，保利娜和迈克如约而至。

阿兰不敢相信自己的运气竟然这么好，今天的人好多！要是乔伊丝在就好了，这个世界就完美了。她很快就会回来的，对吧？保利娜正在挠它的肚皮，迈克·韦格霍恩已经落座。

“这位是亨里克，”易卜拉欣说，“他是加密货币企业家，瑞典人。”

迈克双手合十，说：“平安喜乐，亨里克。”

“亨里克对洗钱也有深入的研究，”易卜拉欣说，“这位是维克托，他以前是克格勃的上校。”

“保利娜说了很多你的事情，维克托。”迈克说。

“是吗？”罗恩问。保利娜迅速给了他一个飞吻。

“很高兴认识你，迈克·韦格霍恩，”维克托说，“我不得不承认，两周前我还不知道你是谁，但现在我已经非常熟悉你的节目了。不过我很少能听清楚你在说什么，因为乔伊丝喜欢给当地新闻配上解说音轨。”

“调查有什么发现吗？”迈克问。

“还在等消息呢。”罗恩说。

保利娜说，搜查花园的消息给了迈克一个巨大的打击。情况的发展实在出乎意料。把尸体藏起来，用来勒索杰克·梅森，而凶手是他的同伙，且身份未知。迈克希望贝萨妮·韦茨的案件能真相大白，这是他人生的终极愿望。

“你来得正好，”易卜拉欣说，“贝萨妮发给你的短信还在吗？说‘新情况’的那条？维克托和亨里克想听听完整的内容，也许能解开什么谜团。”

迈克掏出手机，翻到那条短信，念给维克托和亨里克听：“*船长，有新情况了。没法告诉你具体情况，但绝对是爆炸性的。我正在接近这件事的核心。*”

维克托点点头。“她平时也叫你‘船长’吗？这不是什么线索吧？”

“她一直这么叫我。”迈克说。

“她平时也说‘情况’而不是‘情报’吗？”亨里克问，“她用口语发短信正常吗？”

“说实话，她发表情符号和脏话的时候更多。”迈克说。

“那么，她说……”

阿兰在窗口使劲跳，发疯似的乱叫，像是无法相信眼前看到的情景。

维克托翻身滚下椅子，蹲在沙发背后，枪已经掏了出来；迈克挑起眉毛；亨里克等了几秒钟，然后拍拍维克托的肩膀。

“维克托，”他说，“你别总这样行吗？想干掉你的人是我，而我就坐在你旁边。”

维克托想了想，然后接受了这个事实，把枪插回后腰上。

“还好我没真的来杀你。”亨里克看着他收枪的动作说。

“算你运气好，”维克托说，重新坐下，“否则这会儿我正在把你的尸体从渡轮扔进北海里呢。”

易卜拉欣去开门，伊丽莎白和乔伊丝走进房间。阿兰扑向乔伊丝，乔伊丝给了它一个大大的拥抱。

“有什么结果吗？”迈克问。

“没找到尸体，”伊丽莎白说，“应该说是暂时还没有。但杰克·梅森说会找到枪，今天也确实找到了一把枪，而且是一把长枪。”

“是杀人凶器吗？”易卜拉欣问。

“对，易卜拉欣，就是它。”伊丽莎白说，“警察把枪交给我，我在回来的出租车上做了一套完整的鉴证检查。”

易卜拉欣扭头对迈克说：“她这是在挖苦我不停追问。”迈克对他说谢谢。

“我们很快就会知道结果的。”伊丽莎白说。

“警察还发现了钱，”乔伊丝说，“估计有十万英镑，用一个铁皮盒子埋在地下。”

“安德鲁·埃弗顿说他们有足够的证据可以去抓杰克·梅森了，”伊丽莎白说，“从他的后花园里挖出钱和一把枪，说不定能让他开口，告诉咱们是谁把它们埋在那儿的。”

“祝他们好运吧。”罗恩说。

亨里克没有加入他们的交谈，而是忙着敲电脑。“呃……好的，我找到线索了。”

所有人一齐扭头看他，他脸红了。

“呃，也许找到了。”

“就知道你会有用的。”伊丽莎白说，“快说，我们来决定到底算不算是线索。”

“迈克，”亨里克说，“贝萨妮在短信里说她的消息‘绝对是爆炸性的’，她喜欢玩文字游戏吗？”

“就这么说吧，隔三岔五戏弄我一下能让她非常高兴。”迈克答道。

“好吧，那么她发现的不是‘绝对是爆炸性的’[1]新闻，”亨里克说，“而是‘绝对爆炸物’[2]公司。”

“绝对爆炸物公司？”迈克说。

“这家公司初期的资金流转中，有一笔十一万五千英镑的款项转给了巴拿马的‘绝对建筑公司’，”亨里克说，“就

① 原文为 absolute dynamite。

② 原文为 Absolute Dynamite。

我能确定的来说，钱还在账上——我这个确定其实是相当确定，因为我很擅长这类事情。”

“但不怎么擅长杀老人。”乔伊丝说。

维克托拦住她说：“行了，行了。”

“‘绝对建筑公司’成立的时候，同时还在它底下设立了一个由多家子公司组成的网络，但没有资金流向这些公司，因此一直没人去注意它们。这些子公司叫‘绝对拆迁公司’‘绝对水泥公司’和‘绝对脚手架公司’，另外在塞浦路斯还有一家公司名叫……”

“‘绝对爆炸物公司’。”罗恩说。

伊丽莎白扫视身边的人，伸出一只手放在迈克的肩膀上，然后继续问亨里克：“你接着去查了‘绝对爆炸物公司’？”

“没错，我发现这家公司有两位董事，”亨里克说，“一个是咱们的老朋友卡伦·怀特海德，从这个名字什么也查不到。但终于，咱们找到了一个新名字——另一个董事名叫迈克尔·吉利斯。”

“迈克尔·吉利斯？”伊丽莎白说，“保利娜，迈克，你们对这个名字有印象吗？”

保利娜和迈克对视一眼，然后又望向伊丽莎白，一起摇头。

“雷丁队有个迈克尔·吉尔克斯，”罗恩说，“踢中场的。”

“谢谢了，罗恩。”伊丽莎白说。保利娜拍拍罗恩的手背。

众人再次陷入沉默，房间里只剩下亨里克噼里啪啦敲键盘的声音。阿兰高兴地喘着气跑来跑去，接受每一个人的爱抚。

“伊丽莎白，”乔伊丝说，“介意陪我到外面去一下吗？”

伊丽莎白打个手势，表示当然不介意。两个人走出房间，来到易卜拉欣家的走廊里。

“来，问我吧。”乔伊丝说。

“问你什么？”伊丽莎白问。

“问我知不知道迈克尔·吉利斯。”乔伊丝说。

67

警方的搜索队在希瑟·加伯特以前的家中挖掘，下午他们挖到了那把枪。现在时间从黄昏来到了晚上，他们依然在聚光灯的帮助下挖掘。安德鲁·埃弗顿认为他们掌握的证据已经足以找杰克·梅森问话了。克里斯和唐娜因此接到了通知。

“你这次的表现还是很出色的，我说真的。”克里斯说的是唐娜最近一次上《东南今晚秀》时的表现。她讲了讲网络诈骗，与教区牧师聊天说笑。教区牧师来演播室是为一起欺诈案的受害者募捐。克里斯考虑要不要在前面的急转弯处超车，但随即想到这会儿是深夜，而他自己是警察。

“你只需要做自己就好，”唐娜说，“当摄像机不存在。”

“我从小就不擅长做自己，”克里斯说，“甚至不知道这几个字怎么写。”

“我妈说你昨晚看《欲望都市》的时候哭了。”

“是的。”克里斯承认道。

“呃，做自己这件事，不要从看《欲望都市》开始。”

唐娜说。

克里斯特别喜欢他的福特福克斯，尤其是现在脚边不再有薯片的空包装袋了。前两天他甚至给车做了个内部清洗。这算不算是做自己呢？

“你觉得杰克·梅森会有什么反应？”克里斯问，“一把突击步枪和十万英镑，他很难凭嘴皮子从这里面脱身。”

“他是职业高手，”唐娜说，“他会把理由说得天花乱坠。要是能找到贝萨妮的尸体，他就没那么容易蒙混过关了。”

“但他最后很可能会逍遥法外，”克里斯说，“你认为呢？房子属不属于他都一样，时间过了这么久，鉴证人员不一定能找到什么证据了。”

“我看过一部波兰电影，警察在案发三十多年后挖出一具尸体，文身的染料一直印到了腿骨上。”唐娜说。

“你怎么会去看一部波兰电影？”克里斯好奇地问道。

“前面左转。”唐娜说。他们早就放弃卫星导航了，杰克·梅森的住所在一条私人道路上，需要从一条乡村小路拐下去，然后从一条小径拐下去，然后再从一块私人土地上拐下去。杰克·梅森存心把他家弄得很难让人找到，特别还是在伸手不见五指的黑夜里。他们一次又一次地拐错弯，克里斯觉得开船到岸边，然后徒手爬上峭壁，说不定还容易些。

另外，他们还在一英里之外，杰克·梅森就应该能发现有人来了。他已经看见了这辆黄色福克斯的车灯，对吧？他应该正在等他们到来，对吧？他知道他们为什么来找他吗？

他们终于开到了两扇对开的铁门前，但铁门关得紧紧的。克里斯只好探身出去，尝试使用对讲系统。他一下一下地按了半分钟左右，但始终没人回应。看来杰克确实看见他们来了。

换作是以前的克里斯，他会回到车里，绕着院墙转一圈，寻找其他入口，同时没完没了地抱怨。但现在的克里斯不一样了。他身材瘦削，有着运动员的体魄，当然不会再那么做。

现在的克里斯爬上了铁门，唐娜见状跟着下车。他向上攀爬，感觉到肌肉在令人愉快地发热，这是肌肉在执行命令的良好反馈。他心想，我看起来一定很棒，但紧接着他的裤子就被铁门顶上的尖刺挂住了。唐娜也爬了上来，速度比他快一倍。她帮他脱困，然后两个人一起翻过铁门，落在杰克·梅森家的车道上。他们几乎每走一步，就会有一盏安保照明灯自动亮起。

克里斯的裤子破得没法修补了，里面的荷马·辛普森短裤被唐娜看了个一清二楚。

“说真的，”唐娜说，看着克里斯的裤裆在风中翻飞，“这就是一个人做自己的完美例子。短裤是我老妈选的吗？”

“不是，昨晚我忘记把衣服从洗衣机里拿出来了，”克里斯说，“这是我的备用短裤。别说这些了，咱们去逮捕杰克·梅森吧，可以吗？”

克里斯顺着车道向前走，唐娜蹲下系鞋带。他没有停下，直到听见咔嚓一声。

“唐娜，你是不是在偷拍我的屁股？”

“我？怎么可能呢？”唐娜说着，把手机塞回口袋里。

屋子很快出现在前方，卤素安保灯勾勒出它的剪影。这是一座巨大的豪宅，克里斯从没见过这么大的私人住宅。他见到过类似的独栋建筑物，那里面开了一家礼品店和一家茶馆。

飕飕冷风吹着克里斯的屁股。杰克家应该有针线包吧？他去逮捕一个人，还能向对方借针线包吗？

他们踏上石阶，走向杰克·梅森家的正门，克里斯特意落后唐娜一步。他正要按门铃，却发现门是虚掩着的，灯光从门缝中流淌进黑夜。他和唐娜对视一眼。

唐娜推开门，宽敞的门厅出现在眼前。门厅里有沙发和边桌，墙上挂着戴假发的男人的肖像画，上锁的柜子里摆满了霰弹枪，一个底座上陈列着一套铠甲。

而在门厅的地毯上，赫然就是杰克·梅森的尸体。

唐娜率先跑到尸体旁。杰克·梅森躺在地上，头部有一处枪伤，手里握着一把小手枪。他已经凉透了，死得不可能再死了。

唐娜开始保护现场，克里斯打电话报告情况。他们必须和尸体一起等待很长一段时间。

克里斯仔细查看尸体和现场，那把小手枪确实非常小。克里斯把这一点记在心里。

“你没事吧？”他问唐娜。

“我当然没事，”唐娜说，“你呢？”

克里斯看着脚下的尸体说：“没事，我也没事。”

他们俩都没事，但还是各伸出一条胳膊搂住了对方。

克里斯在思考。周四推理俱乐部开始调查贝萨妮·韦茨的案件，还没等他们回过神来，两名主要嫌犯就都死于非命了。这也未免太巧了。他扭头看向唐娜，她似乎也想到了同一个问题。

“我在想，”唐娜说，“咱们最好在大部队赶到前，想想办法收拾一下你的裤子。”

68

菲奥娜·克莱门斯以为自己和伊丽莎白·贝斯特不会再有任何交集了。伊丽莎白对贝萨妮·韦茨案件的分析，还有对她的那些指控，不可能错得更离谱了。

菲奥娜和贝萨妮合不来，这不是什么秘密。合不来又怎么了？这不等于她会把她讨厌的人从悬崖上推下去，对吧？

菲奥娜要是在纪念贝萨妮的节目里没掉眼泪，结果会怎么样呢？《阿尔戈斯晚报》可能就此事登出两封读者来信，对于《东南今晚秀》来说，这就相当于掀起了一场自媒体风暴。

不过眼泪能代表什么呢？现如今每个人都会因为各种事情掉眼泪，并会为此得到奖励。举例来说，出席英国电影电视学院奖的颁奖仪式时，菲奥娜假装掉了眼泪，反响相当热烈。《邮报》网络版的头条标题是：电视人菲奥娜化身喷泉，同时炫耀紧身礼服包裹的美好身材。

真有人会发自肺腑地流泪吗？还是说哭泣永远是为了

博取同情？她父亲去世的时候，她母亲哭得很伤心，然而不到一周的时间，她母亲就和在高尔夫俱乐部认识的一个牙医约会上了，所以咱们就别演戏了吧。

伊丽莎白爱怎么指责菲奥娜，都是她的事情，但她不可能得到她想要的回应。

菲奥娜·克莱门斯还在思考伊丽莎白是怎么搞到自己的电话号码的。很可能是她那个叫乔伊丝的朋友动用了政府关系。总之，菲奥娜昨晚收到了一条短信。

不知道你能不能帮我们一个忙，我亲爱的？

紧接着是另外几条短信，菲奥娜知道了目前的情况。

她信任伊丽莎白和乔伊丝吗？不。她们知道杀死贝萨妮·韦茨的真凶是谁吗？菲奥娜非常怀疑。那她会帮助她们吗？出于一些目前连她自己也参不透的原因，是的，她很可能会。

今天上午菲奥娜要拍一个酸奶广告，也可能是早餐燕麦片广告，她忘记是什么了。她只知道自己必须舔一舔她那著名的嘴唇，然后说一句“真好吃”。除此之外的事，她没有了解过。菲奥娜坐在一把塑料椅上，宽敞的摄影棚里，有的人在调整灯光，一伙戴眼镜的男人正凑在一起闲聊，更年轻的工作人员给他们送上咖啡。

菲奥娜浏览了一下 Instagram，她已经有三百五十万粉丝了。她答应过卢克——她的 Instagram 顾问——今天会发一个故事。卢克对她非常严格，但是考虑到只要发一个马尔代夫免费旅游的广告推文，自己就能赚到两万五千英镑，她也就随他去了。不过，这些事情确实非常刻板且无聊。她已经是有知名度的人了，但每个人都想教她该做什么和（更糟糕的）不该做什么。也许她该稍微反抗一下？一个打扮成香蕉模样的男人在菲奥娜旁边吃香蕉，她看看时间，刚到上午十一点。菲奥娜对自己说，现在你必须做个决定，到底要不要回复伊丽莎白。

就伊丽莎白的宏伟计划而言，她的要求并不过分，但即便如此，菲奥娜还是要反驳几句。刚开始的时候，菲奥娜请伊丽莎白先找她的经纪人谈谈。

“哎呀，我不认为咱们有必要那么做，亲爱的，对不对？”伊丽莎白竭尽全力说服她，“就算是在最坏的情况下，又能发生什么事呢？”

嗯，会发生很糟糕的事，这是事实。因此菲奥娜才一直举棋不定。

一个打扮成酸奶瓶的女人走了过去，看来拍的真的是酸奶广告。自从某位当红女明星在 TikTok① 上说了一些关于酸奶的事，菲奥娜就再也不吃酸奶了。

菲奥娜想，自己是不是在走进什么陷阱？是不是应该

① TikTok：字节跳动公司旗下的短视频社交平台，是抖音的海外版。

直接拒绝，和她们划清界限？她到底为什么一直在考虑这件事？

第一次见面的时候，伊丽莎白和乔伊丝问了她各种各样的问题，说心里话，菲奥娜确实乐在其中。一个假装昏倒的女人和一个包里装着左轮手枪的女人，她们跑来指控她杀人，她怎么可能不乐在其中呢？

所以，假如她们需要她的帮助，那没问题。好吧，也许可以。她们讨论的新事件、新话题，说不定能引起一轮轰动。不知道这次《邮报》的网络版会给她的报道起一个什么样的标题。

一个戴眼镜、留胡子的男人向她走来。

“你好，我是罗里，我们刚刚做了个小小的修改，想知道你介不介意在你的鼻子上抹一点儿酸奶。我们觉得效果会非常好。你明白的，为了幽默。”

菲奥娜给了罗里一个灿烂的笑容。“罗里，我是不会把酸奶抹到鼻子上的。”

罗里使劲点头。“好的，好的，没问题。那就不往鼻子上抹酸奶了。非常好。”

他逃跑了。打扮成香蕉模样的男人问她能不能合个影，菲奥娜用非常温和的语气告诉他，这个要求太没有专业精神了。

菲奥娜拿起手机，给伊丽莎白回短信，回的是伊丽莎白想要看到的内容。她最后一次问自己这么做是为什么。也许是因为好玩，也许是想找点新鲜和有意思的事情做做。当然，还得看看这一切会有个什么样的结果。

另外，也许——只是也许——是为了贝萨妮？

菲奥娜摇摇头，她不是爱动感情的那种人。她这么做是为了能吸引到更多粉丝，这就是真正的原因。

她按下发送键，事情就这么定了。

69

克里斯听不清安德鲁·埃弗顿在说什么。店堂里闹哄哄的，每个人都在兴奋地交谈。这是个工作日的夜晚，人们却在喝酒，周围弥漫着让人失控的兴奋气氛。

“是自杀？”他们走向预订的桌子，安德鲁·埃弗顿冲着克里斯的耳朵喊话。

“看上去像是。”克里斯说。

“只要和这个案子有关的，我就都不放心，”安德鲁·埃弗顿说，“你的一个朋友来找过我。”

“是吗？”克里斯也冲着安德鲁·埃弗顿的耳朵喊。

“一个女人，叫伊丽莎白。”安德鲁·埃弗顿说。

他一点儿也不吃惊。

“我替她说声抱歉。”克里斯说。他们终于走到了预订的桌子旁。

“没关系。”安德鲁·埃弗顿说。

克里斯在桌子上寻找自己的名牌。谢天谢地，他旁边坐的是帕特里斯。有时候在这种场合，安排座位的人会把情侣分开。

“她给了我一个任务。”安德鲁·埃弗顿说。

“听上去就是伊丽莎白会干的事。”克里斯说。

“我能信任她吗？”安德鲁·埃弗顿问。

“我的天，当然不了。”克里斯说，但他的笑声表达了相反的意思，安德鲁·埃弗顿点点头。

克里斯为帕特里斯拉开椅子，请她坐下。

“这样的宴会多多益善，”帕特里斯对安德鲁·埃弗顿说，“克里斯还要去抓谁归案，才能让我们明年再得到邀请？”

安德鲁·埃弗顿放声大笑。

克里斯和唐娜都将获得一枚“警务工作卓越表现”奖章，奖章是镀金的。泰瑞·哈利特有一枚，他给克里斯看过照片。

安德鲁·埃弗顿对克里斯和帕特里斯说：“想看一眼奖章吗？”

“快给我看看，”帕特里斯说，“老师不是每天都能看见奖章的。”

安德鲁·埃弗顿从口袋里掏出一个天鹅绒的拉绳袋。他松开袋口的绳子，取出里面的镀金奖章。

“放在二手物品交易平台上能卖不少钱吧？”帕特里斯问，捏了捏克里斯的手。

他们对面是两把空着的椅子，唐娜要带波格丹来。她终于说实话了。波兰电影，原来如此。帕特里斯还没见过波格丹，但刚刚看了他的照片。克里斯有点担心，因为唐娜对他似乎有点太热情了。

不过，波格丹让唐娜过得非常快乐，克里斯真正在乎的只有这个。

帕特里斯亲了他一口。“激动吗？”

“我从没得到过任何奖励。”克里斯说。

“我的心呢？”帕特里斯说。

“我总不能把你的心放在楼下卫生间里给客人看吧？”克里斯答道，“终于能见到波格丹了，你是不是很激动？”

“我的天，”帕特里斯说，“激动死了。”

怎么说呢？帕特里斯也有点过于热情了。克里斯觉得自己无论如何也比不过波格丹这个继女婿了。不过，在此之前还有好几场婚礼等着他们呢。好吧，两场婚礼。克里斯，别总想着婚礼的事了。说点什么，给安德鲁·埃弗顿留个好印象吧。

“我已经连续三个月没吃过三角巧克力了。”他说。

“真的吗？”安德鲁·埃弗顿问。天哪，克里斯，你到底在说些什么？

主持人是个脱口秀艺人，克里斯在电视上看过他的表演，叫乔希什么什么，他用一段独角戏开场。他非常风趣，调侃照顾到了每一个人，同时化解了醉汉们叫嚷的酒后起哄。

克里斯看见唐娜从边门走进礼堂，只有她一个人。事情不太妙。他和帕特里斯看着她走过来坐下，一张脸活像黑风暴里的峭壁。她身旁的座位是空着的。

“波格丹没来？”克里斯问。

“伊丽莎白需要他。”唐娜说。

哎哟，看来是有什么大事要发生。是不是有什么新的进展，他们还不知道？

第三部分

各个方面，最新进展

PART THREE

Catch Up on All the News

70

乔伊丝的日记

我现在在斯塔福德郡。我们都在，差不多都在吧，反正该来的人都来了。

伊丽莎白和斯蒂芬来了，他们的房间和我的是在同一条走廊上，不过他们今天上午还没露过面。罗恩和保利娜住在东楼，这座房子分了好几个楼呢。易卜拉欣开车送他们来的，他住在车道尽头的门房里。

亨里克当然在，因为这儿是他家。这里就像唐顿庄园，但有弹珠机和冲浪热浴盆。

迈克·韦格霍恩也来了。昨晚我拉他和我们一起去图书室喝了一杯，但他想早早休息，因为我们今天给他布置了一个任务，他对此非常上心。

结果喝酒聊天的只有我和易卜拉欣，我们很晚才睡。易卜拉欣非常得意，因为他解开了“卡伦·怀特海德”的身份之谜。他是在开车来这儿的路上想到的。我听他说完，检查了第二遍，不放心，又检查了第三遍，但他完全正确。

他聪明的时候真的非常聪明，不过找到“迈克尔·吉利斯”的功劳依然是我的。那才是破案的关键。

我对乔安娜说我解开了谜题，她说“干得好”，听起来像是发自真心的，甚至还给我发了个竖大拇指的表情符号。

至于“罗伯特·布朗 Msc”，还没有人解开这个谜团，好在现在也不是那么重要了。不过我确定，这个线索迟早会水落石出的。

斯蒂芬一进门，亨里克就领他参观了图书室。他变得像个孩子，眼睛瞪得老大，笑容格外灿烂。岁月一下子从他身上消失了。

维克托待在房间里吃早饭，为接下来的事情做笔记。看着他如何策划一步步的行动，你会觉得非常有意思。安德鲁·埃弗顿在来这里的路上。昨晚是肯特郡警察奖的颁奖典礼，他不能缺席。克里斯和唐娜得到了嘉奖，我在唐娜的 Instagram 上看见了。我觉得波格丹应该陪她出席，但他必须开车送伊丽莎白和斯蒂芬来这里，不知道唐娜有没有生他的气。其他人似乎都没有发现他们在约会，但保利娜和我早就私下里八卦过了。照片里的唐娜面无笑容。

有一个人没来，是菲奥娜·克莱门斯，但没来不等于她没有入伙。

另外，阿兰留在了家里。我说得好像是它选择留下来，要和谁叙旧似的，而且你肯定要问了，既然我们都来斯塔福德郡了，谁在照看它呢？

养老村里来了个新住户，他叫默文，是威尔士人。威尔士人是我的软肋。他曾经当过校长，你一眼就看得出来——严格、公正，头发灰白，留着黑色的小胡子。这种相貌，你懂的。反正我是知道的。我远远地把他指给保利娜看，保利娜竖起了大拇指。

喝下午茶的时候，我盘问了保利娜，我以为她也许会有点生气，但她一点儿也不生气。我猜她和我们其他人一样，都希望能早日真相大白。

总之，默文有一条叫罗茜的凯恩㹴，几天前我遛狗的时候认识了他们。阿兰把罗茜闻了个遍，要是阿兰会说话，你去问它，它肯定会说它也把默文闻了个遍。长话短说，我们聊了起来。同一天下午，我带着一个樱桃馅饼去他家拜访，欢迎他来到我们养老村定居。我不在的时候，默文会替我喂狗和遛狗。我说我会好好感谢他的，他给了我一个微笑。

对了，省得你多问，默文有过两任妻子和五个孩子，书架上有《巅峰拍档》的 DVD。

除非出了什么大岔子，否则我们只会在这儿待二十四小时左右。这提醒了我，我得记着，叫易卜拉欣把车开到屋子背后去。波格丹不需要我叮嘱，他的车已经藏好了。

我们打算在中午启动计划。我认为每个人都知道自己要干什么。不过他们没有给我分配角色，我只需要看戏就行了。

我觉得这是我应得的奖励，因为是我想到了杀死贝萨妮·韦茨的凶手是谁。很快，全世界都会知道凶手的身份。

我把我的手机号码留给了默文。“你明白的，说不定你会想要发阿兰的照片给我。”

但直到现在，他也没有联系过我。我查了一遍又一遍，但就是什么都没收到。

71

戴着眼罩被扔在大门口是一种屈辱，但这既然是进门的代价，他也只好忍受了。他能想到屋主会是个多疑的家伙。

通往主屋的这段路只能用华丽来形容。漫长的车道铺着砾石，有被修剪成各种形状的树篱，有喷泉，还有狮子雕像。但今天没有工作人员照看，也没有园丁或司机伸头探脑，把他们看见的说给别人听。一切都和承诺的一样。他望向前方的窗户，同样没有任何动静。

他不得不承认，这有可能是个陷阱，不过到目前为止并不太像。

主屋是个庞然大物。假如维京人单独住在这儿，这屋子简直大得离谱。考虑到会面的保密性，再考虑到双方互通电子邮件时的言简意赅，这真可谓是一场豪赌。会面只能有他们两个人在场，每一个步骤都不能出错。办完该办的事后，他要立刻离开。这当然是不容易的，但回报值得他忍受这番折腾。

他按响门铃，铃声在孤独大宅的深处回荡。维京人花了多少钱买下这地方？至少得有两千万英镑吧？

脚步声接近，厚重的橡木大门被打开了。他想要见的人赫然出现在眼前。维京人有多高？六英尺六英寸？一把大胡子，“喷火战斗机”乐队的T恤紧裹着壮硕的身躯。

他们同时伸出手，两个人握手。

“你肯定就是维京人了？”

“而你，”维京人说，“肯定就是安德鲁·埃弗顿了。我带你去图书室。”

安德鲁·埃弗顿跟着巨人穿过铺着大理石的门厅，走进铺地毯的走廊。每一面墙上都挂满了艺术品，就警察局长的口味来说，其中大多数都太现代了，不过偶尔出现的帆船和罗马式的教堂弥补了这个缺点。维京人领着他走进图书室，深色的木头、红色的皮革和柔和的灯光顿时包围了两个人。安德鲁·埃弗顿想到他办公室墙上的牌子“犯罪没有好下场”。咱们走着瞧吧。

维京人指了指从地板到天花板都塞满了书籍的墙壁。“喜欢读书吗，局长先生？”

“说实话，我更喜欢写书。”安德鲁·埃弗顿答道，坐到屋主指给他的扶手椅上，“要是不介意的话，咱们就跳过寒暄吧。你的屋子非常漂亮，这一程我非常愉快，我不需要上厕所，给我水喝就行。”

维京人点点头。“好的。”他坐下，身躯几乎塞满了一张双人沙发，随手打开身旁的落地灯，“安德鲁·埃弗顿先生，你找我有什么事？”

72

乔伊丝的日记

落地灯是整个行动的关键。

打开灯，你就打开了监控探头和麦克风。我们躲在屋子后面的员工厨房里，安静得像教堂里的一群老鼠，现在我们能看见图书室里的实况转播了。不过我们看不见亨里克，因为他不想出现在画面里。他说不是因为害羞，而是为他的犯罪帝国着想。但我觉得，他就是害羞。

另外，昨天我查了查我的加密货币账户，现在净值升到了五万六千英镑。亨里克，谢谢你。

安德鲁·埃弗顿看上去很谨慎，但他完全不知道自己掉进了一个陷阱。伊丽莎白向他通风报信——“安德鲁，就咱俩知道”——有个维京人，他是洗钱专家，企图干掉我们。“我可以安排你见他，别问我怎么安排，也别问我在哪儿见面，只要感谢我为你提供了线索就行。不知道你想不想去拜访他一下？”

去拜访一下维京人，安德鲁·埃弗顿正在这么做。他来不是为了搜集证据，也不是为了逮捕维京人，只是因为他非常需要洗钱专家的帮助。

因为安德鲁·埃弗顿是增值税欺诈案背后的策划者。安德鲁·埃弗顿杀了贝萨妮·韦茨，用尸体勒索杰克·梅森，又杀了希瑟·加伯特灭口。

我好像说过，他有一部小说叫《提交证据》。书里的主角是个黑社会老大，外号人称米克大佬。米克大佬的全名是什么呢？迈克尔·吉利斯。

案件初期的一个愚蠢错误。咱们都是凡人，谁能不犯错呢？

万一你在怀疑这会不会只是个巧合，我告诉你，案件初期的另一名收款人也出现在了安德鲁·埃弗顿的一本书里。

我说过，易卜拉欣破解了“卡伦·怀特海德”之谜。其实很简单，这名字是“凯瑟琳·霍华德”的变形词。凯瑟琳·霍华德，就是安德鲁·埃弗顿笔下的那位硬得像柚木似的侦探。易卜拉欣，你真聪明！

安德鲁·埃弗顿直到今天都无法动用从欺诈案得来的赃款，因此我们猜测，他很可能会想私下里找维京人聊一聊。

而我们正在观看的就是他们的私人会面。

73

“我是警察，”安德鲁·埃弗顿说，“你是知道的，对吧？”

“我知道，”维京人说，“只要你别偷拍或偷录，我就无所谓。”

“我也一样，”安德鲁·埃弗顿说，“但假如你在偷录，我要告诉你，对于偷录的证据，法庭连一个字都不会采信，因此你只是在浪费时间。”

“所以咱们没人在偷录，”维京人说，“那不是我的做事风格。你说你需要我的帮助？”

安德鲁·埃弗顿坐了起来。“我有一千万英镑存在世界各地的多个账户里。我想把钱取出来，但不可能不引起注意。希望你能帮我解决问题。”

“一千万英镑？这很容易，”维京人说，“我能得到什么好处？”

“五十万英镑。”安德鲁·埃弗顿说。

维京人哈哈大笑。

“还有一位警察局长听候你的差遣。你帮我，我也会帮你。”

维京人点点头。“我需要知道这笔钱的来路，世上有些钱我是不会去碰的。”

“增值税欺诈，十年前了。手机进出多佛。都是风吹来的钱。”

“你的主意？”维京人问。

“我认罪，”安德鲁·埃弗顿说，“当时我在写书。是的，我写书——真是罪过——结果想到了这个点子。刚开始只是书里的情节，但我越琢磨就越觉得，怎么说呢？我不该把它只用在书里，而是应该真的去做。”

“厉害。”

“嗯，有时候我把真实案件改成故事里的计谋。这次我用自己构思的计谋，在现实中犯罪。”

“你是怎么做到的？”维京人问。

“当时我还不是局长，但我认识不少人。我找到一个叫杰克·梅森的人聊了聊。他经营形形色色的非法生意，不过他向来狡猾，所以从没被抓住过。我需要的正是这么一个帮手。我把我的计划告诉他，于是我们就合伙做起了生意。”

“你就这么挣了一千万英镑？”

“差不多吧。”安德鲁·埃弗顿答道。

“你为什么停手呢？”

“一个记者跑来调查。她离真相太近，让人觉得不舒服。她把我们团队的一名成员送进了监狱，于是我们就停手了。”

“记者呢？也停止调查了？”

“哈，没有，”安德鲁·埃弗顿说，“她死了。”

74

乔伊丝的日记

伊丽莎白和维克托对事态的发展非常满意。

我们不得不佩服亨里克。“你的主意？”“你是怎么做的？”“你就这么挣了一千万英镑？”“你为什么停手呢？”他把一个又一个问题抛向对方，这就是完美的招供。

伊丽莎白知道安德鲁·埃弗顿会坦诚相待。他需要维京人信任他和帮助他，而他膨胀的自我也想在自创的计谋上留下名字。另外，就像他说的，偷录的对话无法在法庭上充当证据。

不过，其实并没有这个必要。伊丽莎白的计划好就好在这里。在安德鲁·埃弗顿看见法庭长什么样子之前，人们早就已经判他有罪了。

迈克在厨房里踱来踱去，排练他晚些时候要说的台词。

75

关心菲奥娜·克莱门斯的朋友们给她发了无数条短信。

菲，你被黑了。

Insta 被黑了！

你看了你的 Insta 吗？

菲，你在搞什么???

还有几个自媒体意见领袖帮菲奥娜扩散消息。

朋友们，@FionaClemClem 被黑了。别去看！

@FionaClemClem 的情况不对劲。

这黑客，太疯狂了。

不知不觉间，观看菲奥娜·克莱门斯 Instagram 直播的观众就超过了二十五万人次，而且人数每一秒都在增加。他们看到的不是菲奥娜·克莱门斯购买化妆品，也不是瑜伽小贴士。他们在直播视频里，看到肯特郡警察局长亲口承认自己犯了欺诈罪，案值高达千万英镑。

大家看不见他在和谁交谈，只知道他坐在一间图书室里，正在说走私手机和与犯罪分子做交易的事。消息不胫而走，观众人数持续上升。Insta、推特、抖音，连老一辈也纷纷打开了 WhatsApp[①]。人们都在看，都在评论，都在呼吁严惩这个叫安德鲁·埃弗顿的家伙。

就连今天上午给菲奥娜做头发拉直的技师，也给她看了自己的手机。他问她："看见这个了吗？"

惊喜连连，随着整个故事在她"被黑"的账户上逐渐展开，菲奥娜看见她的 Instagram 粉丝数迅速涨到了四百多万。此时此刻，警察局长正在那间图书室里东张西望，视频里还传出某个人敲击键盘的声音。菲奥娜的评论区简直炸开了锅。

这就是伊丽莎白向菲奥娜要的东西——她的 Instagram 账户登录名和密码。

"一个小时左右就好，亲爱的，"伊丽莎白当时是这么说的，"我保证你甚至都不会注意到有人登录了你的账号。"

① WhatsApp：一款通信应用程序，可即时发送和接收信息、照片、音频和视频文件。

76

安德鲁·埃弗顿耐心地等待着，维京人忙着在笔记本电脑上敲键盘。目前一切顺利。他挺喜欢维京人的，维京人似乎也挺喜欢他。更重要的一点是，他信任维京人，坐在这个不知位于何方的舒适房间里，他感觉很安全。安德鲁·埃弗顿觉得等他离开这儿的时候，会比进来的时候富裕许多倍。

维京人合上电脑。“你杀过人吗？”

“没有，”安德鲁·埃弗顿说，“这笔钱没沾血。”

“你确定？”

“你听我说，我靠野路子挣钱，我犯了法，做了坏事，但我没杀过人。”要是维京人知道了真相，认为风险太高怎么办？

“网络上说那个记者叫贝萨妮·韦茨，”维京人说，“贝萨妮·韦茨，曾经在《东南今晚秀》工作，报道你们这个案件的记者就是她吗？”

“没错，就是她。”安德鲁·埃弗顿说。

“而她死了，”维京人说，“有人杀了她？”

“对，”安德鲁·埃弗顿说，“但不是我。你不需要担心。”

“但我看我有必要担心，”维京人说，“去坐牢的那个女人，她叫希瑟·加伯特吗？”

“就是她。”安德鲁·埃弗顿说。

“她也死了。”

“对，她死了，”安德鲁·埃弗顿说，“但我还是要说，和我没有关系。她是自杀的。一场悲剧，但……”

“还有你的同谋杰克·梅森呢？”

“这个问题到此为止吧，”安德鲁·埃弗顿说，“对，他也死了。”

“你周围死了很多人，”维京人说，“我很担心。”

“是啊，你确实有理由担心。”安德鲁·埃弗顿说。

“因此我要你说实话，”维京人说，“这儿只有你和我，而你需要得到我的信任。他们是你杀的吗？”

“不是。”安德鲁·埃弗顿说。

“也许其中一个或两个是你杀的？”维京人说。

“没有一个是我杀的。”安德鲁·埃弗顿说。

“真是好大的一个巧合。”维京人说。

“是啊，”安德鲁·埃弗顿说，“真是好大的一个巧合。不过你可以信任我。”

77

乔伊丝的日记

易卜拉欣同时打开了所有自媒体网站的窗口。几十万人在线观看所谓“被黑”的菲奥娜 Instagram 账号上的视频直播；“贝萨妮·韦茨”成了推特趋势上增长最迅速的关键词。人们在分享贝萨妮的视频片段，发她失踪时的新闻报道。她的脸无处不在。

安德鲁·埃弗顿的脸也一样。听到“你可以信任我”，菲奥娜账号的评论区简直像是爆炸了。肯特郡警察局不得不暂时关闭推特账户。连天空新闻都在报道了，电视台不允许节目展示画面，于是主持人用语言描述屏幕上正在发生什么。

他承认犯下了欺诈罪，承认是杰克·梅森的生意伙伴，但还没有承认他杀过人。我觉得他不会承认的。哪怕房间里只有两个人，也不会有人愿意承认自己杀过人，对吧？

不过我们的目标已经实现了。我们想让安德鲁·埃弗顿承认他做过什么，想让他把事实真相告诉全世界，想为贝萨妮伸张正义。

伊丽莎白和维克托在角落里商量。无论伊丽莎白说什么，维克托都一个劲儿点头。我猜现在轮到子弹上场了！

78

维京人背后是一扇关着的门，这扇门现在打开了。一个男人走进图书室。他身材矮小，秃头，眼镜对他的脸来说太大了。这是在干什么？

“不对，”安德鲁·埃弗顿对维京人说，“不对。我们约好的，只有你和我两个人见面。”

“这是我的生意伙伴，”维京人说，“他叫尤里。”

“很高兴见到你，局长先生，”维克托说，“你真是个大忙人啊。”

“我没有同意过允许第三个人参加。”安德鲁·埃弗顿说。

“给我一分钟，”维克托说，“要是你不喜欢我说的，我转身就走，你也可以离开。你不会有危险。”

“一分钟。”安德鲁·埃弗顿说，用视线搜寻出去的路。

“我这位朋友，大家都叫他维京人，他是这房间里的天才。不过安德鲁，你同样也是天才。我能叫你安德鲁吗？”

“当然可以，尤里。”安德鲁·埃弗顿说。

“你显然非常聪明，安德鲁。作为警察局长，你还是一位公认的优秀作家，用笔名麦肯齐·麦克斯图尔特写书，恭喜恭喜。我最近读过你写的《保持沉默》，读得非常愉快，个人认为这是一部杰作。有约翰·格里森姆的味道。除了这些成就，我们现在知道了，你还是一位犯罪大师。警察、犯罪小说作家、犯罪大师，要我说，这几项技能似乎有些共同之处。”

安德鲁·埃弗顿点点头。这个人身上有些东西挺讨他喜欢的。另外，关于《保持沉默》，他也说得对。这本书确实有格里森姆的味道。

“不过怎么说呢？你几乎可以算是个犯罪大师。你成功地偷走了钱，手法非常简单，非常优雅，但一直没能拿到赃款，因此你才需要我们的帮助。我们能把你的钱找回来吗？能，至少我这位朋友能。我们愿意和你做生意吗？愿意，你位高权重，而且有能力在许多方面帮助我们。你呢？你愿意吗？”

“我当然愿意，”安德鲁·埃弗顿说，“你把我的一千万英镑弄回来，你们想要什么都没问题。”

“那么，咱们就是志同道合了，”维克托说，“我猜咱们就应该挺合得来。咱们都喜欢钱——谁不喜欢呢？——但咱们也都是有道德的人。咱们有时候会违反规则，这一点没什么好否认的，但规则并不适用于每一个人，对吧？”

“同意，太同意了。”安德鲁·埃弗顿说。他很快就能拿到他的钱了，他有这个预感。经过这么多年漫长的等待，收获的日子终于要来了。西班牙的一幢豪宅，俯瞰大海的写作室。他会宣称，自己签了一份版税很高的出版合约，因此大赚了一笔钱，但合同条款完全保密。另外，他还会辞去自己的所有职务。这个戴着特大号眼镜的男人，他就是远大图景里缺少的最后一块拼图。

“但我也必须要能够信任你，”维克托说，“我感觉我是会信任你的。我感觉咱们是同类，在我们所生活的这个残酷世界里，咱们有着相同的信仰。”

“那还用说？”安德鲁·埃弗顿说。他在网上看中了一处豪宅。它在多拉达海岸，老天在上，有两个游泳池呢。

“因此，你必须和我说实话，”维克托说，“关于那个记者，关于你那两个朋友。三起命案，全都和你的税务欺诈有关。我希望自己能信任你，前提是你必须把实情告诉我。是你杀了他们，对吧？说吧，没关系的。”

安德鲁·埃弗顿思考自己该怎么回答。这个人想听到的是什么呢？他杀了他们？他没杀他们？所谓“有道德的”答案是什么？他做出了决定。

“不是我杀的，”安德鲁·埃弗顿说，“我从不杀人。”

维克托点点头。“所以他们三个人都是自己死的？”

安德鲁·埃弗顿点点头。“对，他们三个人都是……自己死的。”

“我很失望，局长先生，”维克托说，“我还以为你会说实话呢。”

安德鲁·埃弗顿陷入了困境。这个人有可能知道真相吗？他权衡可供自己选择的各种假话。他离成功只差最后一步了，绝对不能在这儿搞砸。话说出口就要坚持到底，他们会尊重你的说法的。

“他们不是我杀的。”

维克托做出受伤的表情。“安德鲁，我真不愿意听见你这么说，因为我已经掌握了一些情况。”

“例如呢？”安德鲁说。他肯定是在诈我，这仅仅是他们对我的考验。继续否认，否认到底，然后再一眨眼，人就在西班牙了。

“你谋杀了贝萨妮·韦茨，把尸体埋在苏塞克斯一座房子的花园里，用它勒索你的同谋杰克·梅森和希瑟·加伯特，迫使他们为你保守秘密。希瑟·加伯特在达威尔监狱里被杀就是你安排的，还有两天前的晚上，你杀害了杰克·梅森。”杰克·梅森这部分纯粹猜测，但安德鲁·埃弗顿并不知道。

安德鲁·埃弗顿震惊得无法动弹。这个人怎么可能知道贝萨妮的尸体在哪儿，还有他勒索别人的事情？不，不可能。杰克·梅森绝对不会供出他的名字，再过一百万年都不会。而希瑟·加伯特太害怕他的手段了。因此，这个人是怎么知道的？

“告诉我事实，安德鲁，”维克托说，“让我们确定我们在处理一笔什么钱。然后我们就可以在彼此信任的基础上继续谈了。”

安德鲁·埃弗顿必须做出一个重大的决定。坦白吗？这个叫尤里的家伙似乎全都知道了，他还能怎么坚持自己的这套说法呢？信任尤里，同时信任维京人？说出真相？这个房间里只有三个人，这座宅子在荒郊野外。他很清楚，即将从自己嘴里说出来的下一句话价值千万英镑。

“好吧，”安德鲁·埃弗顿说，“你能保证我说的话绝对不会从这个房间传出去吗？”

“没人能看见咱们，”维克托说，“也没人能听见。”

安德鲁·埃弗顿把双手握在一起，像是要祈求宽恕。

“我杀了贝萨妮·韦茨。”

79

康妮·约翰逊在她的平板大电视上看直播，难得今天无线网络没给她找麻烦，她在看 YouTube 上的一个视频。

就这么简单，尘埃落定。安德鲁·埃弗顿成了罪犯。这位警察局长大人，她见过他几次，看上去似乎和蔼可亲。但他居然是杀人凶手？谁会想到呢？对康妮来说，倒是一件好事。

然而有一个人肯定不是他杀的，那就是希瑟·加伯特。

康妮第二次去找希瑟聊天的时候，发现了她的尸体。凶器是毛衣针。尸体旁有一份遗书，说永别了什么的。希瑟·加伯特被某些东西吓得魂不附体。此刻看着电视上的安德鲁·埃弗顿，康妮至少知道了她在害怕什么。

康妮的脑子转得很快。易卜拉欣和他那伙人在追查杀害贝萨妮·韦茨的凶手，按照她的看法，他们很可能会抓住凶手。这一点算她猜对了，对吧？康妮觉得插手这个案子不会有任何坏处。在追查杀人犯的过程中出一份力，法庭对待她也许会稍微抬一抬手。

于是她撕掉了希瑟的遗书——*永别了，我再也忍受不*

下去了。就是这种丧气话，她只是匆匆扫了一眼，然后重新写了一份遗书，让希瑟看上去像是杀人案的受害者，同时把自己塑造成一个掌握了关键信息的人，一个救世主。

现在既然知道是安德鲁·埃弗顿杀害了贝萨妮·韦茨，那么康妮也就可以启动计划的第二部分了。她需要做的只是捏造一点儿证据，表明希瑟·加伯特同样是安德鲁·埃弗顿杀害的。开沃尔沃的那位管理人员，他删除了康妮那天夜里去希瑟牢房的监控录像，康妮觉得他很快就会突然想起来，那天晚上安德鲁·埃弗顿来过监狱。而康妮毫无疑问也会突然想起来希瑟告诉她的某些话，某些关于警察局长的无稽之谈。“这事情和最上面有关”，诸如此类的浑话。捏造记忆，她会玩得很开心的。

埃弗顿会被定罪判刑，康妮会因为配合警方工作而减掉几年刑期，非常好。她出去得越早，就能越快找到罗恩·里奇算账。

她必须感谢易卜拉欣，他真的很厉害。

不过她记得易卜拉欣说她在乎希瑟·加伯特，而她在乎别人就证明了她不是反社会分子。

但与此同时，希瑟·加伯特被撕成碎片的自杀遗书，就揣在她的口袋里。

心理治疗真的很有意思，她等不及要再和他见上一面了。

80

乔伊丝的日记

你能想象他说出这句话的时候，厨房里闹腾成什么样了吗？

“维克托又成功了，”伊丽莎白说，“子弹从不失手。”

现在通过菲奥娜 Instagram 账号观看直播的人数已经超过了三百万。他们刚刚听见了同一句话，一个个都迫不及待地想发表意见，而且都想知道接下来会发生什么。

我一边看直播，一边写日记。图书室里的气氛完全放松了下来，他们三个人正在谈银行账户什么的。维克托给他们各倒了一杯威士忌。

罗恩刚讲完一个约克郡警察用大头棍揍他的往事。我问那段日子他是不是被很多人揍过，他说确实是的。

哪怕对我们来说，这也是一次了不起的团队协作。破解财务文件里的人名，说服杰克·梅森开口，和菲奥娜·克莱门斯交朋友。好吧，说“朋友”也许有点夸张了，不过看着她 Instagram 账号的关注人数噌噌上涨，我们说不定真的会成为朋友。亨里克完成了他的任务，可爱的维克托诈出了口供。

保利娜和迈克即将出镜。保利娜正在给迈克·韦格霍恩补妆，因为他一直在哭。我告诉他有三百万人在看直播，他说他准备好了。

早些时候，我找波格丹问唐娜怎么样，他说你什么意思，我说你说我什么意思，他给了我一个全世界最迷人的微笑，竖起两个大拇指。

说到迷人，我刚刚收到了默文的短信。看见他的名字在手机屏幕上冒出来，我兴奋极了，打开短信的时候，我心如鹿撞。

阿兰很好。

好吧，我们可以慢慢融化他。

我们祝迈克好运。现在该继续下一步的计划了。

81

唐娜和克里斯在唐娜的电脑上看直播。办公室里的所有人都在看。费尔黑文警察局里的所有人都在看。费尔黑文的所有人都在看。所有人都在看。好了，这句话可以画上句号了。

你可以说安德鲁·埃弗顿今天成了最新一位“全英国最讨厌的人”，不过唐娜注意到，他写的小说《保持沉默》此刻也荣登了亚马逊图书销售排行榜的榜首。

无论是谁盗取了菲奥娜·克莱门斯的 Instagram 账号密码，那都是个神来之笔。所有人都在猜测这个人会是谁，克里斯和唐娜也一副好像什么都不知道的样子。

大家簇拥在唐娜的电脑周围，没人想被叫走去办理什么案件，他们看到的最新进展是《东南今晚秀》的那个老家伙——迈克·韦格霍恩——正走进维京人的图书室。

“唐娜，那不是你的好朋友吗？！”泰瑞·哈利特督察叫道。

“他先认识我的，”克里斯说，“我给他做过呼吸测试！”

屏幕上，迈克在一脸难以置信的安德鲁·埃弗顿对面坐下，直视正在拍摄这一幕的隐藏摄像头。

“大家好，我是迈克·韦格霍恩，这是《东南今晚秀》的报道……”

“迈克，你在干……”安德鲁·埃弗顿说，但迈克请他安静。

“我想先对正在观看直播的几百万观众说几句话，大家刚刚听到了安德鲁·埃弗顿局长供认他……”

安德鲁·埃弗顿从椅子上跳了起来，险些蹿出画面。一条肌肉发达的手臂抓住他，把他死死地按回座椅上。你不可能认出那条手臂属于谁，除非你认识上面的文身。

唐娜一眼就认了出来，所以这就是他昨晚去办的事情？

“请相信我。”波格丹当时是这么说的。

她是不是应该开始养成相信他的习惯了呢？她猜周四推理俱乐部的人多半都在那儿。是的，肯定都在。

迈克·韦格霍恩还是那么有职业风度，他一直等安德鲁·埃弗顿被捂住的叫喊声逐渐消失，才继续开口。

“我知道这五分钟堪称奇观，我们亲眼看着一个人供认自己犯下的可怕罪行。是的，一名警察局长亲口供认犯下欺诈、腐败、勒索和谋杀的罪名，这件事引发的舆论骚动是可以预见的。案情进展到一定程度，法院会开庭审判他，你们刚刚目睹的这一幕无疑会让情况变得非常复杂，但至少会有一场审判。安德鲁·埃弗顿会去坐牢，尽管目前我国的司法系统似乎过于宽宏和软弱，不过对于坐牢这个结果，我们还是有把握的。但是，请不要急着认为事情已经结束了。我们很快就会切断直播，把菲奥娜的账号还给它真正的主人。菲奥娜，因为你今天提供的帮助，我从心底里感谢你。坦白说，我想不到你还能找到什么更好的方法，来向贝萨妮献上一份敬意了。大家很快就会回归现实生活，你们会吃晚饭，会看电视，会做你们今天打算做的其他事情。你们会谈论刚刚看到的东西，这一点我敢确定。明天你们还会继续谈论，不过会谈得少一点儿。到了后天，你们也许还会提上一两句。再然后，这个话题就会由更新鲜的刺激性话题取而代之。比如，世界首富家的某个人生了个孩子。我明白，我能吸引你们注意力的时间其实很短。安德鲁·埃弗顿被铐在我左边的走廊里，斯塔福德郡的警察正在赶来的路上，这出戏即将落幕，有些人说不定现在就开始走神了。但是，我恳求大家再给我一分钟的时间，我保证会长话短说。我想和你们说一说我的好朋友贝萨妮·韦茨，她是在十年前惨遭谋杀的。假如她没有死，你们肯定早就知道这个名字了。贝萨妮，她是个工作狂，在工作上从没输给过任何人。她可以和你争论一整夜，掰手腕把你掰到地上去，连喝酒也能喝得你爬不起来。

她是一个标准的北方佬——要是允许我这么说的话。贝萨妮·韦茨是一位优秀的记者，除此之外，她首先是一位好朋友，我爱她。我的意思甚至不是我以前爱她，我是说我现在还爱着她。因此，在你们的注意力转移到别的事情上之前，在被下一个耸人听闻的故事挑起兴趣之前，我只希望你们能偶尔想一想她的名字——贝萨妮·韦茨。因为她值得在安德鲁·埃弗顿被遗忘很久之后，依然活在人们的心中。好了，以上就是今天中午的全部新闻。这里是迈克·韦格霍恩，感谢所有人的收看，请照顾好自己，也照顾好彼此。”

82

整个肯特郡都在寒风中颤抖，圣诞节就快到了。

“我已经说过了，”唐娜说，“我原谅你了。”

“但那天你得奖了，这很重要，”波格丹说，“万一你再也得不了奖了，怎么弥补？”

“谢谢你对我业务能力的信任。”唐娜说，“你听好了，我的规矩是这样的——要是我得奖，你必须在场，除非你去抓杀人犯了，而且还得是让犯人通过一位著名电视主持人的 Instagram 账号直播招供。那样的话，你不出席颁奖礼也算是情有可原。”

制片人卡温·普莱斯刚刚被指控犯有恐吓他人的罪行。唐娜亲眼看见他把一张字条塞进自己的包包，字条上写着“我们全都讨厌你，你是个笑话”。显然，这个男人在被女性拒绝后，做出了幼稚的反应。贝萨妮、菲奥娜、唐娜……多年来很可能还有不计其数的其他女性受害者。卡温·普莱斯只会受到警告，但大概不会再回到《东南今晚秀》的节目组里了。

但是，杜松苑的谜题还没有解开。难道是她和克里斯搞错了？

波格丹停车时小心翼翼的。由几个养老村住户组成的库珀斯·切斯停车委员会不但没有失势，经过不久前的一场未遂“政变”，他们的势力反而又长了一截。伊丽莎白今天要去某处悬崖，波格丹答应她会来看斯蒂芬。他知道斯蒂芬见到唐娜也会很高兴的。

下车之前，波格丹扭头看着唐娜。

“我有个奖要给你。”

“你有个奖要给我？”

“没错，”波格丹说，“否则我心里过不去。”

波格丹把手伸进后排座位上的旅行袋里，取出爱神与战神阿娜希塔的小雕像。

“唐娜，这是你应得的奖励。”

“波格丹！”唐娜叫道。

“我本来想把你的名字刻在上面的，但好像不该这么做。”

唐娜无法相信这尊雕像居然会出现在自己的手上。“波格丹，这是两千英镑啊！够咱们去希腊度两周的假了。”

波格丹微笑道：“库尔德什只收了我一英镑。他叫我转告你，请继续努力。”

唐娜看着自己得到的奖品，属于她的雕像。然后她又抬起眼睛，看着波格丹。

“他为什么肯一英镑卖给你？”

“呃，”波格丹说，打开身旁的车门，“他问我是不是爱上你了，我说是的。”

83

这是罗恩的提议，他当然有自己的理由，现在所有人都来到了这里。不消说，寒风刺骨，但他是正确的。

他们站在莎士比亚悬崖顶上的最高处，英吉利海峡延伸向远方。数百英尺之下，汹涌的波涛拍打崖底，隆隆巨响飘向他们，就像隔着楼板在听楼下人家的争吵声。

他们知道莎士比亚悬崖不是贝萨妮的殒身之处，但没有什么地方比这里更适合为纪念她而喝一杯的了。

安德鲁·埃弗顿对所有指控都保持沉默，这没什么好吃惊的，因此他们依然不知道那天夜里究竟发生了什么。贝萨妮去了什么地方？安德鲁·埃弗顿在哪儿杀了她？贝萨妮的车驶向莎士比亚悬崖时，车里的两个人是谁？“罗伯特·布朗 Msc”的谜题也还没有解开，易卜拉欣为此从早到晚地琢磨变位词，已经快把自己逼疯了。

不过，另外几个问题倒是得到了解答。监狱的一名看守说希瑟·加伯特遇害当晚，安德鲁·埃弗顿来找过她。但安德鲁·埃弗顿拒不承认，他当然不会承认了。

还有杰克·梅森。罗恩回想他们共度的最后一个晚上，杰克提到过他的负罪感。

他们每个人都拿着一枝玫瑰花，准备扔向悬崖下的大海，伊丽莎白和乔伊丝，易卜拉欣，迈克和保利娜。维克托也来了，他想表达一下敬意。他们还邀请了亨里克，但他说："我不认识她，为什么要去扔玫瑰？"他说得对，不是每个人都想加入一个小团体的，对吧？

他们轮流扔玫瑰。风抓住乔伊丝的玫瑰花，把花扔回她的脸上，她只好捡起来再扔一次。今天万里无云，假如贝萨妮此刻正在天上俯瞰人间，她会清楚地看到每一个人。罗恩从没认真思考过这些事，但在他的内心深处有一片专门供逝者驻留的幽谷。

迈克·韦格霍恩说了些什么，风太大，带走了其中的只言片语，迈克不得不把随风而逝的几句话再重复说一遍。随后，他建议大家沿着崖顶走走。罗恩知道他会这么做。

"我坐着等你们回来吧，"罗恩说，"你们知道我的膝盖是个什么鬼样子。"

有几个人挑起了眉毛，他们都知道罗恩从不谈论自己的膝盖，但他既然这么说了，其他人也没什么可说的，大家很快就出发了。保利娜陪罗恩坐着，他知道她一定会陪着自己。

"你还好吗，宝贝儿？"她问。

“其实还行，”罗恩说，“只是在想我的卫生间。”

“你永远能让我吃惊，罗尼。在考虑买空气清新剂吗？”

罗恩笑了，但笑容有点哀伤。“不，我只是有点不习惯和女性一起生活了，明白吗？各种各样的家伙事儿，这个霜那个霜，还有各种各样的化妆品，反正就是你的那些东西。”

“我占用的空间太多了，是不是？没地方放你的古龙水了？”

“不，说实话，我喜欢现在这样。”罗恩说，“感觉自己有亲密的伴侣，明白吗？我对你一直非常坦诚，保利娜，你知道的，对吧？”

“当然知道，亲爱的，”保利娜说，表情变得担忧，“你说这些干什么？”

“你对我也一直是坦诚的吗？”

“当然了，”保利娜说，“除了偶尔会背着你抽根烟。”

“罗伯特·布朗 Msc。”罗恩说。

“他怎么了？”

“我知道我不是最聪明的那个，”罗恩说，“但现在轮到我破解谜题了。”

“这是化妆品的缩写。”罗恩说，“线索一直就在我的卫生间里，就摆在我刮脸的镜子前面，从头到尾都在我的眼皮子底下。”

罗恩看着保利娜。他并不想说，但他非说不可。

“你的睫毛膏是鲍比·布朗牌的，这是你最喜欢的牌子。”罗恩说，“鲍比·布朗睫毛膏，‘罗伯特·布朗Msc’[①]。”

① 鲍比是罗伯特的昵称，睫毛膏（Mascara）可缩写为Msc。

84

唐娜和波格丹在车门外接吻，在走廊里接吻，在伊丽莎白和斯蒂芬的家门口接吻。波格丹不习惯在公共场合亲热，万一有人看见了怎么办？另外，他抱着满满一袋的食物，需要尽快放进冰箱里。但他在恋爱，他愿意接受新恋情给自己带来的新挑战。

波格丹敲敲门，然后喊着斯蒂芬的名字，自己打开门。

斯蒂芬坐在沙发上，身穿睡衣，这不是什么稀奇的事。

“快乐的一对儿来了，”斯蒂芬说，“看看你们俩。”

“非常快乐的一对儿，”唐娜说，“你好，斯蒂芬。”

唐娜还拿着属于她的小雕像。斯蒂芬起身走过来，仔细看了两眼。

“这是咱们的老朋友阿娜希塔，”斯蒂芬说着眼睛一亮，“爱神和战神。非常适合你。”

唐娜笑了，钻进厨房烧水。

波格丹喜欢看见斯蒂芬两眼放光的样子，那是智慧的火花。波格丹看过斯蒂芬默写的亨里克藏书清单，非常详细，完美无缺。等会儿他要帮斯蒂芬刮脸，然后涂须后水，再抹上保湿霜。斯蒂芬以前从来不保养皮肤，他总说“老小子，只用肥皂和水就行”。但护肤这件事，无论从什么时候开始都不晚。也许还应该让他吃点维生素？伊丽莎白会反对吗？可以先从吃维 C 和维 D 开始，他出去晒太阳的时间不够。

“说到战斗，”波格丹说，在棋盘前坐下，“来一局？”

斯蒂芬摆摆手。

“今天不下棋了？”波格丹问。斯蒂芬今天是想换个花样吗？看电影，吹吹牛，哪样都行。另外，波格丹打算午饭做西班牙海鲜饭。

“我不下棋，老伙计，”斯蒂芬说，“我们家里爱下棋的是伊丽莎白。”

“伊丽莎白？”

“我试过几次，”斯蒂芬说，“但就是掌握不了诀窍。你下棋吗？”

“对，我下。”波格丹说。

“下得好吗？”斯蒂芬说。

“这要看情况了，”波格丹说，打定主意不让眼泪流出来，“象棋下得好不好，主要看对手的水平高不高。”

斯蒂芬点点头，低头看着棋盘。波格丹很想知道他都看见了什么。

“那肯定比我好，”斯蒂芬说，“这个游戏啊，它是魔鬼的把戏。”

唐娜端着两杯茶回到房间里。斯蒂芬笑了。

“没错，这才是我想要的，”斯蒂芬说，“来喝杯茶吧。我就需要这个。”

85

罗恩能看到其他人在往回走了，乔伊丝挽着迈克·韦格霍恩的手臂。但大家距离他们还很远，而且回程是上坡路。他和保利娜还有一段时间可以独处。

“全部真相？”保利娜问。

“我觉得我有资格知道。”罗恩说。

“我也这么觉得，罗尼，”保利娜说，“但我不希望其他人知道，尤其是迈克。”

罗恩耸了耸肩，从崖顶高处俯瞰狂暴的大海。难道就要在这儿结束了吗？

“那天十点半左右，”保利娜开口道，几乎不敢看罗恩的眼睛，“信不信由你，我正准备上床睡觉，因为第二天要早起开工。有人按门铃，想让我打开公寓楼的大门，我没搭理。大晚上有人来叫门，除非是你叫的外卖，否则不可能有什么好事。但它响了又响，最后我说‘真该死’，打开门口的监控探头看了一眼，结果见到的是她。”

“贝萨妮·韦茨？”

“对，贝萨妮·韦茨。我打开公寓楼的大门，等她上楼来敲响我的房门。她进来后，我问她这是要干什么。从她的样子能看出一定是出事了，否则我早就叫她滚蛋了。她穿人字呢夹克和黄裤子，它们就像是在大甩卖的货摊上随手买的，也没化妆。她坐下后说‘保利娜，我需要你帮个忙’，我说‘现在是晚上十点半’，她叫我坐下，听她讲件事。我说要不要我打电话给迈克，她说你不能打给他，我不希望他担心。”

“她讲了什么？”

“贝萨妮说‘你必须相信我，保利娜，有人想杀我。我搞到了一个新闻，但他们不想让事情败露，我刚收到一条威胁短信’。罗恩，你是了解我的，我经常听到这种话，但不知道该不该相信。然而她的眼神告诉我，她说的是真话，至少非常接近真相，于是我就说‘我能做什么？你要我怎么帮你？只要我能做到，就一定会帮你’。”

“她要你帮个什么忙？”罗恩问。他已经能隐约听见乔伊丝的笑声了，风吹来了她的女高音。

“她说她要去见某个人，希望能变个装。她知道我没法创造奇迹，但问我能不能给她化个妆，再借她一顶假发，改变一下外貌，只要能骗过某个人就行。她给我看了一张照片，看上去也不是很难做到。”

“所以你就答应了？”

“刚开始我想说服她放弃。既然遇到麻烦了，那就去找警察。你知道的，找警察并不是我的风格，但警察有时候也是有用的。她说她不能去找警察，她只需要我帮她这一个忙，整件事情很快就会结束。她说‘相信我，我知道自己在干什么，我会报答你的’。”

“她给了你五千英镑？”罗恩说。

“我对她说‘你省省吧，我不要你的钱，既然你遇到麻烦了，那咱们就开始吧’。于是我按照那张照片给她化了妆，再给她拿了一顶我的假发，她试了试，我又稍微修剪了一下。总之，九十分钟过后，变装的结果还不赖，是真的不赖，她很满意。贝萨妮一直在看表，最后她说‘保利娜，天知地知你知我知，祝我好运吧’。我问她要去哪儿，她说明早要是没有她的任何消息就报警，但别说我是谁。我让她最好别去，我想打电话给迈克，但她说她非去不可。贝萨妮最后抱了抱我，她从来不这么做的，还给了我一张字条，上面有几个数字。她说‘这是给你的报酬’，然后就走了。”

罗恩用手指敲着节奏。“就这样？”

“对，就这样，”保利娜说，“你相信我吗，罗尼？”

“我相信你，保利，”罗恩说，“我相信你说的是实话。但你少说了一点，亲爱的，你没说你为什么一直没告诉过任何人。你知道她失踪的那几个小时人在哪儿，你知道她要去见某个人，但你从没告诉过任何人，这不合逻辑。你可以把实情告诉迈克，也可以告诉警察，但你没有，为什么？”

罗恩看见保利娜瞥了一眼越来越近的其他人。

“还有一件事，”保利娜说，“我平时会用假人试戴假发，还会在它们的脸上试用化妆品，明白吗？就是展示衣服的那种假人。贝萨妮离开前问，能不能借给她一个假人。我觉得她疯了，但这件事从头到尾都很疯狂，所以最后我同意了。”

“假人？”

“第二天上午，有人在悬崖底下发现了贝萨妮的车，监控视频也被调了出来，所有事都摆在了公众面前，于是我准备打电话告诉迈克，但在打电话之前，我又细想了想。我想到了变装，想到了她给我看的照片，想到了假发，想到了假人，想到了监控探头拍到的车里有两个人。我想到了那晚她来我公寓时糟糕的穿搭，罗妮，我甚至想到了自己对她说的话：‘我可不想死了以后被人发现穿成这样。’”

“所以你猜想……”

“这不是猜想，而是我坚信。罗恩，迈克在得知贝萨妮死讯时已经崩溃了。他爱贝萨妮，贝萨妮也爱他。审时度势，我觉得要是迈克知道贝萨妮假死，还带着只有老天爷知道有多少的钱，跑去了只有老天爷知道的什么地方，而且从头到尾连个屁都没有告诉过他，他的痛苦大概会升级一百倍。至于贝萨妮为什么要这么做，我一直想不通。”

保利娜望向大海。

“她没再回来过。没有人被指控谋杀，没有人受到伤害，所以我也保持了沉默。然后你们这伙人跳了出来，忽然间，到处开始死人，于是我试着丢了几个暗示出来。我知道，我不能时隔这么多年才说出真相，但我觉得你们这伙人也许能猜到，迈克也将不得不面对真相。我觉得时机成熟了。”

“难以置信。”罗恩说。

“我只是想做点好事。”保利娜说。

“钱呢？”

“我没碰过，”保利娜说，“我把那张纸扔掉了，连想都没再想过。罗伯特·布朗 Msc 是贝萨妮开的玩笑，不是我的。”

“这个玩笑开得好。”罗恩说。

“是啊，你一定会喜欢她的，”保利娜说，“罗恩，你能原谅我吗？”

“没什么需要原谅的。”罗恩说。

“那明天去做个按摩，稍稍放松一下？”

“别逼我去那个鬼地方。”罗恩说。

其他人快走回来了。

罗恩扭头看着保利娜。“你觉得她这会儿会在什么地方呢？”

保利娜笑着起身，迎接散步回来的人。“我认为她正在天上看着我们呢。”

乔伊丝坐到了罗恩身旁保利娜刚刚坐过的位置上。

“在悬崖顶健步走，确实提神醒脑。”乔伊丝说，“真不敢相信你居然没去。”

罗恩抬手搂住了自己的朋友，他还看到保利娜也搂住了迈克。

86

这些年来，她的手机一直开着谷歌快讯推送功能。只要任何地方的任何人提到“贝萨妮·韦茨”这个名字，她就会收到通知。她会飞快地扫一眼，评估风险，然后继续过自己的新生活。每年她的“忌日”前后，总会有几个人提到她的名字。不过年复一年，她的名字被提及的次数变得越来越少，最终完全消失。无论从哪个维度来看，贝萨妮·韦茨都不复存在了。

直到三天前的那个下午，贝萨妮·韦茨突然间成了全世界最有名的人之一。贝萨妮·韦茨看到了这场骚动，她当然看到了，谁都不可能注意不到，哪怕在迪拜也一样。

她一直待在家里，取消了所有外出计划。其实是没这个必要的，她自己也知道。曾经的贝萨妮·韦茨已经变成艾利斯·库珀[①]好几年了。人们时常嘲笑她的名字，但她取这个名字自有她的用意。

当初调查增值税欺诈案的时候，贝萨妮尽自己的最大

① 艾利斯·库珀（Alice Cooper）：美国著名摇滚歌手。

能力学习了有关洗钱的各种知识。她请教授和犯罪分子吃饭，骚扰各方面的专家。德国警方的一位调查员告诉她，对于诈骗犯来说，最好用的化名莫过于知名人士的名字。按照他的说法，“如果有人在谷歌上搜索你的化名，必须往后翻无数页，才有可能找到蛛丝马迹”。他说得很对。在谷歌上搜索“艾利斯·库珀”，要翻很多页，才能看到她的“媒体培训与公关解决方案”公司，这家公司的注册地址是迪拜码头一座办公楼的第八十层。

除了这个小花招，贝萨妮还学到了堪称海量的其他知识。她学得非常出色，以至于不但能追踪到税务欺诈案赃款的下落，还有能力动用账户里的钱。

就在此时，安德鲁·埃弗顿寄给了她一颗子弹。子弹上用潦草的笔迹写着一个名字。

于是她知道自己有危险了，安德鲁·埃弗顿发现了她在追查他，并且打算伤害她。安德鲁·埃弗顿肯定监控了她的手机，看见她发给迈克的“绝对是爆炸性的”短信。

于是贝萨妮不得不做出抉择——勇敢地继续深挖下去，还是想办法脱身？

继续深挖的话，她有可能扳倒安德鲁·埃弗顿吗？他是一名位高权重的警官，掌握的社会资源能让他看到她发的私人短信，而且这个人寄给她一颗子弹，足见冷酷至极。

贝萨妮其实别无选择。

她只能退而求其次。在接下来的几周里，她活用自己学到的知识，着手把安德鲁·埃弗顿的赃款转入一个个新账户。她没有从新账户里直接提现，因为那会引来真正的危险，她只是把钱转移并藏了起来。

贝萨妮假死之后，倒霉的安德鲁·埃弗顿和杰克·梅森费尽周折，企图收回他们的赃款。然而他们构建的洗钱网络过于复杂、精密，以至于钱都不翼而飞了，他们还没察觉到。

贝萨妮制订好了全套计划——她被谋杀，尸骨无存，改换新发型和新妆容拍新护照，用家用试剂盒抽取自己的血样，再涂抹在自己的车里。贝萨妮使出了她学到的所有花招，但她并不相信自己真的能够瞒天过海。她的预感没有错，那天晚上，她收到了安德鲁·埃弗顿发来的电子邮件，“来见我，我只想谈谈”。

贝萨妮知道是时候说再见了，告别她的人生，告别她的报道，告别迈克。你好，迪拜，你好，我的新生活，以及一千万英镑。

贝萨妮等了一年左右，才开始从新账户里提取赃款。她先从巴拿马一个不起眼的账户里抽走了十万英镑，一方面是想看看自己有没有成功，另一方面是为了支付手术费。多年前，她报道过一位靠整容手术挣了大钱的法弗舍姆女性，这位女士非常乐意帮忙联系手术，因为她能得到丰厚的回报。假如你口袋里有一千万英镑，在迪拜几乎可以为所欲为，而贝萨妮·韦茨用钱买到的是隐姓埋名。

死里逃生，没错，但她为此放弃了什么呢？

贝萨妮当然有她的遗憾。失踪前，她刚刚被BBC拒绝了两次，她的信心遭受了沉重的打击。贝萨妮开始觉得自己恐怕永远也不可能成功，永远也爬不上去了，因此那一千万英镑和新生活的诱惑力就更强烈了。但也许她应该坚持下去，看看菲奥娜·克莱门斯现在的成就。然而贝萨妮没有菲奥娜的那份自信，相貌也不如菲奥娜。不过做过整容手术之后，贝萨妮倒是有几分像她了。她可以咬牙坚持到底的，但当赚钱的机会掉到她的面前，她选择抓住了机会。迈克曾对她说要战斗到底，说她一定能成功，可惜她当时太年轻，不知道迈克说的是真话。

而迈克，那是她最大的遗憾，这遗憾直到今天还会让她在半夜惊醒。要是迈克知道她是主动离开他的，他一定会心碎的。她能预见到这样的结果，她相信保利娜肯定也知道。她本来可以勇敢一点儿，坚持留下做调查。她本来可以把安德鲁·埃弗顿绳之以法，本来可以一举成名，享受美好的职业生涯，每次来到肯特郡附近都去找迈克喝一杯。她本来可以拥有这样的生活。

然而那颗子弹反复跃入她的脑海。那颗子弹是安德鲁·埃弗顿寄给她的，上面写着一个名字。目的无疑是恐吓她，但正是这颗子弹害得他损失了一千万英镑。

收到子弹后，贝萨妮其实已经别无选择了。此刻她把这颗子弹拿了出来，掂量它的重量，就像多年前的那个夜晚一样。留神刻有名字的子弹。

正是那个名字最终让她下定了决心，因为写在子弹上的名字不是“贝萨妮·韦茨”。假如是，她反而知道该怎么办了。

子弹上的名字是“迈克·韦格霍恩”。

87

迈克·韦格霍恩往前翻他的电子邮件。每年到了贝萨妮的忌日，都会有观众写信给他表示哀悼。尽管数量不多，而且一年比一年少，但有和没有毕竟是不一样的。

最近几年总共只有四封邮件。三封来自经常来信的老面孔，还有一封来自一个他一直无法确认身份的账户，邮件还标明“无须回复”。最开始的几年里，汹涌而来的邮件淹没了这个账户，但现在它变得非常显眼。邮件内容永远只有一朵红玫瑰。迈克从没仔细思考过它的含义。

警方一直没有找到贝萨妮的尸体。来自各个部门的人都向他解释过原因，比如潮水，而迈克接受了他们的说法。要是仔细查，会发现有相当多类似的案例，而迈克真的仔细调查过。

然后有人告诉警方，贝萨妮的尸体埋在希瑟·加伯特家的花园里。但是，尽管警方组织了挖掘，依然没有找到尸体，而安德鲁·埃弗顿坚持声称他没有杀贝萨妮。

迈克不由得开始思索，假如……

他看着邮件里的红玫瑰，开始搜索过往的邮件信息。然后他发现，自己每年都会收到同样的邮件内容，这些邮件来自同一个无须回复的邮件地址。

红玫瑰有可能代表什么呢？爱，这是一种可能性。兰开夏郡[1]？这就有点牵强了，但贝萨妮喜欢牵强的比喻。她还喜欢捉弄他，比方说"绝对是爆炸性的"，就好像他有生之年真的能猜出另一层含义似的。

这些邮件当然不可能来自贝萨妮，这是当然的，是某位好心人在为贝萨妮祈福。但这只是个美好的幻想，迈克没法再自欺欺人了。贝萨妮没有死，而是换了个地方过日子，没准儿就是靠增值税欺诈案的赃款生活的。那笔钱似乎没有落到任何人的手里，亨里克说资金转来转去，在某个时候忽然人间蒸发了。会不会是和她一起消失的呢？

贝萨妮真的会和他不告而别吗？

如果是为了一千万英镑的话，有什么不可能的呢？为了钱抛下挚友，愚蠢，没错，贪婪，也没错，但谁敢说自己一辈子从没愚蠢和贪婪过呢？迈克这辈子一直过得很愚蠢，直到贝萨妮让他明白了人生的本质。他其实希望贝萨妮能在自己身边待得足够久，让他有机会报答她的帮助。

也许这些邮件就是贝萨妮发给他的。假如迈克愿意，

① 兰开夏郡以玫瑰而闻名。

他可以选择相信。假如真的是她发来的，他希望贝萨妮看到了那天的直播，那是他对她的致敬。迈克希望贝萨妮知道，无论她在哪儿，是在天堂，还是在六英尺之下，抑或是踽踽独行于两者之间，他都爱她。

迈克倒了一杯苹果酒，这次是直接从塑料瓶里倒的。有什么不行的呢？他举起酒杯。

“敬不在场的朋友。”

88

乔伊丝的日记

激动人心的风波已经过去好几天了，我应该说说后来都发生了什么。

我写完了我的短篇小说。小说现在不叫《血洗食人族》了，而是叫《格里·梅多克罗夫特探案之人生不过一场梦》。我把小说发给了《阿尔戈斯晚报》，对方立刻回复说已经收到我的投稿。我接着回复说谢谢并祝他们周末愉快，但这封邮件没能送到。我从此再也没收到任何回信。

我正着手写一个新短篇小说，这次格里·梅多克罗夫特探长要在摩洛哥大破奇案。我没去过摩洛哥，但我看过里克·斯坦去马拉喀什的纪录片，我描述的很多场景就来自这部纪录片。

安德鲁·埃弗顿进监狱了，进的最高警戒级别的贝尔马什监狱。我猜主要是为了保护他的人身安全。他进监狱是因为欺诈指控成立，但警方还在调查贝萨妮和希瑟的谋杀案。说来有趣，一般情况会考虑到，我们做的直播对审判造成了先入为主的偏见，但由于大众对直播的反响过于强烈，我猜就连执法机构也明白，这次的审判必须让大众觉得正义得到了伸张。安德鲁依然辩称自己是无辜的，不过无论如何，他都会在监狱里待上很长一段时间了。

很讽刺的是安德鲁·埃弗顿写的小说成了超级畅销书。不但冲到了Kindle电子书销售榜的榜首，而且某家出版社正在快马加鞭地发行实体书。另外，网飞还买下了电视改编权。看来，关于曝光量的那句名言确实有道理。不过版税和改编费他连一分钱也拿不到，在他把偷走的一千万英镑还给国库之前，法院冻结了他的全部财产。

我不认为他真的会被指控谋杀。证据在哪儿？警方挖开了希瑟家的花园和屋后树林，但没有找到尸体。他们只找到了大量枪支、成捆的现金、假护照和各种被盗物品，你能想象的应有尽有。看现场的情形，杰克·梅森这些年来一直在寻找尸体，他每挖一个洞，就把一些东西藏在里面，然后再把土填回去。警方发现的第一支枪（就是那把突击步枪）从没被使用过，那十万英镑来自坦布里奇韦尔斯的一起邮局劫案。

前一阵我去坦布里奇韦尔斯购物了，是卡里托开面包车送我们去的。我在一本书里读到过，坦布里奇韦尔斯有一家大型连锁超市，实际上并没有。但这儿有一家非常大的水石书店，我买了斯蒂芬·金的《论写作》和玛丽安·凯斯的新书。

最大的新闻是关于迈克·韦格霍恩的。全世界和他妻子都看到了他缅怀贝萨妮的讲演，他说从此他的电话就响个不停。他和 ITV 签约，打算做一个名叫《英国最著名的连环杀人狂》的系列节目。他还作为共同主持人，主持了一周的《第一秀》，而且他们请他继续主持。下周我又要去埃尔斯特里了，这次是看他上《停止计时》节目做嘉宾！伊丽莎白说她另外有约了，因此保利娜会和我一起去。

菲奥娜·克莱门斯说要请我们吃饭，她当然应该请我们吃饭，因为她的 Instagram 账号已经有八百万粉丝了，她接下来要去录《停止计时》的美国版。

保利娜和罗恩刚从埃文河畔的斯特拉福德[①]回来，他们在那儿度了个长周末。我问罗恩他们看了哪部莎士比亚戏剧，他却一脸茫然地看着我，看来他们在酒馆里待了一个周末。少了罗恩，易卜拉欣似乎有点失落。我知道他衷心地为罗恩感到高兴，但我是不是应该多关心他一点儿？我们经常一起去遛阿兰，即使心里有点失落感，他依然能喜滋滋地唠叨个没完。

说到遛狗，我经常碰到默文和罗茜。默文太英俊了，和他在一起的时候，我必须克制住自己才能不摇尾巴。他

① 埃文河畔的斯特拉福德（Stratford-upon-Avon）：莎士比亚的故乡。

话很少，但有时候话少反而会让人松一口气，对吧？和某些男人在一起，你绝大多数时候只能点头表示赞同。

我偶尔会带一份砂锅炖菜给默文，分量总是够两个人吃的，想看看他会不会接受我的暗示，但他只是淡淡地说“谢谢，够我吃两天的了”。然而他命令式的语气，还有他低沉的声音——啧啧，光是听到这些我就觉得很值了。他没有表露过任何对我感兴趣的迹象，但前两天他把《泰晤士报》带给了我，说：“里面有一篇说玛格丽特·阿特伍德的文章，讲她怎么写书，我觉得你也许会感兴趣。”这是他对我说的最长的一句话，所以，天晓得以后会发生什么呢。我读了那篇文章，下次见到他的时候我们就有共同话题可聊了。

圣诞节快到了，希望乔安娜和斯科特会来。我还没问过大家都有什么圣诞计划。不知道罗恩是不是要和保利娜一起过，也许他们会愿意来做客。至于易卜拉欣嘛，那就不用问了。不知道维克托的圣诞节有没有安排，明天他请所有人去他的豪宅吃饭，到时候我会问他的。这次我要带上我的泳衣，我才不在乎天气冷不冷呢。

还有我的加密货币账户，账户净值一度超过了六万五千英镑，但现在只值八百块了。我写邮件给亨里克，他回我说“乔伊丝，你必须相信”。相信什么呢？我不知道。但是，加密货币纵有千般不好，至少比溢价债券有意思。

今年发生了这么多意外，而我最喜欢的小意外刚刚跑进房间来找麻烦了。阿兰认为我该上床休息了，和大多数时候一样，它的看法非常正确。

89

贪婪，这是他最大的弱点，致命的缺陷。他为什么不能安于自己已经拥有的生活呢？

事实上，除了贪婪，还有聪明过了头。是的，他有两个致命的缺陷。

他本来应该坐在西班牙豪宅的露台上，手边一杯冰啤酒，面前一台热烘烘的打字机。而事实是，他正待在贝尔马什监狱的牢房里。

“冰啤酒和热烘烘的打字机。”安德鲁·埃弗顿把这个短句写在记事本里。新书《有罪或无罪》会是他迄今为止写得最好的一部小说，现在只等他们允许他用电脑了。判决下来之后，他们是不是就会允许他用电脑了呢？他的行为触犯了《犯罪所得法》，他要卖多少本书才能还完那一千万英镑呢？他猜恐怕需要卖很多很多。

偷增值税的这个骗局其实设计起来非常简单，而且除了政府没有其他受害者，但事情怎么发展到了如今这个地步呢？安德鲁·埃弗顿把小说里的情节变成了真实生活中的犯罪，他真该把这个想法只留在书里的，相信靠自己的文笔就能飞黄腾达。“有约翰·格里森姆的味道”，安德鲁·埃弗顿忘了是谁这么评价过自己的作品。

他也不该寄子弹给贝萨妮·韦茨的。他本来希望子弹能吓退她。他也不该写邮件要求和她见面的，他应该藏在阴影里。生活毕竟不是小说。

死了好几个人，但只有一个是他杀的。他告诉过杰克和希瑟，是他杀了贝萨妮，这是他的神来之笔——用一具不存在的尸体勒索他们。海岸警卫队曾告诉过他，落入大海的尸体，假如一周内没有被海浪冲上岸，那就很可能永远不会出现了。正是这句话给了他灵感，他想到了一个非常聪明的点子。然而最后却聪明反被聪明误，真是不公平。他觉得，一个人不该因为过于聪明而受到惩罚。

还有，他之所以在图书室里对戴卵石纹眼镜的那个家伙说是他杀了贝萨妮，是因为他认为对方就想听这句话。他以为自己必须这么说，才能拿回他的钱。

贪婪，还有聪明过头，安德鲁你看你得到的结果是什么？

到底是谁杀了贝萨妮·韦茨呢？安德鲁·埃弗顿并不知道。不是他，他知道也不是杰克·梅森，否则他的勒索计谋就行不通了。另外，那笔钱到底去了哪儿呢？他同样不知道。戴眼镜的那个老家伙是谁？伊丽莎白·贝斯特是不是不像看上去的那么简单？从第一次见到她开始，他的整个生活就开始分崩离析。他脑子里的问题太多，答案却太少。

他扫视自己所在的牢房，四面墙壁把他和其他囚犯分开。为了他的人身安全，他二十四小时都不能离开牢房，大小便通过固定在墙上的金属马桶解决。安德鲁·埃弗顿不禁想到，尽管自己如此聪明，但不知道的事情似乎还是有很多。

也有好消息，人永远应该把精神集中在好消息上。没有物证能把他和贝萨妮或希瑟的死亡案件联系在一起，而他的律师肯定能解决达威尔监狱的所谓“目击证人”，他也许可以摆脱谋杀的指控。当然，公众渴望给他放放血，但公众永远在渴望这个、渴望那个。他们的注意力很快就会转移到别处，这一点迈克·韦格霍恩倒是没说错。

也许只有税务欺诈的罪名成立，他要服多少年的刑呢？判十年，服五年？写个畅销系列，讲述一名囚犯在牢房里破获罪案，怎么样？就叫《铁窗》或《囚鸟》好了。

对，集中精神想好事。

讽刺的是，有一个人确实是安德鲁·埃弗顿杀的，但他甚至不会成为嫌疑人。杰克·梅森一旦开始松口，安德鲁·埃弗顿就必须干掉他，再把现场伪装成普普通通的自杀，别无选择。杰克其实也清楚这一点，那天他刚打开门，就知道了自己的命运。

“死神来敲门。”安德鲁·埃弗顿把这个短句也写在了记事本上，放在“好书名”的列表中。

只要他能摆脱谋杀指控，五年时间只是一眨眼的工夫。

90

克里斯正在庆祝案件告破，庆祝方式符合硬汉警察一贯的传统——喝着蓝莓康普茶，吃着芹菜条蘸有机鹰嘴豆泥，欣赏飞镖比赛。

他心想，在DNA鉴证时代之前，杀人犯肯定更容易逃脱制裁。现如今的嗜血狂魔会不会有生不逢时的遗憾?

要是你杀了人，尤其是近距离用枪杀人，那么——这种事很难说得动听——受害者的DNA就会溅得你浑身都是，尤其是你的手和衣服上。再然后，DNA还会转移到你接触过的每一件东西上。

在肯特郡警察奖的颁奖礼上，帕特里斯问克里斯还要去抓谁归案，明年才能再次获奖——再打一次黑领带，再享用一次免费的普罗塞克起泡酒。又一个漂亮的天鹅绒拉绳袋，以及一枚亮闪闪的漂亮奖章。

看完自己刚刚收到的短信，克里斯知道明年他十拿九稳还能得奖。这应该是帕特里斯的功劳。

这一切都因为“枪太小了”。克里斯一直在为杰克·梅森凶案现场的枪苦恼，先不论那把枪是否合法，杰克·梅森能使用的枪不计其数，他为什么非要选一把能揣进口袋里的小手枪来自杀呢？

答案一如既往地简单，因为这把枪曾经揣在某个人的口袋里。

挖掘希瑟·加伯特家的花园时，安德鲁·埃弗顿从现场偷走了这把枪，他选的是其中最小的一把。原因很简单，他带着凶器离开的时候，不能被当时在场的其他警察发现。尽管他们找到了两把 AK–47，但他不可能把这么一把大家伙藏在身上。

克里斯请鉴证部门又做了几项检验，这些检验证明它曾经和挖掘时发现的另外四把枪埋在一起。包裹枪支的织物纤维是一样的，土壤的酸度也是一样的，枪里的弹药亦是如此。结论是，安德鲁·埃弗顿看见过这把枪，并且偷偷拿走了它，然后用杰克·梅森的枪杀死了它的主人。

毫无疑问，这是站得住脚的证据，但并不完美。没人看见安德鲁·埃弗顿偷走那把枪，实际上挖掘现场的任何一个人都有可能偷走它。还有可能是杰克·梅森在几周前自己挖出来的。策划自杀的时候，杰克也许心想：我知道我要怎么自杀，我要去把我十年前埋在地下的一把枪挖出来。如果上了法庭，安德鲁·埃弗顿肯定会聘请一位经验丰富的律师，而经验丰富的律师很快就会知道该怎么推翻这项证据。

但对于克里斯来说，这项证据已经足够说明安德鲁·埃弗顿谋杀了杰克·梅森。他要做的仅仅是证明它。

他和唐娜仔细讨论过，他们不希望埃弗顿在出庭受审时，因为取证技术性问题而摆脱谋杀指控。克里斯需要找到足够强的直接证据，证明杰克·梅森遇害的那个时刻，埃弗顿就在现场。是时候让 DNA 证据技术上场了。

但应该去哪儿找线索呢？最后是帕特里斯想到了个主意，她提出有可能在什么地方找到 DNA，但克里斯不敢相信。更确切地说，假如这是真的，也未免过于讽刺了。在她的再三催促下，克里斯终于联系了鉴证实验室，今天他拿到了结果。帕特里斯是正确的，他迫不及待地给她发短信告知她。

她去主持家长之夜活动了，克里斯刚刚发短信通知了她。

杀人后，埃弗顿肯定把自己里里外外洗了个干净。血液、脑浆，连同它们含有的杰克·梅森的 DNA，早就消失得无影无踪了。但安德鲁·埃弗顿也会有马虎的时候。不，克里斯根据自己对他的一点儿了解，觉得安德鲁·埃弗顿很可能是因为自大，直到杀人后的第二天才销毁行凶时穿的衣物。而那一天，恰好举办了颁奖仪式，他就坐在克里斯和帕特里斯旁边，和他们有说有笑。安德鲁·埃弗顿在销毁衣物的时候，会不会重新沾染上了杰克·梅森的DNA呢？

安德鲁·埃弗顿在肯特郡警察奖的颁奖仪式上把两样东西递给过克里斯，一样是一枚亮闪闪的漂亮奖章，另一样是个漂亮的天鹅绒拉绳袋。鉴证人员在这两样东西上都找到了杰克·梅森的DNA痕迹。

法庭之上，无论出于什么理由，安德鲁·埃弗顿应该都很难对一个问题自圆其说——他身上的杰克·梅森DNA痕迹究竟从何而来。

克里斯又抓起一根庆功芹菜条塞进嘴里。

那个家伙完蛋了。

91

伊丽莎白看得出，波格丹有事情瞒着她。肯定有什么事，但和唐娜没关系——她衷心地为他们俩感到高兴，欢呼三声并放礼炮。不过，今天她还是把斯蒂芬托付给了他。等她回到家里，他们要好好谈一谈。

“真是好一场冒险，”维克托说，“我玩得非常开心。我挨了枪子儿，被埋在土里，然后又起死回生，另外还打了好几局斯诺克。”

“欢迎加入周四推理俱乐部。”伊丽莎白说。

他们坐在维克托家的露台上，电脑打开了，金汤力倒好了。伦敦在他们面前展开了一幅绿色、蓝色与灰色交融的巨大画卷，路上的公共汽车仿佛红细胞在其中流淌。从他们所在的高处望出去，一切都显得那么优雅和美丽。但他们都知道，在伦敦的万千屋檐之下，隐藏着什么样的秘密——金钱、谋杀……藏在人群里的各种邪恶之事。有黑就有白，世间事大体如此。你看到的也许是一户幸福之家炊烟袅袅，他们看到的却是烟囱里正在被焚烧的尸体。在这一行里干了六十年，他们看待事物的方式便是这样。

天气很冷，但寒冷有助于思考。安德鲁·埃弗顿在监狱里等待受审；杰克·梅森和希瑟·加伯特已经入土为安；亨里克依然住在斯塔福德郡，但这两天开始在网上发猫猫视频给维克托了。伊丽莎白觉得这应该算是个停火的姿态，她很满意。伊丽莎白好不容易又和维克托取得了联络，不想再次失去他。

不过，他们都觉得有一件事还没做完。维克托撬开了安德鲁·埃弗顿的嘴巴，无论你是谁，维克托都能让你老实交代，区别只是或迟或早而已。但感觉不太对劲，他们仔细讨论过，全部真相都被挖掘出了吗？他们会不会抓错了凶手？

“斯蒂芬怎么样？”维克托问。

“回头再说吧。”伊丽莎白说。

亨里克还在继续深入调查那一堆财务信息，但无论他怎么查，那笔钱都消失得不见踪影。他们搞清楚了“卡伦·怀特海德”和“迈克尔·吉利斯”的由来，但一直不知道“罗伯特·布朗 Msc”到底是谁。假以时日，也许会有某个天才破解出这个谜题，但伊丽莎白和维克托都已经放弃了。

不过，亨里克发现了一条新线索。同样是最早期的一笔转账，金额为十万英镑。

维克托和伊丽莎白扫视面前的文件。亨里克向前追查到了英属维尔京群岛，这笔钱在这儿被分成了四笔转账。其中一笔流向开曼群岛，但这条路已经行不通了。另外两笔，一笔流向巴拿马，一笔流向列支敦士登，消失在了银行业那隐秘的看不见尽头的走廊里。激起他们兴趣的是第四笔，这笔钱流向迪拜国际银行，相比之下显得格格不入。

“为什么要把钱转到迪拜去呢？”伊丽莎白问，“世上还有很多更安全和更不见光的地方。”

“会不会是为了取用？”维克托说，“这会不会是某个人的零用钱？”

伊丽莎白决定花点时间调查这条迪拜的线索，她在迪拜有熟人。一千万英镑消失在了某个地方，但有时候只需要盯着十万英镑，然后顺藤摸瓜，就能抓住某人。另外，伊丽莎白很想逮住杀害贝萨妮·韦茨的凶手。

不过，她会不会是在犯傻？她会不会错过了某些显而易见的线索？这种感觉非常强烈，她从骨子里知道有什么地方不对劲。自己的能力衰退了吗？她毕竟老了。最近她开始用足浴盆了，甚至打算送一个给乔伊丝当圣诞礼物。她是不是应该远离这些麻烦，不再捕风捉影、东跑西颠了？

维克托打了个寒战，伊丽莎白帮他拉好毛毯。

“谢谢，”维克托说，“你们国家太冷了。”

“你们国家也一样。”伊丽莎白说，维克托表示认可。

该远离这些麻烦吗？伊丽莎白自嘲地笑了笑。如果没有这些麻烦，她的生活还剩下什么呢？

“也许，”伊丽莎白说，“冬天去晒晒太阳对咱们会有好处。”

“也许吧，”维克托赞同道，“有什么建议吗？”

“听说这个季节的迪拜气候宜人。”

“我也听说了，”维克托答道，“听说在那里购物也很快乐，还有很多画廊可以逛。”

“嗯，咱们可以去画廊探探风声，对吧？”

“逛逛街，”维克托说，“再晒晒日光浴？”

“反正不会有任何坏处，你说呢？”伊丽莎白说。她也许老了，但她知道自己会在迪拜发现一些什么的。比方说，缺少的那块拼图。

“说起来，”维克托说，“我记得我躺在坑底下，你们把土铲到我身上的时候，我仰望你们所有人，心想这也许就是我想要的生活。库珀斯·切斯，喝喝茶，吃吃蛋糕，看看鸟，遛遛狗，还有一伙老朋友。我想，我也许就属于那儿。你明白我的意思吧？”

“太明白了。”伊丽莎白说。

“我很寂寞，”维克托说，“你解决了这个问题。不仅是你，还有你的那帮朋友。当然，现在也是我的朋友了。他们很了不起，对吧？”

“非常了不起。”伊丽莎白赞同道。

“我有没有说过，我要买一张斯诺克球台？”

“罗恩这一路上就没说别的，”伊丽莎白答道，“我只好装睡。”

“到了最后，重要的还是人，对吧？”维克托说，“重要的永远是人。为了寻找完美的生活，你可以绕着世界跑半圈，要是你乐意的话，甚至可以搬到澳大利亚去住。但到了最后，重要的永远是你遇到的是什么样的人。”

伊丽莎白扭头望向悬在半空中的游泳池。乔伊丝在里面往返游着，脑袋伸在水面上，免得弄湿头发。罗恩和易卜拉欣裹着大衣，躺在泳池旁的长椅上。易卜拉欣在大风中艰难地读《金融时报》，罗恩在研究该怎么把咖啡杯的盖子盖回去。

天气太冷了，不适合游泳，但乔伊丝就是不听劝。伊丽莎白说你别犯傻了，到了夏天游泳池也还会在这儿。

“没错，但咱们就未必还在了。”乔伊丝是这么回答的，她说得很对。

人生得意须尽欢。谁知道哪次是人生的最后一次游泳、最后一次散步、最后一次接吻呢？伊丽莎白能猜到波格丹在隐瞒什么秘密，所以，就由他去吧。

乔伊丝发现伊丽莎白在看她，抬起胳膊挥挥手。伊丽莎白也朝她挥挥手。继续游吧，乔伊丝。继续游吧，我美丽的朋友。请在有生之年，一直高昂着头。

致谢

我要在最后写下这段致谢，等我写完，就可以去度假了。

写作过程中的某些时候，我本来是想去度假的，但出版商会用眼神对我说：“交稿日期就快到了，你难道真的非要去中央公园吗？”

写到这儿的时候，猫猫莉斯尔和平时一样瘫在我的写字台上。每次我敲键盘的声音惊扰了她敏锐的耳朵，她就会朝我亮一亮爪子。

莉斯尔喜欢在我的键盘上睡觉，用身体把屏幕挡得死死的，刚吃过猫粮马上又大声乞食。我知道，她这样做只是想帮忙。

说真的，在写作本书的过程中，许多人帮助过我，劝说过我，支持过我，还朝我喵喵叫过（就莉斯尔而言），我必须感谢他们。

首先，我要感谢我的读者。在这个行当里，要是没有读者，就什么都不会有了，而读者，就是你。假如你只是在书店等别人买包装纸时，随手拿起了这本书，并且先看到了致谢部分，那么不如就买一本书吧，不一定非要买这本，其他人写的书也很不错。

假如你读完了这本书，那我就要衷心地谢谢你了。我和周四推理俱乐部这伙人又度过了一段愉快的好时光，希望作为读者的你也一样。我唯一的任务就是想方设法地让你们快乐，而我真的非常希望你们在阅读本书的过程中，度过一段美好的时光——哪怕这个“美好”包括在公共场所感动到大哭，或者看书看入迷，坐公共汽车坐过站。

同样要感谢的还有世界各地了不起的书商们。我觉得自己已经见过你们中的大多数人了，你们是伟大的英雄。之所以说你们是英雄，是因为你们对书的爱，也是因为你们把合适的书推荐给合适的人的技艺，更是因为你们为了给来逛书店的人最好的服务，每天说三百遍“需要口袋吗”，脸上还依然保持着微笑。我保证，明年这个时候会再写出一本书来让你们卖。

老天还赐给了我这世上最厉害的出版团队。万分感激我在维京图书的编辑哈丽雅特，感谢她的耐心、智慧和能力，还要感谢与她共事时收获的莫大乐趣。书里的“空中泳池”不但真的存在，而且就在企鹅兰登书屋巴特西办公室的旁边。

美国大使馆门口站着几名卫兵，左手边有一伙年轻女

人正在通过某家出版社大楼的旋转门。

在我看来，小说情节中穿门而入的人正是我在维京图书的伟大团队：哈丽雅特、艾拉·霍恩、奥利维亚·米德、艾丽·哈德逊、罗茜·萨法蒂和莉迪亚·弗里德，你们的成就将在文字作品中永生。谢谢你们的卓越表现，你们是这个行当里最优秀的。也许你们还没意识到，请仔细想想看，你们是多么接近乔伊丝和伊丽莎白呀！

感谢营销大师萨姆·法纳肯，你知道我有多么喜欢看图表；也感谢她的天才团队——雷切尔·迈尔斯、凯拉·迪恩、艾莉森·皮尔斯、埃莉诺·罗兹·戴维斯、琳达·维伯格、马德琳·贝内特和梅雷迪斯·本森；也要感谢萨曼莎·怀德和格雷斯·德拉。

再次感谢娜塔莉·沃尔和安妮·安德伍德的审稿和校对天赋。娜塔莉是有史以来第一个简明扼要地向我解释什么时候应该用"which"，什么时候应该用"that"的人。我会永远记住这个知识点的。

同样要感谢的还有唐娜·波比出色的审校工作，她不仅对利物浦球员拥有百科全书式的了解，还知道南方地区的哪几趟列车还有手推车服务。发现了吗？我在致谢里提到的人中，她的名字是第一个被用来给书里的人起名的，而且还是两个角色的名字。

标志性的封面依然出自理查德·布雷利和乔尔·霍兰

伟大卓越的画笔——经常被模仿，从未被超越。

还要感谢汤姆·韦尔登的支持，感谢你给予的智慧和金企鹅奖。

没有出色的经纪人，作家是不可能拓展职业生涯的，而我的经纪人朱丽叶·穆森无疑是其中的佼佼者。她具有丰富的想象力，毫无保留地支持我，而且还装着一肚子的八卦。来，让我们为更多的金企鹅奖干杯！我知道，在朱丽叶的背后，还有其他优秀的小伙伴在支持着她：莉莎·德布洛克、基娅·埃文斯和雷切尔·尼利。每次有新书问世，她们的表现都会比之前更上一层楼，很快我们就需要一个更高的目标了。另外，莉莎，我终于为你准备好了保加利亚的报税表。

我在世界各地有很多可亲可敬的出版商，而且今年我有幸开始与他们一一见面，感谢他们所有人。希望大家注意到，我在书中成功地延续了一个传统——在每一本书里以某种方式提到爱沙尼亚。

我要特别感谢我的美国出版商，他们是这个系列不可或缺的一部分。感谢无与伦比的帕梅拉·多尔曼和杰拉米·奥顿，你们组织的营销活动是何等地空前绝后啊！我还要隔着大西洋进一步感谢以下各位：布莱恩·塔特、凯特·斯塔克、玛丽·米歇尔斯、林赛·普雷维特、克里斯蒂娜·法扎拉罗、玛丽·斯通和亚历克斯·克鲁兹－吉梅内斯。同样感谢了不起的珍妮·本特。为了这一年能少打视频电话，多见美国读者与书商而干杯！

感谢保利娜·西蒙斯提供的名字，感谢黛比·达内尔提供的性格。感谢安吉拉·拉弗蒂和乔纳森·波尔内，他们迅速而专业地回答了与DNA有关的问题，从而有效地为安德鲁·埃弗顿定罪，因此我们全都心怀感激。在此还要特别感谢凯蒂·洛夫特斯，你将永远是我们团队的一分子。

我的家庭依然为我的写作提供源源不断的驱动力。我要一如既往地感谢我的母亲布伦达，她给了我许多我一辈子也无法完全报答的东西。感谢马特和安妮莎，感谢扬·莱特，也感谢我的祖父母弗雷德和杰西，感谢他们的力量和他们的善良。

感谢我的孩子鲁比和桑尼，他们现在一天比一天能花钱，每天都给我带来快乐和自豪。我很幸运能成为他们的父亲，尽管他们之中有个人在马里奥赛车比赛中从不让我获胜。

最后，我要把所有的爱和感谢献给英格丽。在遇到她之前，有段时间我只觉得人生荒谬可笑。是她让我的生活充满了幸福和笑声，能与她共度一生是我能想象到的最至高无上的特权。

另外我还要说一句，正是英格丽想到了 *The Bullet That*

Missed 这个书名，也是她把猫猫莉斯尔带进了我的生活。

说到猫猫莉斯尔，我得走了。我要去关书房的窗户，她正在明确地表示开着这扇窗户是不可接受的。

下次再见……

"周四推理俱乐部"系列
其他已出版作品

《周四推理俱乐部》

"周四推理俱乐部"成立不久，真的发生了连环命案。

社区的建筑商被人袭击而亡；头号嫌疑人突然倒地而死；墓园里挖出了50年前的无名白骨……案情越来越复杂。

四位平均年龄77.5岁的"安乐椅神探"，各显神通：伊丽莎白用特工技能挖出关键线索；罗恩在不断否定中，先警察一步筛选出嫌疑人；易卜拉欣和乔伊丝用专业的敏锐性，寻找案件的突破口。真凶到底是谁？

故事远未结束，探案仍在继续。

《周四推理俱乐部：活了两次的男人》

又到周四，"推理俱乐部"如期聚会。

四位老友依例讨论悬案，却不知新麻烦已悄然而至。伊丽莎白、乔伊丝、罗恩、易卜拉欣没料到，一个当地的传闻和一件没有尸体的谋杀案正在身边发生。

与此同时，伊丽莎白的一位老友不请自来，这位不速之客来破解悬案？来观战？来火上浇油？四位"安乐椅神探"将如何演绎、推理、捕获凶手？

"周四推理俱乐部"的故事远未结束，探案仍在继续。

The Thursday MURDER Club

媒体推荐

这本流畅的续集会让你着迷。——《泰晤士报》

心灵的治愈良药。——《每日快报》

超级有趣。——《卫报》

黑色幽默，不落俗套，文笔娴熟。——《爱尔兰独立报》

如此有趣的罪案。——*SAGA*（英国畅销月刊）

奥斯曼笔下的世界是个疗愈的好地方。——《星期日电讯报》

读这本书能感受到纯粹的快乐。——《观察家报》

最适合周日下午阅读的一本书。——*RED*（英国时尚杂志）

收获一份快乐。——《妇女与家》

曲折，诙谐，有趣。——《星期日快报》

充满魅力和温情，还有一群精彩的人物。——《我的周刊》

机智，温暖，非常有趣。——《每日快报》

The Thursday MURDER Club

名人推荐

风趣，机智，极具英伦风格。——亚当·凯

温暖、睿智又诙谐地提醒你，永远不要低估老年人。——薇儿·麦克德米德

风趣，机智，扣人心弦，让悬疑小说迷着迷。——哈兰·科本

极富魅力，非常非常机智。——莎拉·平博拉夫

充满敏锐的幽默和精彩的对话，反转无数。——妮娜·斯提布

罗伯特·加尔布雷斯（J·K·罗琳的笔名）和汤姆·夏尔珀的综合体。完美的人物推动情节发展……我舍不得看完这本书！——菲利帕·佩里

充满欢乐……太喜欢了。——简·法隆

人物讨人喜欢，案件引人入胜，突然出现的温馨场面又令人哽咽。——阿比盖尔·迪恩

我读了第一页，立刻放下手头的所有事情，一口气读完这本完美的书。——杰夫里·迪弗

太精彩了……舒适，幽默，机智。——贝拉·麦凯

桂图登字：20-2022-157

图书在版编目（CIP）数据

周四推理俱乐部. 消失的子弹 / (英) 理查德 · 奥斯曼著；姚向辉译. — 南宁：接力出版社, 2023.8

ISBN 978-7-5448-8228-6

Ⅰ. ①周… Ⅱ. ①理…②姚… Ⅲ. ①长篇小说—英国—现代 Ⅳ. ①I561.45

中国国家版本馆CIP数据核字（2023）第135179号

责任编辑：马 婕 陈 楠 装帧设计：崔欣晔 责任校对：王 蒙

责任监印：刘 冬 版权联络：王彦超 营销主理：蔡欣芸 贾毅奎

社长：黄 俭 总编辑：白 冰

出版发行：接力出版社 社址：广西南宁市园湖南路9号 邮编：530022

电话：010-65546561（发行部） 传真：010-65545210（发行部）

http://www.jielibj.com E-mail: jieli@jielibook.com

经销：新华书店 印制：中煤（北京）印务有限公司

开本：880毫米×1250毫米 印张：15.5 字数：280千字

版次：2023年8月第1版 印次：2023年8月第1次印刷

印数：00 001—30 000册 定价：58.00元

主持人须知

特别说明（请务必知会所有人此点）：

①本微型剧本游戏支持最少 1 人玩！为了尽可能满足广大喜欢推理破案的玩家，在游戏人数不足时，玩家可阅读多份剧本，再根据组织者手册进行游戏。

②本微型剧本游戏衍生自英国畅销小说《周四推理俱乐部 3：消失的子弹》，但两者内容既不冲突，也不涉及剧透。

剧本杀的故事作为补充的“外传”，因此即使玩家看过小说，也不会影响剧本杀的体验。

同样，在看小说之前先玩过此剧本杀，也丝毫不影响对原著小说的阅读体验。

请未玩过前两部剧本杀的朋友放心，第三部与前两部在剧情上没有必要的关联。因此直接从第三部的剧本杀开始游戏也并不会影响体验。

（但需注意的是，小说还是建议从第一部开始读！）

小说和剧本杀将从两个产品层面，带读者 / 玩家以最容易沉浸其中的方式进入“周四推理俱乐部”，成为俱乐部的一员。而在故事核心悬念方面有根本性差异，请主持人务必向玩家说明这一点。

③本手册内容是关于本剧本杀的游戏流程，需要配合人物剧本与线索卡进行游戏，因此假若你尚未开始游戏，还请谨慎选择是否直接往下浏览！

④假若你对本剧本杀感到好奇，但不知通过什么途径获取，可直接在各大图书网站搜索《周四推理俱乐部 3：消失的子弹》购买，仅需三四十元（认准附带剧本杀的版本）!

剧本定位：

此作品为小说衍生微型剧本杀，剧本杀店家可自行商用，但不建议店家以剧本杀盒装及以上的标准向玩家收取费用!

剧本背景：

三年前，一个自称拥有特殊能力的组织出现在英国乡间高档养老社区库珀斯·切斯，对社区里的老人实施金钱诈骗。

记者杰克拼命调查内幕，意图揭穿组织真面目，岂料组织直接将杰克与他的朋友菲克拐到了神秘基地，并且利用记者杰克的手机摄像头，在社交媒体上进行网络直播，声称组织接下来会亲自在大家面前展现人类不可能完成的“天谴”——

菲克将会被插死在通天塔的塔尖。

“天谴”进行时，所有人都会安静逗留在离通天塔 50 米远的内塔中，亦即任何人都不可能通过动作影响“天谴”。

最关键的是，这个塔尖的高度是人类没有办法爬上去的!

假如“天谴”成功了，记者杰克就得停止对组织的追查，承认组织的存在，并且公开向组织道歉。

组织的大统领似乎胜券在握，只是他没有料到，这个社区里还有四个身手不凡的老人，他们就是“周四推理俱乐部”

的成员。

剧本类型：

欢乐硬核推理，难度中等偏上，PVE（*玩家共享线索，一起还原真相，彼此不需要撒谎*）。

即使是第一次接触剧本杀的玩家，也不需要有任何压力。

面向受众：

原著读者、硬核推理进阶玩家。

玩家人数：

四名玩家（*不限性别，可反串，人数不足时 1 人可充当多名角色，但为了保证游戏体验，建议四人游戏*）。

一名组织者（*虽然说任意玩家可同时扮演组织者，与其余玩家一起自行按照手册进行游戏，但由于本作品有一定难度，为了整体的游戏体验，作者建议由熟读剧本杀全内容的组织者专门带领*）。

时长：

4—5 小时。

剧本道具：

组织者手册 1 本、人物剧本 4 本、线索卡 3 轮。

剧本流程：

介绍故事与人物背景→分发角色→阅读第一幕→派发第一轮线索→解决核心问题→主持人过渡→阅读第二幕→派发第二轮线索→解决核心问题→派发第三轮线索→解决核心问题。

准备工作：

建议准备好纸和笔，在一些关键的时间节点记录下对应发生的事件。同时建好一个玩家群聊，之后分享信息时会需要。

最重要的是，准备好快乐的、轻松的心情！

正式开始

介绍背景（1 分钟）：

正式开始游戏前，主持人需对玩家进行简单的背景介绍，话术参考如下：

“你们是四位七八十岁的英国老人，住在英国乡间的高档养老社区里，每天无所事事，私底下秘密组织起了‘周四推理俱乐部’，咱们先来看看这四位老人分别是谁吧。”

介绍人物（3 分钟）：

介绍完故事背景后，介绍四位角色。

主持人向玩家公开每一个角色剧本的封面，并按照封面内容逐一阅读一遍，让玩家有初步的了解。

话术参考如下：

“第一位是 76 岁的伊丽莎白，她在退休之前是为英国出生入死的特工，被称为‘奶奶版 007’；第二位是 78 岁的乔伊丝，她退休之前是一名外科护士，非常懂得照顾人，体格娇小但是非常机灵，她特别擅长‘扮猪吃老虎’；第三位是 75 岁的罗恩，他退休之前是工人运动的急先锋，是政府眼里的‘杠精’，政府说向左他就一定向右，他是一名壮汉，身躯庞大，性格直爽，被称为‘人形火药桶’；第四位是 80 岁的易卜拉欣，他退休之前是心理医生，他和罗恩的形象完全不一样，他是一名非常精致的老绅士，总是西装革履，保持洁净，他还是一名极致的完美主义者。好了，那么现在大家想选哪位呢？”

阅读第一幕（5分钟）：

当玩家自行挑选完角色后，让他们翻开第一幕，一直看到“未经主持人允许，请勿翻开下一页”为止，之后的内容不要继续翻阅。

（主持人可以提醒玩家：第一幕的阅读不需要过于仔细，不需要记录，不需要太大压力，因为重要信息不多，主要是让玩家了解背景。为了整体的游戏体验，建议第一幕的内容大致浏览便好。）

莫名其妙的动静

自我介绍（8分钟）:

当玩家都阅读完之后，主持人让玩家先来做一个简单的自我介绍，顺序随意。

自我介绍不需要太长，只要简单说一下自己是谁、对别人的印象、当天自己做过什么，以及发现了什么奇怪的事情*（几点、在哪里）*、自己需要完成什么任务*（请玩家注意建议隐藏的内容）*。

每个人的介绍控制在2分钟以内。

派发线索（3分钟）:

一般来说，由于玩家各自都有需要隐瞒的内容，所以他们多多少少都会有隐瞒。这时候，请主持人开始派发第一轮线索，让玩家自行阅读。

同时请主持人将以下这张图片通过拍摄分享给玩家！

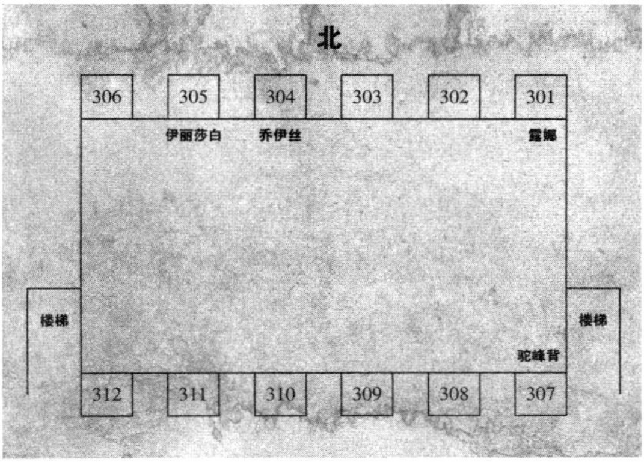

浏览完之后，请主持人提出本轮需要解决的核心问题——

1. 每个人的技能是什么？

2. 当晚为何使用技能？

向玩家明确提出两个核心问题之后，便可让玩家自由讨论推理，在解决核心问题的同时还得完成各自的个人任务。

讨论推理（10 分钟）:

浏览完线索之后，玩家开始自由讨论。

由于本轮是“破冰环节”，非作品重点，所以千万不要花太多时间在这个环节上！

请主持人将推理的时间控制在 10 分钟。

假如 10 分钟之后，玩家尚未推理出来，也请主持人阅读以下的推理复盘内容——

推理复盘（5 分钟）:

首先，我们可以确定 22 点 40 分的震动是谁引起的。

根据第 10 条线索，我们先来看当时谁在二楼。

第 2 条线索显示，易卜拉欣在 22 点 30 分到 22 点 43 分 45 秒一直在三楼，可知震动并非易卜拉欣引起的。

再从第 8 条线索可知，伊丽莎白与乔伊丝都是在震动发生后才上楼，因此当时她们都在一楼。

而罗恩早在 21 点 30 分就已经回到了二楼，且技能效果是立刻产生的，由此可知，罗恩就是引起震动的“罪魁祸首”。

根据罗恩的人设，以及技能的名称，可知罗恩的技能是“霸气震波”。

紧接着，结合第 2 条线索、第 3 条线索与第 5 条线索，再结合技能的名称，我们可以顺理成章地想到“诱惑体香”就是易卜拉欣的技能。

从第 8 条线索与第 9 条线索可知，当晚去公共厕所的就是伊丽莎白。她显然是中了“腹泻酸菜”这个技能，但是这个技能到底是谁对她用的呢？

我们再结合第 2 条线索、第 5 条线索、第 7 条线索与第 8 条线索，可以想一想伊丽莎白在 22 点 43 分 45 秒究竟在哪里，而她看到的又是谁，她看到的“谁”在那一刻又正在做什么。

最后，我们自然就可以想到伊丽莎白的技能是“幻影瞬步”，而乔伊丝的技能自然就只能是“腹泻酸菜”了。

坦白局（5 分钟）：

当玩家成功从线索推理出大家的技能之后，请玩家轮流坦白自己在当晚做过的所有事情，以及为何要这么做。

这一轮是全部真实信息公开，不需要玩家隐瞒欺骗。

建议分享顺序：罗恩→乔伊丝→伊丽莎白→易卜拉欣。

当大家都分享完毕之后，请主持人将以下技能信息拍照分享给玩家浏览！务必让大家了解所有技能的作用！

腹泻酸菜：乔伊丝只要用手掌心隔空对准对方的腹部，便可以暗中立刻发动。一次只能针对一个对象。效果产生时，中招的人会感到肠胃极度难受，全身都会因为肚子的疼痛而丧失机能，必须尽快排泄，否则就会忍耐不住喷射出来哟！但此技能无法控制效果产生的时间，有些人可能会过半天才产生，有些人可能会立刻产生，这些都是因人而异的。

诱惑体香：只要鼓起二头肌，像肘击下巴一样抬起胳膊，朝对方露出胳肢窝，对方便会像中幻术一样任由易卜拉欣操纵。易卜拉欣说什么，对方都会乖乖听话。一次只能针对一个对象，只要使用便一定成功。若问这技能为何如此神奇，这是因为没有任何人能抵挡易卜拉欣优雅的绅士魅力，以及与生俱来的清新香味。但是技能有效的时间因人而异，得看对方是否彻底受到魅惑；而且如果对方受到重创，便会立刻醒来，失去效果。

幻影瞬步：伊丽莎白是杀人如麻的英国特工，身手敏捷，可以瞬移到她眼前的所有空间，但仅限于眼前可见的空间，也就是说假如有遮挡，则无法前往。

霸气震波：罗恩只要挺起并震动健硕的胸肌，就可以释放出霸气，以强大的压力震慑敌人，对其造成物理性伤害，伤害程度不定，根据罗恩的怒气值而定。

主持人过渡话术（5 分钟）：

当玩家都清楚彼此的技能效果之后，请主持人以下面的话术开场：

“刚才乔伊丝聊到她去偷一份卷宗，是吧？其实呢，那份卷宗是关于一个犯罪组织的。

“三年前，一个自称拥有特殊能力的组织出现在英国乡间高档养老社区库珀斯·切斯——也就是你们住的这里——对社区里的老人实施金钱诈骗。你们当然是没上当啦，但还是有不少老人被他们骗了钱财。

“一位名叫杰克的记者当时在调查这个犯罪组织，组织为了警告杰克，暗中杀害了杰克的爷爷。警方始终找不到能怀疑到组织头上的线索，所以这个案件就成了悬案，后来就归到了伊丽莎白的档案里。

“杰克和乔伊丝认识，他曾经将部分调查到的信息透露给乔伊丝。乔伊丝心想，或许自己可以结合杰克与卷宗的信息推断出犯罪组织的所在地。然而伊丽莎白对这个案子不怎么感兴趣，所以乔伊丝就选择潜入伊丽莎白房间偷取资料。

“结果 9 月 4 日，也就是发生怪事的第二天，你们就都互相坦承了自己做过的事情。伊丽莎白、罗恩、易卜拉欣知道之后，也同意了与乔伊丝一起来研究这个卷宗，但很可惜一无所获。

“另一方面，杰克依旧调查着组织。岂料在养老社区里，刚好就有组织的成员潜伏。大统领派这个手下潜入杰克奶奶的 302 房间，找到了杰克的个人信息，从而挖到杰克的所在地，9 月 15 日直接猖狂地抓走了杰克和他的朋友菲克，意图利用杰克的摄像头，在社交媒体上进行网络直播，声称组织接下来会亲自在大家面前展现人类不可能完成的‘天谴’——

“假如‘天谴’成功了，记者杰克就得停止对组织的追查，承认组织的存在，并且公开向组织道歉。

“恰好，杰克的失踪也为你们提供了线索。你们对手上所有的信息综合分析之后，成功推理出可能关押杰克的地方，那是一座小岛。你们‘周四推理俱乐部’英勇无畏，也不通知警察一声，说走就走，9 月 17 日共同前往那座小岛营救杰克，结果没想到还是去晚了，在那里‘天谴’已经降临……

“好，我先介绍下自己——其实你们都和我很熟了，但可能一时想不起我——我是警员唐娜。今天你们苏醒过来已经是 9 月 20 日，回想 17 日当晚我们警方根据你们的报警信息找到了犯罪组织的巢穴，成功将犯罪分子抓获，但现场混乱不堪，我们只能依赖你们的记忆了解当晚事情的全貌。只可惜，你们是老人，经历了这个案件之后都遭受了一定程度的精神创伤，所以大家有不同程度的失忆。现在你们都恢复得七七八八,一个个生龙活虎的，我希望你们能尽量凭借残缺的回忆还原当晚事件的整个过程，我也相信你们‘周四推理俱乐部’的智慧，肯定可以帮助警方破解目前仍然残留的一些谜团！”

我们的战斗

阅读第二幕（10 分钟）:

以上内容讲完之后，主持人可以让玩家阅读第二幕，一直要阅读到最后！

这一幕的内容比较重要，建议玩家仔细阅读，可适当在白纸上做记录（为了之后玩家的体验，不建议直接在剧本上标记）。

提出第二轮第一环节的核心问题（1 分钟）:

当玩家都阅读完之后，请主持人立即向玩家提出本环节需要解决的四个核心问题——

1. 谁在通天塔，谁在内塔？
2. 各自面对的对手都是谁？
3. 各自在几楼对付敌人？
4. 敌人的下场如何？

提出之后，请主持人立刻派发第二轮线索。

同时请主持人将以下这些图片通过拍摄分享给玩家！

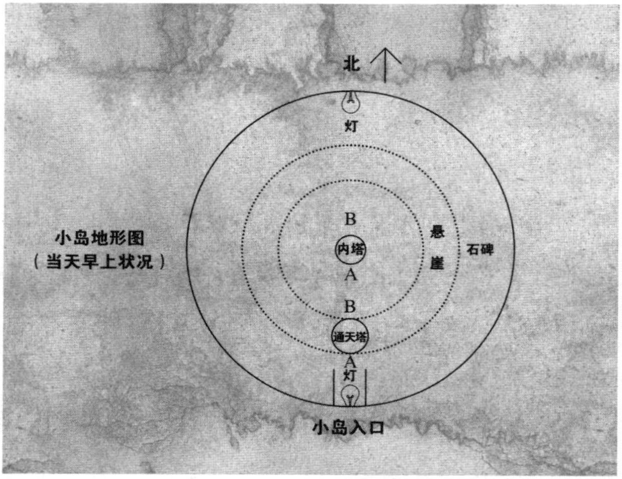
北
灯
B
悬
崖
石碑
小岛地形图
（当天早上状况）
内塔
A
B
通天塔
A
灯
小岛入口

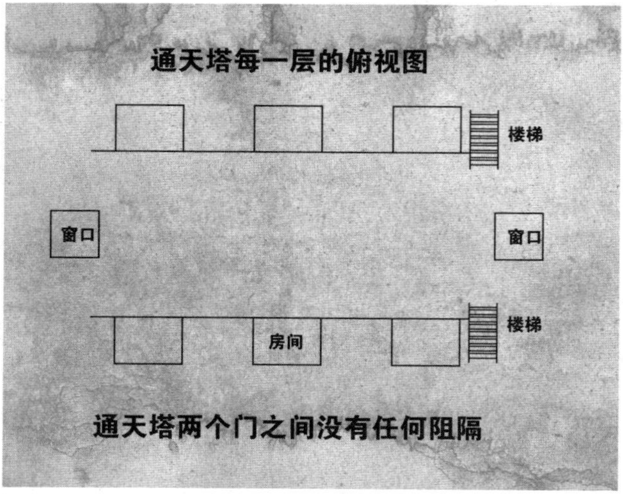
通天塔每一层的俯视图
楼梯
窗口
窗口
楼梯
房间
通天塔两个门之间没有任何阻隔

浏览第二轮线索（10 分钟）：

注意，第二轮线索信息量比较大，建议玩家慢慢阅读。而杰克透露的信息那一部分，若有玩家因文字过多而理解困难，则可建议重点关注画有下划线的部分。

信息分享（15 分钟）：

当玩家浏览完毕之后，主持人便可让他们先针对个人剧本进行信息分享，先围绕着以上四个核心问题来进行简单的分享。

建议分享顺序：罗恩→易卜拉欣→伊丽莎白→乔伊丝。

本环节四个核心问题的解决是帮助玩家结合地形图逐步想象出当时的画面，更快地理解当时大家的位置以及整体的状况。

第二轮第一环节的四个核心问题的答案（3 分钟）：

当玩家都准确按照上述要求分享完毕之后，应该就能得出上述四个问题的答案，请主持人进行以下复盘，加深玩家的印象——

罗恩与易卜拉欣在通天塔，伊丽莎白和乔伊丝在内塔，但乔伊丝后来跑了出来，一直跑到小岛入口所处的陆地上。

罗恩面对的是皮皮怪与荧光头；易卜拉欣面对的是铁甲兽与扑克脸；伊丽莎白面对的是大统领；乔伊丝面对的是驼峰背。

罗恩在通天塔的四楼楼梯处一直搏斗到三楼窗口边缘，将皮皮怪撞晕了，后来用“霸气震波”震慑住荧光头，导致荧光头逃到房间里，通过房间中的通风管道爬到了楼上。罗恩撞开门后同样爬进通风管道，发现荧光头的身躯掉在了管道内部另一个出口旁。罗恩最终爬出管道，发现是在走廊中央，紧接着他就看到荧光头的头颅掉在了五楼窗口的墙壁边缘。

易卜拉欣在通天塔的八楼窗口边缘对付铁甲兽和扑克脸，后来一阵震动导致其中一人不受控制地从通天塔入口 A 方向的窗口滚了下去。剩下最后一个对手的时候，易卜拉欣直接对对方使用了“诱惑体香”，命令对方带自己去内塔寻找杰克与大统领。

伊丽莎白在内塔的六楼面对着大统领，两人一直在僵持，最终并没有分出胜负。

乔伊丝从内塔的另一边楼梯爬到了四楼，遇见驼峰背。乔伊丝非常害怕，她没有选择正面回击，而是直接转身，撒腿就跑，越过了通天塔的两个入口，一直跑到了小岛入口所在的那块陆地上。最终，回到小岛入口处，乔伊丝依靠着“导弹”探照灯的灯杆停了下来，她选择先下手为强，对对方使用了“腹泻酸菜”，不到 5 秒对方就捂着肚子倒在地面，痛苦不堪，乔伊丝趁对方防备最弱的时刻，冲上去使用了一记凌空飞踢，随即驼峰背应声倒地。

提出第二轮第二环节的十大问题（2 分钟）：

当玩家都理解了上述四个问题的答案之后，请主持人继续向玩家提出以下十大问题！

由于问题比较多，所以主持人可以直接拍照分享。

本轮只需要围绕这十个问题重点解决便可——

1. 为何罗恩与易卜拉欣会觉得通天塔内部结构奇特？

2. 罗恩与易卜拉欣为何搜索完四楼之后才往三楼窗口方向搜索？

3. 滚下去的人是从哪里开始滚的？一直滚到哪里去？塔只是震动一下而已，为何滚这么远？

4. 滚下去的人是谁？

5. 滚下去的人为何没有死亡？

6. 荧光头是怎么死的？如何才能造成他的死亡？是谁杀的他？

7. 为何伊丽莎白与乔伊丝会选择在石碑处爬过悬崖？

8. 为何伊丽莎白可以从窗口看到在小岛入口的乔伊丝？

9. 为何警方没看到信号？

10. 为何杰克没看到探照灯？

讨论推理（50—70 分钟）：

主持人将以上十个问题分享给玩家，同时将下图分享给玩家，便可让玩家自由讨论推理。本环节控制在 50—70 分钟便足够了，不适宜花费太长时间。

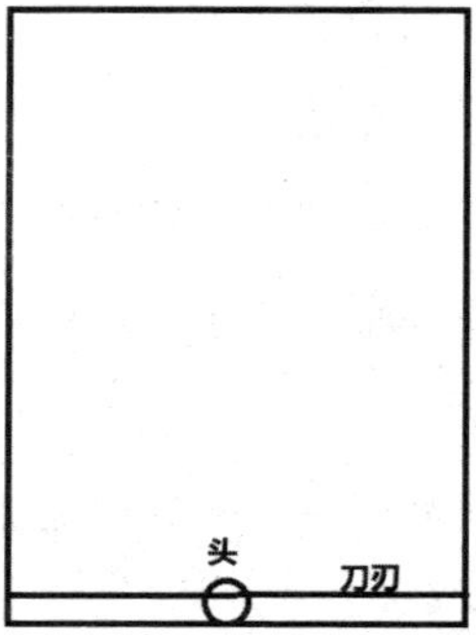

俯视图。竖着的两边为墙壁，中间横着的是架在凹槽里的刀刃，圆形的为荧光头的头。头滚落，最终靠在了5楼窗口所在的墙壁，而刀刃也停在了凹槽的终点，位于头的正上方。

下文有引导提示，当玩家毫无头绪的时候，可以参考以下内容！

本轮的关键就是解决上述十个问题，当解决完之后，主持人才可进行第三轮线索的发放。

【若是玩家自行游戏，没有专门的主持人，那么请玩家浏览到此便停止翻阅手册，与其他伙伴开展讨论推理。若至40分钟后仍没有任何头绪，可继续浏览下文的“引导提示”。若玩家已有定论，可继续浏览下文直至“真相复盘”！】

引导提示（10分钟）:

注意！以下内容为上述十个问题的引导提示，若组织者为玩家之一，请谨慎选择是否浏览，避免失去推理乐趣！

以下有十三条引导提示，各位玩家可以逐条浏览，假如觉得有头绪了便可暂停往下浏览。

第一条引导——

只需一个解答便可同时解决问题1、2、3、5、6。

第二条引导——

只需一个解答便可同时解决问题7、8、9、10。

第三条引导——

罗恩在什么情况下既能看到六楼窗口，又能看到五楼窗口？

第四条引导——

从罗恩的信息中可知，凶手是利用了重力造成荧光头的死亡。但根据图示与罗恩的信息，我们同样可知凹槽平行于地板，那么这是否意味着地板有什么问题呢？

第五条引导——

通天塔只有一边有楼梯，而罗恩与易卜拉欣是搜索完四楼才去搜索三楼，包括易卜拉欣后来在个人信息中也是如此描述“搜索完八楼与七楼”，这似乎意味着他们总是先去搜索更高的楼层，但这对当时处于紧急状态的他们而言显然是不符合逻辑的行为，那么他们是否有不得不如此做的理由呢？

第六条引导——

罗恩与易卜拉欣都发现了通天塔内部结构奇特，且对老年人不友好，恐怕没走几步就会喊累，到底是怎样的结构会让他们有这样的描述呢？

第七条引导——

既然八楼摔下去必死，而摔下去的人实际上并没有死，那么是否能轻易得出一个结论？

第八条引导——

注意：通天塔的图片是从什么视角画的？各位能否从别的视角再画一张图？

第九条引导——

小岛地形图描绘的状况是当天什么时候的？各位能否画一张别的时间的小岛状况图？

第十条引导——

根据小岛地形图，四个敌人从内塔出来走向通天塔的时候，他们的视野是非常广阔的，在无任何遮挡的情况下，按道理 180 度一整片扇形区域都能看见，石碑自然也不例外。而伊丽莎白觉得在石碑处绝对不会被那四个人发现，为何会得出如此结论？或者说，处在什么样的方位，才真正不会被那四个人发现？

第十一条引导——

既然有遮挡，伊丽莎白就绝对不可能用肉眼看见在小岛入口的乔伊丝。而现在伊丽莎白是顺利看见乔伊丝的，那是否能得出一个非常简单的结论？

第十二条引导——

同上，既然没有遮挡，杰克就应该能从窗口捕捉到“子弹”探照灯中的暗号，但现在不但没有捕捉到暗号，甚至在转动时连“子弹”探照灯也根本没发现，那么根据我们已知的在小岛上能造成遮挡效果的情况，是否也能得出一个非常简单的结论？

第十三条引导——

请留意第二轮的第 12 条线索，大统领的“作品”若中途不中止，都必定是以平均速度在固定时间内转完一圈。这句话的意思，是否也可以理解为“若中途中止，作品无法转完一圈，但在中止前依然是以各自的平均速度在运行的”？那么，再看杰克的信息，塔是什么时候开始转动，又是什么时候停止的？而你们又是何时到达小岛的？当你们到达时，内塔应该朝着什么方位转动？

推理复盘（20 分钟）：

注意！以下内容为上述十个问题的真相复盘！若玩家为自助游戏，没有主持人的带领，请确定大家都终止推理之后再来浏览以下内容，避免影响游戏体验。

其实有很多的细节信息都能作为我们的切入点，能清晰地引导我们往真相方向猜测，但其中大多数其实都仅仅停留在猜测，而难有确凿的证据去支撑。

因此在复盘中，我选择先从荧光头的死亡说起。根据罗恩的描述，22 点 05 分，罗恩使用了霸气震波之后，荧光头认输逃走，往房间挪去。随后罗恩破门，发现了一个能供人上下的天花板管道。罗恩上去之后，则发现荧光头被杀害了。

结合伊丽莎白在 22 点 07 分了解到的关于荧光头的信息，我们可知荧光头是打算利用这个管道逃跑，躲避罗恩，但是在内塔的大统领从窗口看见了惹眼的荧光头正在从管道爬出来的身影，于是按下了遥控按钮，将荧光头杀害了。

荧光头的头颅滚到了五楼的窗口墙壁边缘，而他那尚未爬出来的身躯则掉在了管道内。

随后，罗恩发现了通天塔两侧的墙壁距离地面大概50厘米高的地方各有一条完整的凹槽。

两边的凹槽面向内塔的最顶端都有一个夹子。假如凹槽内有放置什么东西，那么夹子就可以夹住东西将其固定在原位置。但夹子那时正呈打开状态，并非紧紧闭合在凹槽上，也就意味着无法起到固定作用。罗恩发现夹子的开关是通过电力遥控的。

同时，罗恩在头颅所在的那一端，发现了一把极其锋利的刀刃拦在路中间，横着插在两边的凹槽处。

而他也谈到如果夹子松开之后，某个“东西”就自然会顺着重力……

通过以上罗恩的叙述，结合伊丽莎白得知的信息，我们能够知道将荧光头的头颅砍下来的就是这把插在两边墙壁的凹槽处，横在路中间的锋利刀刃。大统领仅仅打开了夹子，刀刃便能自动顺着重力将荧光头的头颅砍下。

那么这时问题就来了，根据图示与文字描述，我们都知道刀刃所在的凹槽是与地板平行的，那么即便夹子被打开，刀刃也不可能顺着重力移动。可是，身处通天塔的罗恩马上就确定了这种情况（*个人剧本的信息必定为真，不会欺骗自己*），那么刀刃是否原本并不在凹槽中，而是垂直于地面，像断头台一样顺着重力直直向下杀害了荧光头再回到凹槽中滑到五楼的窗口边缘？

若是如此，那么它与凹槽顶端的夹子就没有任何的关联，且天花板的管道出口是位于走廊中央，即便刀刃以断头台的方式杀害荧光头，之后刀刃又是如何严丝合缝回到凹槽中，又如何顺利到达五楼窗口边缘？关于这些，在罗恩的信息中都没有提到相关线索。而罗恩显然是通过已知线索确定荧光头的死亡真相的，因此所谓的“顺着重力”，我们就不能从断头台方向去想。

回到最简单的情况下，刀刃确实原本就是被夹子固定在一端，当夹子松开后，刀刃就在凹槽轨迹中顺着重力滑向另一端。而现在摆在面前的矛盾是凹槽与地板平行，按道理是不可能因为重力的作用而移动的。但这里有一个盲区——

我们只知道凹槽与地板平行，但从来不知道地板是否与地面平行。

事实上，若通天塔中的地板都是倾斜的，那么凹槽也是倾斜的，与真正的地面不平行就能让刀刃顺着重力向下移动。

这是唯一的可能性。那么我们来看看这个构造是否会与其他情况产生矛盾，还是说能够一并解决其他问题。

罗恩与易卜拉欣觉得通天塔的内部结构很奇特，这构造对老年人很不友好，恐怕乔伊丝没走几步就会嫌累了——如果这是一个斜坡，那么也可以解释得通。

通天塔只有一边有楼梯，而罗恩与易卜拉欣必须得先上到四楼再往三楼窗口方向搜索，同样也必须得先上到八楼再往七楼窗口方向搜索。也就是说这个楼梯不能直接通向三楼与七楼，必须得先上到更高一层才能顺着其他的道路前往下一层。但我们根据俯视图与两人的信息描述知道，通天塔内的道路除了楼梯，就是每一层的走廊空间*（至于管道的存在，罗恩也是在荧光头逃回房间之后才得知的，所以罗恩在搜索楼层时并没有使用房间中的管道）*。既然楼梯无法通过，而在罗恩与易卜拉欣的描述中，他们是非常直接就搜索到下一层的——如果这是一个斜坡，那么也能解释得通。这个斜坡的垂直高度正好就是一层的高度，那么罗恩与易卜拉欣从较高的那一边的楼梯上到四楼，自然就能顺着斜坡往三楼的方向搜索。

同样，根据易卜拉欣的信息，他和敌人是在八楼的楼梯处起了争执，随后其中一个敌人受到了底下的罗恩的“霸气震波”影响，直直滚到了另一边的窗口，从窗口滚了下去。要知道，根据第 4 条线索，通天塔每一层走廊的长度至少是 12 米（之所以“至少”，是因为它是一个斜坡，长度必定大于悬崖），而“霸气震波”的影响只是一瞬间，敌人为何会不受控制滚了 12 米以上的距离呢？

聊到这里，我们可以顺带确认一下摔下去的这个人是谁。

我们知道，易卜拉欣的对手有两个，一个摔了下去，而另一个中了“诱惑体香”。

结合乔伊丝最后的叙述，他遭遇了铁甲兽的袭击。当时的铁甲兽浑身是血，非常可怕。根据这个，我们有理由去猜测铁甲兽就是那个摔下去的人，但由于记忆是不连贯的，中间我们并不清楚是否发生了别的事情，例如铁甲兽中了“诱惑体香”之后回到一楼，结果技能失效，与易卜拉欣再度肉搏，解决掉易卜拉欣之后再回来袭击乔伊丝——这个可能性是否存在呢？

这时候，我们就可以联系到易卜拉欣最后的那句话：“但是你还记得直到警察到来，‘诱惑体香’对对方的作用才失效。”

易卜拉欣是“周四推理俱乐部”的成员之一，是出生入死的伙伴，不可能命令别人去攻击乔伊丝。这就意味着，攻击乔伊丝的人并没有受到易卜拉欣“诱惑体香”的影响，那么铁甲兽就只可能是摔下楼的人。

根据线索第 7 条，就算是铁甲兽从八楼高度摔下去也必定会摔死。

但为何铁甲兽之后还可以袭击乔伊丝呢？

根据我们上文的推断，如果通天塔内部是一个斜坡，铁甲兽从八楼的高度一直滚到了七楼的高度，那么也就可以同时合理解释他为何会滚那么远，以及为何没有摔死。

同样，这也就能解释为何当罗恩顺着管道爬到走廊中央，他既能看到六楼的窗口，又能看到五楼的窗口。

根据第二轮的第 6 条线索，每一层都有窗口，窗口的中心点垂直高度相差 5 米，这也就意味着这个斜坡的垂直高度是 5 米，而通天塔位于悬崖处，两边的出入口都贴紧地面，也就是说通天塔的地面长度等同于悬崖的12米。根据勾股定理，我们可以顺势得出通天塔内每一层的地板长度是13米。

同样，既然通天塔有8层，而线索表示每一层都有窗口，且与上下一层的窗口相差5米，这也就意味着通天塔入口A方向的那一侧，只有四个窗口，分别是1、3、5、7层的窗口；而通天塔入口B方向的那一侧，同样只有四个窗口，分别是2、4、6、8层的窗口。

而当时在内塔六楼的大统领，之所以能从窗口望见正在从管道里出来的荧光头，首先是因为他的视野能望到通天塔六楼的窗口。根据第6条线索，通天塔的窗口很大，视野足够宽敞，因此在内塔的大统领完全能透过通天塔六楼的窗口望到对应的斜坡状况，而在通天塔的铁甲兽也会摔下楼而不会受到墙壁的阻碍。

还记得罗恩与易卜拉欣在进入通天塔时有过一段心理描述吗？

“通天塔内部只有一个供上下楼的楼梯，位于你所处的入口的另一侧，而那边刚好就是朝向内塔的门。你估计就算那四人到达通天塔底下，也需要花一些时间才能进来。”

正是因为那四个人从内塔方向过来，他们必须从入口B进入，而入口B是位于第二层高度的，与地面有5米的距离，所以罗恩与易卜拉欣才会认为那四个人需要花一些时间才能进来。

线索第2条明确表示了图片只是通天塔的俯视图，从俯视图中我们自然是不可能看得出来地板是一个斜坡。实际上，我们可以简单画一个通天塔每一层的正视图——

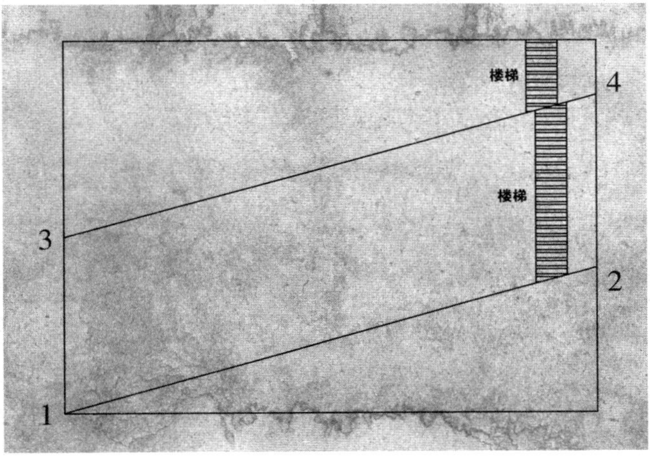

了解了通天塔真正的构造之后，我们继续去思考伊丽莎白与乔伊丝那边的问题。

首先，我们先思考最开始为何伊丽莎白与乔伊丝会选择从石碑处爬过悬崖。

根据伊丽莎白的剧本信息，理由是只有石碑处是此刻最安全的位置，在石碑处搭梯子爬过去绝对不会被赶往通天塔的那四个人发现。

可是我们都可以看到，小岛地形图中，内塔的四个人要径直赶往通天塔，他们只要稍微转一下头，便立刻可以看到石碑的方位，那么伊丽莎白为何会如此肯定绝对不会被发现呢?

再加上，从小岛地形图中我们也可发现，假如正东侧的石碑处是最安全的位置，那么正西侧的位置也应该是一样的，为何伊丽莎白又说只有石碑处是此刻最安全的呢?

关于这点，我们完全可以做出一些猜测，但要有确凿的定论，我们还需要结合其他问题一起来考虑。

为何在内塔六楼的伊丽莎白可以直接从窗口看到位于小岛入口的乔伊丝?

为何杰克既没有收到暗号，又没有看到探照灯?

其实这三个问题，共同的关键词就是“遮挡”。伊丽莎白觉得石碑处最安全，那么必定是有一定的遮挡导致对方无法发现；内塔六楼的伊丽莎白能从窗口看见小岛入口的乔伊丝，那也就意味着没有了遮挡；至于杰克没有收到暗号，又没有看到探照灯，这里面无非有两种可能性，一是内塔根本没有转到正北方，二是虽然转到了正北方，却有某种东西遮挡了视线。至于这第三个问题的两种可能性如何排除，下文会说，但现在我们仅仅看前两个问题，就可以发现与“遮挡”是密切相关的。

然而根据第二轮的第 16 条线索，小岛本身与悬崖的高度、方位、朝向都是固定的，且无任何特殊的结构，那么这就意味着小岛本身不可能有其他任何的变动来改变遮挡的位置。

而根据被拯救下来的杰克透露的话（*21 点 48 分那一段的*

信息），我们可以知道塔本身就是有遮挡效果的。内塔、通天塔和探照灯若处于同一直线，那么通天塔在中间遮挡，所以在内塔的人是绝对看不见探照灯的光线的。那么其实这也就意味着有通天塔的遮挡，从内塔出来的人若直线前往通天塔，他们是绝对看不见通天塔背后的情景的。

可是这对需要越过悬崖的伊丽莎白和乔伊丝而言并没有任何的作用。

那么我们这时候就要思考，如果已知石碑处是伊丽莎白和乔伊丝越过悬崖最安全的位置，那么从内塔出来的四个人的走向应当是如何的呢？

既然无论从前方、左方还是右方选择越过悬崖都有风险，那么剩下的后方呢？当从内塔出来的四个人匆忙赶往通天塔时，他们极大概率不会往后方去看。就算往后方看过去，看到的也只有内塔。正如通天塔后方的情景被通天塔遮挡了一样，处在内塔与通天塔之间道路上的四人，他们同样无法看到内塔后方的情景。

但是按照小岛地形图，所谓的“后方”应该是正北方，也就是“子弹”探照灯那里，怎么可能是石碑处呢？

但既然伊丽莎白确定是石碑处，那么哪里出了问题呢？

这时候，我们需要联系到第1条线索，不要忘记这张小岛地形图画着的是何时的状况！

图片显示的只是案发当天早上的状况而已。

而你们“周四推理俱乐部”到达小岛时，都已经是晚上

21点58分了。

如果说21点58分时，石碑处确实是最安全的地方，而小岛、悬崖与石碑本身都不可能有任何的变动，那么可以变动的还剩下什么？

塔。

我们已经知道，内塔是会自转的。然而无论内塔如何自转，都不影响四人从内塔出来通向通天塔时的视野。

那么是否有可能，通天塔本身也会旋转呢？

若通天塔也会旋转，那么若要符合“石碑处最安全”这个条件，21点58分时通天塔就应该是位于最西侧。

若是如此，就能解决这个问题。

那么我们继续看看，通天塔的旋转是能解决其他问题，还是说会产生矛盾。

按照我们对小岛地形图的理解，伊丽莎白是不可能从内塔六楼的窗口直接看到位于小岛入口的乔伊丝的，因为中间有通天塔的遮挡。然而如果通天塔也会转动，没有遮挡，那么伊丽莎白在22点09分时，是完全有可能从窗口直接看到乔伊丝的。

根据杰克的证词，我们可以知道内塔一直是固定以逆时针方向旋转的。但内塔在看不到“子弹”探照灯的情况下能与通天塔相遇，也同样证明了通天塔会旋转。

那么这里面存在两种可能性，一是通天塔越过了“子弹”探照灯，因此内塔并不需要转到正北方便能重新与通天塔相遇；二是内塔刚好朝向正北方的时候，通天塔也刚好转到了正北方，于是“子弹”探照灯遭到通天塔的遮挡，内塔无法看见。

那么到底是哪种可能性呢？

根据第二轮第12条线索，我们可知大统领的塔必定是以平均速度在固定时间内转完一圈。既然内塔与通天塔都会转动，而且都是以各自的平均速度转动，那么实际上它们转半圈所花的时间也是一样的。

那么是否有可能，通天塔先转动，内塔后转动呢？

根据杰克的证词，在内塔开始转动之前，通天塔必定是静止的，否则他也不可能没有发现通天塔会转动的问题。

既然如此，就不会发生“通天塔已经公转超过180度，而内塔自转还不到180度”的情况。

那么也就可以证明，当通天塔与内塔再次相遇的时候（22点06分），内塔朝向正北方，而通天塔也刚好转到了正北方。

简单来说就是，大统领误导了杰克，以为16分钟是内塔转完一圈，实际上16分钟是内塔以逆时针方向，而通天塔以顺时针方向各转半圈。

杰克身后的窗之所以被封上，正是为了避免在21点58分的时候，杰克能从背后的窗发现通天塔的身影。

（请注意，探照灯同样也是不会转的。因为东西南北的指向是客观的，从线索中我们可以明确知道“子弹”探照灯位

于正北方，而“导弹”探照灯位于正南方。）

以上十个问题全部解决，本轮的推理任务彻底结束。

请主持人继续浏览以下内容——

“天谴”的真相

提出第三轮的两大终极问题（1 分钟）:

请主持人向玩家提出最终环节的两大核心问题：

1. “天谴”是怎么做到的？

2. 卧底有哪些人？

当玩家都清楚这两个问题之后，请主持人派发第三轮线索。

至此，所有的信息都已经公布！

浏览第三轮线索（5 分钟）:

请玩家开始浏览第三轮线索，并且结合前面所有的线索推理出真相。

注意！主持人手册中所有的复盘文字内容并没有任何的错误，也没有所谓的“伪解答”，前文给到各位的已肯定结论都是真实的（*但如果有专门的主持人带领，主持人通过口头叙述的“复盘内容”与手册文字内容有出入的话，本手册不负任何责任哟*）。

关于长度的数字不重要，大家推理时不会用到任何的计算。长度列出来只是让大家有一个大概的想象，以及将其合理化。

请主持人明确向玩家表示上述两点。

讨论推理（90—120 分钟）:

当玩家浏览完毕之后，主持人便可让玩家自行开始讨论推理。

请主持人同时提醒玩家："别看只有两个问题，但要解决这两大终极问题，就必须先解决其他隐藏在字里行间的诸多小矛盾。这些矛盾（谜面）需要玩家自行去发现，在最终阶段主持人与手册不会直接公开给大家。而这两个问题呢，你们想先解决哪一个都可以，它们彼此关系不大，但难度其实差不多。"

下文有引导提示，当玩家实在毫无头绪的时候，才参考以下内容！

【若是玩家自行游戏，没有专门的主持人，那么请玩家浏览到此便停止翻阅手册，与其他伙伴开展讨论推理。若 80 分钟后仍没有任何头绪，可继续浏览下文的"引导提示"。若玩家已有定论，可继续浏览下文直至"真相复盘"！】

引导与提示（20 分钟）：

注意！以下内容为上述两大问题的引导提示，若组织者为玩家之一，请谨慎选择是否浏览，避免失去推理乐趣！

接下来，我会分为"引导"与"提示"两个阶段来帮助玩家。

"引导"——帮助玩家找出隐藏在字里行间的谜面。

"提示"——帮助玩家针对这些谜面找到逻辑思路。

我会先列出"引导"的内容。

以下有十五条引导，各位玩家可以逐条浏览，假如觉得有头绪了便可暂停往下浏览。

第一条引导——

大统领是否知道梯子的存在？

第二条引导——

杰克看到的“重影”是什么？

第三条引导——

为何通天塔有三面是干的？

第四条引导——

铁链有什么作用？

第五条引导——

乔伊丝为何没看到摔下楼的铁甲兽，而是在返回通天塔时，在入口 A 才突然看到？

第六条引导——

菲克是何时死亡从而被插到尖刺上的？

第七条引导——

乔伊丝听到的对话发生在几楼？是谁与谁进行的对话？

第八条引导——

伊丽莎白是怎么救乔伊丝的？

第九条引导——

大统领为何要派四个人去通天塔？大统领这样的安排有什么目的？

第十条引导——

大统领对荧光头是什么态度？

第十一条引导——

大家都是在什么情况下用技能的？

第十二条引导——

大家的技能使用次数剩下几次？

第十三条引导——

易卜拉欣战斗时，提到了在铁甲兽和扑克脸之中，有一个人突然袭击了对方，这个人是谁？

第十四条引导——

易卜拉欣从遇到敌人，到使用技能，这期间他在什么区域？

第十五条引导——

是谁潜入了杰克奶奶的房间？

以下有十条提示，各位玩家如果在上述引导下仍没有头绪，那么可以浏览以下提示，假如觉得有头绪了便可暂停继续浏览。

第一条提示——

可以先确认罗恩的对手身份，再确认易卜拉欣的对手身份。

第二条提示——

从第二轮杰克透露的信息中可知道，大统领完全不知道梯子的存在，所以才认为乔伊丝与伊丽莎白必定是通过通天塔来到内塔的。

第三条提示——

既然大统领并不知道梯子的存在，也就意味着“天谴”的实施并不需要用到梯子。

第四条提示——

“天谴”并不需要使用梯子，那么它需要用到哪些道具呢？

第五条提示——

塔开始转动的时候，很明显尖刺上是没人的。当21点58分“周四推理俱乐部”来到时，尖刺上已经有菲克，而这期间组织的人一直待在内塔，所以“天谴”应该是不需要人为完成的。但是根据杰克透露的一些信息，“天谴”也是需要他们提前做好某些“准备”的。

第六条提示——

伊丽莎白救乔伊丝时用了几次“幻影瞬步”？

第七条提示——

大统领对荧光头的态度，是基于什么错误认识？

第八条提示——

乔伊丝和伊丽莎白一眼就发现梯子，而且还能顺利拿到梯子，那就证明梯子离悬崖边一定是非常近的。而在两人的剧本信息中，也明确提到梯子的长度与悬崖宽度接近，也就是12米。既然如此，那么梯子当时在悬崖下一定是接近竖放状态的。但大统领在天台上的照射能照到悬崖6—7米深处，之后直到“周四推理俱乐部”到来，都没有其他人离开过内塔，那么大统领为何没有发现梯子呢？

第九条提示——

可以从日常生活的角度去想，下雨的时候我们要保证自己的身体是干的，会如何去做?

第十条提示——

关于乔伊丝听到易卜拉欣与某人进行类似同伴的和平对话。如果乔伊丝是在易卜拉欣使用技能之后才听到这对话，那么她为何没看到在此之前已经掉下塔的铁甲兽?如果乔伊丝是在易卜拉欣使用技能之前就听到这对话，那么是否代表在铁甲兽与扑克脸中就有至少一名卧底，而这名卧底已经与易卜拉欣相认了呢?

推理复盘（40分钟）:

注意！以下内容为剩余所有谜题的真相复盘！若玩家为自助游戏，没有主持人的带领，请玩家确定大家都终止推理之后再来浏览以下内容，避免影响游戏体验！

这个谜题较为复杂，切入的角度会比较多，因此大家或许都有各自的切入点，但此复盘只会先从推理卧底的角度切入，然后到某个阶段会发现一个无法解决的矛盾，那时便引出关于“天谴”真相的推理，从而解决“天谴”手法问题，最后再回到推理卧底方面，彻底解决两大问题。

关于确认谁是卧底，我们首先从最简单的入手，亦即可以先确认罗恩的对手。

罗恩的对手是皮皮怪与荧光头。从罗恩的叙述中，我们得知罗恩先是对付皮皮怪，从四楼楼梯处一直搏斗到三楼窗口边缘，罗恩按着皮皮怪的头把他给撞晕了。

这么来看，好像皮皮怪确实是敌人，然而不要忘记大统领安排四个人前往通天塔的目的。大统领就是要让一个绝对信任的人，看守着另一个尚未完全信任的人，并且通过这次对付“周四推理俱乐部”，来考验他们的忠心。

也就是说，在有第三人在场的情况下，即便真的是卧底，也不一定会暴露身份。更何况，皮皮怪最终是被罗恩打倒的，因此我们没办法通过这个来确定皮皮怪的身份。

那么荧光头的身份是否可以确认呢？

荧光头最终是被大统领杀的，而大统领当时显然觉得荧光头是卧底，所以才毫不犹豫杀了他。

这么来看，荧光头就应该能被证实是卧底了吧？

可是，我们必须得留意大统领是在什么情况下杀害荧光头的。

在伊丽莎白的信息中，当时大统领透过窗口看见荧光头，大统领忽然露出不屑的嘲笑，他嗤之以鼻，自顾自说道：“呵呵，我猜还活在通天塔内的就是你们的卧底吧？不然你们怎么可能那么快就从通天塔跑到内塔这儿来？一定是你们这些老家伙迅速联手卧底把我的手下全干掉了。他可隐藏得真深啊，但别以为躲在通天塔就逃得了，我现在就送他去见上帝。”

从大统领说的话中，我们可以知道他会认为荧光头是卧底，前提是确认了乔伊丝和伊丽莎白是通过通天塔来到内塔的。但实际上，乔伊丝和伊丽莎白是通过梯子来到内塔的，也就是说大统领在这方面存在一个认识错误。那么，我们就不可以通过大统领对待荧光头的态度来确认荧光头的身份。

但是，我们可以通过大统领对待荧光头的态度，来确认皮皮怪的身份。

别忘了，大统领安排人前往通天塔，就是希望一个信任的看着一个尚未信任的，而大统领绝对不会怀疑已信任的。既然大统领对荧光头有所怀疑，那么也就证明与荧光头在一起的皮皮怪正是大统领完全信任的。

也就是说，皮皮怪是敌人。

那么我们如何去确认荧光头的身份呢？

从杰克透露的信息中我们得知，假如没人看着的话，卧底就会立刻与自己人相认并联手。虽然这仍然可能只是大统领单方面的认知，并非绝对客观，但我们继续看罗恩在击晕皮皮怪之后的行为。

在罗恩的第⑤段回忆中，罗恩命悬一线，迫不得已对荧光头使用了“霸气震波”。

根据第三轮第 7 条线索，可以确定皮皮怪被罗恩击倒后就彻底晕死了过去。另外再提一下，当时二人是在第 4 层，而大统领是在第 6 层，大统领不可能从窗口看得到荧光头的状况；同时根据第二轮第 3 条线索，可以进一步确定当时罗恩与荧光头的打斗，一切状况确实只有罗恩和荧光头知道，其他人不可能得知。

那么在当时只剩下荧光头和罗恩的情况下，如果荧光头真的是同伴，他绝对不会选择继续攻击罗恩，甚至还逼得罗恩命悬一线，逼得罗恩使用“霸气震波”对付他。

也就是说，荧光头的真实身份并不是大统领以为的卧底，他就是“周四推理俱乐部”的敌人。

判断完罗恩的对手之后，我们继续去看易卜拉欣的对手。

易卜拉欣面对着铁甲兽与扑克脸。现在我们已经知道，在易卜拉欣的第⑤段回忆中，其中一个人袭击另外一个人。虽然我们暂时无法确定谁袭击谁，但是被袭击的那人是这么说的——

“你在干吗？竟然袭击我……噢，我知道了，果然你就是卧底，我很早就怀疑你了！”

我们知道，易卜拉欣使用技能是在这件事情发生之后，而易卜拉欣的技能使用次数只有一次，所以这件事情发生时，没有人被“诱惑”。

而这话也就证明了在易卜拉欣的对手中，主动袭击别人的那人就是卧底。

那么这人是谁呢？

这时我们可以去看杰克证词的最后部分，22点15分时，易卜拉欣和露娜上去了内塔，露娜一刀杀害了大统领，接着露娜就被易卜拉欣绑在了栏杆上。

从露娜杀害大统领的行为，我们好像可以确定露娜就是卧底。

然而我们联系易卜拉欣的第⑥段回忆，易卜拉欣对剩下的那人使用了“诱惑体香”。在他的心理描述中，是觉得虽然无法确认对方的真实身份，但是“诱惑体香”并不会影响身体健康，所以易卜拉欣果断用了。

而在露娜杀害大统领之后，易卜拉欣也是将露娜绑在了栏杆上。也就是说，易卜拉欣到头来也无法确认露娜的真实身份。而露娜不管是敌人还是卧底，她都会在“诱惑体香”的影响下杀害大统领的，所以我们也没办法通过她杀害大统领的行为确认她的身份。

关于露娜的信息，好像就这么多了。若没有头绪，我们可以换个角度去想一下铁甲兽的身份。

我们已经知道，铁甲兽受到“霸气震波”的影响，从七楼的窗户滚了下去。之后乔伊丝意图回去通天塔时，她遭遇的袭击正是来自铁甲兽。

当时铁甲兽已经血肉模糊，但是他的嘴巴里仍旧喊出了“乔伊丝”，也就是说他非常清楚自己正在攻击的人是谁。如果说铁甲兽是故意在装给大统领看，可他又确实是有举起拳头意图砸向乔伊丝的行为，假如伊丽莎白不去营救，那么铁甲兽自然也不可能真正砸到已经束手无策的乔伊丝身上。这样的话，那么铁甲兽的伪装毫无意义。再加上，那个时候铁甲兽已经因为掉下楼而受了严重的伤，乔伊丝也因为长跑兜圈气喘吁吁，两人若真是同伴，最好的方法应该是直接联手对付剩下的人，而并非在大统领面前做这些伪装（*同理可证明伊丽莎白也没必要为了伪装而耗费自己的“幻影瞬步”*）。

那么是否还存在一种可能：乔伊丝是敌人呢？

虽然这里我可以用诸如“哎呀，乔伊丝是小说的主角之一，这系列都出三部了怎么还有人怀疑她是坏人？我要是真在剧本杀里把她写成反派的话我可得被骂呢”此类的场外话术来证明四位老人都并非反派，不过为了绝对的公平，我依旧利用线索来证明。

在第三轮第5条线索中，提到了大统领信任的人是“周四推理俱乐部”的敌人，那么这句话就直接肯定了伊丽莎白、乔伊丝、罗恩、易卜拉欣都并非大统领的人。

所以这么来看，铁甲兽袭击乔伊丝应该是出自真心的行为，他是敌人。

刚才已知，在易卜拉欣的对手里，必定至少有一位是卧底，而铁甲兽是敌人的话，那么与他一起行动的扑克脸露娜就是卧底。

当时在八楼，是露娜主动曝光了卧底的身份，袭击铁甲兽，随后铁甲兽受到“霸气震波”攻击，滚了下去……

但这里会有一个小问题。

如果当时露娜就已经曝光了自己身为卧底的身份，那么之后易卜拉欣怎么会表示自己并不知道露娜的身份，对她使用“诱惑体香”，甚至还在她杀害大统领之后将她绑起来呢？

同样，还有别的问题。

在乔伊丝的第④段回忆里，乔伊丝是越过通天塔的两个入口，回到了小岛入口所在的陆地上。她跑到了通天塔塔底，听到肉眼可见的通天塔最上方的窗口传出声音。

在乔伊丝的角度，她肉眼可见的通天塔最上方窗口是几楼的窗口呢？

在上一轮的真相复盘中，我们知道通天塔入口 A 方向的窗口是 1、3、5、7 层，而通天塔入口 B 方向的窗口是 2、4、6、8 层。

按照我们目前的认知，面向小岛入口所在陆地的是通天塔入口 A，而通天塔如此巨大，所以从跑在陆地上的乔伊丝的角度看到的最上方窗口就应该是 7 层。

那时是什么时候呢？在乔伊丝的第⑤段回忆中，明确提到了“自你跑出内塔兜了数圈，在你的肉眼范围内，可见岛上的露天区域*（包括悬崖下）*除了你、驼峰背和被插在塔尖的菲克之外没有任何人，无论是活人还是死人都不见半个踪影”，而第⑤段回忆是发生在第④段回忆之后，也就可以确认乔伊丝听到对话的时间是在铁甲兽受到“霸气震波”影响摔下塔之前，也就是说那个时候易卜拉欣就已经知道了卧底的身份。

然而根据易卜拉欣的第④段回忆与第⑤段回忆，易卜拉欣从遇到铁甲兽和扑克脸，直到铁甲兽摔下塔的这段时间里，他们一直都是在八楼楼梯边僵持。

那么，是否有可能说话声从八楼楼梯传到七楼窗户，一直传到乔伊丝的耳朵里呢？毕竟，听觉是乔伊丝引以为傲的能力。

但在乔伊丝的剧本中有这样一句描述：

“虽然是从很高的地方传出来，但由于周遭寂静而空旷，加上对方靠着窗边，说话声音不算小，所以有几句你听得一清二楚。”

也就是说，对方必定是靠在窗户边说话。

但就像上文说的，在铁甲兽摔下楼之前，易卜拉欣和对手一直都是在八楼僵持。

那么是否有可能，通天塔在公转的同时也会自转，所以乔伊丝听到的实际上是八楼传来的声音？因为我们上一轮复盘中得出的通天塔朝向，也仅仅是 21 点 58 分时的朝向，不代表 22 点 06 分之后的朝向。

然而在乔伊丝的第④段回忆中，她在听到说话声音的时候，明确提到了这样的一句话：

“你以逆时针方向，又再次跑到了通天塔的塔底。那静止的、朝着岛外的通天塔入口 A 正对着探照灯的照射。”

我们现在知道，通天塔后来是静止在正北方，在“周四推理俱乐部”到达之后，它只有可能对着“子弹”探照灯的照射。所以，根据这句话我们既能确定乔伊丝的第④段回忆是在 22 点 06 分之后（*通天塔静止*），也能确认静止时通天塔的入口 A 是面向正北方的。

再者，根据伊丽莎白的第④段回忆，22 点 07 分时，在六楼的大统领能从窗口看到荧光头，那也就意味着 2、4、6、8 层是面向内塔的，而 1、3、5、7 层窗口就是面向北方的。

我们暂时没办法去判断通天塔在公转的过程中是否也会自转，但是目前我们完全可以判断乔伊丝听到的声音的确就是来自七楼窗口边。

确认了这点之后，我们又回到了刚才的矛盾上——

如果在铁甲兽掉下塔之前，易卜拉欣确实一直都在八楼楼梯那边，那么乔伊丝听到的七楼对话就应该是在铁甲兽掉下塔之后，而铁甲兽必定是掉到了小岛入口所在的陆地上，那么为何乔伊丝根本没发现？

如果乔伊丝是在铁甲兽掉下楼之前听到对话，那么易卜拉欣为何会说出在铁甲兽摔下塔之前，自己都是一直在八楼和对方对峙呢？

要解决这个问题，我们就得联系到“天谴”到底是怎么完成的。

要知道，通天塔和内塔在转动之前，菲克是不在尖刺上的。而在塔开始转动的时候，所有人都待在内塔，之后“周四推理俱乐部”的人在21点58分来到小岛的时候，就已经发现“天谴”完成了。

也就是说，“天谴”的最终完成实际上并不需要人为操作。然而，我们也可以发现在整个过程中，必定是有人为参与的部分。

例如：两个人将菲克拖走，大统领去天台检查，手下在21点56分去天台，一分钟后回来。

而“周四推理俱乐部”也发现在插着菲克尸体的尖刺尾

部有一截铁链，这铁链能与绑在内塔天台长针上的铁链相扣。

还有，别忘了梯子。虽然说梯子不是“天谴”必要的工具，但这反而引出了一个和“天谴”相关的新问题——

既然梯子是卧底放的，那么卧底就必须是在 21 点 30 分之前放的，因为在此之后行动的不是大统领本人，就是大统领绝对信任的人。而大统领在 21 点 45 分去天台检查的时候，却完全没有发现梯子，为何如此？

也就是说，“天谴”所需要用到的某个东西可以完全遮挡住梯子的存在。当 21 点 58 分“天谴”完成的时候，梯子又会重新明显地暴露在视野中。

根据这些线索，我们现在完全可以确定诡计最终的实施必定跟铁链、塔的转动有关系，而这个诡计显然又能够掩盖梯子的存在，还能使通天塔有相当一部分是能够保持干燥的。

这时候，我们联系第三轮线索的前两条，可以合理地想象出大统领造了一个与通天塔相似的“壳”，这个金属壳只覆盖通天塔面向小岛入口所在陆地的那一边、面向内塔的那一边，以及从内塔望过去的右边。同时这个壳的顶部也有一根和真正的塔一模一样的针，但是这根针的位置与真正的通天塔并不一样，当壳竖起来的时候，假针的方位是在真针的旁边，假针离通天塔的距离要比真针略微近一些，这样从杰克的视角去看，假针才能彻底把真针挡住。

稍微跳跃了一些，我们说回金属壳本身。

我们知道，通天塔横跨悬崖的长度等同于悬崖的宽度，也就是 12 米。而这个壳横跨悬崖的长度必定得大于 12 米。你可以想象成我们人类去穿一件衣服，或者套一个盔甲，这件衣服或盔甲的规格必定是大于人体本身的，否则人怎么能穿得上呢?

造完之后，大统领就提前将这个壳倒着放置在通天塔转动的前方。倒着的金属壳与伫立的塔体垂直形成了一个“L”字形——简单理解，可以想象成你人站在原地，前方地板上有一件衣服摆放着，那件衣服的正面是向下朝着地板的。

由于金属壳的规格大于塔体本身与悬崖本身，因此金属壳放在悬崖上并不会掉到悬崖里。放置好之后，大统领将内塔天台的铁链绑在“L”字形针较长的那一端，与壳子假针的铁链扣在一起。

这些都可以提前布置好。

而杰克的视角只能看到通天塔的部分，他是无法看到内塔与倒着的金属壳相连的铁链。

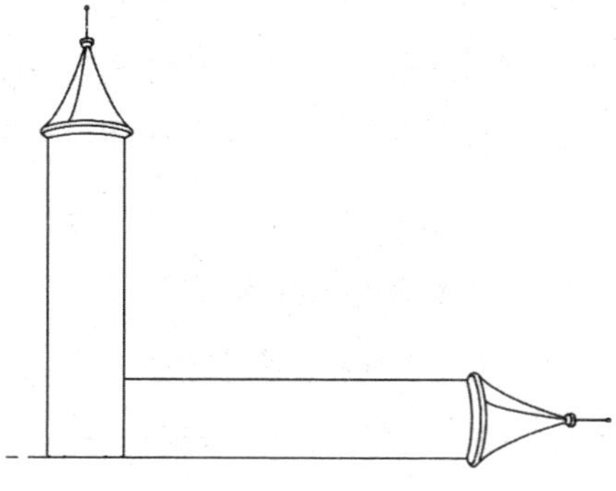

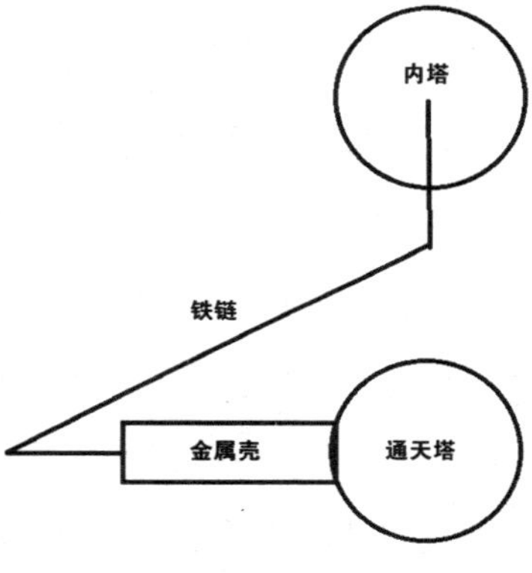

那么这个时候，假针就矮下来了，同时由于这只是一个金属壳，人类总有办法移动它，于是手下在把菲克搬去外头的过程中，先提前杀死了菲克，然后直接将他插到了这根假的针上，最后恢复原位。

倒在悬崖上的金属壳自然就盖住了悬崖底下的一部分，大统领与手下很难会想到这底下会有卧底埋着的梯子，于是这就成了他们的观察死角。

然后 21 点 50 分，塔开始转动。由于金属壳子放置在通天塔前进的方向，所以金属壳子会被通天塔推着往顺时针方向移动。但同时在铁链的拉力下，金属壳子也会受到逆时针方向的力量。铁链慢慢被牵扯，两端之间的距离越来越大，等到铁链被拉到极限之后，倒着的金属壳自然也就会以与塔体相接触的底部为支点，被拉到竖直（*但金属壳只是覆盖在地面往上的塔体部分，至于陷于悬崖的部分是金属壳无法覆*

盖的）。

最终，就像人类披了一件外套（*但并没有穿进去*），金属壳自然就会覆盖住塔体的一部分，而那根插着尸体的假针挡在了真针的前面，这就造成了“天谴”的假象。因为从杰克的角度只能看到八楼的窗口和塔顶、塔尖，加上当时天色阴暗，菲克的尸体也将杰克的注意力完全吸引了过去，所以他才并没有发现真相。但他仍然注意到了“重影”的漏洞，事实上那并非重影，而是两根针前后近似相叠那般靠在了一起。

至于从外头进来的“周四推理俱乐部”四个人，你们从入口一下子就看到了这个塔披了一个壳，所以马上就能识破“天谴”的诡计。

我们已经知道，21 点 58 分的时候，“天谴”诡计就已经完成了，那时铁链已经不再相扣。结合杰克透露的信息，我们可以确定 21 点 56 分的时候，手下前往天台就是把铁链的扣解掉。

之所以要解掉，原因就在于“天谴”诡计完成之后，塔仍然在转动，如果铁链继续使力，就会有造成破坏的风险，从而导致诡计失败。

由于金属壳具备一定的厚度，所以当金属壳完全立起来之后，通天塔就等于披上了一件衣服，推着壳缓缓前行。而那个原本就一直放置在金属壳下方悬崖的梯子，也就很容易被后来的你们发现了。

在这里，顺带还得解释一下为何这个金属壳必须制造三面。

首先，壳在内塔铁链的牵引下，受到向上与向内塔方向的力，假如金属壳无法受到通天塔的阻挡，很容易就会向圆心偏移，从而脱离路线。因此金属壳必定要制造面向小岛入口所在陆地的那一边，控制着金属壳不会向圆心偏移。

而壳被拉起来固定好之后，失去了铁链的牵引，如果无法受到通天塔的阻挡，就很有可能在通天塔公转的影响下，不会一同公转，而是缓缓往圆外移动，同样会导致诡计失败。因此为了防止金属壳偏离轨道，就必定要把面向内塔的那一边也一并制造，三面包裹就能使金属壳完全跟随着通天塔公转移动。

金属壳并不需要遮盖塔顶，只需要在恰当的位置延伸一根杆，这根杆支撑着假针就完事儿了。

而之所以不能只制作假针，还要专门制作一个壳，原因就是假针需要以金属壳与通天塔相接触的底部为支点才能拉起来完成“天谴”，否则只有一根针的话是无法拉到塔顶高度并控制住的。

这时可能会有朋友问：“为何需要专门连在‘L’字形针较长的那端？我连在较短的那一端不行吗？”

之所以必须连在较长的那端，正是因为如果内塔的铁链只是绑在圆心的位置，又或者接近圆心的位置，那么由于通天塔是公转，而内塔是自转，两者无论怎么转，铁链始终都是半径长度，就无法彻底拉直了。

所以这个手法必须利用内塔天台的针的长端，当塔还没开始转动的时候，铁链两端的长度是最短的，然后内塔以逆时针方向自转，通天塔以顺时针方向公转，铁链两端的距离才会被拉长。

同时，内塔转动的聒噪声音在一定程度上也可以掩盖“天谴”诡计实施时可能会发出的声音。

以上就是“天谴”诡计的全部解析。

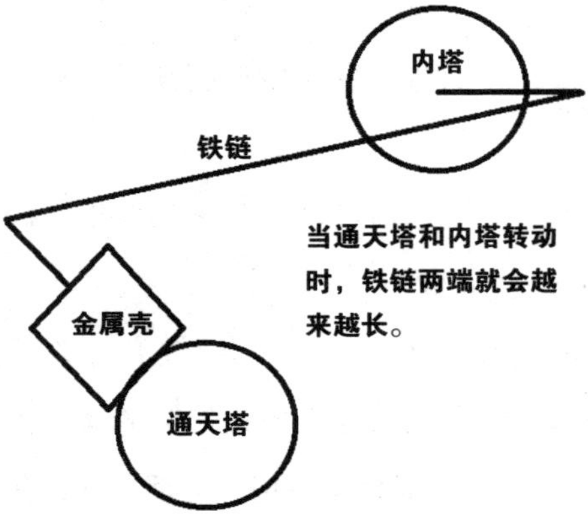

得知了“天谴”的手法之后，我们也就可以理解为何乔伊丝并没有看见掉下去的铁甲兽（*在她的信息中有明确的描述，当时她在以逆时针方向逃跑的过程中，一直都没有回头看*），却在回到通天塔入口 A 的时候，突然发现了铁甲兽，因为铁甲兽是掉到了塔的本体与塔的壳之间。

既然说到了铁甲兽与乔伊丝，那么我们又会发现一个很关键的矛盾——

伊丽莎白为何能成功救下乔伊丝?

当时伊丽莎白在内塔的六楼，而乔伊丝肯定是在通天塔入口 A 的地面被袭击的。根据我们对建筑的了解，伊丽莎白不可能直接以肉眼看见乔伊丝。实际上，伊丽莎白也只是从监控中得知的。

伊丽莎白的技能有说明，“幻影瞬步”的使用只限于伊丽莎白眼前所见的空间。

那么伊丽莎白要成功救下乔伊丝，仅仅使用一次技能是不可能做到的。

那么她至少要使用几次呢?

从内塔六楼到通天塔入口 B 是一次（*实际上，根据杰克透露的信息，22 点 12 分，大统领回到八楼，他的自言自语确实就是发现伊丽莎白瞬移到了通天塔入口 B*），那么通天塔入口 B 到通天塔入口 A 需要几次呢?

我们可以再看一下通天塔的俯视图，那儿写有一句话：“通天塔两个门口之间没有任何阻隔。”

这也就证明了，从通天塔入口 B 瞬移到通天塔入口 A 只需要一次。

那么伊丽莎白要去拯救乔伊丝，就至少需要使用两次技能。

在第一轮第 1 条线索中，明确提到技能在一个自然年中至多只能使用两次，而根据第三轮第 8 条线索，我们也可以肯定案发当天的 9 月 17 日距离你们在养老社区发出动静的 9 月 3 日仅仅过去了两周。

那么，伊丽莎白为何可以突破次数限制使用技能？

难道通天塔入口 B 和通天塔入口 A 在同一处吗？也就是说通天塔的构造仍然存在我们没有发现的盲点？

事实上，找不到任何的线索去支撑这种假设……

还是说，乔伊丝和铁甲兽在某一刻突然也瞬移到通天塔入口 B，所以伊丽莎白才成功救下乔伊丝？

但同样，没有任何线索去支撑这种假设。相反，在乔伊丝的叙述中，她从遭遇袭击到被伊丽莎白救下，中间并没有移动过。

那么我们能否去考虑别的方向呢？例如——

伊丽莎白确实就是使用了两次技能去救乔伊丝，她在 9 月 3 日根本就没用过技能？

谈到这点，我们得回到第一幕中，当时各位是如何确认伊丽莎白的技能是“幻影瞬步”的？

帮助大家回忆一下。

因为易卜拉欣在 22 点 43 分 45 秒关上房门离去，而乔伊丝在 22 点 43 分 45 秒看到伊丽莎白处于二楼往三楼的楼梯转角处。按道理，伊丽莎白不可能看到易卜拉欣的离去，可在她的叙述中，她上到三楼时看见了一个离去的身影，同时鼻子闻到了一股易卜拉欣的体香。

正因在极短的时间里，能从楼梯转角去到三楼走廊，所以各位才认为伊丽莎白的技能是“幻影瞬步”。

包括给大家的技能介绍，以及在伊丽莎白自己的个人剧本里，都证实了伊丽莎白的技能确实就是“幻影瞬步”，所以各位不用怀疑伊丽莎白的技能并非这个。

但是这里面存在一个误区——

当各位对“幻影瞬步”的推理得到了肯定后，似乎都觉得当晚她使用了技能，因为各位就是从她使用了技能的痕迹上，推断出她的技能的。

不过要注意，在主持人手册的第一轮复盘中，从来没有肯定过伊丽莎白在当晚用过技能，从来没有肯定过伊丽莎白在当晚看见的人影就是易卜拉欣！

如果伊丽莎白在 9 月 3 日根本没用过技能，那么也就可以去解释为何她能成功救下乔伊丝。但这样的话，也就证明伊丽莎白当时看到的背影根本就不是易卜拉欣。

那么她看到的是谁呢？

根据第一轮第 12 条线索，可知在伊丽莎白上楼之后，没有人从西侧楼梯离开，而还能从东侧楼梯下楼的就只有罗恩。但罗恩的壮硕身躯对伊丽莎白而言是非常容易辨认的，加上在罗恩的个人剧本中也并没有提到他进入过某个三楼的房间，所以伊丽莎白看到的绝非罗恩。

那也就证明伊丽莎白看到的身影从房间离去之后并非往楼下走去。

但 0 点的时候，所有人都在自己的房间里，也就证明这身影的房间是在三楼。

而当晚住在三楼的，就是伊丽莎白、乔伊丝、露娜和驼峰背。

伊丽莎白自然可以排除，而跟在伊丽莎白身后的乔伊丝自然也可以被排除。

那么这个身影是谁呢？

驼峰背的身影同样很容易被人辨认，但眼力特别好的伊丽莎白却辨认不了那个身影，那么也就证明了她看到的身影并非驼峰背，而是露娜。

这时，各位可能会重新去回顾第一轮第 7 条线索，大家可能会提出一个疑惑：不是说露娜从 22 点 40 分到次日早上都没有再出来过吗？

要注意，线索中有一个字“若”，这也就证明如果露娜并非在自己的 301 房间，那么她就可能外出过。

那么露娜当时是从哪个房间出来的呢？

这时我们可以看第三轮第 8 条线索：“里头的资料被偷窃一定是在 9 月 3 日晚上*（也就是距离现在的两周前）*，在易卜拉欣离开三楼之后直到次日 0 点这段时间内进行的。但住在三楼的非小偷的人在 9 月 3 日晚 20 点回到自己房间后，直到次日早上 8 点就没离开过。”

线索最后的这一句意思就是，在当晚离开过房间的人就必定是小偷。

露娜离开过房间，那么小偷就是露娜。

好，那么又回到了我们之前的推论——

在上文，我们推断出露娜是卧底，因为确定了铁甲兽是敌人，而在易卜拉欣的对手中必定至少有一位是卧底。

然而我们根据第二轮线索中杰克透露的信息可以知道，大统领只会委托信得过的人去做事，而大统领也正是需要根据杰克奶奶房间里的信息去抓捕杰克，那么也就证明小偷必定是大统领信任的人。

若是如此，那么露娜就不是卧底！

可是，我们又无法推翻“铁甲兽是敌人”这个结论。

如果两个都是敌人的话，那么我们要如何理解易卜拉欣在第⑤段回忆中听到的对话呢？

铁甲兽和露娜在互相演戏欺骗易卜拉欣吗？可是根本没有这个必要，他们两个人面对一个老头子，直接解决就好了。

既然找不到其他可能，那么我们完全可以换一个方向，去找一个更加简单且合情合理的可能性——

既然铁甲兽和露娜都是敌人，而露娜后来是在受到“诱惑体香”的影响下去杀害大统领，那么有没有可能在第⑤段回忆中，某个人也是因为受到“诱惑体香”的影响才去袭击另一个人呢？毕竟，第④段回忆与第⑤段回忆之间是可能有中断的，易卜拉欣有可能想不起来自己用过“诱惑体香”。

若是如此，那么易卜拉欣在 9 月 3 日那天晚上就根本没用过技能！

我们回头可以发现，在主持人手册中关于第一轮的真相复盘，也同样是没有肯定过易卜拉欣在当天晚上用过技能。

包括在易卜拉欣的个人剧本中，也从来没有说过他当时用了技能。在个人剧本中，是如此描述的："当机立断，你朝着露娜抬起肘部，露出胳肢窝，意图用'诱惑体香'让露娜对现在这一切闭口不言。紧接着，露娜就竖起了食指……"

注意，当时只是易卜拉欣意图使用技能。而如今回过头来看，这恰好就能证明他有可能没有使用过技能。

同时，在易卜拉欣的个人剧本中也并没有说过当时他梦游进入的房间就是301房间，只是说他醒来时发现露娜在房间里而已。

实际上，易卜拉欣梦游去到的是属于杰克奶奶的302房间。

那么各位为何会认为易卜拉欣用过技能呢？回忆一下，正是因为露娜的证词与客观情况存在矛盾，而易卜拉欣的技能具有迷惑性，所以各位才认为易卜拉欣对露娜使用过"诱惑体香"。

但实际上，露娜当时并没有被"诱惑"，而她的证词与客观情况矛盾完全是人为造成的。

也就是说，她是故意撒谎的。

她为何会故意撒谎呢？结合我们刚才关于小偷的推论，既然露娜是小偷，她在易卜拉欣离开之后从不属于自己的房间出来，那么我们自然就可以认为她当时在302房间偷窃，却恰好被梦游的易卜拉欣发现。露娜自然是不希望这件事闹大，不然她自己的偷窃行为也会被发现，所以她随机应变，当机立断，考虑到易卜拉欣一定会想办法维持自己的人设，便率先答应易卜拉欣不会将这件事说出去。她也相信，易卜拉欣一定会极力保守秘密。

这就是 9 月 3 日当晚发生的事情的真相……

在主持人手册的第一幕中，我建议让易卜拉欣最后一个坦白，其实也是在暗暗地进行一个若有若无的误导，使玩家在前面三位的叙述铺垫下，也进一步觉得自己的确是用了技能。

好，那么回到 9 月 17 日案发当天。既然在易卜拉欣的回忆里，有一个人对着另外一个人说："就是老大一直觉得没有证据实锤你是卧底，但现在你终于不演了是吧？好啊，那你就和那易卜拉欣一起完蛋吧！"那么也就证明当时中了"诱惑体香"的人不是大统领信任的人，而小偷露娜是大统领信任的人，所以易卜拉欣第一次是对铁甲兽使用"诱惑体香"，他希望操纵铁甲兽去对付露娜，但铁甲兽刚好被罗恩的"霸气震波"震了下去，所以易卜拉欣只能对露娜使用最后一次的"诱惑体香"。

这一次，才是对露娜的真正使用。根据技能描述我们可以知道，铁甲兽在摔下去之后，由于受到了重创，所以"诱惑体香"失效了，这也促使了他后来去袭击乔伊丝。

既然大统领、皮皮怪、荧光头、铁甲兽、扑克脸露娜都是敌人，而在场至少有一名卧底，那么也就证明剩下的驼峰背才是真正的卧底。

在乔伊丝的回忆中，驼峰背一直在追着她，纠缠不休，嘴巴里还大喊着什么，其实驼峰背当时想告诉乔伊丝的就是卧底的身份，没想到乔伊丝根本不愿意听，害怕得直接转身，撒腿就跑，最后还不管三七二十一，就干脆利落对驼峰背使用了“腹泻酸菜”，趁虚弱的时候直接踢晕了人家！

而在乔伊丝的心里，她还想着帮助团队解决了一个敌人特别威风，特别有成就感，怎知道这竟是一个大乌龙……

这就是案件的所有真相，两个终极任务都已完成，逻辑复盘到此结束。

最后顺便给各位透露两个小秘密——

在伊丽莎白的个人剧本第一幕，有提到她至少会给自己保留一次“幻影瞬步”的使用权，因为这是她用来保护自己在这世上最在乎的东西的绝招，而她最在乎的无非就是作为特工的自己的生命。

现在我们知道，她对自己生命的重视程度，让她不只是给自己保留了一次，甚至连第二次也都吝啬地保留了——即便当时正承受着“腹泻酸菜”的折磨。

可是后来在和大统领打得难分难解，战斗进入白热化的时候，伊丽莎白看见乔伊丝面临着生命危险，她没有一丝犹豫就甩下大统领，使用了两次“幻影瞬步”去救乔伊丝，这说明在她内心深处，挚友乔伊丝的安全比她自己的生命更加重要。

另外，大家也都知道罗恩的技能效果是由他的怒气值而定的。

当时罗恩之所以使出如此强劲的“霸气震波”，不仅仅是因为自己正遭遇生命危险，更是因为荧光头一直在辱骂着易卜拉欣，罗恩无法忍受自己的挚友被如此侮辱，所以他当时使出了最强劲的“霸气震波”，彻底秒杀荧光头。

只不过，罗恩一直都没有回想起来荧光头的辱骂，大概他在潜意识中真的很想保护挚友，所以希望自己也能忘记那些话吧。

以上就是游戏的全部内容，完结撒花！

作者后记

感谢名单：

最后，小卢必须要郑重地向参与了测试并提出了极其宝贵的意见的玩家朋友们表示感谢（手动鞠躬）——

2023 年 8 月 29 日参与第一次测试的黑头巾小朋友、MoMo、全力 Yan、讲道理。

每一部作品的首测对我来说都是极大的挑战，过程中难免会紧张卡壳、节奏混乱，又或是临时补上各种条件之类的，反正就是会出现很多难料的问题。我对参与首测的朋友们怀有衷心的感激自然是不必说，但更多的其实是愧疚，因为首先朋友们愿意赏面前来参加首测并且耐心提出宝贵且实用的建议，这已经是一种莫大的善意，而我却总是因为能力不足、准备不足导致首测玩家的体验无法满足期待，同时还牺牲了他们在作品彻底完成之后的体验机会，所以我会感觉到抱歉。希望《周四推理俱乐部 3：消失的子弹》最终成品不会让他们觉得自己当时提的宝贵意见、画的模拟图是白费的。若玩家喜欢这部作品，也请不要忘记他们的指点！

2023 年 8 月 31 日参与第二次测试的棠不甩、红酒不加冰、刘咕噜四、SHIN° 。

这一车其实有三位朋友已经参与过不少我组织的内测了。我真的无比感激他们在一次又一次的失望之后仍然愿意以最认真的态度、最热情的反馈来对待我的测试。

这一次的测试让我进一步意识到核心诡计的硬伤。感谢朋友们在测试结束之后还特别用心地自行去模拟诡计的实施，甚至大晚上牺牲宝贵的休息时间，在微信上反馈完善的建议，不然现在的我可能就会拿着当时漏洞百出的诡计作为成品，然后令无数花钱体验的玩家失望了。

2023 年 9 月 1 日参与第三次测试的水果队长、熊猫爸爸、JT Lam.、WWW. 尘粒菌 .COM、AC 洋。

很开心，这一次的测试见到了在网络上交流许久，却始终未见过面的朋友，同时还能认识到圈子内的新朋友。

这次的测试是一个非常关键的转折点，产生了“质”的变化！感谢他们让我学会了将这核心案件分成两轮来逐步处理（原本第二轮线索与第三轮线索是合并在一起的），并且告诉我第二轮应该先解决什么问题，而第三轮又解决什么问题……这才不会导致信息量一下子过多，严重影响玩家体验。

2023 年 9 月 5 日参与第四次测试的新月、辣炒年糕、奇 Kay、abby。

这一次是非常特别的线上测试，我身处香港，而朋友们则在广州线下聚会，我通过微信连线的方式带着他们玩。

同时也非常抱歉，由于线上的原因，加上我这边网络信号不好（最重要的还是个人能力问题），导致最终未能给四位最好的体验。

所以我更要感谢大家在测试过程中给我的反馈，除了让我意识到诸如节奏感、互动性、引导问题、流程把控等游戏性方面的点还可以继续完善之外，也从心理上给予了我非常大的自信与鼓励。

测试之后，我们还自然地聊了很多有的没的。在向四位混迹于剧本杀行业许久的朋友学习的过程中，我对剧本杀的认识与感悟也越来越深，十分感激他们愿意将专业经验分享予我，让我更加清晰明白自己正在做的这个“东西”到底属于什么定位，感激他们愿意聆听我很多（无谓）的私人表达，感激他们愿意来理解我。

2023 年 9 月 7 日参与第五次测试的草、苟富贵儿、阿狼、：P。

同样是我在线上带领着线下的各位玩。这一次的测试估计是最累最困的一次，当天晚上快接近 23 点才开，一直玩到凌晨 3 点多，而且当时四位朋友的所在地还下着大雨，结束后难以回家……

这次的测试已经接近成品，相比起之前几次测试，这次朋友们提出的完善意见自然就没那么多了。但是我仍然衷心地感激四位朋友的赏面，感激你们愿意在下班之后冒着大雨，熬夜体验我的作品，感激你们对我的肯定与支持，让我终于有底气结束《周四推理俱乐部 3：消失的子弹》剧本杀的测试。

（以上感谢名单以微信昵称表示，按照测试时间与群聊位置先后排序。）

最后，再次感激大家衷心的反馈与建议。如果没有你们，

《周四推理俱乐部 3：消失的子弹》剧本杀就不可能完成。

特别感谢：

当然，除了感谢各位参与测试的朋友之外，最重要的是得感谢接力出版社愿意给我这个机会。

其中，最最最需要感谢的，就是负责“周四推理俱乐部”系列，一直与我直接沟通的编辑陈楠老师。

很感谢你在 2022 年 2 月的时候愿意冒着未知的风险，让我接手这个项目。实际上，当时或许会有（一定有）更加合适的人来负责创作，但你毫不犹豫就选择我，并且一直培养我，我真的非常幸运，非常感激。

更重要的是，从我们相识直到现在的这一年半时间内，你还在很多方面教导了我如何去待人处事，其中有不少都是工作外的生活日常的事情，你没有义务去帮助我。但当我遭遇了困难的时候，你总会耐心地开解我，帮我找到出口。

在成人社会中，“信任”是一个非常沉重的词语。你能信任我，我真的很感动，很庆幸自己在生命中又遇到一位贵人。

创作心得：

关于“周四推理俱乐部”系列剧本杀，可能很多朋友都是第一次听闻，前两部还没有玩过，就直接先来玩第三部了。

但“小说衍生微型剧本杀”大家估计都不陌生。实际上，这种产品形式初始就是由我和接力出版社在 2022 年 2 月共同策划开创的，在此之前是前所未有的。

当时我们做这个的目的，主要是作为衍生的小游戏面向小说读者，供最广泛的普罗大众花个几十块买一本书 + 一套剧本杀，回家找朋友自行游戏，以此来促进图书的销量。

而它的特别之处，其中一点就在于它并不属于面向剧本杀圈子的传统改编，当时《周四推理俱乐部》《周四推理俱乐部 2：活了两次的男人》衍生剧本杀主打的受众群体也并非剧本杀圈的专业玩家们。

我做到现在，很庆幸这种形式在某种程度上也让小说圈子与剧本杀圈子靠得更近。甚至于我而言有一丝侥幸的是，这种由我开始摸索的形式体系竟逐渐变得成熟稳固，在剧本杀圈也得到了一定的肯定。

于是《周四推理俱乐部 3：消失的子弹》的衍生剧本杀创作，我就尝试让更多来自剧本杀圈的专业玩家喜欢。

我是一个勇于去尝试新挑战的人。保守或许不会让我输得很难看，但只有创新才能让我赢得更好看。所以在创作的道路上，我不希望一成不变，不希望被标签控制在舒适区里，假如大家了解过我过往的作品，就会发现彼此在很多方面都有相当大的差别。

虽然我的向往始终是人文方面的，通过叙事去解构人与社会的矛盾困境，不过这也只是我在文学创作方面的终极追求。在这条道路上，我仍然愿意去尝试更多的创作形式，开发更多的领域，做更多的尝试。

而《周四推理俱乐部 3：消失的子弹》衍生剧本杀就尝试在一个案件中融入了三个建筑诡计、设定推理，以及将比较欢乐的氛围与硬核推理相结合（即使是案件部分，也有些微搞怪的元素）。

我个人认为四位老人的技能设定是“周四推理俱乐部”系列剧本杀中的一个完全区别于原著小说，能够单独彰显剧本杀存在特色的设定。因为前两部有玩家之间的机制游戏对抗，所以当时我创建的角色技能都是由玩家亲自来使用。但到了第三部，我就希望让故事里的四位老人直接拥有技能。说实话，我觉得这四位老人的技能都挺有意思的，而且在一定程度上也符合他们的人设（更偏重于剧本杀人设），当时在做第一部的时候完全没有想过会延续至今。

具体到游戏方面的尝试上，我通过一个简单轻松的欢乐PVP引入，让大家初步了解到人设与技能，然后在接下来的核心案件上又做了一定的伏笔回收。最重要的是不同于一般的案件设计，这次我尝试去形成一个特别的PK格局，让四个人物“各干各的”，他们都有着各自需要对付的对手，彼此的信息在很大比例上都不重合，但实际效果又互相紧密地影响着。

我不知道这一次的尝试是否成功。既然是尝试，就总归有掉到谷底的风险，如果您最终体验不好的话，那请容我在此对您说声抱歉。

关于前两部：

《周四推理俱乐部》第一部的剧本杀类型是“机制＋欢乐＋推理”，当时着重对原著小说案件谜面的改动，亦即沿用相似的谜面，但诡计手法、线索设计与逻辑推理的内核则是由我完全原创，并同时针对四位老人的基础人设，以及他们各自的特殊功能，进行了机制玩法上的创新，结合 PVE+PVP 模式，让玩家有更加广泛的操作空间，同时增加了玩家在获取线索的过程中的乐趣与难度。

而《周四推理俱乐部 2：活了两次的男人》类型是“欢乐 + 机制 + 情感”，开始着重在人设与剧情上的改动，亦即“故事”本身。案件方面完全不依附于原著的任何条件，同时进行大幅度弱化，不过在某个环节依然保留足够的逻辑推理空间。

第二部我根据原著小说的主题侧重点，在不影响系列人设，也不影响主线故事，同时也要与原著做一定程度呼应的情况下适当地抽象概括、解构然后扩张了四位老人各自在客观情况，以及主观的个人世界中面临的冲突矛盾，以戏剧三幕式结构创作了一个小小的同人故事，在原著的基础上延伸展现人物弧光。同时以较为轻松欢乐的风格，适当加入中国人当下的流行文化，自然地消除大家的隔阂，以游戏机制连接起剧情的过渡，进一步让大家沉浸于“玩”的娱乐氛围中，在“玩”中感受主人公的成长变化。

第三部《周四推理俱乐部 3：消失的子弹》衍生剧本杀就是一个很纯粹的“硬核推理”类型，它与小说之间的关联反倒就没有前两部做得这么紧密（甚至可以说是毫无关系，只是“强行贴题”吧，哈哈）。

但不管如何，我都希望大家在玩完这个系列的剧本杀之后，能够对小说产生兴趣。

我很喜欢“周四推理俱乐部”系列小说。由于需要创作衍生剧本杀，所以我反反复复研读了很久，里面的悬念设计、人物关系、人文思想、节奏控制、叙事视角、文字风格都特别独特，会在直觉上带给读者很不一样的新鲜感……

哈哈，一不小心可能就写成书评了。在此我就不展开了，小说的魅力留待各位慢慢去体会！

玩家提醒：此作品为小说衍生微型剧本杀，不建议以盒装及以上定位的剧本杀标准看待，也不建议花费盒装及以上定位的剧本杀标准的价钱玩。

剧本杀作者：路过小卢

简介：创意写作文学硕士，曾任策划编辑、语音互动小说作者、编剧，从小热爱粤语歌、格斗、电影与小说。2015 年刊登小说《天使的礼物》，后发表“拳头先生”系列，多年来小说作品散见于各处。2022 年开创“随书衍生微型剧本杀”新形式，建立成熟的新体系，并出版了国内首个拥有正式书号的大型剧本杀。个人创作风格多元，擅长表达人文关怀，在类型文学中剖析个体与社会的思想观念、矛盾困境。

如对此剧本杀有任何疑问，请到豆瓣、小红书、知乎直接私信联系 @路过小卢。

谜圈二维码

千岛二维码

接力出版社天猫二维码

【莫名其妙的动静】

你名叫伊丽莎白，今年已经76岁了。他们都说你是整个养老社区最不可能患上老年痴呆症的人。当然，你曾经可是英国的情报人员，奔波于存亡之间，为国家出生入死，退休之后才不得不把自己隐藏在养老社区里。

刚来到养老社区时，常年累积的职业病令你根本无法安分下来。你时常渴望在这里的某个神秘角落——可能是三楼女厕第三个隔间的墙壁，或者是走廊的第五块砖头——连接着一条神秘通道，通道尽头是两个间谍，你以精准的枪法将他们击倒，他们甚至都不知道自己怎么会突然一命呜呼。

但事实上，养老社区就只是养老社区而已，这里不会发生电影里惊心动魄又神秘兮兮的剧情。你在这里能做的，顶多只是挖掘一下哪个老太婆曾经是酒吧舞女，或哪个老公公在鞋底藏了私房钱。

好吧，即使再怀念命悬一线的人生，后来你也说服自己学习着享受这安逸的日子，放弃无谓的幻想与对过去的偏执——尤其是经历了上次的VR事件，也应该吸取教训了，不是吗？

（作者注：关于此事件，可前往《周四推理俱乐部2：活了两次的男人》中体验。）

9月3日晚上，在养老社区A栋楼里，你正独自一人坐在一楼的阅览室读着报纸。

21 点 30 分，罗恩、易卜拉欣、乔伊丝前后脚从大门走进来。

这三位正是你在“周四推理俱乐部”的好友。在这些日子里，你们一起经历了大大小小的、在之前从未体验过的事件。正因他们的陪伴，你在养老社区的生活才格外充实，你才真正意识到其实养老的日子也是美妙而值得期待的，沉醉于生活的细水长流点滴间并不会比过去的特工生涯无聊，而逐渐陷入老态的未来也充满别样的意义，这意义与你过去的人生同样重要，它们一起组成了独一无二的伊丽莎白。

（作者注：至于“周四推理俱乐部”是如何诞生的，可前往“周四推理俱乐部”系列第一部了解。）

关于罗恩，你对他的第一印象其实不算太好。好听点是“急性子”，难听点是“暴脾气”，绅士风度什么的在他身上不见一丝踪影。他总是气势汹汹地出现，就像史泰龙在《第一滴血》中饰演的兰博，块头大，眼神犀利，杀气腾腾。在养老社区里，他的身形是最好认的。不过，他头上的白发和交错在皱纹里的老年斑暴露了他实际的身体机能。

相处下来，你发现罗恩也并非坏人。他曾是工人运动的急先锋，一直致力于为弱势群体发声，永远是政府眼里的“杠精”。反正，哪里有争论，哪里就有他的大嗓门儿。经历过上一次的事件之后，你深知他表面的直率粗鲁，其实是热心肠的体现，只是有时候体现得不太恰当而已……

此刻，他身穿球裤、人字拖，手拿一瓶酒，摇摇晃晃地走上了楼梯，嘴里还自顾自嘟囔着莫名其妙的醉言。即便离得老远，你还是能嗅到他经过时留下来的丝丝酒气味。

至于易卜拉欣，他退休前是一位心理医生，目前是“周四推理俱乐部”里最年长的成员。但80岁的他并不服老，总是西装革履，喷着香水，总以为自己在别人眼里不过70出头。不可否认，他确实很绅士，服装讲究，善于与别人谈天说地，尤其擅长计算，对数据敏感。

易卜拉欣一生都没有结婚，他习惯一个人生活，而且个性执拗，所以住进养老社区之后无法调和与别人生活习惯的冲突，总在很多不足挂齿的小事上和别人吵得不可开交。

但无论如何，日子就是在不断地包容与改变下度过的。你也是来到这里之后才知道，原来这就叫作“平凡”。

易卜拉欣优雅地和你打了一个招呼，便随着罗恩上了楼。

而乔伊丝很娇小，身躯像个小女孩，眼睛格外明亮，她为人沉默低调不张扬，脸上始终是一副温和慈祥的神情。大概有赖于外科护士的职业经历，她非常懂得照顾人，且擅长聆听别人说的话。即使是你在面对她时，也不忍摆出锋芒毕露的气势。但千万别小看她，否则会吃大亏。她就像一只乖巧的小鸟，时刻隐秘又机警地关注着阳光下闪烁的趣味。

最重要的是，乔伊丝特别注重礼仪。她知道你很在意隐私，因此每次去房间找你时，不管是否开着门，她都会先敲一敲，打个招呼，得到你的允许才迈进来，所以你和她的关系特别好。

她看到你在阅览室，便径直前来陪你，你们一起前往棋牌室游戏。

22 点整，你与乔伊丝下完了一盘棋，她表示先回房休息，便离开了棋牌室。但棋牌室无法看到楼梯。随后，你一个人待在棋牌室里自娱自乐，左手对付着右手，以此对抗着大脑的斑斑锈迹。

22 点 40 分，一阵突如其来的震动将你的思绪从棋局扯回到现实中！

怎么回事？是地震了吗？震感极为强烈，令稳坐在椅子上的你也滚落到地面上。你立马紧绷神经，恢复平衡，身体进入防备状态——就像过去被敌人用八支手枪包围指着头颅那样，幸好你的敏捷与机警尚未流失殆尽。

但震动只持续了极短的时间，可能也就 1—2 秒，此后便彻底恢复平静。若不是棋盘里的棋子都乱了，你大概也只会以为这是老年人特有的幻觉而已。

老人们总有早睡的习惯，但这震动令平时睡得像头死猪一样的老人也被惊醒，他们纷纷来到一楼察看发生了什么事情。但显然，除了一些花瓶摔在地上破碎之外，并没有什么严重的事情发生。确定没有人受伤，大家也就互不打扰，恢复到平常的状态。

你并没有看见乔伊丝、罗恩与易卜拉欣。

22 点 43 分，你突然感觉自己的肠胃在翻滚，排泄之意汹涌而来。你按住屁股，避开耳目，爬上楼梯。同时内心有一股羞耻批判着你的良心——拜托，你可是英国的特工，这高贵的身份岂能容许你做出如此不雅的行为？大概真是老了，身体的机能都不受自己控制了。

正当你再次感到无奈时，肠胃的催促立刻打断了自尊的忌讳。

你咬紧牙关，以最快的速度到达三楼，敏锐的感官立刻注意到走廊有一个人刚好从某房间出来，关上门后便往东侧走去。由于没有亮灯，加上对方的背影没有明显特征，你无法确认对方是谁。但是隐隐约约间，你的鼻子嗅到了一阵由那边飘过来的熟悉香味，夹杂着易卜拉欣独有的体香。为何三楼女士区域会有易卜拉欣的味道？

比起对方的身份，你更在意自己的肠胃。但即使来到养老社区，你依旧保持着警觉，心想也许哪天会突然遭受袭击，届时就需要“幻影瞬步”来保住性命。所以为了自己在这世上最在乎的东西——那不就是自己的安全吗？除此之外还有什么呢？——只要不会危及生命，你都至少保留“幻影瞬步”的一次使用权。

若是如此，考虑到肠胃恐怕无法支撑住你从楼梯口小跑回你的 305 房间的洗手间，所以你果断地做了一个决定：去最西侧的公共女厕！

出于谨慎，平时你最讨厌去公共厕所，因为如厕是一个人最软弱，最容易暴露信息（*嘿！宝贵的肉体也是信息，即便它布满老年斑*）的时刻。可相比起像个小屁孩一样随地失禁，公共厕所还是最适合的选择……

在厕所一蹲下，肠胃里的东西立刻一泻千里……

浓烈的酸臭味弥漫了整间女厕。

噢，怎么这么臭？很难想象自己今天吃下的美食最终会以这样的形式、这样的味道离开自己的身体！

真丢脸！

22点50分，好不容易清理干净之后，你连忙离开厕所——你可不希望被任何人发现。还好，在这几分钟里，你都没有注意到外头有动静，起码没有人说话（*社区非常静，加上听觉尤其敏锐，所以三楼若有任何说话声都会被你察觉到*）。

然而刚回到走廊，你就看见乔伊丝正从你的305房间迈出来！

你们都被彼此的乍现吓了一跳。你问她为何从305出来，她说是找你聊天，但在外头没有得到你的回应，同时又看见你的房门半掩着，便开始担心是否是刚才的莫名震动令你发生了什么意外，她就进去看了一眼。

正当你思索之际，自己引发的酸臭味从厕所里传了出来！可恶，这味道怎么纠缠不清啊……你不希望乔伊丝闻到，便连忙敷衍了她几句，将她打发回自己的304房间。

你总觉得今晚发生了很多莫名其妙的事情。你百思不得其解，却又一直卡在心头。

平日你总是能从不同的途径获得警察局内部的悬案卷宗，

统统堆放在房间的抽屉里，以便每周四和俱乐部的成员一起讨论。但就过了昨晚，一早起床你便眼尖地发现其中一份卷宗不见了，而那份卷宗正是你最不感兴趣的，即便其他人有意去讨论，你都不想拿出来——就是很单纯的不感兴趣。可如今却不见了，消失的时间只有可能是在昨天，因为你即便在睡眠时也保持高度警惕，没有人能趁你不备偷偷潜入。

刚好今天是周四，你聚集了俱乐部的成员，一起来探讨前一晚的离奇事。

玩家任务：

1. 尽量隐瞒你的专属技能“幻影瞬步”，并想办法隐藏自己在公共厕所里排泄，甚至还引发了酸臭味的糗事。
2. 搞清楚震动是谁引起的，以及因何引起。
3. 确认自己到底是否因为吃错东西而拉肚子。
4. 搞清楚你看见的背影是谁，以及是在什么时间看到的。
5. 找出卷宗失踪的原因。
6. 搞清楚其他人的特殊技能，以及在何处使用过，为何使用。

【未经主持人允许，请勿翻开下一页】

【残缺的回忆①】

9 月 17 日 21 点 58 分，你与罗恩、乔伊丝、易卜拉欣一起来到岛上唯一的入口，入口位于岛的正南方。上岛后，你们立刻跑向通天塔，同时注意力被顶部的影子吸引，发现那里的尖刺上正插着一个人，而尖刺尾部还有一截铁链……

借着月光，你清楚地看到那人正是菲克。菲克被横着架在尖刺上，像烤串上的肉一般，尖刺穿过了他的身体。

从你的角度，你一眼就发现通天塔有些不对劲，随后马上就明白那些坏人到底是如何完成“天谴”的。这所谓的“天谴”是如此儿戏，虽说用来骗养老社区里那些老家伙算是足够了，但骗不了文武双全、智慧与美貌并存的“周四推理俱乐部”成员！

你对敌人这大费周章弄出来的既残忍又愚蠢的行为感到怒火中烧。

【残缺的回忆②】

通天塔唯一的入口有一个监控，你马上就意识到自己暴露了。你劝他们找另外前往内塔的入口，但是横冲直撞的罗恩依然我行我素，而易卜拉欣没有发表任何意见，但你看得出来他还是宁愿跟着罗恩。这时，你注意到有四个人影从内塔出来，正在往你们这边奔跑而来。

罗恩与易卜拉欣说他们能解决掉，只要相信他们便好。你与乔伊丝在悬崖边发现了一把梯子，梯子正靠在通天塔的旁边。你们果断地拾起卧底在通天塔旁留下的梯子，随后合作快速跑向石碑处。

实际上，在奔跑的途中完全有可能被那四个人注意到。但真是多亏老天爷的眷顾，你与乔伊丝侥幸凭借黑色衣服与黑暗环境躲过敌人的注意，你们都松了一口气。若要爬过悬崖，只有石碑处是此刻最安全的位置，在这里搭梯子爬过去绝对不会被赶往通天塔的四个人发现。

你看不见罗恩他们那边目前是怎么样的情况，只能从心底里相信他们的能力了……

【残缺的回忆③】

你和乔伊丝默契地将梯子横搭在悬崖上。梯子的长度刚刚足够你与乔伊丝爬过去。虽然悬崖足足有 12 米远、12 米高，但你可是英国的特工伊丽莎白，就这点难度，根本不在话下吧！

嗯？手脚怎么在瑟瑟发抖？一定是大晚上天气转冷了。

22 点 01 分，你与乔伊丝非常顺利地越过通天塔的空隙阻碍，然后并肩向着 50 米远的内塔冲刺——是的，“周四推理俱乐部”的行动就是这么快，别人可以怀疑你们的新陈代谢，怀疑你们是否已经无法控制自己的放屁打呼噜，但永远没有资格怀疑你们的工作效率。内塔同样有监控，但没关系，本来你就是想着来这里决一死战的，现在就正面对决吧。

内塔的门没有锁，你与乔伊丝径直步入，发现两边都有楼梯，你们为了争取到更多救人的时间，选择分头行动，一人走一边，然后搜索各自负责的那一边。

你每一层都进行了搜索，但毫无收获。

直至六楼，却看见了大统领正面对着你。

他说他在等待你的到来，一定要让你后悔有美好休闲的退休生活不享受，非要跑来多管闲事，以卵击石。这样的垃圾话你在过去几十年的特工生涯里听过无数次，说这话的人的下场无非被你用枪爆头，或挑断了筋骨。

你懒得与大统领废话，直接与他展开了战斗。

【残缺的回忆④】

22 点 07 分，你与大统领在六楼一直处于僵持的状态。突然，他分神望向窗外，注意力似乎被什么东西吸引了过去。

你年轻时被这样诈过从而差点失去性命，所以当下你并不上当，仍然死死地盯着大统领，以防他突然袭击。

而下一刻，大统领忽然露出不屑的嘲笑，他嗤之以鼻，自顾自说道："呵呵，我猜还活在通天塔内的就是你们的卧底吧？不然你们怎么可能那么快就从通天塔跑到内塔这儿来？一定是你们这些老家伙迅速联手卧底把我的手下全干掉了。他隐藏得可真深啊！但别以为躲在通天塔就逃得了，我现在就送他去见上帝。"

你根本不知道他为什么会突然说出这番话，而你依旧注意力极其集中，不为所动，毕竟对方奸诈至极，稍微走神都有可能一命呜呼。只见大统领随即拿出一个遥控，对着窗口的方向按了一个按钮。

你实在忍不住好奇，视线在不被大统领注意到的情况下迅速地往窗外看去，只见对面的通天塔内荧光头的头颅不知为何正掉在地上往通天塔入口 A 的那侧窗口滚过去。

所以，大统领是得知了什么线索，从而判断荧光头是潜伏在他身边的卧底吗？噢，伊丽莎白，别在这儿想些有的没的，现在的你正是生死攸关呢。你重新将注意力集中回眼前，马上就捕捉到他因为荧光头而完全分神的那一瞬间，你立刻敏捷地扑向了他。可大统领身强力壮，即使被你扑了一个空子，也依然迅速地凭借压倒性的力量夺回控制权。你们再一次扭打在一起。你恨自己的力不从心，你恨这残酷的光阴岁月……

22点09分，你从窗口看见远方的乔伊丝正依靠着探照灯的灯杆，面对着驼峰背。你本以为她会遭遇危险，但下一秒驼峰背就捂着肚子倒在了地上，像痉挛一样抽搐。

你马上就知道发生了什么事……

毕竟你也算是“同道中人”了……

你的鼻子仿佛闻到了臭味……

而乔伊丝则趁这空当，朝对方使了一记再恭维也谈不上强劲的“棉花踢踢”。

这时，与你同样望着窗外的大统领又自顾自说道：“这么看来，这人应该还是值得信任的，只是能力弱了点，可惜了。”

【残缺的回忆⑤】

22点12分，你仍然在与大统领僵持着，两人皆气喘吁吁，看来战斗要进入尾声，谁负谁胜马上就能出结果了。

然而就在此刻，你的眼角余光注意到监控镜头有了动静。作为一名专业的特工，在这极度紧张而危险的状况下，本不应该有一丝一毫的杂念，可你敏锐地察觉到出现在监控里的正是乔伊丝！

她在通天塔的门口遇到了危险，被浑身是血的铁甲兽死死地钳在了地上。男人抬起拳头，下一秒估计就要砸向身下无法动弹的乔伊丝。这一拳下去，你亲爱的乔伊丝恐怕就要出大事了。

你的心脏骤然像被一只无形的大手狠狠捏住，乔伊丝那苍老、布满皱纹却精致美丽的面部在铁拳的砸击下开花的情景闪过你的脑海。

你绝对不愿意看见这样的结果。

你没有任何犹豫，转身背对着大统领，用尽最后的力气奔向窗边……

玩家任务：

1. 为何当时石碑处是最安全的地方？

2. 大统领到底对荧光头做了什么？

3. 乔伊丝为何在外头？

4. 乔伊丝最后遭受男人的铁拳袭击了吗？

5. 向同伴分享下你和大统领在对峙时发生的事情吧！

6. 了解乔伊丝、罗恩、易卜拉欣的战况吧！

剧本杀作者：路过小卢

简介：创意写作文学硕士，曾任策划编辑、语音互动小说作者、编剧，从小热爱粤语歌、格斗、电影与小说。2015 年发表小说《天使的礼物》，后发表“拳头先生”系列，多年来小说作品散见于各处。2022 年开创“随书衍生微型剧本杀”新形式，建立成熟的新体系，并出版了国内首个拥有正式书号的大型剧本杀。个人创作风格多元，擅长表达人文关怀，在类型文学中剖析个体与社会的思想观念、矛盾困境。

玩家提醒：此作品为小说衍生微型剧本杀，不建议以盒装及以上定位的剧本杀标准看待，也不建议花费盒装及以上定位的剧本杀标准的价钱玩。

谜圈二维码　　千岛二维码　　接力出版社天猫二维码

【莫名其妙的动静】

你名叫罗恩，今年已经75岁了。对大多数人来说，这是一个牙齿已经没几颗，要靠不耐烦的子女搀扶，一步一步与蜗牛竞速的年纪。但你不一样，年龄与岁月不曾对你壮硕的块头与嘹亮的嗓音有过丝毫磨损，你的牙齿只会在换乳牙和与警察肉搏时才会掉下。

你曾经是工人运动的急先锋，一直致力于为弱势群体发声。反正，哪里有游行示威或者争论，哪里就有你的大嗓门儿。政府说向东，你就一定向西—— 永远的“杠精”。也因此，你曾被警察逮捕，关进去好几次，加上好斗性子急，你知道自己平时并不受大家欢迎，但你对此并不在意。

你的妻子已经去世多年。儿子看你老去，便将你送进了养老社区。真不知道他哪里来的想法，竟然会觉得你在这里能够交到朋友。要知道，这里全是年轻时不爱运动，到现在病恹恹、半身不遂的老家伙。主要是，他们并没有与政府作对的爱好……

在养老社区，你喜欢穿着人字拖、西汉姆联球衣和短裤到处转悠，日夜陪在自己身边的就是一杯酒。你知道，那些八卦的老家伙总在背后议论你，说你是什么危险分子，还说要换养老院，害怕你迟早会炸掉这里。

嘿，你虽然有点粗暴，且易怒脾气差，还爱抽烟、喝酒、文身，但你可是个好男儿！只是这些家伙并不理解。

你不曾预料过自己会加入“周四推理俱乐部”，还与伊丽莎白、乔伊丝、易卜拉欣成为伙伴。你更加想不到，除了能一起破案，满足你对警察权威的质疑，他们甚至还能够帮你解决情感问题。经过上一次的“小插曲”，你的同理心得到了丰富，变得更加懂得如何从情感上去设身处地与别人的想法共鸣，也懂得如何更恰当地与亲爱的外孙相处。

逐渐地，你发现在养老社区里度过晚年也并非坏事。这些老家伙给予了你那奔波的一生不一样的体验。

（作者注：关于“小插曲”，可前往《周四推理俱乐部 2：活了两次的男人》中体验；而“周四推理俱乐部”又是如何诞生的，可前往“周四推理俱乐部”系列第一部了解。）

今天是 9 月 3 日。晚上你无所事事，提着酒瓶在外头赏月游荡，不知不觉间酒瓶已空了大半，而你的视线也渐渐变得朦胧。

啊？怎么眼前那棵大榕树突然变成两棵了？你眯着眼，摇了摇头，它却又忽然变成了三棵，再摇摇头，三棵又突然合并成一棵了。嗯……真神奇！

你没有在意，只是转身往养老社区 A 栋走回去。不……不是因为自己醉了才回去，你酒量很好，怎么会醉呢？“醉”这个字眼和你根本扯不上关系！你只是觉得外头没什么意思，打算回去躺一躺罢了。

21 点 30 分，你刚好在门口遇到乔伊丝和易卜拉欣。

这两位加上伊丽莎白正是你在“周四推理俱乐部”的好

友。在这些日子里，你们一起经历了大大小小的、在之前从未体验过的事件。

易卜拉欣退休前是一位心理医生，目前是“周四推理俱乐部”里最年长的成员。但 80 岁的他并不服老，总是西装革履，喷着香水，总以为自己在别人眼里不过 70 出头。不可否认，他确实很绅士，服装精致讲究，善于与别人谈天说地，尤其擅长计算，对数据敏感。

年轻时，你最看不起这种类型的男人，毫无男子气概可言。其实这里面夹杂了一丝嫉妒，嫉妒他们比你更有女人缘。但现在不一样了，你和易卜拉欣成了出生入死的好兄弟。

只是易卜拉欣一生都没有结婚，他习惯一个人生活，而且个性执拗，所以住进养老社区之后无法调和与别人生活习惯的冲突，总在很多不足挂齿的小事上和别人吵得不可开交。对此你总是哭笑不得，幸好他和你之间没啥冲突，关系不大。

而乔伊丝则很娇小，身躯像个小女孩，眼睛格外明亮，她为人沉默低调不张扬，脸上始终是一副温和慈祥的神情。大概有赖于外科护士的职业经历，她非常懂得照顾人，且擅长聆听别人说的话。即使是你在面对她时，也不忍摆出锋芒毕露的气势。但千万别小看她，否则会吃大亏！她就像一只乖巧的小鸟，时刻隐秘又机警地关注着阳光下闪烁的趣味。

你整个人都迷迷糊糊的，恍惚间和他们打了声招呼，也不知道他们是否听见，反正你该尽的礼仪算是尽力完成了。你径直往社区内走去，瞥见伊丽莎白正在西侧的阅览室里看报纸。

伊丽莎白算是养老社区里名号比较响亮的人物，她曾经是英国情报机构的工作人员，为国家出生入死，到现在都还持有坦克驾照……

“为国家出生入死”——若是年轻时的你，是绝对不屑与这样的人打交道的。但年岁已过，这些计较转眼便是云淡风轻。主要是，伊丽莎白并不会在背后嚼你的舌根。她每天都容光焕发，神采飞扬。你看得出来，她在面对衰老时并不想坐以待毙。

她总能从不同途径获取警方内部的悬案、疑案卷宗，然后偷偷带来养老社区里和你们“纸上谈兵”。正是因为伊丽莎白，“周四推理俱乐部”才得以建立。

你同样向她打了一声招呼，但是她没有理会你——真没礼貌！你自顾自嘟囔着，双腿则迈向了楼梯。

回到你所住的202房间，你直接瘫坐在地板上，靠着床边，望着窗外的月光，把剩下的小半瓶酒水给灌完。

22点30分，你听到隔壁201房间传来了开门声。201房间正是易卜拉欣住的地方，但是他一直有早睡且容易入睡的习惯，你非常清楚这个时间段他不可能在外面游走，那打开门的会是谁？

你感到疑惑，可当你意图细想时，顽皮的酒精立马像一堵墙一样堵住了你的思绪，令你头痛欲裂，将你的一切思考都撞得魂飞魄散。

唉，不管了！没必要让自己难受，今晚还是尽情沉浸在酒精的昏天暗地中吧。

不知不觉中，手头的那一瓶已经喝完，刚好房间里还剩下最后一瓶，你便干脆也直接拧开灌进了肠子里。

但是意识一恍惚，酒瓶便不小心脱离了你的手心，玻璃撞在地板上发出“噔咚噔咚”的清脆声音。你笨拙地直起身子，本想伸手去取，怎知刚一翻身，身子就碰到了酒瓶，酒瓶滚向了床底，一直滚到墙边角落。

可恶！你痛恨自己的大意与笨拙。不过现在还不是批判自己的时候，身体对酒精的渴望达到了顶点，床底的酒瓶却可望而不可即。房间里没有能够到酒瓶的工具，即便是最长的扫把也始终差那么一点点，你又没办法将整张床移走……

你的心情变得尤其焦急烦躁，大脑似乎也变得清醒了一些。冷静下来思考，你想到可以使用自己的专属技能“霸气震波”，通过墙壁的强烈震动就有可能让酒瓶滚回来！

22 点 40 分，你挺起胸膛，让那（自以为）壮硕的胸肌贴紧墙壁，然后深吸一口气，将浑身的力量聚集在胸部，瞬间爆发！

顿时，整个社区的建筑都剧烈地震动了……

你差点因为没有站稳而摔倒在地上。不过还好，震动只是持续了极短的一两秒而已。唉，大概是酒精的作用，导致你未能控制好使用技能的力度，本来只是想着轻微震一震酒瓶，现在可好，恐怕整个社区的人都知道了。

老人们总有早睡的习惯，但这震动令二楼平时睡得像头死猪一样的老头们也被惊醒了，你在房间内，听到他们的脚步声纷纷回荡在走廊上，杂乱无章，嘴里还在议论着是不是地震了……

就不去凑这个热闹了吧！你捡起重新滚回来的酒瓶，继续瘫坐在地上，若无其事地喝着酒。

很快，因你而引起的骚乱就平息了。你隔着房门，听到他们说只是一些花瓶破碎，没有什么严重的事情发生之后，便彻底安心（*最重要的是没有人知道这是你的“霸气震波”引起的，所以你才安心*）。至于一些形式上的自我道德谴责，就在喝完酒之后再说吧。

23 点整，你终于喝完了酒。但在睡觉前，你还是很好奇外面的状况，所以打算溜出去看一下。你经过 201，从窗口处发现易卜拉欣正在床上熟睡，然后你轻手轻脚地从东侧楼梯走上了三楼。

然而才刚到三楼，你就闻到了一股极其恶心的排泄物酸臭味。这味道就像芥末一样，顿时使你的感官变得异常通畅，意识变得格外清晰。天哪！谁在三楼造化粪池？你可忍受不了这股刺激，只是扫了一眼走廊，发现确实没啥值得留意的变化之后，便连忙逃回了 202。

这一晚真是惊心动魄！不管如何，这震动的真相一定不能让人知道！不然你这面子在社区里可就保不住了，更何况平时你的作风就不惹人喜爱……

你在心里不断祈祷着，希望大家一觉醒来都能忘记前一晚的动静。你不知道其他那些患有痴呆症的老人是否已经忘记，但很显然，“周四推理俱乐部”完全没有忘记。

次日刚好是周四，伊丽莎白一早就聚集了你和乔伊丝、易卜拉欣，一起来探讨前一晚的离奇事。

你从未如此厌恶过“周四推理俱乐部”的例行聚会。

玩家任务：

1. 尽量隐瞒你的专属技能“霸气震波”，最重要的是隐瞒你因为使用技能而导致整个社区震动的事！
2. 搞清楚易卜拉欣的 201 房门为何被打开。
3. 搞清楚臭味来源于何处。
4. 搞清楚其他人的特殊技能，以及在何处使用过，为何使用。

【未经主持人允许，请勿翻开下一页】

【残缺的回忆①】

9月17日21点58分，你与伊丽莎白、乔伊丝、易卜拉欣一起来到岛上唯一的入口，入口位于岛的正南方。上岛后，你们立刻跑向通天塔，同时注意力被顶部的影子吸引，发现那里的尖刺上正插着一个人，而尖刺尾部还有一截铁链……

借着月光，你清楚地看到那人正是菲克。菲克被横着架在尖刺上，像烤串上的肉一般，尖刺穿过了他的身体。

从你的角度，你一眼就发现通天塔有些不对劲，随后马上就明白那些坏人到底是如何完成“天谴”的。这所谓的“天谴”是如此儿戏，虽说用来骗养老社区里那些老家伙算是足够了，但可骗不了文武双全、智慧与美貌并存的“周四推理俱乐部”成员！

你对敌人这大费周章弄出来的既残忍又愚蠢的行为感到怒火中烧，决定狠狠地教训他们，便直接无视了通天塔门口安设的监控，直接以身体撞击大门，哪怕被发现也不在乎了。或者说，如果被发现了更好，别瑟瑟缩缩的，干脆点正面对决吧。

伊丽莎白告知你，有四个人影从内塔出来了。她和乔伊丝不同意与你继续逗留在通天塔的入口，她们选择另外寻找进入内塔的道路。你根本不觉得还能有别的途径，但是转眼她们就拿起了梯子往石碑方向跑过去。你恍然大悟。

不过这也好，分头行动更有效，你与易卜拉欣进攻通天塔，而她们则负责内塔。

【残缺的回忆②】

你与易卜拉欣合力撞开了门。你们发现通天塔的内部构造比较奇特，从外部塔底根本没办法了解内部的结构。这结构对你们老年人来说可真是不太友好，若是乔伊丝，恐怕没走几步就要喊累了，不过你罗恩可不至于。

通天塔内部只有一个供上下楼的楼梯，位于你所处的入口的另一侧，而那边刚好就是朝向内塔的门。你估计就算那四人到达通天塔底下，也需要花一些时间才能进来。但假如那四个敌人先赶到，你们就可能会被动地困在此处，无法进行搜索。因此你紧紧牵着易卜拉欣，迈开脚步奋力地跑向楼梯，成功在他们进来之前上了楼。

【残缺的回忆③】

沿着楼梯上到四楼，你与易卜拉欣一起进行搜索，看看是否有杰克的踪影，或是还存在其他你们尚不知道的生还者，以及找到什么防身工具之类的，但很可惜什么都没发现。你们继续沿着三楼窗口所在方向一路搜索，仍然一无所获。你与易卜拉欣打算原路返回，重新爬上楼梯，刚好就听到了楼下传来开门的声音。

敌人来了。

你让易卜拉欣继续往楼上搜索，而你则拦在四楼楼梯口，独自抵挡他们的来袭。

易卜拉欣点了点头，便迅速地跑上楼梯。紧接着，四个敌人就来到了眼前，他们分别是皮皮怪、扑克脸、铁甲兽、荧光头。

年轻时的你经常一打十，区区四人简直就是小儿科。但你始终不肯承认，那光辉岁月都已经是三四十年前的历史了，老态是不会欺骗你的。才对抗不过一会儿，对方仅仅是出动皮皮怪和荧光头就已经令你难以应付。你力不从心，束手无策，只能眼睁睁地看着扑克脸与铁甲兽自由自在地掠过你的身旁，跑上楼梯。

对不起，易卜拉欣，未能遵守对你的承诺……

你一边与皮皮怪和荧光头僵持着，一边在心里向挚友表示愧疚。如今，你只能信任他的能力了。毕竟人不可貌相，易卜拉欣虽然是老绅士，但也不可小觑。

【残缺的回忆④】

面对两人的合力袭击，关键就在于一定要咬紧牙关，先干掉其中一个，否则自己只会一直处于劣势。所以一开始你就将目标瞄准看起来最容易对付的皮皮怪，纠缠了十几个回合，从四楼楼梯处一直搏斗到三楼的窗口边缘，你按着他的头撞向墙壁，随着这一下冲撞，他也失去了意识，彻底晕死过去。

接下来，就只剩下荧光头了。顾名思义，荧光头的头会发出荧光，在漆黑的环境里很容易辨认。

你的内心不合时宜地想：要不问一下他那头在哪里做的，等我回去也弄一个，惊艳社区所有老家伙？

【残缺的回忆⑤】

22 点 05 分，你命悬一线，迫不得已使用了“霸气震波”。这一次的威力比半个月前在社区里喝醉酒使用的那次还要大得多。

荧光头显然没料到你还有这杀手锏，他彻底失去了反抗能力，但还有逃生的欲望。荧光头意识到自己处于下风了，他捂着自己的心脏，像蜗牛一般往房间挪去。

看来，他很有自知之明，认输逃走了。

你缓缓跟在他的身后，他竟然转身走进了其中一个房间，并且把门锁了起来。

把自己堵进死胡同等死，你不能理解他的做法。你在外头一直敲门，劝他投降，表示再也不会揍他了，像你这样慈眉善目的和蔼老人怎么会欺负拥有大好时光的年轻小伙子呢？但里面始终没有任何反应。

你开始撞门。也不知道撞了多久，门锁终于被你撞坏。你不知道门后的他是否正准备着偷袭你，所以开启防备模式，小心翼翼地打开了门。

然而在里头的，并没有什么拿着枪指着你的荧光头，也没有躲在门后瑟瑟发抖的荧光头。

完全没有人。

你检查了房间，但房间内并没有任何值得注意的东西，反倒是天花板上有一个区域缺了一块板子，露出了一些空间。你踩在桌子上往天花板里头看，竟发现那里是一个能供人往上层区域爬行的小小管道。

你好不容易把自己塞进管道里，顺着管道往上爬，紧接着就看见一具没有头的尸体瘫在管道内部另一端的出口处！

从他的身形和服装来看，毫无疑问就是荧光头……

你被吓得起了一身鸡皮疙瘩。你过往的人生也算是什么大场面都见过，打打杀杀的更是不在话下，但尸首分离的情况还是第一次见。

荧光头是被谁杀的？为什么能在这么短时间内就被分尸了？为什么被分尸？！

你忍着恶心，越过尸体，爬出管道。管道的出口在走廊中央，你第一眼就看见了六楼的窗口。紧接着，你谨慎地转头观察四周，发现荧光头那显眼的头颅孤零零地滚落在五楼的窗口墙壁边缘。

随即，你发现两侧的墙壁距离地面大概50厘米高的地方各有一条完整的凹槽。

你的注意力被凹槽靠近六楼窗口那端吸引过去。你发现两边墙壁靠近六楼窗口那端的凹槽都有一个夹子。假如凹槽内有什么东西，那么夹子就可以夹住东西将其固定在原位置。但夹子此刻正呈打开状态，并非紧紧闭合在凹槽上，也就意味着无法起到固定作用。你试图触碰夹子，但夹子不能人为控制，似乎是需要电力遥控的。

这就是说，如果夹子原本是固定着什么“东西”，而当夹子松开后，那“东西”就自然会顺着重力……

你一边思索，一边走向头颅的方向。你在凹槽的另一个顶端，发现了一把极其锋利的刀刃拦在路中间，横着插在两边的凹槽处。

你立刻就知道了荧光头被杀害的真相。

玩家任务：

1. 通天塔内部是什么奇特的结构？

2. 你和易卜拉欣为何先沿着楼梯去到四楼，搜索完再往三楼窗口方向搜索？

3. 荧光头是如何被杀害的？谁杀的？

4. 向同伴炫耀你是如何击倒对手的吧！

5. 了解易卜拉欣、伊丽莎白、乔伊丝的战况吧！

剧本杀作者：路过小卢

简介：创意写作文学硕士，曾任策划编辑、语音互动小说作者、编剧，从小热爱粤语歌、格斗、电影与小说。2015 年发表小说《天使的礼物》，后发表“拳头先生”系列，多年来小说作品散见于各处。2022 年开创“随书衍生微型剧本杀”新形式，建立成熟的新体系，并出版了国内首个拥有正式书号的大型剧本杀。个人创作风格多元，擅长表达人文关怀，在类型文学中剖析个体与社会的思想观念、矛盾困境。

玩家提醒：此作品为小说衍生微型剧本杀，不建议以盒装及以上定位的剧本杀标准看待，也不建议花费盒装及以上定位的剧本杀标准的价钱玩。

【莫名其妙的动静】

你名叫易卜拉欣，今年已经80岁了。在别人连自己的大小便都不能自理的年纪，你依然坚持每天早上6点起床，游泳锻炼，保持良好的身材和精神状态。你是一名绅士，还是一名极致的完美主义者，总是西装革履，身上喷着香水，胸前口袋里是永远洁净的手帕。

你曾经是一位心理医生，善于和别人谈天说地。

但你这一生没有配偶与子女。你享受一个人的安稳，随遇而安。在你数十年的心理医生生涯中，大多数的心理疾病患者本质上都是对自己的生活不满意，总是冒不必要的险。你很早就从各种反例中看清了，只要不产生不必要的欲望便能活得安逸，何必庸人自扰呢？

到了一定年纪，你也就独身一人住进了养老社区。热闹、琐碎又安逸的日子令你无忧无虑。

在这里，你在机缘巧合之际加入了“周四推理俱乐部”，与伊丽莎白、乔伊丝、罗恩成了好搭档。你想不到，自己在退休之后竟然还能和一群老家伙一起破案，在这些日子里你们一起经历了大大小小的、在之前从未体验过的事件。但更令你意料不到的是，作为一名半只脚已经踏入棺材里的心理医生，来到社区之后竟然还会面临着各种情感上的“挑战”。

是的，你是一名专业的心理医生，但也是病了七八十年的重症病人。即使能摸透人类的各种性格与心理，但论及自身依旧充满着难题，有些领悟确实是要亲身经历才能有的，就好比在此之前你并不认为人到七八十岁还能有什么值得关注的，即便火星撞地球对你而言也不过是大自然的芝麻小事，偏偏是这三位老伙计打破了你的认知，他们甚至激励你去尝试过去几十年未曾敢做的事情，而这些在大众的认知里或许只是芝麻一般的小事，对你来说却是比火星撞地球更严重的大事。经历过上一次的“小插曲”之后，你终于意识到自己究竟有着多么强大的潜能，偏偏你之前从未唤醒过它们。于是你更加清晰地认识了自己——原来即便七八十岁，人依旧没有资格去说已经清楚自己究竟是怎样的一个人，而当你抛开“年龄”这似有若无的精神禁锢，便发现外面的生活仍然埋藏着悬念，绽放着精彩，等着你慢慢挖掘。

（作者注：关于“小插曲”，可前往《周四推理俱乐部 2：活了两次的男人》中体验；而“周四推理俱乐部”又是如何诞生的，可前往《周四推理俱乐部》第一部了解。）

在这宁静的日子里，你开发了专属于自己的一项技能——“诱惑体香”。

只要你鼓起二头肌，像肘击下巴一样抬起胳膊，朝对方露出胳肢窝，对方便会像中幻术一样任由你操纵。你说什么，对方都会乖乖听话。一次只能针对一个对象，只要使用便一定成功。但是技能有效的时间因人而异，得看对方是否彻底受你魅惑。

这技能为何如此神奇？

因为没有任何人能抵挡你优雅的绅士魅力，以及与生俱来的清新香味。

养老社区里，没有人知道你自行领悟了这项技能。

今天是 9 月 3 日。

21 点 30 分，你在外头散完步，正走回养老社区 A 栋楼时，刚好在门口遇到乔伊丝和罗恩。你礼貌地朝他们打招呼。

乔伊丝很娇小，身躯像个小女孩，眼睛格外明亮。她为人沉默、低调、不张扬，脸上始终是一副温和慈祥的神情。由于有外科护士的职业习惯，她非常懂得照顾人，且擅长倾听别人说话。相处下来你发现，假如她换职业，想必也会是一名优秀的心理医生。

至于罗恩，你对他的第一印象不算太好，好听点是“急性子”，难听点是“暴脾气”，绅士风度什么的在他身上不见一丝踪影。他曾经是工人运动的急先锋，永远与政府作对，和警察发生过无数次冲突，甚至还坐过牢。即使是在平日，他也总是气势汹汹地出现，就像史泰龙在《第一滴血》中饰演的兰博，块头大，眼神犀利，杀气腾腾。你最讨厌这种破坏规矩与秩序，总是到处闯祸的人。但经过第一次的案件，你发觉他本质上也是一个好人，只是他的热心肠有时表现得不太恰当而已……直到现在，你们终于成了好兄弟。

世事难料，人际关系就是如此具有戏剧性。

此刻，罗恩身穿球裤、人字拖，手拿一瓶酒，摇摇晃晃地朝你打了一声招呼，随即便径直步入 A 栋楼，走上了楼梯，身影消失在转角处。

显然，他又酗酒了。

你和乔伊丝也紧随其后步入大厅，发现伊丽莎白正在阅览室里看报纸。

在“周四推理俱乐部”中，平时做主导的就是伊丽莎白。她曾经是英国情报机构的工作人员，为国家出生入死。她每天都容光焕发，神采飞扬，丝毫没有七十多岁老人该有的老态。你本来对她是抱有戒备心的，因为她神秘莫测。作为一名心理医生，那些无法被你解读的人是最可怕的。但经历过一系列的事情之后，你对伊丽莎白的看法有了改观，她的表现增加了你们之间的信任。

你同样向她点头致意。而乔伊丝则走向了阅览室，陪伴伊丽莎白。她们是好闺密。

你走上楼梯，回到了自己的房间 201。进门前，你看到隔壁 202 房间里，罗恩正瘫坐在地板上，靠着床边，望着窗外的月光，把手里剩下的小半瓶酒水灌进喉咙。

你心中无奈地叹了口气，这个老家伙就是戒不了酒，但偏偏又喝不死他。

回到自己的房间后，你便如往常一般洗澡入睡。

……

咚！一阵突如其来的震动将你沉睡的思绪敲醒！随即，从你的背部袭来一阵冰冷、硬实而猛烈的撞击，痛楚扯着你的神经令你在一瞬间清醒过来。

怎么回事？是地震了吗？你瞪大双眼，紧绷神经，连忙坐起身子，但震动只持续了极短的时间，可能也就1—2秒，此后便彻底恢复了平静。

你舒了一口气，以为自己只是做了噩梦，然后摔到地板上而已。怎知，当你的眼睛开始适应黑暗的环境时，才发现这里根本不是自己的房间！

你立马跳了起来，环顾四周。

然后发现床上有一个陌生女人。

“你……你……你是易卜拉欣？”

“不……不……好吧，我是。”

女人坐在床边，战战兢兢地望着你。

噢……不，不，不，别误会，作为一个优雅的绅士，易卜拉欣绝对不可能是那样的人。这情况一定是梦游症又发作了，所以才不小心闯进了陌生女士的房间。然后正是因为这个震动，惊醒了两人吧？……

你很想这么说，但深知此刻语言显得苍白无力，所以这番话唯一的作用就是极力使自己的内心镇定，坚信自己的人格并不是现在看起来的那么龌龊。但自己可真是一个棘手的病人，此刻任何的心理学专业知识都显得完全无用！

毕竟大半夜从别人的床上摔下来惊醒，还是一个女人的床，这情况你从未遇到过！

老天，这下可不知怎么解释了。要是对她说自己只是梦游，那想必她也不会信。假如她不信，却又受不了委屈向社区告状，那你的绅士“人设”可就要崩塌了，崩塌在这该死的梦游症上！

不，你无法容忍这样的事情发生，毕竟这根本就是一场意外。

那就干脆不解释了吧。

以上的思考是在极短的时间内完成的——你的脑子从未转过如此之快——当机立断，你朝着露娜抬起肘部，露出胳肢窝，意图用“诱惑体香”让露娜对现在这一切闭口不言。

紧接着，露娜就竖起了食指，放在嘴唇上，悄悄说道：

“亲爱的绅士易卜拉欣，我明白的，你是梦游症发作。今晚的事我不会说出去，你放心。我们都不谈，就当它没发生过。”

你与她面对面僵持了一会儿，终于你相信露娜不会说出去。你独自悄悄离开房间。关上房门时，你看了一眼手表，刚好显示着 22 点 43 分 45 秒。

从东侧楼梯走回二楼，你从窗口注意到 202 房间的罗恩依旧瘫坐在地上喝酒，那醉态显然比一小时前更加难看了。你不希望任何人注意到你今晚的动静，瞄了一眼后便悄悄回到自己的 201 房间，重新入睡。

这一次，终于一觉睡到天亮。

次日刚好是周四，伊丽莎白一早就聚集了你和乔伊丝、罗恩，一起来探讨前一晚的离奇事。

离奇事？难道你的梦游被发现了？你的内心诚惶诚恐。

不过似乎除了你的事情之外，前一晚还发生了不少你并不清楚的事情……

玩家任务：

1. 尽量隐瞒你的专属技能“诱惑体香”，最重要的是隐瞒你作为一名绅士，却因为梦游而闯入女士房间的糗事！
2. 搞清楚震动是谁引起的，以及因何引起。
3. 搞清楚罗恩是否整晚都在喝酒。
4. 了解其他离奇事。
5. 搞清楚其他人的特殊技能，以及在何处使用过，为何使用。

【未经主持人允许，请勿翻开下一页】

【残缺的回忆①】

9 月 17 日 21 点 58 分，你与伊丽莎白、乔伊丝、罗恩一起来到岛上唯一的入口，入口位于岛的正南方。上岛后，你们立刻跑向通天塔，同时注意力被顶部的影子吸引，发现那里的尖刺上正插着一个人，而尖刺尾部还有一截铁链……

借着月光，你清楚地看到那人正是菲克。菲克被横着架在尖刺上，像烤串上的肉一般，尖刺穿过了他的身体。

从你的角度，你一眼就发现通天塔有些不对劲，随后马上就明白那些坏人到底是如何完成“天谴”的。这所谓的“天谴”是如此儿戏，虽说用来骗养老社区里那些老家伙算是足够了，但骗不了文武双全、智慧与美貌并存的“周四推理俱乐部”成员！

你对敌人这大费周章弄出来的既残忍又愚蠢的行为感到怒火中烧。

通天塔门口安设着监控，而罗恩则丝毫不在意，他直接以身体撞击大门。

伊丽莎白告知你们，有四个人影从内塔出来了。她和乔伊丝不同意与你们继续逗留在通天塔的入口，而是选择另外寻找进入内塔的道路。你根本不觉得还能有别的途径，但是转眼她们就拿起了梯子往石碑方向跑过去。你恍然大悟。

不过这也好，分头行动更有效，你与罗恩进攻通天塔，而她们则负责内塔。

【残缺的回忆②】

你与罗恩合力撞开了门。你们一眼就发现通天塔的内部构造比较奇特，从外部塔底根本没办法了解内部的结构。这结构对你们老年人来说可真是不太友好，若是乔伊丝，恐怕没走几步就要喊累了，不过你易卜拉欣还不至于。

通天塔内部只有一个供上下楼的楼梯，位于你所处的入口的另一侧，而那边刚好就是朝向内塔的门。你估计就算那四人到达通天塔底下，也需要花一些时间才能进来。但假如那四个敌人先赶到，你们就可能会被动地困在此处，无法进行搜索。因此你紧紧牵着罗恩，迈开脚步奋力地跑向楼梯，成功在他们进来之前上了楼。

【残缺的回忆③】

沿着楼梯上到四楼，你与罗恩一起进行搜索，看看是否有杰克的踪影，或是还存在其他你们尚不知道的生还者，以及找到什么防身工具之类的，但很可惜什么都没发现。你们继续沿着三楼窗口所在方向一路搜索，仍然一无所获。你与罗恩打算原路返回，重新爬上楼梯，刚好就听到了楼下传来开门的声音。

敌人来了。

罗恩让你继续往楼上搜索，而他则拦在四楼楼梯口，独自抵挡敌人的来袭。

你虽然很担心挚友的安危，但如今也只能信任他的能力。你点了点头，便迅速地跑上楼梯。

你在心里为亲爱的罗恩祈祷……

【残缺的回忆④】

你心想，一般情况下都会把人质、重要物品之类的安放在最高层，所以你忽略了五楼与六楼，先直接上到最顶层。

你顺着重力与惯性，很快就搜索完八楼与七楼。但很可惜，这里都是空荡荡的，什么都没有发现。你气喘吁吁，正打算迈开步伐爬回楼梯处，继续搜索下面，然而有身影猝不及防就出现在楼梯入口处，挡住了你的去路……

【残缺的回忆⑤】

从敌人出现，直到现在你一直处于八楼窗口边，右手正扶着楼梯栏杆，因紧张而颤抖不已。眼前，一个身影正挥着拳头袭向另一个身影。由于记忆支离破碎，你已经记不清楚他们分别是谁和谁了，只知道这两人是铁甲兽和扑克脸。

“你在干吗？竟然袭击我……噢，我知道了，果然你就是卧底，我很早就怀疑你了！”

挥着拳头的人没有任何回应，倒是被袭击的那人一边艰难地抵挡着对方的袭击，一边还破口大骂。

“就是老大一直觉得没有证据证明你是卧底，但现在你终于不演了，是吧？好啊，那你就和那易卜拉欣一起完蛋吧！”

虽然被袭击的人满嘴说着逞强的话，但实际上这人正处于下风……

22点05分，眼看着挥拳的人就要一下正中对方面部——这大概就是必杀一击了——旋即整个通天塔却突然迎来一阵强烈的震动！

你好不容易平衡好自己的身体，但某个人——噢，老天，你实在回想不起来，这脑子真是越来越不好使了——因为失去重心，完全不受控制地跌跌碰碰，从楼梯这一边一直滚到了通天塔入口A方向的窗口（也就是面向大海最近的那一边），直接从窗口滚了下去……

【残缺的回忆⑥】

既然现在只剩下一个对手，你丝毫不犹豫，也不管对方是否是你们的卧底，直接朝对方使用了最后一次“诱惑体香”*（反正这个技能不会影响身体健康，所以即使是卧底，你也可以对其使用）*。

诱惑体香，启动！

确认对方彻底被你迷惑之后，你命令对方带你前往内塔去找杰克与大统领。在“诱惑体香”的作用下，对方乖乖听话了。

后面的事情你就记不太清了，但是你还记得直到警察到来，“诱惑体香”对对方的作用才失效。

玩家任务：

1. 通天塔内部是什么样的特殊结构？
2. 为何你们先搜索完四楼，再往三楼窗口方向搜索？
3. 残缺的回忆⑤里，是谁袭击谁？
4. 为何袭击的人会不受控制滚下楼？
5. 向同伴炫耀你是如何击倒对手的吧！
6. 了解罗恩、伊丽莎白、乔伊丝的战况吧！

剧本杀作者： 路过小卢

简介： 创意写作文学硕士，曾任策划编辑、语音互动小说作者、编剧，从小热爱粤语歌、格斗、电影与小说。2015 年发表小说《天使的礼物》，后发表“拳头先生”系列，多年来小说作品散见于各处。2022 年开创“随书衍生微型剧本杀”新形式，建立成熟的新体系，并出版了国内首个拥有正式书号的大型剧本杀。个人创作风格多元，擅长表达人文关怀，在类型文学中剖析个体与社会的思想观念、矛盾困境。

玩家提醒：此作品为小说衍生微型剧本杀，不建议以盒装及以上定位的剧本杀标准看待，也不建议花费盒装及以上定位的剧本杀标准的价钱玩。

【莫名其妙的动静】

你名叫乔伊丝，今年已经 78 岁了。当然，你娇小的个子、始终格外明亮的眼睛，还有一直穿在身上的淡紫色衬衣，都不曾留给别人“老太婆”的印象。

你曾是一名外科护士，退休之后便顺其自然来到了养老社区。自打懂事以来，你就一直扮演着“小透明”的角色。你擅长察言观色，为人低调，不争不抢，不爱张扬。开心地席地而坐，安安静静地做一名聆听者，就是你最乐于享受的生活。

但每当“周四推理俱乐部”活动气氛低沉或成员发生争执时，你总能自然地站出来主导，去鼓舞他们，调和矛盾，同时又不抢风头。这种习惯照顾他人的性格、情商有赖于你的职业经验。

在别人眼里，你像一只乖巧的小鸟，时刻隐秘又机警地关注着阳光下闪烁的趣味。

经历过上次的事件之后，你与俱乐部三位成员的关系都更加亲密了，在养老社区里也总算是找到了专属于自己的生活趣味，曾经的空虚、担忧与茫然都不再复现，取而代之的是充实又忙碌的计划。

（作者注：关于此事件，可前往《周四推理俱乐部 2：活了两次的男人》中体验；而“周四推理俱乐部”又是如何诞生的，可前往“周四推理俱乐部”系列第一部了解。）

今天是9月3日。21点30分，你独自一人结束散步，正走回养老社区A栋，刚好在门口遇到罗恩与易卜拉欣。

这两位加上伊丽莎白正是你在“周四推理俱乐部”的好友。在这些日子里，你们一起经历了大大小小的、在之前从未体验过的事件。

谈到罗恩，你对他的第一印象其实不算太好。好听点是“急性子”，难听点是“暴脾气”，绅士风度什么的在他身上不见一丝踪影。他总是气势汹汹地出现，就像史泰龙在《第一滴血》中饰演的兰博，块头大，眼神犀利，杀气腾腾。不过，他头上的白发和交错在皱纹里的老年斑暴露了他实际的身体机能。

相处下来，你发现罗恩也并非坏人。他曾是工人运动的急先锋，一直致力于为弱势群体发声，永远是政府眼里的“杠精”。反正，哪里有争论，哪里就有他的大嗓门儿。经历过上一次的事件之后，你深知他表面的直率粗鲁，其实是热心肠的体现，只是有时候体现得不太恰当而已……

此刻，他身穿球裤、人字拖，手拿一瓶酒，摇摇晃晃地朝你嘟囔了一声，算是打招呼，随即便径直走进A栋，走上了楼梯，身影消失在转角处。

至于易卜拉欣，他退休前是一位心理医生，目前是“周四推理俱乐部”里最年长的成员。但80岁的他并不服老，总是西装革履，喷着香水，总以为自己在别人眼里不过70出头。不可否认，他确实很绅士，服装讲究，善于与别人谈天说地，尤其擅长计算，对数据敏感。

易卜拉欣一生都没有结婚，他习惯一个人生活，而且个性执拗，所以住进养老社区之后无法调和与别人生活习惯的冲突，总在很多不足挂齿的小事上和别人吵得不可开交。

他看到你，优雅地打了一声招呼—— 与罗恩形成了相当鲜明的对比——便慢条斯理地随着罗恩上了楼。

你步入大厅，发现伊丽莎白正在阅览室里看报纸。

噢，说到伊丽莎白，她可厉害了，曾经是英国情报机构的工作人员，为国家出生入死。她甚至拥有坦克驾照。每当你在养老院无所事事地看着电视上循环播放的“007 系列”电影时，你总会幻想伊丽莎白年轻时的英姿，并将她的身影与詹姆斯·邦德重合。

你很难想象，她比你更早来到养老院。但是，她每天都容光焕发，神采飞扬，丝毫没有七十多岁老人该有的老态。

她总能从不同途径获取警方内部的悬案、疑案卷宗，然后偷偷带来养老社区里和你们“纸上谈兵”。正是因为伊丽莎白，“周四推理俱乐部”才得以建立。

最近因为“某件事”，你不得不从某份卷宗中了解相关的线索，可无论你如何提议，伊丽莎白都不肯拿出那份卷宗，所以你只能想办法去她的 305 房间偷拿。

虽然可以趁此刻她在阅览室的时间潜入，但即使顺利潜入，你也非常害怕伊丽莎白突然回来碰个正着，因为你根本没办法解释。若事情暴露，一向反感别人偷窥她隐私的伊丽莎白恐怕就会与你绝交。想想被排斥、被无视、被冷暴力的感觉！噢，多么毛骨悚然！你好不容易在这里交到朋友，可不能落得如此下场！

你必须力求保险，所以心生一计……

你前往阅览室，找了一个借口接近她。你们一同前往棋牌室进行游戏。

就在进行游戏的过程中，你利用手掌心，对准伊丽莎白的腹部，隔空偷偷对她使用了专属技能“腹泻酸菜”。

不久之后，伊丽莎白就会突发腹痛。作为曾经的英国特工，即使来到养老社区，她都习惯绝不上公共厕所，因为这意味着会将自己卸下防备的一面曝光在危险中。所以假如她腹泻，必定会到 305 的洗手间。你知道她人在房间里，除了睡觉之外一般都不会锁门，更何况人有三急？

所以，只要她上厕所，花上个十来分钟清理干净，那么对你而言也就绰绰有余了。

伊丽莎白是一个非常敏锐的人，但你只要加大“腹泻酸菜”的强度，即便是伊丽莎白也很难察觉到你潜入客厅！

22 点整，你们下完一盘棋。你借口要回房休息，便独自离开了棋牌室。

其实，你一直都躲在大厅的其他房间里观望着伊丽莎白什么时候回房，但伊丽莎白丝毫不见有任何不舒服的反应！

怎么回事？是自己的技能失效了，还是说伊丽莎白为了左手和右手自娱自乐下棋，甚至连腹泻都忍住了？果然英国特工名不虚传！

你十分着急……

22 点 40 分，一阵突如其来的震动震散了你的思绪。

怎么回事？是地震了吗？震感极为强烈，令稳坐在椅子上的你也滚落到地面上。你条件反射般地抱着头，趴在地上。

但震动只持续了极短的时间，可能也就 1—2 秒，此后便彻底恢复平静。恍惚之后回过神来，你发现自己的身体止不住在颤抖，刚才真是可怕极了！

老人们总有早睡的习惯，但这震动令平时睡得像头死猪一样的老人也被惊醒，他们纷纷来到一楼察看发生了什么事情。但显然，除了一些花瓶摔在地上破碎之外，并没有什么严重的事情发生。确定没有人受伤，大家也就互不打扰，恢复到平常的状态。

你并没有看见罗恩与易卜拉欣。

而伊丽莎白则照常沉醉在棋局中，似乎完全没有受到影响——你怀疑她不只是英国特工那么简单，大概是哪个星球派过来的超级间谍。

22 点 43 分，伊丽莎白终于感到不舒服了！她面露难色，五官绞在一起，痛苦极了。噢，老天，你从来没见过你的挚友露出过这样的表情，即便是之前在面对国际犯罪组织时，她也临危不乱，气都不需要喘一下。此刻你可真替老朋友感到心疼！

伊丽莎白死死地捂着肚子，将腰腹压缩到最低，以小碎步快速穿过大厅，扶着栏杆艰难地爬上了楼梯。

你悄悄地跟在她的后面，打算在她一回到305，关上洗手间门时，便立刻行动，尽早找出卷宗便离开，毕竟你面对的可是伊丽莎白，多逗留一秒危险都会翻倍。

每一层的楼梯都分为两段。当伊丽莎白拖着身体踉踉跄跄走到二楼向三楼的楼梯中间拐角处时，你注意到挂在墙壁上的时钟正好是22点43分45秒。

为了避免跟太紧而被发现，你在楼梯间逗留了一阵子，确认伊丽莎白的动静消失后，心想她应该正在如厕了，便立刻踮着脚跑向305房间。

你轻轻地扭动门把手，顺利打开了门。

22点50分，你在伊丽莎白的诸多卷宗中找到了自己想要的那一份，然后恢复其余物品的原状，同样轻手轻脚地离开。

过程如此顺利，丝毫没有被伊丽莎白察觉到，这真是太好了！然而就在你刚迈出305房门时，眼角余光便立刻瞄到了走廊西侧有一个人的身影——

伊丽莎白！

怎么回事？她为何会在走廊？她难道不在房间里吗？

你们都被彼此的乍现吓了一跳。她问你为何从305出来，你连忙将卷宗藏于身后，假装镇定地说是前来找她聊天，但在外头没有得到她的回应，同时又看见房门半掩着，便开始担心是否刚才的莫名震动令她发生了什么意外，你就进去看了一眼。

噢，老天，这可真尴尬……你觉得自己只是在做着最后的垂死挣扎，这些拙劣的谎言在英国特工伊丽莎白面前估计只是小儿科！

你在心里做好了被伊丽莎白逼问然后坦承道歉的准备，岂料她竟然只是回答一句“好吧，我明白了”之后就没有再追问下去。

她真的信了，还是说只是出于情谊才没有揭穿？你的内心十分惶恐。

紧接着，不知为何她就催促你回自己的304房间，似乎她很着急什么，并不希望你打扰到她。

对此你当然求之不得，十分违和地道了别，便连忙挪回自己的房间。这时一阵风从西侧走廊边的窗口吹来，夹杂着一股浓烈的臭味。你手上还拿着卷宗，没法捂鼻，只能赶紧打开房门，溜了进去……

这一晚真是惊心动魄！冷静下来细想，其实今晚存在许多你无法理解的违和小细节，你的内心很想搞清楚在这黑夜里究竟发生了什么。

次日刚好是周四，伊丽莎白聚集了你和罗恩、易卜拉欣，一起来探讨前一晚的离奇事。

玩家任务：

1. 尽量隐藏自己的“腹泻酸菜”技能，以及对伊丽莎白使用了技能的事情，同时还需隐瞒自己潜入房间偷取卷宗的事。

2. 隐瞒自己躲在一楼其他房间偷看伊丽莎白的事情。

3. 搞清楚震动是谁引起的，以及因何引起。

4. 搞清楚为何伊丽莎白没有在房间里。

5. 搞清楚臭味从何而来。

6. 搞清楚其他人的特殊技能，以及在何处使用过，为何使用。

【未经主持人允许，请勿翻开下一页】

【残缺的回忆①】

9月17日21点58分，你、伊丽莎白、罗恩、易卜拉欣，总共四位手无寸铁的老人一起来到岛上唯一的入口，入口位于岛的正南方。上岛后，你们立刻跑向通天塔，同时注意力被顶部的影子吸引，发现那里的尖刺上正插着一个人，而尖刺尾部还有一截铁链……

借着月光，你清楚地看到那人正是菲克。菲克被横着架在尖刺上，像烤串上的肉一般，尖刺穿过了他的身体。

你们赶到了通天塔入口A。从你的角度，你一眼就发现通天塔有些不对劲，随后马上就明白那些坏人到底是如何完成“天谴”的。这所谓的“天谴”是如此儿戏，虽说用来骗养老社区里那些老家伙算是足够了，但可骗不了文武双全、智慧与美貌并存的“周四推理俱乐部”成员！

你对敌人这大费周章弄出来的既残忍又愚蠢的行为感到怒火中烧，但伊丽莎白的话马上打断了你的思绪。她说通天塔的入口有摄像头，很不幸的是你们的行踪已经暴露了。

紧接着，你就看到有四个身影从内塔方向径直跑了过来。

同时，你和伊丽莎白一眼就在悬崖边发现了一把明显的梯子，梯子正靠在通天塔旁边。你和她连忙把梯子抬到地面。

伊丽莎白认为内塔才是最关键的地方，便提议利用梯子另找入口，暂时回避与他们的正面接触。但暴躁的罗恩并不这样认为——即使骨质疏松，膝盖连蹲个坑儿都感觉差点要碎裂，他还是觉得自己是能抵挡千军万马的硬汉。男人就应该要堂堂正正决一死战！七八十岁面对这种状况还是心存幼稚的罗恩坚持暴力撞开通天塔的门，易卜拉欣则陪伴在他的身旁。

而你跟在伊丽莎白的身后，抬着梯子尽力往石碑处跑过去。非常幸运，那四个敌人一心只注意着通天塔，并没有发现你与伊丽莎白的行踪。

好吧，既然亲爱的罗恩与易卜拉欣坚持留在那里，那就只能将计就计，利用他们来调虎离山了。

【残缺的回忆②】

你和伊丽莎白默契地将梯子横搭在悬崖上。梯子的长度刚刚好足够你与伊丽莎白爬过去。虽然非常艰险——拜托！这悬崖足足12米远，12米高啊！——但幸好身旁有伊丽莎白。只要有她存在，你就天不怕地不怕。

22点01分，你们非常顺利地越过通天塔的悬崖阻碍，然后并肩向着50米远的内塔冲刺——是的，“周四推理俱乐部”的行动就是这么快，别人可以怀疑你们的新陈代谢，怀疑你们是否已经无法控制自己放屁打呼噜，但永远没有资格怀疑你们的工作效率。内塔的入口同样有监控，你与伊丽莎白的身份估计也暴露了。但没关系，既然要来救人，就意味着要打倒敌人，这是避免不了的。

内塔的门没有锁，你与伊丽莎白径直步入，发现两边都有楼梯，你们为了争取到更多救人的时间，选择分头行动，一人走一边，然后搜索各自负责的那一边。

你每一层都进行了搜索，但毫无收获。

你终于爬到四楼，却正好遇上了一个女人，你从她那极具特色的驼峰背认出她就是住在养老社区A栋307房间的女人！

果不其然，正如消息流传的那样，社区里头有敌人的间谍。

你愤怒至极，但七十多年养成的良好礼仪令你始终没办法朝她喷垃圾话。而驼峰背一言不发，径直朝你跑了过来！

在黑暗中，严重佝偻的女人顶着驼峰背冲向你，这情景好比你前几天在盗版影碟里怀念的《侏罗纪公园》里的恐龙冲过来一般惊悚。你顿时毛骨悚然，转头撒腿就跑。

顾不上什么搜索、什么救人了，还是保住小命要紧……你本来以为自己比想象中更加勇敢，在面对来势汹汹的敌人时能像伊丽莎白那样无所畏惧，但很可惜，事实上你高估了自己。

【残缺的回忆③】

你在塔内兜兜转转，原以为略施小计就可以躲过驼峰背，怎知这佝偻的老太婆并不像平时在养老社区里看到的那样痴呆笨拙，事实上她比你想象的还要敏捷，一直紧跟在你的身后。

在塔内你已经无处可躲，只能跑出了内塔，径直往通天塔方向跑去。驼峰背依然死死地追着你，她一直在声嘶力竭地喊你“乔伊丝”，同时嘴里还嚷嚷着什么，但因为在跑步中，加上距离太远，而你也只顾着赶紧逃亡，所以完全听不清楚。反正你猜测都是一些不堪入耳的垃圾话，又或者是致命的“甜言蜜语”——就像渣男总会不怀好意地给你一点儿甜头，转头就令你心碎一地那样——不听也罢！

别回头，别回头，尽管跑就是了。你心中充斥着对伊丽莎白的愧疚，就这么将同伴扔在内塔里头，实在是不忍心。但是你知道，过后伊丽莎白一定会原谅你的。嗯，一定会的——假如你们最终都平安无事的话。

【残缺的回忆④】

你跑啊跑，跑啊跑……

好不容易越过通天塔的两个入口，回到小岛入口所属的陆地上。幸好一路平坦，你逃得还算顺利。你本以为驼峰背应该会放弃了，便回头望一望，岂料她即使气喘吁吁，也依旧朝你蹒跚而来。晕！干吗非要如此执着啊？你只能继续尽全力逃亡。由于岛外是大海，而你又不会开船，所以只能绕着整个小岛兜圈。

你以逆时针方向，又再次跑到了通天塔的塔底。那静止的、朝着岛外的通天塔入口A正对着探照灯的照射。

此时，肉眼可见的通天塔最上方的窗口有两个正在说话的声音。相比起作为特工样样精通的伊丽莎白，你难得有一项比她更加擅长的能力就是听觉——尤其是对八卦聊天的敏锐捕捉。因此虽然是从很高的地方传出来，但由于周遭寂静而空旷，加上对方靠在窗边，说话声音不算小，所以有几句你听得一清二楚。

而其中一个说话声正是易卜拉欣的。另一个你辨别不清，但是隐隐约约中你觉得听过此人的声音。

易卜拉欣：“杰克现在还活着吧？”

另外的人：“我出来的时候还活着，但现在不知道。”

易卜拉欣：“那你知道他和大统领在哪里吧？”

另外的人：“杰克应该还被锁在八楼，至于大统领现在在哪儿我不敢肯定。”

易卜拉欣：“好好好，不管怎么样，现在快带我去内塔找他们！”

另外的人：“收到。”

你的思绪有一瞬间转移到他们的谈话上，脚步不自觉停了下来。听到驼峰背喊你名字的声音正逐渐靠近，你才回过神来，又重新迈起脚步……

【残缺的回忆⑤】

你跑啊跑，跑啊跑……

她追，你逃……

你与驼峰背的体力都消耗殆尽，双腿的速度都慢了下来。终于，你和驼峰背就像逛街散步一样沿着悬崖边走在小岛上。

你连转头往后看的力气都没有了，视线只能左望望，右望望，然后又转向前方。自你跑出内塔兜了数圈，在你肉眼可见的范围内，岛上的露天区域（*包括悬崖下*）除了你、驼峰背和被插在塔尖的菲克之外没有任何人，无论是活人还是死人都不见半个踪影，看来他们都还在塔里各自战斗，而你却在这里像参加运动会一样竞赛……

噢，你并不觉得这很丢人，反倒也挺刺激的，毕竟替同伴引走了一个敌人，也算是做出贡献了，不是吗？

但你也意识到这样一直逃避并不是办法。回到小岛入口处，你便干脆依靠着“导弹”探照灯的灯杆停下来，然后（*自以为*）既潇洒又毅然地转过身，直视着驼峰背。她似乎被你的突然转身吓到了——噢，绝不是你的自我意识过剩，你很确定她真的是被吓到了——反正，她似乎是又想说些什么，你害怕会中了她的语言幻术（*天晓得坏人都有些什么奇奇怪怪的招数呢*），你选择先下手为强，不管三七二十一，不管她是否是卧底，直接朝她使用了专属技能“腹泻酸菜”。

非常幸运地，就在你使用了招数之后不到五秒，就有效果了。她捂着肚子倒在了地面，痛苦不堪，而你则趁着她防备最弱的时刻，冲上去对她凌空飞踢！

驼峰背应声倒地。望着自己击倒的敌人，你的成就感油然而生。嘿，好不容易结束了这场游击恶战，乔伊丝也不落下风嘛！一招必杀，可真厉害！

你的信心与动力又回来了。不过此刻可不是沾沾自喜的时候，等事情结束了再在颁奖台上尽情炫耀吧。你太久没有看到罗恩与易卜拉欣了，担心他们现在的状况，便连忙跑回通天塔。

视野范围内，依然没有任何人。

怎知才刚跑到通天塔入口 A（*也就是面向大海的最近的入口*），你突然就看见了一个浑身是血的铁甲兽，他受伤极度严重，可仍然残存将你扑倒在地的力气。此人力气相当大，且面容不知为何遭受了毁灭性的伤害，如今已五官尽毁，血肉模糊，血像汗一样在他的身上不断流淌，相当恐怖！

而血人双手皆是钢铁造的假肢，就像施瓦辛格扮演的 T-800 一般——不，应该像铁甲钢拳？哎！管他像什么呢——总而言之就是极具压迫感。你被压倒性的力量控制在地面，动弹不得。

"你这死老太婆乔伊丝，别来多管闲事！"

他顺势举起右手，握紧拳头，似乎下一秒就要朝你的脑袋砸过去了。

噢，老天爷，要是遭受这一下，你恐怕再也不用回养老社区了。早知如此，来这里之前就应该最后好好欣赏花草树木的美景，享受灯红酒绿的沉沦，和女儿再一次深情相拥……

但很可惜，这些都做不到了。你的脑袋里开始跑过走马灯，回忆过往精彩又无聊的岁月。

然而下一刻，血人的拳头并没有砸在你的脸上，反倒是一个身影闪现于你的眼前，紧接着血人就被从天而降的腿法踢飞到一旁，苟延残喘。

看见伊丽莎白如英雄一般伫立在你的面前，你舒了一口气。精力终于耗尽了，意识到自己安全，你便彻底沉睡了过去……

玩家任务：

1. 为何要抬着梯子去石碑处？
2. 你听到的是易卜拉欣与谁的说话声，以及大概是在什么时间段听到的？
3. “血人”是谁？
4. 伊丽莎白是从哪里来救你的？
5. 向同伴炫耀你是如何击倒对手的吧！
6. 了解伊丽莎白、罗恩、易卜拉欣的战况吧！

剧本杀作者：路过小卢

简介：创意写作文学硕士，曾任策划编辑、语音互动小说作者、编剧，从小热爱粤语歌、格斗、电影与小说。2015 年发表小说《天使的礼物》，后发表“拳头先生”系列，多年来小说作品散见于各处。2022 年开创“随书衍生微型剧本杀”新形式，建立成熟的新体系，并出版了国内首个拥有正式书号的大型剧本杀。个人创作风格多元，擅长表达人文关怀，在类型文学中剖析个体与社会的思想观念、矛盾困境。

玩家提醒：此作品为小说衍生微型剧本杀，不建议以盒装及以上定位的剧本杀标准看待，也不建议花费盒装及以上定位的剧本杀标准的价钱玩。

谜圈二维码　　**千岛二维码**　　**接力出版社天猫二维码**